우물과 탄광

이 도서의 국립중앙도서관 출판예정도서목록(CIP)은
서지정보유통지원시스템 홈페이지(http://seoji.nl.go.kr)와
국가자료공동목록시스템(http://www.nl.go.kr/kolisnet)에서 이용하실 수 있습니다.
(CIP제어번호: CIP2019053528)

THE WELL
AND
THE MINE
Gin Phillips

진 필립스
장편소설
조혜연 옮김

우물과 탄광

문학동네

일러두기

1. 주석은 모두 옮긴이주다.

2. 본문 중 고딕체는 원서에서 강조한 부분이다.

버지니아 커비,

클라라 트림,

로이 웹, 그리고

칼슨 웹에게 이 책을 바칩니다.

당신들은

소설보다 더 아름답습니다.

사랑합니다.

진 필립스를 처음 만난 건 1997년 앨라배마 버밍햄에서 열린 버밍햄서던대학 '훌륭한 여성상' 축하 행사에서 내가 공동 의장을 맡았을 때였다. 당시 수행 학생이었던 그녀는 나와 함께 행사장 곳곳을 누볐고, 앞으로 작가가 되고 싶다고 간단히 말했다. 전부터 학생들에게서 그런 말을 수없이 들어왔기에 나는 그녀가 꿈을 이룰 수 있기를 바라면서도 솔직히 그후로는 까맣게 잊고 있었다. 그러던 어느 날, 호손 출판사로부터 앨라배마 출신의 젊은 작가가 쓴 소설을 읽어봐줄 수 있겠느냐는 편지를 받았고, 그 작가가 다름 아닌 진 필립스라는 사실에 놀라면서도 기뻤다. 그녀는 작가가 되겠다고 말만 하고 상상만 한 것이 아니라 실제로 책상에 앉아서 소설을 썼다. 그냥 한 편의 소설이 아닌 이렇게 멋진 소설을!

나는 앨라배마를 아주 잘 안다. 그리고 『우물과 탄광』이 나를 그곳으로 다시 데려가주었다. 이 이야기는 앨라배마라는 공간을 재창조하기보단 희망과 이상한 사건과 감춰진 두려움으로 가득한 어느 마을과 가족, 그리고 그곳 구성원 각각의 삶을 그려내고 있다. 무어 일가에겐 식구와 고향, 흙냄새와 참된 노동이 삶의 가장 근원적인 가치다. 인구 삼천여 명의 작은 마을인 카본힐이 세상의 전부인 그들은 아직 노변담화*를 알지 못하고 신문을 살 돈도 없으며, 가끔 라디오로 〈그랜드 올 오프리〉**만을 들을 뿐이다. 이 소설에는 1931년 앨라배마의 모습이 생생하고 구체적으로 드러나 있다. 주부들이 바닥을 닦는 방법부터 강한 뇌우가 쏟아지면 전구가 탁탁 소리를 내는 모습까지 당시 가정생활의 세부들을 촘촘하게 그렸고, 석탄 채굴법과 그로 인한 광부들의 육체적인 피로도 자세하게 묘사했다. 소녀들의 풍부한 상상력에 대한 내용도 군데군데 보인다.

과거를 이상적으로 그리고 향수를 불러일으키는 내용이 〈월튼 네 사람들〉***과 닮아 있다고 느낄 수도 있다. 물론 이 소설이 텔레비전 없이도 저녁 식탁에 둘러앉아 이야기꽃을 피울 수 있고, 서로 방문을 열어놓은 채 온 가족이 화목하게 지내던 매력적인 과거를 그리고 있는 건 사실이다. 하지만 그런 일차원적인 이상만 있는 건 아니다. 인종차별이나 우물에 버려진 아기 같은 복잡한 문제들도 풍부하게 어우러져 있다. 달콤한 차 한 잔 마시며 테라스에서 저녁을 보내는 평화로움의 바로 옆에는 언제든 덮쳐올 비극의 그림자

---

* 미국의 4선 대통령 프랭클린 D. 루스벨트가 1933년 3월부터 1944년 6월까지 30회에 걸쳐 라디오를 통해 행한 대국민 담화.

** 미국 테네시주 내슈빌의 라디오 방송국에서 주관하는 컨트리 뮤직 공개 라이브 콘서트.

*** 산골에서 생활하는 월튼 가족의 이야기를 그린 미국 드라마.

가 늘 도사리고 있는 것이다. 광부들은 아침에 커피 한 잔을 마시는 일만큼 오늘 일터에 나갔다가 다시는 집에 돌아오지 못할 수도 있다는 생각을 일상처럼 한다. 무어 일가는 가장인 앨버트가 건강을 잃거나 임금을 받지 못하는 최악의 경우에 자신들을 보호해줄 안전망이 없는 상태다.

이 소설은 우물에 버려진 아기를 둘러싼 사건으로 시작한다. 하지만 한편으론 굉장히 재미있는 이야기이기도 하다. 즉 예측 가능한 뻔한 전개는 결코 보여주지 않는다.

버지와 테스가 우물의 여자를 찾기 위해 카본힐 곳곳을 조사하며 다닐 때, 앨버트가 탄광 안으로 내려갈 때, 혹은 리타가 버밍햄의 병원으로 향할 때 당신은 그들의 삶 속으로 한 발짝 들어서게 될 것이다. 그리고 마지막 장을 덮을 때면 분명 이 인물들을 그리워할 것이다. 하지만 이 소설이 당신에게 남기는 것이 비단 이런 인물들만은 아닐 것이며, 당신의 마음속에 또다른 새로운 세상이 자리잡게 될 것이다.

패니 플래그(『프라이드 그린 토마토』 저자)

차례

1
물의 부름

테스

그 여자가 아기를 내버리고 간 뒤, 한동안 꽤 오래도록 아무도 나를 믿어주지 않았다. 하지만 내 귓가에는 그 첨벙하는 물소리가 계속 맴돌았다.

우리집은 부엌 바로 너머로 뒤테라스가 있는데, 넓은 회갈색 나무판 바닥이 엉성해 자칫하면 그 틈새로 1센트짜리 동전이 빠지기 십상이었다. 8월의 후끈한 열기로 바닥엔 여전히 온기가 남아 있었지만 그래도 낮보다는 숨쉬기가 훨씬 편했다. 다른 식구들은 저녁을 먹은 뒤 앞테라스로 나갔기에 나만 홀로 뒤테라스에 앉아 있었다. 주변으로는 어둠과 나무들을 빼곤 아무것도 없었고 하늘에 초승달만 찍혀 있을 뿐이었다. 정원의 냄새가 저녁으로 먹다 남은 구운 옥수수빵과 양파를 곁들인 완두콩 요리 냄새보다도 진하게 풍겨왔다. 산들바람이 살며시 불자 저녁으로 먹은 음식들과 앞으로 먹을 디저트의 냄새가 아빠의 담배 냄새와 앞테라스에서 나누는 얘기들을 따라 솔솔 전해져왔다. 뒤테라스의 한쪽 구석에는 나무로 된 우물이 있었고 나머지 구석에 내가 앉았다. 하루 중 이때야말로 우물 곁에 앉아 있기에 최고의 시간이었다.

나는 그 우물을 정말 좋아했다.

주변은 온통 어둠뿐이었지만 나는 부엌문에 기대 나무울타리 쪽을 바라보았다. 구름에 가린 것도 아닌데 달빛도 별빛도 그리 밝지 못했다. 부엌에서 흘러나오는 불빛을 통해 뒤테라스의 가장자리만 겨우 보였다. 그런데 그 여자, 그녀는 나를 보지 못한 듯했다. 우물이 따로 없는 허드슨 아저씨네가 가끔 식수를 길으러 우리집에 내려오곤 했기에 처음엔 허드슨 아줌마일 거라고 생각했다. 하지만 허드슨 아줌마는 몸집이 새처럼 자그마한데 그녀는 남자처럼 어깨가 넓으면서 우람하고 건장했다. 여자는 계단을 한 번에 두 개씩 성큼성큼 올라오더니 무거운 우물 뚜껑을 쉽게 들어올렸다.

나는 처음엔 아기를 보지 못했다. 여자의 코트 안에 숨겨져 있었기 때문에. 그런데 그녀가 코트 밖으로 꺼낸 것이다. 1월에 흔히 그러듯 콩알 모양으로 담요를 둘둘 말아 감싸안았던, 움직임이 없는, 작은 아기를.

마음만 먹으면 대여섯 걸음 만에 그 여자에게 다가갈 수 있었다.

여자는 잠시 담요를 아기처럼 품에 꼭 안아 턱밑까지 들어올린 뒤 잠을 재우듯 쓰다듬으며 조용히 무언가 속삭였다. 담요의 윗부분이 살짝 흘러내리자 그 안에서 살빛이 보였다. 바로 그때였다. 여자가 아기를 우물 안으로 내던졌다. 정말 갑작스러운 일이었다. 고요히 첨벙하는 작은 물소리가 들리고 얼마 지나지 않아 여자는 네모난 우물 뚜껑을 다시 들어올리고는 몇 차례 조심스레 움직여 원래대로 가장자리를 맞추어놓았다. 그 육중한 몸이 움직이는데도 뒤테라스 바닥의 나무판에서는 여자가 떠날 때까지 삐걱거리는 소리조차 나지 않았다.

그 물소리는 아기가 수면에 부딪혔다기보단 우물이 비명을 지르는 소리 같았다. 자신 안에 끔찍한 뭔가가 떨어진 사실을 알고 놀라고 당황해 소리를 내지르듯. 내게 도움이라도 요청하듯.

나는 피가 맺힐 정도로 아랫입술을 꽉 깨문 채 겁먹은 생쥐마냥 조용히 꼼짝 않고 그 자리에 있었다. 하긴 생쥐라면 황급히 달아났겠지만.

얼마나 오랫동안 그러고 있었을까, 버지 언니가 부엌문을 열었다. 나는 바닥을 내딛는 발소리를 듣고 언니인 줄 알고 있었다. 내가 서둘러 자리에서 일어서자 언니가 고개를 쑥 내밀었다.

언니의 옷깃에는 매미 허물이 브로치처럼 핀으로 꽂혀 있었다. 우리는 여름이면 윗옷에 단추처럼 매미 허물을 일렬로 달고 다녔다. 하지만 언니는 내년이면 고등학교에 갈 예정이니 더이상 그런 차림으로 학교에 가진 않을 것이다. 그러기엔 너무 커버렸으니까.

"다들 앞마당에 있는데 왜 너 혼자 여기 숨어 있는 거야?" 언니는 나를 내려보다가 이내 우물 쪽으로 시선을 올렸다. "저 우물이 반지라도 주면 넌 결혼하겠구나."

우물 너머는 칠흑같이 어두웠다. 그쪽을 향해 달려가면 쾅하고 부딪혀버릴 벽처럼 견고한 어둠이었다. 여자는 이미 사라졌다.

"어떤 여자가 우물 안으로 아기를 던져버렸어." 내가 말했다.

언니는 잠시 나를 바라보았다. "우물 안으로?"

나는 고개를 끄덕였다.

언니가 웃었다. 어이없다는 듯 눈을 흡뜨고 있을 그 모습이 보지 않아도 선했다. "조용히 하고 안으로 들어가자."

"정말이라니까!" 내 맘대로 되는 거라곤 입뿐이었다. 몸은 바닥에 붙박인 듯 움직이질 않았다.

"우리 우물 근처에 누가 온다고 그래. 괜한 얘기 지어내지 마."

하지만 언니는 내가 지어낸 얘기가 아니라는 걸 알았다. 힘겹게 침을 꼴깍 삼키자 얼어붙은 줄 알았던 발이 조금 풀리는 것 같았다. 나는 겨우 일어서서 우물 쪽으로 한 발짝 다가섰다. "그 여자가 정말 여기 있었어! 덩치 큰 여자가 아기를 안고 여기 있었다고. 그러다 말 한마디 없이 우물 안으로 아기를 던져버렸어."

"네가 보고 있는데 픽도 그런 짓을 했겠다?" 나보다 다섯 살 많은 열네 살의 언니는 어른이라도 되는 양 이렇게 말했다.

"그 여자는 날 못 봤으니까." 내 목소리가 어느덧 높아졌고 언니가 제발 믿어주었으면 하는 바람에 속이 쓰리기까지 했다. 나는 우물로 가서 뚜껑을 밀어보려 했지만 너무 무거워서 꿈쩍도 하지 않았다. "우물 안을 좀 보라고."

"너 정말 제정신이 아니구나."

"언니……" 나는 매달렸다.

언니는 약간 미안했는지 내게로 다가와 머리를 부드럽게 쓰다듬어주었다. 내가 화를 낼 때 엄마가 해주는 것처럼. "꿈이라도 꾼 거야? 누군가 뒤테라스 쪽으로 걸어오는 걸 보고 그런 상상을 했나봐."

"아냐. 우물 안을 봐야 한다니까."

"그게 아기였다는 건 어떻게 아는데?"

"분명히 아기였어."

"울기라도 했어?"

"아니."

그제야 언니는 걱정스럽다는 표정을 지으며 내게서 눈을 떼고 어둠 속을 내다보았다. "누가 나쁜 마음을 먹고 저 안에 쓰레기 같은 걸 던졌나봐. 대체 누가 그런 짓을 했을까?"

"쓰레기 아니었어. 아기였다고. 아빠한테 말해야겠어."

나는 돌아서서 집안으로 들어가 앞테라스 쪽으로 쿵쾅쿵쾅 걸어갔고 바로 언니가 뒤따라왔다. 8월의 마지막 주, 저녁 바람이 얼굴에 맺힌 땀을 식힐 만큼 시원했지만 낮의 열기를 전부 가라앉히기엔 부족했다. 늦여름의 햇살이 평소보다 두 배는 더 따갑기 마련이니까. 그래서 우리 식구들은 잠자리에 들기 전까지 테라스에 나가 시간을 보냈다. 흔들의자에 앉아 엄마는 콩 껍질을 까고 아빠는 담배를 피웠다. 집안에서 흘러나오는 불빛을 타고 그들의 모습이 보였다. 아빠는 수시로 얼굴과 손을 씻었지만 여전히 얼룩덜룩한 곳들이 있었다. 까맣기보다는 푸르스름한 얼룩이었다.

내가 말을 꺼내기도 전에 언니가 먼저 입을 열었다. "누군가 우물에 뭘 버리는 걸 테스가 봤대요."

아빠가 내 팔을 잡고 끌어당겼다. 그러고는 자신의 한쪽 팔로 내 허리를 감싸안고 나를 무릎 위에 앉혔다. 나는 팔을 뻗어 아빠의 손을 만지며 품속으로 더 파고들었다.

"테스, 뭘 봤는데 그러니?"

"어떤 여자였어요, 아빠. 꽁꽁 싸맨 아기를 안고 있다가 우물 안으로 던져버렸어요." 나는 천천히 그리고 조심스레 말했다.

아빠가 손등으로 내 턱을 살짝 들어올렸다. "뒷마당 쪽이 엄청 어둡던데 아마 그림자를 본 모양이구나."

나는 리본으로 묶어놓은 곱슬곱슬한 머리칼이 느슨하게 풀릴 정도로 힘껏 고개를 가로저었다. 하긴 내 머리칼은 늘 잘 풀렸다. (버지 언니의 머리칼은 가느다란 금발이었는데, 어깨 길이의 단발로 잘라 가판대 잡지들에 실린 모델처럼 풍성하게 말아올린 상태였다.)

"분명히 봤어요. 진짜예요. 문가에 앉아 있다가 쌀쌀해져서 안으로 들어가려던 참에 여자가 저 뒷길에서 걸어오는 게 보였어요. 누군지는 몰랐지만 내 쪽으로 오기에 앉아서 기다렸어요. 계단 앞에 왔을 때 인사까지 할 뻔했는데 문 쪽으로 오진 않더라고요. 그러더니 우물 앞에서 멈춰 섰어요. 주변을 둘러보고 우물 뚜껑을 연 뒤에 그 안으로 아기를 던져버렸다고요. 그리고 떠났어요."

"누군가 장난으로 쓰레깃더미나 죽은 다람쥐 같은 걸 던지고 간 모양이에요." 언니가 말했다.

나는 아빠를 똑바로 쳐다보았다. "맹세해요. 아기였어요."

"맹세한다는 말은 함부로 하는 게 아니야, 테스." 아빠는 살짝 고개를 가로저으며 이렇게 말하고는 다시 어둠 속을 바라보았다. 반딧불이 두 마리가 동시에 날아가는 모습이 보였다.

엄마는 약간 당황했는지 이마의 주름이 평소보다 깊어졌다. "왜 그 여자가 우리 우물에 아기를 버렸겠니?"

버지 언니가 화난 듯 나를 쳐다보며 말했다. "네가 지금 엄마를 걱정시키고 있잖아."

앨버트

나는 테스의 말을 들으면서도 믿지 않았다. 백지장처럼 하얘진 아이의 얼굴과 1달러 은화만큼 커진 눈망울을 보면서도 말이다. 버지와 테스의 눈은 아내 리타의 촉촉한 눈망울을 그대로 닮았다. 풍요로운 토양 같은 그윽함이 있었다.

테스는 늘 공상을 즐겼지만 거짓을 지어내는 아이는 결코 아니었다. 남들에게 관심을 받으려고 그럴 아이는 더더욱 아니었고. 물론 그 또래라면 할 수 있는 행동이었지만 그래도 테스의 말은 이해하기 어려웠다. 세상의 어떤 여자가 자신의 아기를 우물에 버린단 말인가.

하지만 테스는 같은 말을 반복하며 나를 졸라댔다. 그애답지 않은 행동이었다. 테스는 사랑스러운 아이였다. 사람들을 즐겁게 해주었지 누군가를 짜증나게 하진 않았다. 버릇없는 아이도 아니었다. 늘 융통성 있게 행동했고 끝까지 자기 고집만 부리는 일은 없었다.

그날 밤에는 아이가 몹시 흥분한 터라 나는 바로 우물 뚜껑을 열고 아래를 내려다보았다. 불빛 없이는 제대로 볼 수 없을 거라는 테스의 말에, 낮에는 아빠가 교대 근무를 나가 집에 없으니 다음날 저녁에 램프를 들고 다시 자세히 살펴보겠다고 답했다.

내가 유일하게 잘하는 것이 있다면 어둠 속을 불빛으로 비춰보는 일이었다. 나는 어둠에 익숙한 사람이었다. 아니, 어둠에 찌들었다고 하는 게 맞겠다. 팔꿈치 주름과 손금 사이사이 그리고 손톱 밑마다 지워지지도 않는 새카만 자국이 들러붙어 있었다. 늘 목구멍 저 밑에서부터 어둠의 맛이 느껴졌고, 한밤중이면 기침을 해대며 그 어둠을 뱉어내곤 했다. 우리가 채굴해 가져온 것에서 슬레이트를 골라내고 석탄만 분류해 정리하는 인부들은 햇빛에 얼굴을 찌푸리기도 하고 피부가 타기도 하지만 나는 그들과 달랐다. 테스보다 그리 많지 않은 나이부터 노새 돌보는 일을 시작했고, 그후로는 노새들의 발굽소리에 맞춰 쿵쾅대며 땅 밑으로 점점 깊숙이 파고들어가 햇빛이 없는 곳에서 몇 시간이나 보내는 일에 익숙해졌다. 곡괭이 무게와 화약냄새, 그리고 눈앞을 가득 메운 분진에도 금세 적응했다. 인부들의 머리와 벽에 달린 약한 전구가 아주 미미하게 발하는 불빛을 빼면 주변은 늘 칠흑 같은 어둠뿐이었다. 따라서 어린 딸 테스가 내게 한번만 해달라고 그토록 부탁한, 어둠 속에서 우물 안에 불빛을 비추어보는 것은 내게 숨쉬기만큼이나 쉬운 일이었다. 시간이 좀 든다는 것 말고는. 하지만 나는 그렇게 해주지 않았다. 어차피 아무것도 없을 게 뻔한데, 흔들의자에 앉아 하루를 마감하는 소중한 몇 분의 시간을 포기할 이유가 없었다.

그런데 다음날, 내가 일을 나가고 집에 없는 사이, 옥수수를 삶으려고 우물물을 긷던 리타는 양동이에 뭔가 부딪히는 것을 느꼈다. 양동이를 들어올리자 그 안에 담요가 들어 있었다.

리타

그 물을 마시면 모두 병에 걸리고 말 거라는 생각이 들었다. 그 불쌍한 아기에 대해선 생각할 겨를도 없었다. 그건 우리 식구들이 마시는 식수였으니까.

우선은 앨버트가 일을 마치고 집으로 돌아올 때까지 기다렸다. 아침에 물을 긷다가 담요를 발견한 나는 테스의 말이 사실임을 깨달았다. 진작 믿어줄걸. 거짓말할 아이가 아니었으니. 나는 양동이를 다시 내리지 않고 담요를 꺼낸 뒤 우물 옆에 그대로 놓아두었다. 그리고 급히 상점으로 달려가 새 양동이를 사 왔다. 지난밤에 정말 그런 일이 있었다면 그 양동이를 다시 사용하고 싶지 않았기 때문이다. 학교에서 돌아온 세 아이에게 오늘 저녁은 옥수수빵과 우유라고 말해주었다. 물이 없으니 만들 수 있는 음식도 거의 없었고, 이미 퍼올린 물은 건드리고 싶지 않았다.

"아기를 발견한 거죠? 그렇죠, 엄마?" 테스가 양 갈래로 땋은 머리 한쪽을 물어뜯으며 쉰 목소리로 물었다. 나는 아기에 대해선 답하지 않았다.

"담요를 발견했단다. 아빠가 돌아오면 확실히 알 수 있겠지."

"이제 내 말을 믿어주는 거죠? 그렇죠?" 테스는 내가 아직도 자신의 이야기를 거짓으로 꾸며낸 거라고 생각할까봐 걱정하는 듯했다. 나는 무릎을 꿇고 앉아 테스의 입에서 땋은 머리칼을 빼내고 이미 더러워진 아이의 이마에 입을 맞췄다.

"널 믿어, 테스. 저녁 먹게 씻고 오렴."

디저트로는 듀베리 열매에 신선한 우유를 부어서 주었다. 아무도 불평하지 않았다.

남은 햇살마저 사그라들 때까지 우물 안을 들여다보고 있자니 등이 쑤시고 눈이 아파왔다. 양동이를 몇 번이나 올렸다 내렸다 했을까, 아무래도 뜰채를 써야겠다는 생각이 들었다. 그러다 마침내 앨버트가 들어올린 양동이 밖으로 핏기 없이 자그마한 팔 하나가 덜렁거리는 모습이 보였다. 아무것도 걸치지 않은 남자아기였다.

내가 네 살 때 엄마가 돌아가셨다. 아직 얼굴에서 땀도 마르지 않은 채 피로 흠뻑 젖은 침대시트 위에 누워 있던 엄마의 모습을 기억한다. 그리고 이틀 후 엄마의 뱃속에서 죽은, 얼굴이 파랗게 변하고 몸은 말린 복숭아처럼 오그라든 아기를 보았다. 양쪽 눈이 찢어지고 양팔은 깨끗이 잘려 살점들만 덜렁거리는 채 탄광에서 집으로 실려가는 남자를 본 적도 있다. 하지만 그 어느 것도 우리 집 물양동이 밖으로 삐져나온 퉁퉁 부은 아기의 시신만큼 충격적이지 않았다.

버지

처음엔 테스가 지어낸 얘기라고 생각했다. 식구들의 관심을 받으려고 말이다. 어렸을 적 테스는 정말 귀찮은 아이였다. 엄마가 내게 테스를 맡기곤 했는데, 그애는 툭하면 어디론가 사라져버렸다. 그 바람에 나는 늘 소리를 지르며 테스를 찾아내 끌고 돌아와야 했다. 밖으로 나가지 못하게 마당 주변에 하얀색 울타리도 쳐봤지만 테스는 이내 빗장 푸는 법을 터득했다. 아예 울타리를 뛰어넘는 일도 있었다. 그리고 잭이 태어난 후로는 지치지도 않고 동생이 한 일들을 고자질했다. 하지만 거짓말을 한 적은 결코 없었다.

그날 밤 테스가 잠을 이루지 못했지만 나는 아무런 말도 걸지 않았다. 그애가 바보같이 군다고 생각했기 때문이다. 테스에게 화가 난 나는 침대에 누워 다른 방에서 자고 있는 식구들의 소리를 들었다. 아빠가 코 고는 소리가 들렸다. 평소 가만히 있을 줄 모르는 엄마는 자는 중에도 쉴새없이 뒤척였다. 잭은 중얼거리며 이리저리 돌아누웠다. 밖에서는 기차의 경적소리가 들렸고, 바람이 유리창을 흔들었다. 하지만 테스에게선 아무 소리도 들리지 않았다. 분명

나처럼 잠을 이루지 못하고 있었다. 나는 잘 자라는 말 한마디 해주지 않았다.

보안관이 찾아와 축축한 담요에 싸인 채 우리집 우물 뚜껑 위에 놓여 있던 아기를 바구니에 담아 데려간 날 밤에도 테스는 내게 한마디도 하지 않았다. 나는 등을 돌리고 S자로 작게 웅크린 그애를 잠시 바라보다 조금씩 몸을 움직여 다가갔다. 움직일 때마다 머리에 꽂아놓은 핀에 자꾸 찔렸지만 크게 신경쓰지 않았다.

"테스," 내가 속삭였다. 그 소리에 귀가 간지러웠는지 테스가 어깨를 들썩했다.

"왜?"

"괜찮아?"

테스는 대답이 없었다. 나는 엄지발가락으로 테스의 발바닥을 쿡 찔렀다.

"하지 마."

이번에는 종아리를 쿡 찔렀다.

"언니, 하지 말라니까." 테스가 화난 듯 낮은 목소리로 말했다. "그러다 피 나겠어."

"내 쪽 좀 봐봐."

졸리고 귀찮다는 표정으로 테스가 돌아누웠다. 그애의 아름다운 검정색 곱슬머리가 베개 위로 펼쳐졌다. 얼굴에도 흘러내리자 테스는 거듭 머리칼을 위로 밀어올렸다. 그리고 내 발을 툭 찼다. "이 발 좀 언니 쪽으로 치워."

나는 한 손으로 테스의 팔을 살며시 잡았다.

"이 손도 좀 치워." 테스가 작게 말했다.

나는 몸을 돌려 바로 누워서 잠시 천장을 쳐다보다 다시 테스의 커다란 눈을 바라보았다. "미안해. 너를 믿어주지 않아서."

"알았어." 테스가 대답했다. 그게 다였다.

몇 시간 뒤 나는 테스가 몸부림치는 소리에 깼다. 창문으로 달빛이 들어오고 있었다. 테스는 내 이불은 물론이고 맨 위에 덮는 파랑새 퀼트이불까지 자기 쪽으로 가져가 번데기처럼 몸을 꽁꽁 싸매고 있었다. 그리고 다리를 마구 차면서 횡설수설했다. 무슨 말을 하는 건지 알아들을 수 없었다.

나는 조용히 이름을 불렀다. "테스, 테스, 일어나봐." 테스의 어깨를 잡고 가볍게 흔들었다. "테스, 괜찮아. 일어나봐." 이번엔 좀 더 크게 불렀다. 테스는 여전히 중얼거리며 몸을 뒤척였다. 혹시 열이 있는지 손으로 이마를 짚어보았다.

"쉬…… 악몽을 꾸나보네."

그때 테스가 갑자기 왼쪽으로 몸을 돌리더니 쿵 하고 바닥으로 떨어졌다. 나는 깜짝 놀라 그쪽으로 다가가 침대 밑을 내려다보았다. 이내 머리 하나가 불쑥 올라왔다.

"침대에서 떨어졌어." 테스가 말했다. 그러고선 몸을 움직이자 달빛에 얼굴이 보였다. 얼굴 위로 눈물이 흐르고 있었다. 하지만 나는 아무 말 하지 않았다.

테스는 주변을 둘러보고 나를 한번 보더니 그다음엔 자신의 베개를 올려다보며 공연히 이 말만 반복했다. "침대에서 떨어졌어."

내 입꼬리가 씰룩거리자 테스도 덩달아 그러기 시작했다. 이내 우리는 키득키득 웃어댔고, 얼마나 웃었는지 뺨 위로 눈물이 흘러내렸다. 테스가 다시 침대 위로 기어올라온 뒤 우리는 숨이 넘어가도록 껄껄거리며 웃었다.

　마침내 진정한 우리는 이불을 다시 끌어올려 안으로 파고들었다. 나는 슬슬 졸리기 시작했다. "그 아기랑 같이 우물 안에 빠져 있는 꿈을 꿨어." 테스가 속삭였지만 뭐라고 대답할 겨를도 없이 우리 둘 다 잠들어버렸다.

앨버트

　중요한 건, 우물의 뚜껑을 열어야 했다는 사실이다. 정사각형 나무뚜껑은 내 팔꿈치에서 손끝까지만큼의 길이로, 양동이 하나 들어갈 정도에 불과했지만 매우 단단하게 고정된 상태였다. 나는 나무로 된 우물틀에 뚜껑 한쪽을 못으로 고정시키기 전에, 여닫을 때마다 뚜껑이 제 위치에 들어맞도록 가장자리를 톱으로 잘라냈었다. 하지만 수년간 비바람을 맞으면서 뚜껑은 형태가 약간 뒤틀려 열기가 상당히 어려웠고 후텁지근한 날이면 특히 그랬다. 게다가 두꺼운 소나무 목재라 무겁고 다루기가 힘들어 비교적 힘이 센 리타마저 그걸 들어올릴 때면 거친 숨소리를 냈다. 뚜껑을 열려면 양쪽을 똑바로 잡고 손가락을 밑으로 넣은 뒤 힘을 세게 줘서 한 번에 들어올려야 했다. 따라서 이 뚜껑을 단번에 열 수 있는 건 우리가 평소에 여는 모습을 본, 그래서 그 방법을 아는 사람일 수밖에 없었다. 누군가 우발적으로 한 행동일 수 없었다.

테스

　나는 우물이 그리웠다. 우리집은 아무리 잭이 아직 꼬맹이라고 해도 다섯 식구가 살기에는 넓은 공간은 아니었다. 집 전면에는 테라스로 향하는 문이 나 있는 거실과 나와 버지 언니가 함께 쓰는 침실이 있었고, 그 침실에도 테라스로 나가는 문이 있었다. 우리 침실은 문 없이 넓게 개방된 부모님의 침실로 연결되어 있어서, 밤에 베개를 베고 누우면 소용돌이 모양으로 장식된 커다란 침대머리 아래로 가만히 자고 있는 두 사람의 머리가 조그맣게 보였다. 그 옆으로는 부엌과 연결된 식사 공간이 있었다. 이렇게 다섯 식구에 다섯 공간. 침실마다 하나씩 있는 벽난로 두 개는 하나의 굴뚝으로 연결되어 있었고, 겨울이면 벽난로의 열기가 침실 밖으로 새어나가지 못하도록 문을 꼭 닫아두었다. 엄마는 "열을 낭비하면 안 되지" 하며 지나갈 때마다 침실 문을 세게 잡아당겼고 그러면 문은 끼이익 하고 움직이다 철컥 닫혔다. 잭은 남자라는 이유로 혼자만의 침대를 썼지만, 지푸라기를 넣어 만든 부실한 매트리스 하나가 벽난로 근처에 놓여 있을 뿐이었다. 우리 침대에는 부모님이 쓰는 것과 같은 포근한 깃털이불이 있었다. 직접 우리 닭들의 털을 뽑아 만든 건 아니고 토빈 외할아버지가 결혼선물로 엄마에게 만들어준 이불이라고 했다. 나는 깃털이불을 좋아했지만 우리 때문에 털을 빼앗겨 벌거벗은 채 웅크리고 떨었을 닭들을 생각하면 미안한 마음이 들었다.

어쨌든 잭에게는 자신만의 공간이 있었다. 엄마는 정원 한쪽에 장미 덤불을 가꿔 공간을 마련했고, 버지 언니는 숲을 가로질러 혼자 멀리까지 산책을 가곤 했다. 아빠에게는 탄광이 있었다…… 물론 그곳에서 온전히 혼자만의 시간을 보내는 건 아니었고 가끔 탄광 벽이 무너져 수많은 인부들이 목숨을 잃기도 했지만, 어쨌든 아빠 역시 식구들과 따로 떨어져 지낼 공간이 있었다. 내게는 우물이 바로 그런 곳이었다.

우물을 보면 왕풍뎅이를 실에 묶어 관찰하듯 개울을 작은 나무 구멍 안에 가두어놓은 듯한 기분이 들었다. 지하에서 졸졸 흐르는 작은 개울은 우물 안에 잠시 머물렀다 다시 흘러갔고, 우리는 원할 때면 언제든지 그 개울물을 양동이로 퍼올릴 수 있었다. 해가 지면 뒤테라스는 나무들에 둘러싸인 나만의 조용한 공간이 되었다. 멀리서 들려오는 개구리와 귀뚜라미 소리에 귀기울이고 있으면 늦게까지 수영하다 저녁을 먹으러 집으로 급히 달려오던 때가 생각났다. 물론 그 안에서 수영을 할 수는 없었지만 가끔 양동이로 우물물을 떠서 시원하게 한 모금 마셔보곤 했다. 엄마는 양동이 위에 벌레가 앉았다가 기어다녔을 수도 있으니 그렇게 바로 마시면 안 된다고 했지만. (하지만 엄마도 가끔은 깜빡하고 덮개를 덮지 않아 찻주전자 위에 파리가 앉았어도 그냥 쓱쓱 닦아낸 뒤 그대로 차를 따라 마시곤 했다. 물론 그건 실내에서의 일이니 다를 수도 있겠다.) 엄마는 늘 폭이 좁고 깊은 양동이로 물을 길어 집안에서 쓰는 땅딸막한 양동이로 옮긴 뒤 오직 그 양동이에서 뜬 물을 세숫대야나 주전자나 냄비에 부어 사용했다. 하지만 나는 밤이면 우물 양동이로 뜬 물을 시원하게 한 모금 들이켜고 나머지는 시커먼 우물 안으로 다시 들이부었다.

나는 개울가에서 수영하는 유일한 여자아이였다. 처음에 남자아이들은 그런 나를 보고 깜짝 놀라며 다시는 여기 와서 수영하지 않겠다고 떠났다가 얼마 지나지 않아 다시 모습을 드러냈다. 아빠는 내가 그 틈에 섞여 수영하는 걸 탐탁잖아했지만, 잭까지 데리고 나가 함께 놀기 시작하자 그제야 마음을 조금 놓았다. 잭은 그 남자

아이들과 또래처럼 어울려 놀았다. 그리고 나는 따로 떨어져서 얼마나 깊이 다이빙할 수 있을지 살펴보고, 물속에서 양팔을 앞뒤로 휘저으며 나비 날개를 만들고, 머리에서 해초가 자라는 바다 마녀처럼 머리칼을 마구 휘날렸다.

하지만 개울가는 아무때나 갈 수 있는 곳이 아니었다. 반면 우물은 언제나 그 자리에서 나를 기다리고 있었다. 우물 안에서는 개울 냄새가 풍겨왔다. 바닥은 개울가 돌멩이처럼 미끄러운 이끼가 끼었겠지. 나는 우물 밑을 가만히 내려다보며 어쩌면 목욕물을 긷는 중에 인어공주나 말하는 물고기가 딸려올지도 모른다는 상상을 종종 했다.

그런데 목욕물에 딸려온 아기라니.

죽은 아기가 나온 후로 더이상 우물 밑을 내려다보지 않았다. 말하는 물고기 따위도 생각하지 않았다. 그리고 악몽을 꾸기 시작했다. 눈을 뜬 채 물밑으로 다이빙했는데 아기가 내 쪽으로 다가오는 모습이 보였다. 숨이 차올라 위로 올라가고 싶었지만 내 머리칼을 손으로 꼭 쥐고 있는 아기를 억지로 떼어낼 수 없었다. 처음엔 얼굴이 보이지 않았지만 아기가 고개를 들어올리자 눈이 있어야 할 자리에 시커멓게 구멍이 뚫려 있었다. 처음 꾼 이 악몽이 너무도 생생해 잠에서 깨어난 후에도 잊히지 않았다. 그리고 다음날 밤에 잠들기 전까지 하루종일 시달려야 했다.

버지

아빠는 그 여자가 한 일이 정말 소름 끼친다고 말했다. 하느님께서 분명 심판하실 거라고. 하지만 나는 그 여자가 매 끼니를 걱정해야 하는 처지였거나, 겨울은 다가오는데 온 식구가 맨발로 버텨야 하는 상황이라 이렇게라도 해야 했던 건 아닐까 생각했다. 아니면 아기가 계속 울어대서 머리가 터져버릴 것만 같았을까? 더는 감당하기 힘든 다섯번째나 여섯번째, 혹은 열번째 아이라 어찌할 도리가 없었던 걸까?

나는 문득 궁금해졌다. 엄마는 우물 옆에 서서, 어떻게 하면 조금은 편히 살 수 있을지 고민해본 적이 단 한 번도 없을까?

테스

그날 밤 저녁식사 시간, 아무도 길게 얘기를 나누지 않았다. 챙챙 하는 포크와 나이프 소리만이 허공을 울렸다. 음식을 씹고 차를 마시는 소리, 잭이 작게 음식을 치는 소리가 이어졌다. "먹을 걸로 장난치지 마라, 잭." 다시 챙챙 하는 소리. 식탁에는 맛있는 노란색 호박 요리와 꼬투리째 먹는 달콤한 완두콩 요리, 그리고 구운 햄과 빵이 놓여 있었다. 최근에 돼지를 한 마리도 잡지 않았기 때문에 몇 달 만에 먹어보는 햄이라고 엄마가 말했다. 나중에 허드슨 아저씨네를 만나면 꼭 고맙다는 인사를 하라고도 했다.

마침내 아빠가 냅킨으로 입을 닦았다. 아빠는 언제나 가장 먼저 식사를 마쳤다. "잘 먹었어, 여보."

이어 메아리처럼 우리도 엄마에게 잘 먹었다는 인사를 건넸다. 엄마는 미소를 지으며 재빠르고도 상냥하게 "고맙다"고 대답했다. 그런데 엄마가 내 접시를 보고 얼굴을 찌푸렸다. "많이 남겼구나, 테스."

"아직도 아기 때문에 신경쓰이니?" 아빠가 물었다.

나는 뭐라고 대답해야 할지 알 수 없었다. "별로 배가 안 고파서요."

"햄도 남기는 거야?" 내가 바닥에 머리통을 흘리고 그걸 그대로 두기라도 했다는 투로 잭이 물었다.

"아니." 나는 말했다. 그리고 햄을 집어 깨작거리기 시작했다. 내가 음식을 남기다니 있을 수 없는 일이었다.

"우물에서 아기가 나온 거랑 햄을 먹는 거랑 무슨 상관인 건지 모르겠네." 잭이 투덜거렸다.

"불쌍한 아기를 두고 그렇게 말하는 거 아니야, 잭." 엄마가 말했다. "너희 셋 다 그런 아기 때가 있었어."

아빠는 포크를 쥐지 않은 내 손에 자신의 손을 올렸다. "테스, 네가 이러는 것도 당연해. 충격이 컸겠지. 아직도 그럴 테고. 억지로 햄을 먹지 않아도 괜찮아."

"내가 먹을게요." 잭이 말했다.

나는 식탁 밑으로 잭의 다리를 걷어차버렸다. "이 돼지야, 내가 먹을 거야."

잭에게 나쁜 감정이 있는 건 아니었다. 습관처럼 한 행동일 뿐. 잭의 식성이 좋은 게 화를 낼 일은 아니니까. 아빠가 내게 죄책감을 느끼고 있다는 걸 알았다. 엄마도 마찬가지였고. 하지만 나는 부모님을 이해했다. 우물 안에 아기가 있으리라고는 당연히 상상도 못했을 테니까.

"점점 괜찮아지고 있어요." 내가 아빠에게 말했다.

"자면서도 계속 뒤척인다던데." 엄마가 말했다. "아기처럼 끙끙거리면서 말이야."

나는 포크를 내려놓았다. "그냥 악몽을 꿔서 그래요."

"엄마랑 아빠도 그 일에 대해 생각하고 있잖아요?" 두 사람을 번갈아 보며 버지 언니가 물었다. "그 여자는 누굴까? 왜 그랬을까? 하면서 말이에요."

둘은 서로를 바라보기만 할 뿐 어떤 대답도 하지 않았다. 잭이 내 햄을 다 먹어버리는 한이 있어도 도저히 더는 먹을 수 없었다. 내가 입을 닦고 식사를 마친 걸 엄마가 알아챘다.

"남은 햄 먹겠어요, 앨버트?" 엄마가 묻자 아빠는 고개를 가로 젓고 잭 쪽으로 손을 흔들었다. "먹으렴, 잭." 엄마가 말했다.

"너란 애는 참." 잭이 내 햄을 포크로 찍자 언니가 말했다.

"그래도 호박 요리는 다 먹고 가." 엄마가 내게 말했다.

2
햇살

잭

우리집까지 석탄 타는 냄새가 날아오진 않았지만 기찻소리 정도는 들려왔다. 차를 타고 달리면 머리가 천장에 계속 부딪힐 정도로 울퉁불퉁한 길을 따라 교회 쪽으로 내려가는 길에 '카본힐에 오신 것을 환영합니다'라는 표지판이 서 있는데, 거기에 이르기 바로 전에 우리집이 있다.

카본힐 시내에 대한 내 어릴 적 첫 기억은 기차의 요란한 기적소리였다. 기차에 가까이 다가가면 바퀴나 열차, 혹은 그 모두에서 불어오는 후끈한 열기가 내 얼굴을 휘감았다. 태양빛과 마을 전체를 뒤덮어버릴 듯이 활력 넘치고 무시무시한 녀석에게서 도저히 눈을 뗄 수 없었다. 투펠로에 있는 큰아들을 만나고 돌아오는 무어 할머니를 마중나갈 때면 보았던 프리스코 기차는, 당시 어른들의 무릎 정도밖에 안 되던 꼬맹이인 내게 그토록 무시무시해 보였다.

기차는 재스퍼를 거쳐 버밍햄으로, 그리고 알지 못할 낯선 곳들로 계속 향했다. 나중에 성인이 되고 나서는 그 기차를 타고 세인트루이스로 가 지긋지긋한 회계학 수업을 듣기도 했고, 진주만 공습 몇 달 전에는 내가 사랑하는 워싱턴 D.C.로 가 존 에드거 후버* 사무실에서 식자공으로 일하기도 했다.

다만 어린 시절의 내게는 버지 누나와 테스 누나, 그리고 아빠와 엄마가 세상의 전부였기에 그 기차는 할머니가 집으로 돌아올 때 타고 오는 것일 뿐 별다른 의미는 없었다.

카본힐은 이름 그대로 마을 전체가 언덕을 따라 자리잡고 있었다. 교회와 주택들은 언덕의 약간 위쪽에 있었고, 상점들은 전부 프런트스트리트를 따라 늘어서 있었다. 철로는 프런트스트리트를 따라 그 옆으로 마을을 관통했고, 철로를 중심으로 또다른 철로와 트럭 도로들이 마치 척추에서 팔다리가 뻗어나가듯 탄광으로 이어져 있었다. 갤러웨이는 마을에서 가장 큰 탄광 회사였고, 그곳에서 운영하는 상점이 프런트스트리트와 갤러웨이로드가 만나는 곳에서 브라셔호텔을 마주보고 있었다. 상점에서 왼쪽으로 꺾어 갤러웨이로드를 따라 3킬로미터쯤 가면 마을에서 가장 큰 탄광을 만날 수 있었다. 아니면 프런트스트리트를 따라 좀더 내려가 철로가 보이는 곳에서 오른쪽으로 꺾어 곡선으로 돌면 아빠가 주로 일했던 11번 탄광에 도착할 수 있었다.

갤러웨이는 마을 전체를 움직이는 튼튼한 두 다리 같은 존재였고, 갤러웨이와 상대가 되지 않는 지역 탄광들은 가느다란 팔처럼

---

* 1900년대에 활약한 미국 법무부 관료이자 FBI 국장.

보조적인 역할을 했다. 피시해처리로드 위쪽에 하워드 탄광을 중심으로 브룩사이드 탄광, 호프 탄광, 치카소 탄광이 있었다. 그곳에서 채굴한 석탄들은 트럭에 실려 꼬리에 꼬리를 물고 마을 중심에 있는 석탄 창고로 이송된 후 활송장치를 통해 화물열차 안으로 옮겨졌다. 이러한 소규모 탄광들은 운영상 어려움을 겪다가 1931년경에 대부분 사라졌다. 갤러웨이 역시 일할 사람이 줄고 석탄 생산량도 감소하는 어려움을 겪었다.

그해 여름에 대해 그리 선명하게 기억나진 않는다. 당시 같은 학교에 다녔던 붉은 머리의 남자아이가 생각난다. 그애 아버지가 무너지는 기둥에 깔려 몸이 두 동강 날 뻔한 사고를 겪고 그해 일 년 전에 돌아가셨다. 그애를 보며 내게도 그런 일이 일어나지 않을까 걱정했던 기억이 난다.

버밍햄의 북쪽과 서쪽 지역에 위치해 워커카운티의 대부분을 차지했던 워리어 탄전은 석탄 매장량이 풍부했다. 채소밭과 목화밭 뿐인 지역에 내린 축복이었다. 하지만 그 축복받은 탄전에도 문제가 있었다. 그곳에 매장된 석탄들은 얇고 깨지기 쉬워 채굴하기가 어려웠다. 게다가 슬레이트와 셰일*도 너무 많이 섞여 있어 석탄을 고르는 데도 오랜 시간이 걸렸다. 따라서 석탄을 채굴하고 운반하는 데, 그리고 석탄을 고르고 분류하는 데 더 많은 인력이 필요했다. 인디애나주에서 세 명 반이면 될 일을 앨라배마주에서는 열 명이 매달려야 했다.

---

* 슬레이트는 점판암, 셰일은 이판암으로, 석탄 채굴시 분류되어야 하는 불순물로 여겨진다.

나는 고향을 떠나 대학에 진학해서야 이 사실을 알았다. 앨라배마주의 관계자들은 이를 주민들에게 알리고 싶지 않았을 것이다. 분명 사기를 떨어뜨리는 일이었을 테니.

어린 시절 내 머릿속에는 어떤 두려움이 늘 도사리고 있었다. 온전한 생각이나 이미지라기보단 환영 같은 두려움이었다. 한 가지 분명했던 건 우리 가족이 낭떠러지처럼 아슬아슬한 상황에 놓여 있다는 것이었다. 우리가 추락하느냐 아니냐는 결국 아빠에게 달려 있었다. 자칫하면 사람들이 귀엣말로나 쑥덕대던 그 끔찍한 바닥까지 추락하고 또 추락할 수 있었다.

사고는 언제나 일어나기 마련이었다. 아빠는 턱이 부서지는 사고를 당했었고, 오른쪽 시력을 거의 잃은 건 누구나 아는 사실이었다. 그 외에도 양팔과 한쪽 다리, 그리고 양쪽 발목이 부러졌었고 등이 찢어진 적도 있다고 했다. 전부 내가 태어나기 전에 일어난 사고들이었다. 이따금 엄마가 아빠에게 통증은 어떤지 묻지 않았다면 나는 그런 사고들이 있었다는 사실도 몰랐을 것이다. 아빠는 그 모든 사고들에 대해 한마디도 하지 않았고 늘 아무렇지 않은 듯 행동했다.

다만 아침에 집을 나선 아빠가 그날 저녁에 다시 돌아오지 못할 수도 있다는 사실만큼은 나도 알고 있었다. 그렇다면 결국 내가 가장이 되리라는 것도. 당시 내 또래의 몇몇 남자아이들은 이미 탄광에서 일을 시작했다. 하지만 아빠는 나를 탄광으로 보내지 않았다. 학교에 가야 한다고 했다.

만약 아빠에게 무슨 일이 일어난다면 내가 어떻게 돈을 벌고 가족을 부양해야 할지 알 수 없었다. 신문 배달이라도 하려면 열두 살, 아니 적어도 열한 살은 되어야 했다. 물론 상점에서 물건을 옮기고 정리하는 일이나 배달을 하면 돈을 벌 수 있었다. 열두 살이 되면 거짓말을 보태 어른들처럼 탄광에서 일할 수도 있었다. 하지만 그것만으론 충분치 않을 것이었다. 더군다나 아빠가 그전에 돌아가시기라도 한다면 말이다. 버지 누나라면 사범대 졸업장이 없어도 시골 어느 학교에서 선생님을 할 수도 있겠다고 생각했다. 테스 누나는 너무 어려서 아무 일도 할 수 없을 것 같았다. 아무도 어린 여자는 쓰려고 하지 않을 테니.

우리집에는 농장과 젖소, 그리고 닭들이 있었고, 그 정도면 적어도 먹고살 수 있었다. 물론 전기가 끊기거나 언제든 차를 팔아야 하는 상황이 올 순 있겠지만.

그후 아빠에게 급작스러운 사고나 비극적인 사건 같은 건 전혀 일어나지 않았다. 하지만 나는 스스로 어른들만큼 돈을 벌게 될 때까지 절벽의 낭떠러지에 선 듯한 그 느낌에서 결코 벗어나지 못했다.

리타

나는 보통 수탉이 울기 일이 분 전이면 눈을 떴다. 매일 아침 들리는 수탉소리가 정말 싫었다. 녀석의 목을 비틀어 닭고기수프라도 끓이고 싶었던 적이 한두 번이 아니었다. 잠시 그런 심술궂은 생각을 하다보면 나는 어느새 몸을 일으켜 침대 밖으로 나와 있었다. 머리를 땋아서 틀어올린 채 잠자리에 들면 아침에도 그 상태를 그대로 유지할 수 있었지만 대개는 완전히 풀어헤치고 잤다. 우습게도 앨버트가 내 머리칼이 베개 위에 덮인 모습을 좋아했기 때문이다. 한밤중에 깨서 앨버트 밑에 깔린 머리칼을 잡아빼야 할 때도 있었지만 그냥 그가 원하는 대로 해주었다. 나는 침대에서 내려오기 전에 머리를 다시 땋아 틀어올리고 협탁에서 머리핀을 집어 고정시켰다.

그리고 옷장에서 초록색 홈드레스를 꺼내 피부에 옷이 미끄러지는 소리만 들릴 정도로 아주 조용히 갈아입었다. 앨버트는 주전자로 법랑대야에 물 따르는 소리만 들려도 몸을 뒤척이는 사람이었다. 봄과 여름에는 아이들이 깨기 전에 방을 따뜻하게 데우려고 불을 지필 필요가 없었기 때문에 앨버트는 나보다 늦게까지 잤다. 세수를 하고 수건으로 얼굴을 닦는데 구멍이 뻥 뚫린 자리가 만져졌다. 다른 천으로 덧대 수선해야겠다는 생각이 들었다. 용변을 도저히 참을 수 없을 때 말고는 테라스에 있는 항아리는 쓰고 싶지 않았기에 가축들에게 먹이를 주러 가는 길에 옥외 화장실에 들렀다.

나는 조심스레 뒷문을 열고 부엌 쪽으로 여덟 걸음을 들어갔다. 딱히 불빛은 필요하지 않았다. 우선 스토브에 불을 지폈다. 그리고 주전자에 버지와 테스가 세수할 깨끗한 물을 채우기 위해 양동이로 우물물을 길었다. 하지만 그 물을 바로 아이들의 화장대에 놓아주지 않고 스토브 위 물통에 부었다. 앨버트는 앞으로 십 분 후쯤, 버지와 테스는 삼십 분은 지나 다섯시 반쯤 수탉이 다시 울어야 깨어날 것이다. 나는 아이들을 깨워 아침 차리는 걸 도와달라고 할 수도 있었지만 그러지 않았다. 해가 뜨기 전 몇 분이라도 앨버트와 짧은 고요를 즐기고 싶었기 때문이다. 앨버트가 일어나서 스토브 옆 의자에 앉기 전에 그가 좋아하는 커피—내게는 독약 같은 맛이지만—를 준비하기로 했다. 나는 천장등보단 스토브에서 나오는 불빛으로 일하는 게 더 좋았다. 이른 아침부터 전깃불을 켜면 눈이 부셨다. 하다못해 태양도 아침에는 잔잔하게 떠오르는데. 스토브 정중앙에 있는 화구에 불을 붙이고 적당량의 커피를 덜어 끓일 준비를 했다.

팔꿈치까지 밀가루를 묻히고 손가락을 열심히 놀리면서 빵 반죽을 치대는 사이에 앨버트가 부엌으로 들어왔다. 던지고 때리고 주무르고 주무르고. 던지고 때리고 주무르고 주무르고. 나는 계속 빵 반죽을 치댔다.

"이렇게 어두운 데서 어떻게 일할 수 있는지 정말 모르겠어." 앨버트가 바로 뒤에서 말하며 삐져나온 내 머리칼들을 귀 뒤로 넘겨주었다.

"당신이 어두운 11번 탄광에서 일하는 거랑 같죠." 나는 턱짓으로 불길을 가리켰다. "그렇게 어둡지도 않아요."

아이들의 세숫대야에 물을 채우려고 그가 탁자 위 물주전자를 들어올리려는 걸 보지 않아도 알 수 있었다. 나는 테라스로 나가려는 그의 팔을 잡았다. "저 물통에서 가져와요." 스토브 쪽을 가리키며 내가 말했다.

앨버트는 당황한 표정을 짓더니 이내 고개를 끄덕이고는 스토브 한쪽에서 데워지고 있는 물통 쪽으로 걸어갔다. 아직 뜨겁게 데워지진 않았지만 뭔가 조치라도 취했다는 생각에 마음이 놓였다.

"물을 끓일 필요까지 없어." 그가 말했다. "물에 이상이 있진 않다고." 하지만 내가 말없이 바가지를 건네자 그는 하던 일을 계속했다. 그가 아이들의 침실에서 돌아왔을 때는 스토브 위에서 커피가 끓고 있었다. 나는 찬장에서 그의 컵을 꺼내 싱크대 위에 놓고 커피를 따랐다. 그리고 커피가 차오르는 동안 손으로 컵의 온기를 느껴보았다. 커피 가루가 표면에 아주 조금 떠 있었고, 컵 안은 스푼이 움직이는 모습조차 보이지 않을 정도로 밤하늘처럼 새카맸다.

"석탄 같은 맛이 날 것 같아." 나는 행주로 주전자 주둥이에서 나오는 김을 막고 커피가 식지 않게 주전자를 다시 스토브 위에 올려놓으며 작게 말했다.

"커피 말이야?" 앨버트가 슬며시 미소를 지으며 커피를 한 모금 마시고, 눈을 감은 채 몸을 살짝 뒤로 기대며 말했다. "아니. 햇살 같은 맛이 나는걸."

열두 살때부터 오 분이면 빵 반죽을 만들 수 있었다. 큰언니에게 빵 만드는 법을 배운 후로 이처럼 익숙해지기까지 시간이 걸리긴 했지만. 반죽이 잘되었는지, 우유가 더 필요한지, 밀가루를 더 뿌려야 하는지를 손끝만으로도 감지할 수 있었다. 잘된 반죽은 어린 아이의 뺨처럼 부드러웠고, 너무 건조하면 갈라지는 수가 있었다. 나는 밀가루와 우유를 동시에 붓고 그 안에 베이킹소다와 소금을 약간 넣은 뒤 이를 잘 뒤섞는 모든 일들을 눈감고도 할 수 있었다.

완성된 빵 반죽을 무쇠팬에 담고 오븐 안에 넣었다. 이제 십 분 후면 빵이 완성된다. 이번에는 다른 팬에 햄을 몇 조각 올렸다. 얼마 전 허드슨 씨가 돼지를 잡아 일부를 우리에게 가져다주었다. 많이 남지는 않았지만 온 식구가 빵과 함께 조금씩 먹을 정도는 되었다. 배잼이 든 병과 갓 만든 버터도 식탁 위에 두었다. 버터를 만들 때 아이들에게 우유 젓기를 시킨 뒤로는 예전처럼 빵에 마구 발라 먹지 않았기 때문에 좀더 오래 두고 먹을 수 있었다. 내가 찬장 안쪽에서 꿀단지를 꺼내자 앨버트의 청록색 눈동자가 반짝였다.

"다 먹은 줄 알았는데."

"애들한테만 그렇게 얘기했어요." 꿀은 매우 귀했다. 아이들처럼 빵 전체에 듬뿍 발랐다가는 한 조각씩만 먹어도 전부 바닥날 것이다. 물론 앨버트도 그렇게 먹는 걸 좋아했지만.

우리는 별다른 스킨십 없이 함께 앉아 있었다. 커피를 마시고 있는 그에게 내가 말했다. "헨리 하켄 씨네 아들 녀석이 버지를 좋아한대요."

"안 그런 녀석들이 있긴 해?" 그가 대답했다. "당신도 알다시피 버지는 요정 같은 아이잖아. 그림처럼 예쁜 아이라고."

우리는 절대 버지에게 예쁘다는 말을 직접적으로 하지 않았다. 테스가 자신은 예쁘지 않다고 생각할까봐 그렇기도 했고, 무엇보다 버지가 겉멋이 드는 일을 원치 않았기 때문이다. 하지만 점점 커가면서 버지의 미모는 더이상 그냥 지나치기 힘들 정도가 되었다. 나조차 가끔은 심부름을 시키려고 버지를 쳐다보다 마치 불꽃놀이나 갓 내린 새하얀 눈을 볼 때처럼 숨이 막히기도 했으니까. 버지는 모든 것이 새카만 먼지로 뒤덮인 탄광 마을에 결코 어울리지 않는 아이였다.

"조만간 당신이 몽둥이를 들고 남자애들을 막아야 할지도 모르겠네." 내가 말했다.

"그럴지도."

나는 남편의 사랑스러운 눈동자를 바라보았다. 늘 햇빛이 부족해선지 주름진 얼굴은 창백했고, 예전에 부서진 적 있는 턱은 여전히 비뚤어져 있었다. 그리고 내 손을 바라보았다. 설거지를 하느라 손은 늘 갈라지고 건조했고, 햇빛을 많이 쐬어 질긴 가죽처럼 변해버린 얼굴은 피곤해 보였다.

"어떻게 우리에게서 그런 아이가 나왔을까?" 절반은 자문하는 투로 내가 물었다.

"당신 젊었을 때랑 똑같은데 뭐." 앨버트가 컵을 빙빙 돌리며 바로 답했다. "놀라울 것도 없지."

나는 탄광에서 떨어지는 돌에 맞아 점차 시력을 잃어가는 그의 오른쪽 눈을 가리켰다. 보기에는 아무렇지 않았지만 매년 약해져가고 있었다. "눈만 나빠지는 줄 알았더니 기억력도 엉망이 되나봐요." 나는 버지와 테스가 깨어났는지 한번 살펴보고 재빨리 그의 이마에 키스했다. 그가 미소를 지었다.

나는 오븐에서 다 구워진 빵을 꺼내 그중 두 조각을 포크로 찍어 그의 접시 위에 올려주었다. 그는 접시에 꿀을 듬뿍 떨어트리고 그 위에 버터를 으깼다. 그리고 황금빛으로 섞인 꿀과 버터를 포크로 떠 반으로 가른 빵 한쪽에 골고루 발랐다. 그동안 나는 아이들의 접시를 꺼내 식탁에 올려놓고, 다른 접시 하나에 나머지 빵을 담아 식탁 한가운데에 놓은 뒤 식지 않도록 그 위에 수건을 덮었다.

"나랑 같이 먹으려던 거 아니었어?"

"아이들하고 먹을게요."

드디어 수탉이 울기 시작했고, 앨버트는 두번째 빵 위에 꿀이 아닌 사탕수수 시럽을 발라 게걸스레 먹어치웠다. 꿀은 몇 주간 더 두고 먹으려고 남기고 싶은 모양이었다. 나는 접시를 치우고 그가 커피를 다 마실 때까지 기다렸다가 컵과 함께 설거지통에 넣었다. 앨버트는 내 뺨에 가볍게 입을 맞추고 내 뒤로 보이는 창문 너머로 하늘을 올려다보았다. "여보, 오늘은 나가기 전에 우유를 짤 시간이 없겠는걸. 내일은 꼭 하겠다고 약속할게."

"괜찮아요." 내가 말했다. "어차피 가축들 돌보러 내려가봐야 하니까." 거의 매일 아침 앨버트가 우유를 짰다. 내가 별로 좋아하지 않는 일이라는 걸 알았기 때문에. 탄광에 나가기 전에 우유를 짜주는 남편들이 많진 않았다.

버지와 테스가 뒤척거리는 소리가 들렸다. 내가 직접 깨울 필요가 없도록 자신들이 알아서 잭도 깨워주었다. 잭은 폭풍이 몰려와도, 아니 휘몰아치는 가운데서도 잘 수 있는 아이였다. 나는 아이들이 등교하기 전에 축사에 내려가 우유를 짜고 가축들을 먹인 뒤 달걀도 가져오기로 했다.

문을 나서려는데 아직 머리에 컬핀을 꽂은 채 바닥에 앉아 신발을 신고 있던 버지가 나를 불렀다. "가서 달걀 가져올까요, 엄마?"

"넌 가서 아침 먹고 잭한테 학교 갈 준비 좀 시켜줘. 달걀은 그다음에 가져와도 되니까." 어차피 아이들이 준비를 마칠 즈음이면 내가 이미 달걀을 가져온 후일 것이다.

버지가 옆에서 나를 쳐다보았다. "벌써 아빠랑 같이 아침 먹은 거예요?"

"그래, 배불리 먹었어."

나는 젖소가 있는 쪽으로 향했다. 해가 다 뜰 때까지도 젖을 짜주지 않으면 녀석도 꽤나 힘들 것이었다. 하늘은 이미 분홍빛으로 물들었지만 우선 닭장 앞에 멈춰 서서 닭들에게 모이를 던져주었다. 젖소 모세는 목청 깊이 웅웅거리는 소리를 내면서 내게 인사라도 하듯 고개를 이리저리 흔들었다. 기분이 별로 좋지 않다는 신호였기에 나는 의자를 가지고 녀석의 옆쪽으로 다가가 약간 거리를 두고 앉았다. 잠시 조용히 달래고 쓰다듬어주자 녀석이 훨씬 얌

전해졌다. 나는 다리가 세 개인 의자 위에 비스듬히 앉아 몸을 앞으로 숙였다. 소가 생각보다 성질을 부리면 재빨리 몸을 뒤로 젖힐 수 있도록. 그리고 얌전히 서 있는 녀석의 젖 아래로 우유통을 밀어넣었다. 젖이 퉁퉁 불어 있었기에 나는 그 지루한 일과를 기꺼이 시작했다. 우유를 잘 짜려면 재봉틀로 박음질하듯 리듬을 타야 한다. 리듬에 맞춰 손가락을 움직이다보면 잡생각이 깨끗이 사라지는 기분이 든다.

버지가 일곱 살이고 테스가 걸음마를 시작했을 무렵, 두 아이를 돌보느라 죽을 만큼 힘든 와중에 잭까지 임신해 매일같이 배가 불러오고 있었다. 한번은 후두염에 걸린 테스를 두고 가축들을 먹이러 가야 했던 적이 있었다. 어쩔 수 없이 버지를 난롯가 바로 가까이에 끌어다놓은 흔들의자에 앉히고 테스가 움직이지 못하게 꼭 잡고 있으라고 일렀다. "테스는 춥게 있으면 안 돼. 몸이 따뜻해야 하니까 여기 난롯가에서 떨어지면 안 돼. 조금도 움직이면 안 돼."

돌아와보니 두 아이 모두 제대로 구워져 있었다. 햇빛에 탄 듯 얼굴이 벌겠다. 내가 나무라자 버지가 눈물을 흘리며 이렇게 말했다. "엄마가 춥게 하면 안 된다고 했잖아요. 떨어지지 말라고 했잖아요."

생각해보면 재미있는 일이다. 도자기인형처럼 예쁘장한 버지의 얼굴은 분명 이기적일 거라는 인상을 주니까. 하지만 버지는 우리를, 특히 동생들을 도울 수 있다면 불개미집 위라도 드러누울 아이였다. 특히 테스가 태어난 후부터 그랬다. 칭얼대는 동생들의 얼굴을 보며 그애들과 영원히 결속됐음을 속으로 깨닫기라도 한 듯 버지는 늘 그랬다.

앨버트

나는 포드 모델T의 인조가죽시트 위에 올라탄 뒤, 작업복과 부츠와 헬멧을 바닥에 내려놓고 시동을 걸었다. 아침마다 탄광까지 운전해서 가는 이 시간이 참 좋았다. 테네시컴퍼니가 임대해준 땅 위에 작은 판잣집을 짓고 살며 아등바등 고생하는 부모님의 모습을 봐온 나는 스스로 다짐했었다. 내 급여를 결정하는 강자들의 손에 내 식구와 가정이 휘둘리는 일은 없게 하겠다고. 남자라면 회사 소유가 아닌 자신의 땅에 가정을 이뤄야 하지 않겠는가. 곡식을 심고 몇 마리 가축이라도 키울 자기 땅이 있어야 파업을 해도 굶어죽을 걱정은 하지 않을 수 있다. 집을 지을 때도 형제나 친구들로부터 도움을 받긴 했지만 하나부터 열까지 내 손으로 직접 했다. 이층도 짓고 싶은 마음은 늘 있었지만 아쉽게도 그럴 여유가 없었다.

비가 오는 게 아니면 굳이 차창을 닫지 않았다. 해가 뜰 때 얼굴에 햇살이 닿는 느낌이 좋았다. 11번 탄광에 도착하기 전까지 보이는 풍경이라곤 분홍빛 하늘이 전부였다. 하지만 덜컹거리는 도로 위에서 아직 혀에 맴도는 사탕수수 시럽 맛을 느끼며 젖은 풀의 시원한 냄새를 맡을 수 있는 출근길은 가장 행복한 시간이었다. 보통 가는 길에 누군가를 태우는 경우도 있기에 온전한 나만의 시간이라곤 할 수 없었지만 그들 대부분이 말이 없는 편이라 크게 방해되진 않았다. 탄광까지 걸리는 시간이 십오 분이 아니라 삼십 분이면 얼마나 좋을까. 이제 막 깨어나 웅성거리는 시내를 피해 뒷길로 빠져 양쪽으로 나무들이 늘어선 어둑한 길을 달렸다. 버지와 테스는 사탕이나 음료수 같은 간식거리를 사러 시내에 나가는 걸 무척 좋아했지만 솔직히 나는 시내를 좋아하지 않았다. 그런 벅적거림은 내 취향이 아니었다.

탄광까지 400미터 남은 곳에서 조나가 길가로 걸어가는 모습이 보였다. 나는 브레이크 페달을 밟고 한쪽에 차를 댔다.

"조나, 같이 타고 가자고." 내가 외치는 소리에 그가 뒤를 돌아보았다.

"고맙습니다." 조나는 헬멧을 손에 든 채 차에 올라탔고 이미 작업복 차림이었다. 마을의 흑인 거주지역은 탄광에서 가까웠기 때문에 삼십 분이면 걸어갈 수 있는 거리였다. "별일 없으시죠?" 그가 물었다.

"그렇지 뭐."

"감독관님 집 우물에 아기가 빠져 있었다고 들었는데, 식구들은 괜찮으신 거죠?"

"괜찮은 거 같아."

오래전부터 탄광에서 일한 조나의 아버지는 내가 갤러웨이에서 일을 시작한 무렵에도 여전히 지하채굴 일을 하고 있었다. 조나의 아버지는 감옥에 수감되었다가 죄수노동력임대제도*에 의해 강제로 작업장에 투입되었다. 부랑죄로 육 년 형을 선고받은 그는 그 세월 동안 탄광의 노새만도 못한 대우를 받으며 일했다. 복역을 마치고 출소했지만 흑인이 일할 수 있는 곳이라곤 농장 아니면 탄광밖에 없었고, 그나마 탄광이 농장보다 보수가 좋았다. 결국 수감복을 벗자마자 다시 탄광으로 향했고, 그후 노동조합에 가입했다. 조

---

* 19~20세기 초 미국 정부가 농장과 탄광 등에 죄수노동력을 임대해주던 제도.

나는 사람들이 유니언타운, 즉 노조원 마을이라 부르던 도라라는 곳에서 자랐다. 1920년 파업 당시, 회사는 파업에 참여한 흑인 노조원들을 사택에서 모조리 쫓아냈고, 쫓겨난 그들은 온갖 쓰레기, 판자, 썩은 목재 등을 구해 다 함께 도라에 판자촌을 만들었다. 이제 다시는 살던 집에서 쫓겨나는 일은 없을 거라고 말하면서. 파업이 끝나고 탄광으로 돌아간 후에도 그들은 결코 사택으로 돌아가지 않았다. 조나는 비가 오는 날이면 집 곳곳의 갈라진 틈새에 종이를 구겨넣었고, 맑은 날이면 지붕에 난 구멍들 사이로 별을 보았다고 했다.

차를 타고 계속 나아가자 익숙한 냄새와 소리가 느껴지기 시작했다. 커브를 도니 드디어 탄광이 모습을 드러냈다. 석탄을 분류하고 남은 찌꺼기들이 넓고 길게 산처럼 쌓여 공기 중으로 지독한 유황냄새를 뿜어내고 있었다. 그리고 쿵쿵대며 부딪히는 탄차들, 덜커덕덜커덕 움직이는 컨베이어벨트, 서로 고함을 질러대는 인부들의 소리가 가득했다. 환한 햇살 아래서 진행되는 지상작업은 누구든 훤히 볼 수 있었다. 지상 가장 위쪽에 목재와 기계로 이뤄진 티플러*가 있었는데, 그 목재 지지대는 멀리서 보면 거미줄처럼 매우 복잡한데도 꽤나 견고했다. 우르릉 소리를 내며 지나가는 벨트 앞에서 인부들이 석탄을 골라내고 분류하면 좋은 석탄은 맨 꼭대기의 티플러로 실려올라가 거기서 저장고로 떨어졌다. 그리고 저장고에서 드디어 석탄 트럭에 실려 마을 중심의 창고로 옮겨졌다. 먼지와 연기, 목재와 금속뿐인 이곳에서 초록이나 살아 있는 것은 어

---

* 석탄차를 회전시켜 적재물을 쏟게 하는 장치.

디서도 찾아볼 수 없었다. 생명체라곤 인부들뿐이었지만 실은 그들도 커다란 기계의 일부였다.

주간 근무조가 모여들기 시작했고, 그중 몇 사람이 차에 탄 조나 때문에 나를 이상하게 쳐다보았다. 출근길에 지나가다 길가의 직원을 태운 것과 다를 바 없는 일이라고 나는 생각했다. 물론 그의 집까지 찾아가 태웠다면 상황이 달랐겠지만. 조나의 집에는 딱 한 번 가본 적이 있다. 그의 첫째 아이가 집에서 숨을 거둔 어느 날 밤이었다. 흑인 거주지역에 발을 들인 것도 그때가 처음이었는데, 그곳의 판잣집들은 정말 날림으로 지어져 있었다. 조나 같은 사람이 그런 곳에서 산다는 사실이 참으로 안타까웠다. 그는 누구보다 열심히 일하고 식구들에게 최선을 다하는 훌륭한 가장이었다. 나는 우리 아이들에게 그를 벤턴 아저씨라고 부르게 했다. 아직 수염도 나지 않은 소년을 부르듯 하지 않도록 말이다.

조나와 나는 차에서 내리는 동안 한마디도 하지 않았다. 그는 내게 고개를 끄덕여 인사하고 떠났고, 나는 차문 밖으로 다리를 내놓은 채 작업복을 입었다. 그러고서 몸을 일으키자 척추 근육이 풀리듯 등에서 우두둑 소리가 났다.

나는 좌석에서 헬멧을 들어 거기에 달린 전구를 떼어냈다. 그리고 전구 연료통에 침을 몇 번 뱉고 벨트에서 카바이드 병을 떼어내 통 안에 약간 부었다. 카바이드와 침이 섞여 얼굴 앞을 비출 정도의 불빛을 만들어냈다. 오래된 등유 전구의 불빛은 술 취한 사람처럼 흔들거렸지만 카바이드 불빛은 언제나 안정적이었다.

관리자들은 매일 갤러웨이의 뱃속으로 들어가 덩어리를 캐내는 11번 탄광의 사백여 명 인부들에 대해 어깨에 전 세계를 짊어진 특별한 존재라도 되는 것처럼 말하곤 했다. 세계적 규모의 탄광 중 하나가 바로 여기 카본힐에 있다고, 펜실베이니아와 버지니아의 석탄이 고갈되면 앨라배마가 전 세계의 석탄 공급처가 될 거라고 그들은 늘 말했다. 내 헬멧에 달린 이 불빛이 전 세계의 미래를 책임지게 된다니 실감하기 힘든 얘기였다.

테스

딱정벌레, 혹은 반짝이는 검은색 조개 같은 석탄들이 여기저기 널려 있었다. 내 머리칼도 바로 그런 빛깔이었다. 버지 언니는 옥수수수염 같은 금발이었고 아빠는 은빛, 엄마는 흙길 색깔 같은 머리칼이었지만, 내 머리칼은 석탄 색깔이었다.

마당 안에서는 석탄을 찾아볼 수 없었다. 닭들이 있는 곳을 지나야 여기저기 떨어져 있는 석탄들이 보였다. 우리집은 언덕 아래를 따라 닭을 시작으로 젖소 모세, 말, 냄새나는 돼지 순으로 여러 가축들을 키웠다. 가축들이 있는 곳을 지나면 화장실이 나왔고 그 밑으로 개울이 흘렀다. 집 바깥도 집안만큼 깔끔하게 정돈되어 있었다. 꼼꼼하게 비질해 매끈하고 고요한 갈색 호수면 같은 마당에는 장미 덤불 섬이 있었다. 엄마가 매일 비질을 하는 덕분에 먼지가 쌓일 틈이 없었다. 비가 오는 날이면 마당은 땅콩버터처럼 반짝거렸다.

학교에서 돌아오면 버지 언니는 도울 일이 없는지 곧장 엄마에게 달려갔다. 나는 엄마와 포옹하고 스토브 쪽으로 뛰어가 우리를 위해 남겨진 음식이 있는지 냄비 뚜껑을 열어보았다. 빵이 아직도 부드럽고 따뜻한 채로 남아 있었다. 엄마는 늘 아침과 점심에 먹을 양보다 빵을 몇 개 더 만들어두었다. 빵 한쪽을 갈라 그 안에 배 잼을 발라 먹으면 방과 후 최고의 간식거리였다. 나는 이내 손가락을 빨면서 모세가 있는 곳에서 멀리 떨어져 화장실로 향했다. 모세는 나를 보면 항상 쿵쿵거리거나 물어버릴 듯 이빨을 갈아댔다. 엄마와 아빠 누구도 내 말을 귀담아듣지 않았지만 그 소는 정말로 나를 싫어하고 못마땅해했다. 버지 언니도 나와 똑같은 생각을 가지고 있었다. 한때는 우유처럼 순수하고 착한 소였는지 모르겠지만 언젠가부터 악마라도 들어가 내면을 잠식하고 영혼을 새카맣게 물들인 것 같았다. 그래서 몸에 검은색 얼룩이 생기기 시작한 건지도 모르겠다. 내가 아니면 모세라는 이름도 갖지 못했을 텐데 녀석은 매번 나를 갈기갈기 찢어놓고 싶어하는 듯 보였다.

나는 화장실에 가는 게 싫었다. 늘 숨을 참아야 했고, 어두운 실내에서 일을 보다보면 깡마른 내 엉덩이가 변기 구멍으로 빠져버릴 수도 있겠다는 생각이 들었다. (화장실에는 구멍이 두 개였지만 전부 어른용 사이즈였다.) 문을 열기 전에 깊게 숨을 들이쉬고 얼른 뛰어들어가 최대한 빨리 바지를 내리고 일을 보는 내내 속으로 숫자를 세었다. 최고로 길게 숨을 참을 수 있는 건 63까지였다.

보통 40까지 세면 볼일을 해결할 수 있었고, 주머니에 넣어 온 시어스로벅 카탈로그 낱장을 꺼내 뒤처리까지 마치면 십 초가 더 걸렸다. 할 수 있으면 냄새나는 돼지들을 지나쳐 말이 있는 곳에 이를 때까지 계속 숨을 참았다.

이날은 셀리아 고모가 오기로 한 날이었다. 나는 고모가 침을 뱉는 모습을 꼭 보고 싶은 마음에 30까지 셀 동안 일을 마치고 속바지를 입으려고 몸을 앞으로 숙였다. 그런데 바로 옆 구멍에서 통통

한 거미 한 마리가 보였다. 흔한 유령거미나 작은 풀거미가 아니라 난생처음 보는 거미였다. 몸통이 손가락만해서는 다리를 마구 꿈틀거리고 있었다. 몹시 놀란 나머지 세게 내려치자 거미는 구멍 안으로 빠져 사라졌다. 그리고 나는 비명을 질렀는데 한번 시작된 비명이 멈출 줄을 몰랐다. 나는 소리를 지르고 또 지르다 숨을 크게 한번 들이쉰 뒤 다시 소리를 질러댔다.

버지

돕슨 아저씨가 한 손에 배 한 봉지를, 그리고 다른 한 손에는 밀짚모자를 든 채 문 앞에 서 있었다. 나를 보고는 아주 살짝 고개를 까딱였다.

"너희 엄마한테 배를 좀 가져다주려고 왔는데."

"네, 엄마 불러올게요."

돕슨 아저씨는 오른발로 바닥을 툭툭 치는 걸 빼면 숨도 쉬지 않는 것처럼 보일 만큼 가만히 서 있었다. 엄마가 현관 쪽으로 올 때까지 계속해서 바닥을 툭툭 쳤다. 아저씨는 일주일에 한 번씩 우리 집으로 배를 가져다줬는데 그때마다 나는 그의 발을 쳐다보았다. 아저씨는 매번 내 머리 너머 별다를 것 없는 벽을 바라보고 있었고, 나와 시선을 마주치지 않으려고 그러는 것임을 알았기에 나는 굳이 그의 눈을 똑바로 쳐다보려 하지 않았다. 그렇게 아저씨는 벽을 바라보고, 나는 그의 발을 바라보고 있으면 빨리 엄마를 불러와야겠다는 생각이 들었다.

엄마는 개를 부르듯 집안에서 큰 소리로 서로를 부르는 걸 싫어했다.

돕슨 아저씨네는 배나무 세 그루를 빼면 가진 게 많지 않았다. 엄마는 아저씨가 돌아갈 때면 매번 바구니 가득 채소를 담아주고 옥수수가루도 약간 주었다. 그리고 배를 받을 때는 지나칠 정도로 밝고 크게 웃으며 즐겁게 보이려 했다. 자기가 가져온 것보다 훨씬 가득찬 바구니를 들고 돌아가는 것에 대해 아저씨가 너무 미안해하지 않도록, 엄마가 아예 남처럼 느껴질 정도로 지나치게 쾌활한 목소리를 낸다는 걸 나는 알았다.

엄마는 거품물이 담긴 양동이를 앞에 두고 양손과 무릎을 바닥에 댄 채 손을 씻고 나가겠다고 말했다. 다시 돌아가보니 아저씨는 여전히 테라스에서 발로 리듬을 맞추고 있었다. 아저씨는 내게 고맙다고 말하고는 고개를 돌려 개울가를 쳐다보았다.

"테스한테 무슨 문제라도 생겼나보구나. 비명소리를 들은 것 같은데."

엄마가 현관으로 나올 때쯤 나는 테스에게 무슨 일이 생겼나 궁금해 언덕 아래쪽으로 내려갔다. 테스는 늘 화장실을 싫어했다. 어렸을 때는 숙녀답지 못한 행동이라고 엄마한테 크게 혼나기 전까지 몰래 풀숲에 들어가 해결하기도 했다.

모세 쪽으로 걸어가는데 녀석이 나를 보자마자 내 쪽으로 고개를 홱 돌렸다. 처음에 테스는 녀석에게 예수라는 이름을 붙이려고 했다. 소에게 하느님의 아들의 이름을 붙인다는 게 참으로 황당한 발상이었지만 테스는 그때 겨우 다섯 살이었다. 결국엔 모세라고 이름 붙였다. 예수라는 이름에 당황한 후라서 그랬는지 아무도 테스에게 이 소는 암소이고 모세는 남자 이름이라는 말을 해주지 않았다.

모세는 지금까지 기른 소 중에 가장 심술궂은 녀석이었다. 엄마는 아침마다 아빠와 자신이 우유를 짤 필요가 없도록 내게 방법을 가르쳐주려 했으나 실패로 돌아갔다. 젖꼭지가 부드럽고 말랑말랑해 보여 물주머니 짜듯 쉬워 보였지만 젖을 짜는 데는 요령이 필요했다. 계속 연습하다보니 손목이 부어오르고 자갈에 쓸린 듯 손가락도 아렸다.

나는 모세가 있는 쪽에 다다르기 전에 테스가 대답해주기를 바라면서 이름을 크게 불렀다. 축사 밖으로 나와 풀을 뜯고 있는 녀석을 보면서 왜 소를 가둬두지 않은 건지 엄마를 원망했다. 녀석이 점박이 얼굴을 흔들흔들하며 나를 쳐다보았다. 다시 되돌아가고 싶었지만 녀석이 덤벼들 것만 같아 그러지 못했다. 무섭지 않은 척하며 그냥 지나가면 된다고 아빠는 늘 말했지만 녀석은 내가 겁을 먹었다는 걸 이미 알았다.

동상처럼 꼼짝 않고 그 자리에 서 있는데 테스가 축사 뒤에서 나타났다. 평소 자신이 좋아하는 라벤더색 체크무늬 원피스를 입고 있었다. 양쪽으로 닭 모양 주머니가 달려 있고 아랫단과 주머니를 따라 검은색 테두리가 수놓여 있었다. 메릴린 이모가 만들어준 것이었다.

"언니한테 달려들 것 같아." 테스가 속삭였다.

"쉿." 나는 여전히 눈을 홉뜨고 고개를 흔들거리는 모세를 쳐다보았다. 녀석은 테스를 보더니 나만큼이나 맘에 안 든다는 표정을 지었다. 테스는 두 발짝 뒤로 물러섰다.

"아빠가 겁먹은 것처럼 보이지 말라고 했잖아. 그냥 지나가면 계속 풀만 뜯어먹을 거야." 테스는 그렇게 말했지만 확신하는 목소리는 아니었다. 그래도 어쨌든 뾰족한 턱을 더 높이 치켜올렸다.

"나도 알아." 그러면서도 나 역시 한 발 뒤로 물러섰다. 이상하게 젖을 흔들면서 엄청 큰 혀를 내밀고 있는 이 바보 같은 녀석 때문에 내가 이렇게 겁먹었다는 사실에 문득 짜증이 났다. 닭과 돼지, 그리고 말은 다들 자기의 위치를 알았다. 심지어 아빠가 축사 주변에서 키우는 들개마저도. 하지만 이 녀석은 자기가 우리보다 서열이 높다고 생각하는 것 같았다. 우리에게 우유를 준다는 이유로 가축인 주제에 어울리지 않게 자신만만하달까. 녀석은 지나치게 당당했다.

나는 다시 모세 쪽으로 돌아서서 녀석의 눈을 똑바로 쳐다보았다. 그리고 한 발짝 다가서려는데 녀석이 내가 겁먹을 만큼만 확하고 움직였다. 나는 얼른 시선을 돌렸고 테스도 마찬가지였다. 결국 우리는 치마를 마구 휘날리며 언덕 위로 황급히 내달렸다. 나는 언제나처럼 치마를 밑으로 내리려고 애썼다.

"왜 비명을 지른 거야?" 내가 머리를 매만지며 물었다.

"거미 때문에." 테스가 테라스를 쳐다보며 씩 웃고는 총알처럼 계단 쪽으로 달려갔다.

셀리아 고모가 침을 뱉으려고 테라스 난간에 기대 있었다. 고모는 아빠처럼 파란 눈에 짙은 색 곱슬머리였고, 한 갈래로 땋은 사이사이로 머리칼이 삐져나와 있었다. 목 뒤에서 달팽이 모양으로 틀어올린 머리는 오렌지보다 컸다. 고모는 각진 얼굴에 아빠만큼 키가 컸다. 고모가 오면 아빠는 항상 미소로 맞아주었다.

셀리아 고모는 내가 본 중에 가장 침을 많이 뱉는 여자이기도 했다. 코펜하겐 무연담배*를 즐기는 고모는 나가는 길에 테라스 난간이나 장미 덤불 너머로 머금고 난 담배를 내뱉었고, 가끔은 길 위에 맑은 침만 뱉기도 했다. 고모는 여자가 일반 담배를 피우는 걸 역겨운 일로 여겼다.

테스가 달려가 고모의 목을 끌어안았다. "셀리아 고모, 그 얘기 들었어요? 우물에 빠진 아기 말이에요."

고모는 흔들의자에 앉아 손가락으로 V자를 만들고 그 사이로 캬악, 퉤 하고 난간 너머로 침을 뱉었다. 그리고 잠시 손가락 사이에서 입을 오므리고 있다가 원래대로 풀었다.

"그 일 때문에 온 거란다, 테스 루."

테스의 가운데 이름은 루가 아니었지만 고모는 그렇게 부르는 걸 좋아했다.

고모가 말하는 동안 테스만큼은 아니지만 나도 반갑게 고모의 목을 끌어안았다. 그리고 뒤로 물러서서 지붕 그림자가 드리워진 난간 쪽에 자리를 잡고 기대섰다. 테스는 고모 쪽으로 바싹 붙어 앉아 고모의 소매 끝을 만지작거렸다. 그애는 할 수 있다면 고모의 원피스에 커다란 곱슬머리 인형 모양의 단추처럼 달려서 계속 붙어다닌다고 했을 것이다.

나는 이모들, 그중에서도 늘 춤을 추듯 움직이는 메릴린 이모를 좋아했다. 메릴린 이모는 산들산들 발걸음을 옮기며 온 집안을 웃음과 수다로 가득 채울 수 있는 사람이었다. 하지만 셀리아 고모에게선 그런 섬세함이나 산들거림을 찾아볼 수 없었다. 성격도 말투도 툭 튀어나온 광대뼈만큼이나 날카로웠고, 테스는 그런 고모를

---

* 담뱃가루를 잇몸이나 혀 사이에 머금고 있다가 뱉어내는 방식의 담배.

가만히 앉아 영화라도 보듯 빤히 바라보는 걸 좋아했다. 하지만 나는 고모 때문에 안절부절못하며 늘 거리를 두었다. 어렸을 때는 고모가 오면 침대 밑에 숨기도 했다.

아빠는 한쪽 발을 테라스 난간에 올린 채 벽에 기대 있었다.

"보안관이 왔었어." 아빠가 말했다. "아기를 한번 보고는 재스퍼에 있는 그리섬 박사에게 데려간다더군. 몇 개월 된 아기인지, 특별한 사항은 없는지 알아본다면서."

아빠는 주간 근무조일 때 해질녘 혹은 해진 후에야 집에 돌아왔다. 어렸을 때 엄마가 '일곱시 출근, 여섯시 퇴근'이라고 끊임없이 일러주었지만 우리는 아빠가 언제쯤 돌아오는지 곧잘 잊곤 했다. 아빠는 퇴근한 후에도 아직 해가 지지 않았으면 정원이나 길 아래 농장에서 날이 아주 어두워질 때까지 시간을 보냈다. 언젠가부터 탄광에선 모든 인부들의 근무 시간을 줄이기 시작했고 몇몇은 아예 일자리를 잃기도 했다. 아빠 역시 예전처럼 일주일에 육 일씩 탄광에 나가는 경우는 없었고, 가끔 학교에서 돌아와보면 농장에서 일하고 있을 때가 이삼 일 연속으로 이어지기도 했다. 평소라면 아빠는 지나가는 우리를 보고 손을 흔들어주었겠지만 이날은 셀리아 고모가 오자 하던 일을 멈췄다.

정원에서 일하다 온 아빠의 부드러운 회색 셔츠가 땀으로 흠뻑 젖었고 코와 볼은 분홍빛으로 변했다. 고모처럼 아빠도 전체적으로 우락부락한 인상이었다. 팔에도 목에도, 심지어는 손에도 여기저기 힘줄이 불거져 있었고 어디도 부드러워 보이는 곳은 없었다. 가끔은 아빠를 보고 있으면 일하는 중에 탄광이 무너지는 사고가 일어나도 그 안에서 블랙다이아몬드보다 더 강하게 무사할 것만 같다는 생각이 들었다. 탄광용 헬멧이 아닌 챙 넓은 밀짚모자를 쓴 아빠는 기찻길의 쇠못처럼 보였다.

"오빠는 아기를 보고 몇 개월이나 됐는지 감이 안 왔어?" 고모가 물었다. 그러고는 아빠의 대답을 듣기도 전에 먼저 피식 웃었다. "하긴 몰랐겠지. 그래도 리타라면 알았겠지? 여자는 대충 알 것 같은데."

아빠는 테스와 나를 한번 쳐다보고는 얼굴을 찌푸렸다. "그렇지도 않을 거야. 물에 빠져 있었으니 정상적인 모습이 아니었거든. 굶주렸다면 보통보다 더 작았을 수도 있고. 그런 엄마라면 아기한테 무슨 짓을 했을지 모르잖니."

테스는 그럴 나이가 지났는데도 고모의 무릎에 앉아 목 주위를 꼭 안고 있었다. "난 가끔 그 아기 꿈도 꿔요, 고모."

"어떤 꿈을 꾸는데?" 고모가 담배를 머금고 움직이던 입을 멈추고 테스를 내려다보았다.

"아기의 작은 손가락이랑 발가락이 보이고요. 침대에 같이 누워 있는 느낌이 들 때도 있어요."

"테스, 며칠 동안 그런 얘기는 한 적이 없잖니." 아빠가 눈썹이 코까지 내려올 만큼이나 걱정스러운 얼굴로 말했다. "아직도 밤에 잘 못 자니?"

"아뇨. 잠은 잘 자요. 악몽을 좀 꾸는 거예요. 아기 얼굴도 제대로 보지 못했는걸." 테스는 고모의 팔 안쪽으로 더 깊이 파고들었다. 그러고서 사방으로 다리를 휘젓는 모습이 좀 바보 같아 보였다. 테스는 나나 아빠가 아닌 고모를 쳐다보며 속삭이듯 물었다. "그 아기 유령이 날 괴롭히는 걸까요?"

셀리아 고모는 망설임 없이 대답했다. "에이, 말도 안 돼." 고모는 피식 웃고서 옆으로 고개를 돌렸다. 캬악, 퉤. "왜 아기 유령이 널 괴롭히겠니? 누굴 괴롭힌다면 자기를 옥수수껍질처럼 던져버린 그 엄마겠지."

"고모는 유령을 믿어요?" 내가 물었다.

"너희들을 괴롭히는 그런 유령은 안 믿는다, 버지 메이." 내 가운데 이름은 일레인이었다.

"잠잘 때 내가 바로 옆에 있잖아, 테스." 내가 말했다. "혹시 대머리 아기 유령이 나타나면 내가 확 잡아버릴게."

이 말에도 테스는 안심하는 것 같지 않았다. "그런데 착한 유령이면 어떡해?"

아빠가 다가가 테스의 머리 위에 가만히 손을 올려놓았다. 엄마와는 다른 아빠만의 방식으로 늘 그렇게 우리를 편안하게 해주었다. 엄마는 손끝으로 우리를 토닥토닥 두드리거나 어루만졌지만 아빠는 그저 손 전체를 지그시 대고 있었다. 아빠가 우리의 머리나 어깨 혹은 등에 손을 올려놓고 가만히 있으면 그 무게가 고스란히 느껴졌다. "착한 유령이라면 이제 그만 너한테서 떠나야겠다고 생각할 거야. 만약 떠나지 않으면 아빠 침대로 보내렴."

테스가 미소를 지었다. "알았어요, 아빠."

고모가 아빠를 흘깃 쳐다보았다. "우물물은 괜찮은 거야?"

"괜찮겠지." 아빠가 어깨를 으쓱했다. "아기는 하룻밤 정도 빠져 있었을 뿐이고, 우물 밑으로 개울이 계속 흐르니까. 어쨌든 리타가 물을 전부 끓여서 쓰고 있기도 하고."

엄마가 양손에 컵 두 개를 쥔 채 방충망 문을 휙 열고 나왔다. 한

낮에 마시는 커피를 좋아하는 고모를 위해 특별히 준비한 모양이었다. 그렇게 땀을 흘리면서도 커피를 마시려 하다니 이해할 수 없었다. 나머지 한 잔은 아빠 것인 듯했다. 우리는 아직 커피를 마실 수 없었다.

"앨버트는 나한테 물을 끓이지 말라고 해요." 엄마가 고모와 아빠에게 커피를 건네면서 말했다. "나도 그럴 생각이긴 해요. 어차피 시간도 없고. 하지만 그렇게 해야 좀더 위생적이잖아요."

끓여놓은 모닝커피를 보관할 때도 엄마는 그 안에 벌레라도 들어갈까봐 매번 주전자 주둥이에 작은 천을 올려놓았다. 하물며 우리 식구가 마시는 우물물에 죽은 아기가 있었다는 게 엄마에겐 얼마나 신경쓰이는 일일지 뻔히 알 수 있었다.

"에이, 괜찮을 거예요. 와서 좀 앉아요." 흔들의자 하나를 가리키며 고모가 말했다.

"바닥에 비누칠이 남아서요." 엄마가 말했다. 뜨거운 물로 바닥을 문지르느라 빨개진 엄마의 손이 보였다. "셀리아, 가기 전에 나한테 와주세요. 복숭아파이를 구워놨어요." 엄마는 고모의 무릎 위에 앉아 제멋대로 널브러져 있는 테스를 잠시 바라보았다. "고모를 깔고 앉아서 괴롭히면 되겠니. 고모 괴롭히는 게 끝나면 너희 둘도 들어와서 바닥 닦는 걸 도와주면 좋겠구나."

"알았어요, 엄마." 우리는 함께 대답했다. 다시 집안으로 들어가는 엄마의 치마가 펄럭였다.

"별로 뜨거운 것 같지 않은데." 아빠가 컵을 얼굴 가까이로 가져가며 말했다.

고모가 쏜살같이 아빠의 컵 쪽으로 손을 뻗어 그 안에 손가락을 푹 담갔다. "뜨겁기만 한데." 여전히 손가락을 담근 채 고모가 말했다.

아빠는 옆니가 빠져 생긴 구멍이 다 보일 정도로 크게 미소를 지었다.

"후버 대통령이 머슬숄스 발전소의 민영화를 포기한다는 얘기 들었어?" 고모가 물었다. 아빠는 정치인은 모두 언급할 가치도 없다고 생각하는 엄마와는 정치 얘기를 하지 않았다. 하지만 셀리아 고모와 있을 때면 종종 대통령이나 주지사, 혹은 실업 문제에 대해 대화를 나누곤 했다. 고모는 정치는 모르겠지만 논쟁은 분명 좋아했다.

"다 끝난 얘기를 다시 시작할 거야?" 아빠가 커피를 한 모금 마시고 물었다. "정부가 운영하면 일자리도 생기고 전기도 얻을 수 있어. 나쁠 거 없잖아."

"망할 볼셰비키 같은 소리를 하는구나."

"셀리아……" 아빠가 우리 쪽을 쳐다보고는 말했다.

"이런, 얘네들 학교에 가면 이것보다 더 심한 말도 많이 들어. 그나저나 오빠는 망할 볼셰비키 같아."

"무슨 뜻인지 알고 말하는 거니." 고모의 거친 말을 애써 무시하며 아빠가 대꾸했다. "문제는 후버 대통령이 정부가 경제에 관여해선 안 된다고 생각한다는 거야. 국민들이 알아서 자립해 나라를 도와야 한다고 말이야."

"그게 뭐가 문젠데? 기억 안 나? 국민들 모두 힘을 모아 전쟁도 이겨냈다고."

아빠는 대답할 시간이 필요한지 어깨를 들썩이며 고개를 돌렸다. "너도 알잖니, 셀리아. 그때와는 상황이 달라. 이 동네서부터 버밍햄까지 한번 살펴봐. 일자리가 있는 사람보다 없는 사람이 두 배는 많아. 도움을 줄 게 아니라 받아야 할 사람이 훨씬 많다고. 주변을 한번 둘러봐……" 잠시 말을 멈췄지만 나는 아빠가 진짜로 화나기 직전이라는 걸 알 수 있었다. 관자놀이께에 핏줄이 불거졌다. 하지만 아빠는 잠시 말을 멈춘 채 미소만 머금었다.

"뉴욕 주지사가 내년 대통령 선거에 야당 후보로 출마할 수도 있다는군." 아빠가 마침내 입을 열었다.

"뉴욕주라." 캬악, 퉤.

테스는 발밑으로 내려가 눈을 찌푸리고 코를 찡긋하면서 고모의 입술을 쳐다보았다. "남자들이 고모랑 키스하면 담배 맛이 날까요?"

"테스." 나는 테스를 꾸짖었지만 아빠는 웃다가 커피를 내뿜을 뻔했다. 고모는 고개를 치켜들고만 있었다.

"글쎄, 그런 일로 문제가 있었던 적은 없는 것 같은데." 고모는 자신의 말을 강조하기 위해 한번 더 침을 뱉고 싶어하는 듯했지만 커피를 한 모금 마시는 걸로 대신했다. "버지, 첫 키스는 아직이니?" 고모가 내 쪽을 돌아보며 물었다.

나는 순간 아빠 쪽은 쳐다볼 수도 없었고, 뭐라고 답을 해야 하는데 입도 떨어지지 않았다. 그저 고개를 가로젓는데 동시에 아빠가 자연스럽고도 온화하게 말했다. "셀리아, 버지는 이제 열네 살이야. 그런 말로 조급하게 만들지 마."

"이제 열다섯 살이 다 되어가잖아." 내게 눈을 찡긋해 보이며 고모가 말했다. "오빠는 리타가 열여섯 살 때 결혼해놓고."

"지금은 상황이 다르지."

"뭐가 다른데? 리타네 아버지가 딸한테 접근하는 녀석이 있으면 산 채로 살가죽을 벗겨주겠다고 벼르는 오빠와는 다른 분이었다는 거?"

"음." 아빠가 고개를 끄덕였다. 그런 뒤 정원 쪽을 바라보며 고개를 젖혀 마지막 커피 한 모금을 마시고 제자리로 돌아왔다. "한 시간 정도면 해가 지겠어." 고모의 어깨를 꽉 쥐며 아빠가 말했다. "일을 마저 끝내는 게 좋겠다. 리타한테 가서 파이 챙기는 거 잊지 말고. 어머니한테도 안부 전해줘."

두 사람이 드디어 모든 대화를 끝내줘서 기뻤다.

아빠는 쿵쾅쿵쾅 계단을 내려갔고, 나는 길가의 사람들에게 혹시라도 치마 속이 보이지 않도록 두 다리를 집 쪽으로 향하고 난간 위에 걸터앉았다. "어떤 정신 나간 여자가 그런 짓을 했는지 보안관이 꼭 잡아주면 좋겠네." 고모가 말했다.

"고모는 그 여자가 미친 사람이라고 생각해요?" 내가 물었다.

"제정신은 아니겠지."

"누가 그랬다고 생각해요?" 테스가 물었다.

"나도 모르겠다만, 너한테 중요한 건 그 아기지, 엄마는 아니잖니, 테스 루."

"그게 무슨 말이에요, 고모?"

"그 아기가 네 눈앞에 나타나곤 한다며. 분명 아기가 널 부르는 것만 같을 테고, 그래서 책임감을 느끼는 거 아니야?" 캬악, 퉤.

"어떤 책임감이요?" 테스는 혼란스러워 보였다.

"그 아기를 위해 이 상황을 바로잡아주는 거지."

"어떻게요?" 당황스러워하며 내가 물었다.

"너희도 고모 아기에 대해 알지?" 고모는 새로 산 모자 얘기라도 하듯 자연스레 물었다.

우리는 한동안 아무런 대답도 하지 못했다. 고모는 별일 아니라는 듯 의자에 앉아 몸을 흔들거렸지만 우리는 그 자리에 반나절은 있었던 느낌이 들 정도로 꼼짝도 못했다. 내가 마침내 입을 열었다. "고모한테 아기가 있었어요?"

"있었지." 고모가 말했다. 아주 오래전에 결혼한 적이 있다는 사실은 나도 알고 있었다. 고모부는 이 지역 대부분의 남자들과 마찬가지로 광부였는데, 내가 태어나기도 전에 돌아가셨다고 했다. 어떤 병이 있었다고 들었다. "한번 아기를 가진 적이 있는데 예정보다 일찍 태어났지." 고모가 말을 이었다. "아기는 사흘을 살고 하늘나라로 떠났고, 피스가 마을에 묻어주었단다. 그 다음해에 마커스도 그 옆에 묻어주었고."

"마커스가 누구예요?" 테스가 물었다.

"고모 남편이었던 사람."

"고모 남편이요?" 테스는 내가 펄쩍 뛰며 한마디라도 해주기를 바란다는 얼굴로 나를 쳐다보았다. 고모에게 죽은 남편이나 아기가 있을 리 없다고, 지어낸 얘기일 뿐이라고 말이다.

"그래, 고모 남편." 고모가 반복했다. "어쨌든 너희한테 해주고 싶은 말은, 그 죽은 딸아이가 내 꿈속에 찾아왔다는 거야. 살아서 그러진 못했지만 꿈속에선 내 쪽으로 마구 기어왔지. 죽었을 때보다 더 자란 모습으로 볼도 토실토실하고 혈색도 건강해 보였어. 행복하게 웃으면서 옹알거렸단다. 가끔은 내가 깨어 있을 때도 찾아왔는데, 눈에 보이진 않았지만 무릎 위로 아기의 무게가 느껴졌어. 꼼지락대는 작은 몸에서 온기가 느껴졌어. 그런 일이 일 년이나 계속돼서 한동안은 내가 완전히 미쳤다고 생각했지. 하지만 그뒤로 마당에서 마커스가 쓰러져 황망하게 세상을 떠나자 내 무릎 위로 아기의 무게를 다시 느낄 수 있기를 세상 그 무엇보다 기다렸단다. 밤이면 아기가 찾아오길 기다리면서 몇 시간이고 의자에 앉아 있었지. 한 번도 눈에 보인 적은 없지만 나는 아기를 느끼고…… 품에 꼭 안아주었어. 흔들흔들 움직이면서 노래를 불러주었지.

그런데 마커스가 죽고 일 년이 지난 후로는 더이상 아기가 느껴지지 않았어. 꿈에도 나타나지 않고. 나를 완전히 떠나간 것처럼 말이야. 그때 내게 위안이 필요하다는 걸 알고 아기가 곁에 머물러준 거라고 생각해. 남편을 잃은 슬픔을 이겨내도록 더는 아프지 않을 때까지 함께 있어준 거겠지."

나는 담배통 대신 아기를 품에 안고 의자에 앉아 있는 고모를 상상해보려 애썼다. 침을 뱉거나 커피가 담긴 컵에 아무렇지 않게 손가락을 담가보는 모습이 아니라, 솜털 보송보송한 아기의 머리 위에서 천진하고 만족스러운 엄마의 소리를 내는 모습을.

"하지만 우물 속 아기가 날 도우려는 마음으로 그랬을 것 같진 않아요." 테스가 말했다. "그 아기는 날 편안하게 해주지 않는걸요. 오히려 슬프게 만들어요. 슬프게만."

"나는 그 아기가 너한테 애착을 느끼고 있고, 너도 그렇다는 얘기를 하는 거야." 고모가 테스에게 손가락을 흔들어 보이며 말했다. "이유는 모르겠지만, 그 아기가 너한테 위안을 얻고 싶은 모양이구나."

"그럼 어떻게 해야 하는 건데요, 고모?" 테스가 물었다.

"글쎄," 고모가 말했다. "우선 그 아기가 누군지부터 알아봐야겠지. 그리고 누가 우물 안으로 아기를 던졌는지 찾아보고, 그런 뒤 편히 잠들게 해줘야 할 것 같구나."

앨버트

내 인생 중 절반을 땅속에서 무언가를 끄집어내는 일에 썼다면, 나머지 절반은 땅속에 무언가를 심는 일에 썼다. 탄광 아래로 계속 길을 파고들면서도 무사히 땅 위로 올라갈 수 있기를 기도했다. 소작인들—그해에는 탤버트네 가족이었다—이 나 대신 길 위쪽에 있는 24만 제곱미터의 땅을 경작해주었고, 우리는 그들과 수확한 농작물을 함께 나누었다. 하지만 집 근처의 땅뙈기에는 우리가 직접 농사를 지었다. 다섯 식구가 감자, 토마토, 후추나무 등을 심었다. 그을린 코에 물집이 잡히고 손에는 새카맣게 흙을 묻혀가면서.

강렬한 태양 아래서 나는 땀과 열기로 차분해졌다. 오이와 토마토, 수박, 옥수수가 가득 열린 따뜻하고 촉촉한 땅의 냄새는 온통 검은 바위뿐인 척박한 땅의 냄새와 달랐다. 싱그러운 녹색 식물들이 쑥쑥 자라나는 냄새를 가슴 가득 들이마시면 기분이 무척 좋았다. 늘 질식할 것 같은 상태에서 유독가스나 질식가스 사이로 들이마실 공기가 남아 있는지 조심스레 조금씩 호흡하다가 콩과 호박, 그리고 흙의 냄새를 가득 마실 수 있는 이때가 정말 행복했다.

콩을 따느라 여전히 허리를 굽혀야 했지만 그래도 여기선 내가 원할 때 펼 수 있었다. 그 작은 자유가 통증을 잊게 했다. 리타는 수확한 호박과 콩을 이번 토요일에 병조림으로 만들어두고 싶어했다.

"이 정도면 다 익은 거죠, 아빠?" 딱따구리처럼 머리칼을 세운 잭이 내 뒤의 토마토 덩굴에서 고개를 들이밀며 물었다. 돌아보니 아이가 자기 머리보다 두 배는 큰 수박을 밭 가장자리로 굴리고 있었다.

"물어보지도 않고 가서 따버렸구나." 내가 지적했다.

"아빠한테 물어보려고 따 온 거예요."

"그냥 날 부르지 그랬니?"

"아빠를 귀찮게 하고 싶지 않아서요." 아이의 순수한 눈망울이 동그래졌다. "일하고 있었잖아요."

영리한 아이였다. 나는 이 아이를 절대 탄광 속으로 들여보내지 않겠다고 다짐했다. 경영대 아니면 법대에 보내리라. 일주일 내내 손톱에 아무것도 묻히지 않는 일을 할 수 있도록.

"디저트로 수박을 먹고 싶었나보구나." 내가 말했다.

"네, 아빠."

수박은 잘 익은 듯 보였다. 수박 쪽으로 다가가 손으로 탁탁 두드려본 뒤 꼭지가 붙어 있던 자리의 냄새를 맡아보았다. 달콤한 향이 났다.

"잘 익었구나. 엄마에게 갖다주렴." 나는 곁눈질로 잭을 쳐다보았다. 수박이 9킬로그램은 되어 보였다. 아이는 아래로 팔을 밀어넣고 작은 양손으로 수박을 안았다. 나는 아이가 수박을 들어올리기 전에 잠시 제지했다.

"등이 아니라 무릎을 굽히렴."

"등은 괜찮아요, 아빠." 잭이 허리를 굽힌 채 말했다. 아이의 맨발가락 사이에 흙이 잔뜩 묻어 있었다.

"녀석아, 네가 이 수박을 드는 건 아빠가 자동차만한 수박을 들려는 거랑 똑같아."

잭은 여전히 등에 힘을 잔뜩 준 채 무릎을 살짝만 굽혔다. 나는 그냥 내버려두었다. 우리 아이들은 일단 마음먹으면 좀처럼 뜻을 굽히지 않았다. 아이 셋 다 노새가 따로 없었다. 수박이 땅 위로 살짝 들리는 듯하더니 다시 쿵 하고 밑으로 떨어졌다. 잭은 말없이 고개를 숙인 채 숨을 헐떡이며 그 자리에 서 있었다.

"그렇다고 수박을 발로 차진 말아라, 잭."

아이는 내 눈을 한번 쳐다보고 볼을 부풀린 채 입을 꼭 다물고 있었다. 화가 나는 모양이었다.

"이 바구니 들고 저기 가서 콩이나 좀 따오렴." 내가 말했다. "수박은 내가 나중에 가져다놓으마."

"내가 할 수 있어요."

"콩을 따다 주는 게 아빠한테는 더 큰 도움이 될 것 같은데."

잭이 천천히 물러섰다. "알았어요, 아빠."

"잠깐만, 잭." 토마토를 따려고 다시 몸을 굽히다 문득 테스가 여전히 악몽을 꾼다는 사실이 떠올랐다. 나는 테스보다 훨씬 어린 잭이 머릿속으로 무슨 생각을 하는지 알 길이 없었다. "너도 혹시 우물의 아기 때문에 힘들거나 하진 않니?"

고개를 들어 쳐다보니 아이는 이미 바구니를 흔들며 터덜터덜 걸어가고 있었다.

"아뇨, 아빠."

정말인 것처럼 보였기에 더이상 쓸데없는 걱정으로 시간을 낭비하지 않았다. 토마토가 생각보다 훨씬 잘 익었다. 주변에 병충해를 입은 것들도 있었지만 다들 빨갛고 과즙이 풍부해 보였다. 과육이 터질 듯 부풀어오른 토마토들을 보고 있으니 입안에 침이 고였다. 하나를 따서 사과처럼 한입 베어 물자 과즙이 턱까지 흘러내렸다.

"이리 와봐라, 잭."

입안에 한여름의 맛이 가득했다. 나는 턱수염 주변으로 토마토 씨를 잔뜩 묻힌 채 하나를 더 따서 잭에게 건넸다.

"버지 누나랑 테스 누나는 하나도 못 먹어봤잖아요." 잭이 행복한 표정을 지어 보이며 말했다.

"딸들!" 내가 아이들을 불렀다. "이리 좀 내려와보렴."

아이들은 미소를 머금은 채 치마를 펄럭이고 다리를 흔들거리며 도착했다.

"이런 대낮에 일하다 말고요?" 테스가 토마토 하나를 집으려는데 버지가 물었다.

"맘에 드는 걸로 골라보렴." 내가 말했다. "가장 크고 달콤해 보이는 걸로 골라봐." 이며 혀며 손이며 팔이며 온통 과즙으로 범벅을 한 채 재잘거리며 후루룩후루룩 토마토를 먹는 아이들을 보고 있으니 절로 미소가 지어졌다.

"토마토는 정말 행복한 열매 같아요, 그죠 아빠?" 토마토를 한입 크게 베어 물고 테스가 물었다. "아주 신나고 즐거운 열매예요. 레몬은 뾰로통하고 복숭아는 바람둥이 같은데."

버지는 살짝 한입 먹고는 토마토를 멀리 쥔 채 옷에 묻히지 않으려고 허리를 굽혔다. 버지가 고른 토마토는 다른 것들보다 더 빨갛고 과즙도 풍부해 제일 좋았다. "테스는 열매마다 성격이 있다고 생각하나봐요." 버지가 말했다.

"먹기 전에 열매들과 친구가 되는 것도 나쁘지 않겠구나." 내가
말했다.

우리는 양손과 손가락에 묻은 토마토 과즙과 흙까지 쪽쪽 빨아
먹고 끈적하게 젖은 손으로 저녁 먹을 시간이 될 때까지 함께 콩을
땄다. 그리고 집에 도착해서 내가 잭과 테스를 계단 위로 안아 올
려주기 전까지 우리는 꼭 잡은 손을 떼려 하지 않았다.

버지

엄마는 늘 식사를 많이 하지 않았다. 식구들에게 음식을 덜어준
후 마지막으로 남은 양을 엄마의 접시에 담았고 가끔은 자기 몫을
남기지 않기도 했다. 고기를 먹을 때면 더욱 그랬다. 엄마는 대개 모
든 음식을 한 번씩만 덜었고 두 번을 더는 일은 거의 없었다. 이따
금 식구들이 눈치채지 못했다 싶으면 아예 식사를 거르기도 했다.

디저트로 구운 파이를 먹는데 엄마가 포크로 팬에서 파이 조각
들을 꺼내 자기만 빼고 다른 식구들의 접시에 하나씩 놓아주었다.

"리타, 당신은 안 먹는 거야?" 아빠가 물었다.

"배가 불러서요." 엄마가 자리에 앉으며 말했다.

"엄마, 복숭아파이 좋아하잖아요." 내가 말했다.

팬에 파이 두 조각이 남아 있었지만 다음날 저녁식사 후에 다시
내놓거나 아빠의 점심 도시락에 넣어주려는 것 같았다. 나는 시나
몬과 버터향이 폴폴 풍기는 파이를 바라보며 손을 대진 않았다. 테
스와 잭은 말없이 입안 가득 파이를 넣고 우물거렸다. 엄마는 그런
동생들을 쳐다보며 미소를 지었다.

"얼른 먹어라, 버지." 엄마가 말했다.

나는 가장자리를 포크로 눌러 주름을 낸 반달 모양의 부푼 파이를 접시 끝으로 밀었다. 그리고 파이를 반으로 자르자 갈색 빛이 도는 오렌지색 속이 모락모락 김을 내며 흘러나왔다. "나는 반만 먹을래요."

"그럼 나머지는 내가 먹을게." 잭이 벌써 손을 내밀며 말했다.

나는 잭의 말을 무시하며 팔꿈치로 막았다. "반은 엄마 드세요."

"잭한테 주지 그러니." 엄마가 말했다.

"엄마도 먹어봐야 맛있는지 어떤지 알죠." 내가 말했다. "어서 드세요." 나는 대답을 듣기도 전에 엄마의 접시 위에 파이 반 조각을 툭 내려놓았다.

엄마는 뭐라고 대꾸하려다 나를 한번 쳐다보고는 체커게임에서 다음 수를 어떻게 놓아야 할지 고민하는 듯한 표정으로 눈을 살짝 찌푸렸다. "그래, 알았다. 알았어."

엄마가 한입 먹자 나도 내 파이를 먹기 시작했다. 언제나처럼 무척 달콤하고 맛있었다.

3
매미 허물

잭

　루스벨트 대통령이 기차를 타고 카본힐에 방문하기 한참 전에 결국 셸리아 고모는 그를 지지하는 쪽으로 돌아섰다. 나는 중학교 졸업까지 일 년을 남겨둔 상태였고 테스 누나는 고등학교를 다니고 있었다. 버지 누나는 대통령 부부를 태운 기차가 마을에 도착하는 모습을 보려고 리빙스턴에서 돌아와 주말 동안 집에 머물렀다. 과거 시의회에서 프리스코 철도와 계약을 체결할 때 이 노선을 지나는 모든 기차는 카본힐에 정차해야 한다는 조항이 있었다고 한다. 그래서 재스퍼가 아닌 우리 마을에서 대통령 부부를 볼 수 있게 된 것이다. 아빠와 셸리아 고모, 누나들, 그리고 나는 그들을 보기 위해 거의 모든 마을 사람들과 함께 기차역까지 걸어갔다. 기차가 도착하자 영부인만 밖으로 모습을 드러냈다.

　사람들은 영부인이 손을 흔드는 그 짧은 한순간을 보기 위해 일요일에나 입는 멋진 옷들을 차려입고 나와 있었다. 내가 보기에 영부인은 생각보다 수수해 보였지만, 테스 누나는 정말 멋지다고 감탄했고 버지 누나는 약간 거만해 보인다고 말했다. 셀리아 고모—고모는 지난 몇 년간 누구에게도 볼셰비키라고 부르지 않았다—는 인파 속에서 그 누구보다 큰 소리로 고함을 질렀고, 주변의 몇몇 남자들이 공중으로 모자를 던지자 자신도 쓰고 있던 보닛*을 벗어 던져버렸다. 그리고 결국 그 보닛을 찾지 못했다. 하지만 고모는 대통령 부부의 제단에 자신의 보닛을 제물로 바쳤다고 말하며 거기에 과장된 내용을 수없이 덧붙여 그후로도 몇 십 년간 그 얘기를 하곤 했다.

그때만큼 온 마을에 뉴딜 정책 지지자들이 넘쳐나는 걸 본 적이 없었다. 대공황 이전에 어떤 정치적 성향을 가진 사람이었든, 테네시강 유역개발공사와 공공사업촉진을 통해 원조를 받은 뒤에는 다들 열렬한 민주당 지지자로 변했다. 1930년대 초반, 시의회에서 연방정부에 제출한 '자기만족성' 보고서의 내용에 따르면, 당시 마을 경제의 75퍼센트가 탄광에 의존하고 있었으나 대부분이 작업을 중단했고 부동산 가치는 60퍼센트나 떨어진 상황이었다. 바로 그때 루스벨트 대통령이 지역 주민 지원금 10만 달러에 상응하는 정부 지원금 18만 달러를 투입해 경제적 안전망을 가동한 것이다. 그 공공사업을 통해 연석과 보도가 깔리고, 포장된 길—그때까지 마을에는 포장도로가 다섯 군데뿐이었다—이 늘어나고, 수영장과 체육관이 생기는 등 카본힐이 몰라보게 발전했다. 버지 누나와 테

---

* 턱밑으로 끈을 묶어서 쓰는 여성용 모자.

스 누나가 다녔던 팔백 명 정원에 교실 스무 개짜리 고등학교도 그때 세워졌다. 루스벨트 대통령이 당선되기 전에는 마을에 실내 화장실도 거의 없었다. 그나마 있던 실내 화장실들도 배설물을 배수로를 통해 거리로 흘려보내 여름이면 악취로 죽을 지경이었는데 새 하수시설 덕분에 배수로 관리가 가능해졌다.

마을을 돌아다니면 곳곳에서 뉴딜 정책이 불러온 변화의 냄새를 맡을 수 있었다.

물론 루스벨트 대통령이 당선되기 전에도 마을은 충분히 건실했다. 물리적으론 그랬다. 어느 집이든 늑대 걱정 없이 돼지들을 잘 길러낼 만큼 튼튼하게 지어졌고, 목조 건물은 온 마을을 통틀어 세 채 이상 되지 않았다. 전부 벽돌 건물이었다. 과거 화재로 피해를 입은 탓도 있지만 무엇보다 1917년에 마을을 한바탕 휩쓸었던 강력한 태풍이 그 계기였다. 당시 태풍은 교회와 고등학교를 비롯해 수많은 건물들을 파괴시켰고, 게다가 몇 년 뒤엔 더 큰 화재가 일어나 피어스호텔부터 스웨트 레스토랑까지 마을 대부분을 삼켜버렸다. 그래서 그후로는 거리마다 벽돌 건물들이 들어서기 시작했다.

언제나 자연의 힘에 의해 그 모습이 결정되는 마을이었다. 자연은 우리가 석탄을 채굴해가는 대가로 바람, 불, 땅을 통해 이따금 인간들의 목숨을 앗아갔다. 그리고 휠체어를 탄 이 남자가 자연만큼이나 강력한 힘으로 마을 전체를 바꾸어놓았다.

앨버트

태양이 자몽색으로 변해갈 즈음 세실 배넌―우리는 그를 밴이라고 불렀다―과 오스카 존스가 우리집에 들렀다. 리타가 설거지

한 그릇들을 정리하고 흔들의자에 앉아 쉬면서 바느질을 하려고 막 바늘을 집었을 때였다. 길가에서 시끌벅적한 소리가 들려왔다. 계단을 올라오는 그들을 보니 지금까지 뭘 하다 왔는지 쉽게 알 수 있었다. 밴의 숨결에서 맥주 냄새가 풍겨왔지만 우리집 테라스에서 술병을 꺼내들 만큼 어리석은 사람은 아니었다. 우리 아이들은 술을 동화책에나 나오는 동떨어진 것으로 생각했고, 나도 아이들이 술을 가까이 접하는 걸 원치 않았다.

게다가 이 둘은 술 몇 모금으로 취하는 사람들도 아니었다. 그들은 바른 걸음걸이로 한 번에 계단을 몇 개씩 오르더니 리타에게 공손하게 고개를 숙이며 인사했다. 숨결이 느껴질 정도로 가까이 있지 않는 한 술냄새가 거의 나지 않았고…… 나더라도 눈감아줄 수 있을 정도였다. 리타는 인사를 건네고 의자에서 일어나 둘의 만류에도 손을 내저은 뒤 버지와 테스가 있는 쪽으로 갔다. 술냄새를 맡았지만 봐주겠다는 뜻인 것 같았다. 리타는 나뭇잎이 떨어지듯 부드럽게 계단 위쪽으로 가 테스를 끌어당겨 머리를 쓰다듬었다. 나는 그 모습을 지켜보다 오스카가 하는 말을 놓치고 말았다.

"……피트가 다시는 앞을 보지 못하게 될 거라더군. 두더지처럼 말이지."

"우리가 할 수 있는 일이면 뭐든 도와야겠어." 밴이 말했다.

피트는 갤러웨이에서 실직한 뒤 버밍햄의 드바델리벤 탄광으로 일하러 떠났는데 거기서 한 달 전쯤 폭발사고로 시력을 잃었다. 몇몇 사람들은 피트의 회복을 바라면서 그가 사고 직후에 감았던 붕대를 풀 때 다시 새것처럼 눈이 좋아지기를 기도했다. 하지만 어쨌든 내가 들은 바에 따르면 피트는 시력을 잃은 상태였다.

"드바델리벤에서 보상은 없었나?"

"푼돈 정도만 쥐여줬다더군." 오스카가 말했다. 그는 키는 작았지만 다부진 체형으로, 팔이 무척 굵어서 팔꿈치가 안 보일 정도였다. 그의 아내는 리타보다 세 배는 몸집이 커서 우리집 흔들의자에 끼어 앉지도 못할 정도였다. 나는 그녀가 침대에 오를 때마다 오스카가 매트리스 가운데로 저절로 굴러가진 않을까 하는 생각을 늘지울 수 없었다. 그래, 그녀라면 우물 뚜껑을 재빨리 열 수 있을지도 몰랐다.

"그러게. 우리가 그를 위해 작은 일이라도 해야 할 것 같은데." 내가 말했다.

"다음주에 여기로 다시 돌아온다더군." 오스카가 테라스 난간에 한쪽 발을 올리며 말했다. "여기에 도움을 받을 수 있는 부인네 식구들이 있으니까. 괜찮다면 자네가 돈을 걷어주었으면 하는데. 사람들도 자네라면 안심하고 돈을 맡길 테고."

나는 고개를 끄덕였다. 문득 오스카의 부인이 최근에 아이를 가진 적이 없지만 설사 임신했더라도 아무도 눈치채지 못했을 거라는 생각이 들었다. 어쨌든 그녀가 그토록 잔인한 사람일 리 없다. 오스카를 위해 정성스레 점심 도시락을 싸주고 이따금 생강쿠키를 넣어주던 다정한 부인이었으니까.

보통 나는 여자들에 대해 별다른 생각을 하지 않는다. 물론 리타는 리타다. 리타를 다른 여자들과 한데 묶어 생각할 수 없다. 내게 다른 여자들은 손이 작고, 치마를 입고 다니고, 복잡하게 머리를 꼬아올린 존재였다. 밴의 아내는 밴의 아내였고, 오스카의 아내 역시 몸집이 커서 놀라울 뿐 오스카의 아내 그 이상도 이하도 아니었다. 여자들이 복잡하게 꼬아올린 머리 속에서 어떤 생각들을 하고 있는지 전혀 알 수 없었다.

"자네, 해줄 수 있겠지?" 오스카가 눈을 감은 채 날 쳐다보지도 않고 몸을 뒤로 기대며 말했다.

나는 아내들에 대한 생각에서 얼른 빠져나왔다. "물론이지. 내가 돈을 맡도록 하지."

이런 일은 전에도 여러 번 했었다. 회사의 높으신 분들은 이런 일에 관심이 없기 때문이다. 가정부와 정원사를 부리는 저택에서 원할 때면 언제든 크림을 넣은 커피와 구운 닭고기를 즐길 수 있는 그분들은 자기 주머니에서 잔돈만 조금 털면 불구가 된 직원에게 일 년 치 급여를 줄 수 있었지만 절대 그러지 않았다. 돈이 혈관 속에 퍼진 병균 같은 것이라 해도 그들은 아마 더 많은 돈을 원할 테다. 누군가 열악한 탄광 현장에서 일하다 목숨을 잃어도, 그래서 장례식이 끝나면 그의 아내와 아이들이 굶어죽을 상황에 놓여도 그들은 관에다 한두 푼 던져주는 게 다였다. 그야말로 심장이 꽉 막혀 감정이란 게 없는 사람들 같았다. 자기 아이를 죽일 수 있었던 우물의 여자처럼. 우리가 높으신 분들에겐 아무런 조치도 취할 수 없지만 그나마 그 여자에겐 뭐라도 할 수 있을지 모르겠다.

하늘이 점점 짙은 선홍색을 띠자 나무들이 몸을 데우려는 듯 불타오르는 선홍빛 쪽으로 흔들렸다.

"자네가 어제 흑인 녀석을 탄광까지 태워다줬다면서? 정말 그랬어?" 밴이 물었다.

마침 귀뚜라미가 울기 시작했다. 반만 저문 하늘처럼 미지근한 소리로.

"응, 태워다줬는데."

"그 녀석이랑 친한 사이인가봐." 오스카가 담배를 입에 물었다. 그는 딱히 못된 사람도 아니었고 나를 자극하려는 의도도 없어 보였다. 그저 자기 의견을 말했을 뿐이다.

"몇 년이나 그를 알고 지내지 않았나. 자네 둘 다 말이야." 내가 말했다. "그에게도 이름이 있어. 조나라고 부르면 어디 덧나나." 나는 기분이 나빴다기보단 그런 말을 거듭해야 하는 상황에 지쳐 있었다. 하지만 그 말은 담배 연기와 함께 공중에 잠시 붕 떠 있었고 아무도 거기에 대꾸하지 않았다. 나는 허벅지 위에 종이를 펼치고 통에서 담배를 조금 꺼내 한 개비를 더 말았다.

"흑인 놈들은 우리만큼 열심히 일하지 않아." 내가 담배 연기를 내뿜자 마침내 밴이 입을 열었다.

나는 조용히 담배를 절반 정도 피웠고 흔들의자에선 삐걱거리는 소리가 났다. 의자에 앉아 흔들거리며 담배를 피우는 건 아주 기분좋은 일이었다. 의자가 흔들리는 모습을 보면 거기에 앉은 사람이 어떠한지 알 수 있었다. 느리지만 꾸준한 사람, 성급하고 변덕스러운 사람, 달팽이처럼 게으른 사람. 밴은 흔들의자를 세게 구르면 테라스 바닥이 덮쳐와 물기라도 할까봐 걱정하는 사람처럼 조심조심 움직였다.

이따금 아이들이 말하고 킥킥대는 소리가 들려왔다. 저 아이들에게 흑인 아이들과 눈을 맞춘다는 건 내가 중국까지 수직갱도를 파는 것과 마찬가지로 상상하기 힘든 일이었다. 탄광에 문제가 생겨 우연히 마주칠 때를 제외하면 리타도 아이들과 다를 바 없었다. 물론 일부 흑인들은 급여를 몽땅 술 마시는 데 날려버리기도 했고 아무런 의욕 없이 지내기도 했다. 집에 돈이 떨어진 게 아니면 일하러 나오지도 않았다. 그런데 그 모든 것들은 흑인이라는 이유로 그들이 처한 상황 때문에 벌어지는 일일지도 몰랐다.

하지만 어깨와 어깨를 맞대고 서로의 수레를 밀어주면서 함께 일하다보면 상대를 바라보는 눈도 바뀌기 마련이다. 몇 년 전, 남자 다섯 명이 가스 폭발로 불에 타 사망했는데 발견된 시체들을 보니 하나같이 석탄처럼 새카맣게 변해 있었다. 그리고 그곳에서 흑인 여자와 백인 여자가 같은 시신을 바라보고 있었다. 다들 나란히 서서 새카만 통나무처럼 변해버린 시신들 중 자신의 남편을 찾아내려고 애쓰는 모습은 의미하는 바가 많았다.

"흑인 놈들을 노조에 끼워주는 게 아니었는데." 오스카가 말했다.

이제 오스카와 밴은 내가 조나를 탄광까지 태워다준 일이나 딱히 어떤 문제에 대해 열을 올리지 않고 그저 이런저런 얘기들을 주고받았다. 아이들이 똑같은 동요를 거듭 불러대는 것처럼 늘 하던 얘기들이었다. 나는 말없이 흔들의자를 계속 움직였다. 오스카는 노조를 예전처럼 되돌리고 싶은 모양이었다. 이젠 노조라고 부르기도 뭐했다. 하지만 흑인과 백인이 한 테이블에 앉는 것만으로도 큰 거부감을 느끼는 이런 시기에 우리 노조 안에서는 그런대로 부드럽게 조화를 이루고 있었다. 전미탄광노동조합인 UMW에서 흑백이 하나로 뭉쳐야 한다는 입장을 확고하게 유지했기에 선택의 여지가 없기도 했지만, 거대한 시스템 내에서 모두가 조화롭게 움직이려면 그 방법뿐임을, 생각 있는 사람들이라면 이미 깨닫고 있었다.

성경에 이런 구절이 있다. "너희가 여기 내 형제 중에 지극히 작은 자 하나에게 한 것이 곧 내게 한 것이다." 결국 흑인들에 대한 대우가 우리 자신들에 대한 대우이기도 했다. 흑인들이 낮은 임금을 받으면 우리도 마찬가지일 수밖에 없었다. 흑인들을 함부로 해고하는 관리자들을 방관하면서 우리에겐 더 잘해줄 것을 요구할 순 없는 노릇이었다. 좋아지면 다 같이 좋아지고, 나빠지면 다 같이 나빠진다.

드디어 1928년에 주정부에서 죄수노동력임대제도를 폐지했다. 감옥에 있어야 할 죄수들을 탄광에서 일하게 하는 게 옳지 못하다는 판단에서가 아니라, 죄수를 이용해 탄광이 이득을 보는 걸 다른 대기업들이 좋아하지 않았기 때문이다. 열에 아홉은 흑인인 죄수들에게 임금을 지불할 필요가 없었고, 탄광 회사는 그들을 인간으로 대우하지 않으며 동물 다루듯 채찍을 휘둘러댔다. 아침 여섯시부터 밤 열시까지 일을 시킨 뒤 채찍질을 하며 한 줄로 세워 죄수실에 가둬놓고 식사도 제대로 주지 않았다. 당연히 백인 인부들도 매우 낮은 임금을 받았다. 이름만 다를 뿐 노예나 다름없는 일꾼들이 있는데 왜 군이 많은 돈을 주고 다른 일꾼을 고용하겠는가. 더 나은 대우와 더 많은 임금을 요구하는 인부에겐 짐을 싸서 켄터키로 가 일자리를 찾아보라고 하면 그만이었다. 어차피 돈 한푼 주지 않아도 공짜로 일해줄 일꾼들이 얼마든지 있으니까. 할당량을 채우지 못했거나 안전검사를 더 해야 한다고 보고하는 인부가 있으면 관리자들은 바로 그 앞에서 흑인 죄수들을 가리켜 보였다.

노예와 다름없이 부려지는 그 죄수들이 딱히 큰 죄를 저지른 것도 아니었다. 곡식 한 자루를 훔쳤거나 만취해 집에 가는 길에 조금 시끄럽게 군 정도였다. 고작 그런 이유로 지하에 끌려가 등에 채찍을 맞으며 일하게 된 것이다. 다른 백인 인부들의 처지도 다를 바 없었지만 적어도 채찍을 맞진 않았다.

하지만 나는 이런 얘기들을 절대 입 밖으로 꺼내지 않았다. 지붕 밑에 새로 생긴 벌집 하나가 보였다. 어쩌면 예전부터 있었던 걸지도 모르겠다.

"끝내주게 멋진 노을이군." 오스카가 말했다. "밤이 안 왔으면 하는 마음이 다 드는걸."

"정말 그렇군." 내가 말했다.

"그들은 우리랑 달라. 나는 그 말을 하고 싶을 뿐이라고." 내가 노을에 대한 오스카의 말에 동의했듯 이번엔 자신의 말에 동의해주기를 바라는 것처럼 밴이 말했다.

"벤 배럿도 비슷한 말을 했었지." 나는 대신 이렇게 말했다.

십일 년 전, 1920년 파업 당시 한 흑인 노조원이 파업에 비협조적으로 돌아선 다른 흑인 노조원들을 위협한 사건이 있었다. 보안관 벤은 그 노조원을 식당으로 불러내 사건에 대해 얘기를 나누었다. 그때 힐이라는 백인 노조원이 뒤따라와 벤과 그의 부하를 총으로 쏘았다. 벤이 흑인 노조원에게 한 그 말 때문이었다. 그 순간 힐은 그 흑인 노조원을 지켜야 할 동료로 생각했을 것이다. 나는 힐과 전부터 알던 사이였다. 독사 같은 사람으로 늘 트집을 잡아 공연히 악을 썼고 가끔은 흑인들에 대해서도 이유 없이 욕을 해대곤 했다. 그런 그가 한 흑인을 위해 목숨을 바친 것이다.

해가 완전히 지자 보이는 거라곤 우리가 피워대는 담뱃불뿐이었다. 여전히 우리는 흔들의자에 앉아 있었다. 리타는 무릎 위에 테스를 앉히고 머리를 땋아주고 있었다. 버지는 무릎 위에 잭을 앉히고 아이의 손을 잡고서 무릎을 앞뒤로 흔들며 야생마 놀이를 해주고 있었다.

"우리 애들도 저 놀이라면 환장을 했지." 야생마 놀이를 하는 아이들 쪽을 담뱃불로 가리키며 밴이 말했다.

"저러다 땅에 한번 쿵 하고 떨어지면 마음이 바뀔걸." 오스카가 말했다. "우리 막내 녀석은 미꾸라지 놀이인 줄 알았나봐."

밴과 나는 깔깔대고 웃었다. "결국 딱 한번 탔다니까." 오스카가 말했다.

우리의 대화가 드디어 끝이 났다. "이제 집에 가야겠군." 셔츠 주머니에서 잔돈을 꺼내며 밴이 말했다. "여기 50센트 받게. 피트를 위한 돈이네."

나는 밴의 식구들에 대해서도 생각해보았다. 밴의 아내는 현명한 사람 같았다. 남자들의 청혼을 세 번이나 거절한 왈가닥 딸도 있었지만 문제될 일은 아니었다. 내가 이웃 여자들에 대해 아는 것이 있다면 그녀들이 남편의 점심 도시락으로 무엇을 싸주느냐 정도였다. 햄과 빵을 넣어준 사실만으로 아기를 살해했을 거라고 추측할 순 없는 노릇이었다.

테스

셀리아 고모가 다녀가고 이틀이 지나서야 나와 버지 언니는 고모가 한 말에 대해 대화를 나누었다. 대화라기보단 일방적으로 언니가 앞으로의 계획에 대해 말하는 것에 가까웠지만.

우리는 여름과 가을 내내 집안보다는 테라스에서 많은 시간을 보냈다. 테라스 계단 양쪽에는 난간 대신 앉을 수 있을 정도로 넓은 콘크리트 벽이 세워져 있었다. 엄마와 아빠가 흔들의자에 앉아 있는 동안 나는 콘크리트 벽 위에, 언니는 아래에 자리를 잡곤 했다. 언니는 콘크리트 벽에 등을 기대고 계단 위에 L자로 앉는 걸 좋아했고, 나는 그 위에서 언니보다 커 보일 수 있어서 좋았다. 우리 둘 다 만족할 수 있는 자리 배치였다.

우리는 주로 계단에 앉아 반딧불을 바라보면서 그 수를 세어보거나 몇 마리 잡아서 손안에 살짝 가두어보기도 했다. 아빠는 담배를 피웠고, 엄마는 아직 해가 조금이라도 남아 있으면 재봉틀로 수선하기 힘든 옷들을 가지고 나와 손바느질을 했다. 해가 다 져서 더이상 아무것도 보이지 않을 때에야 바느질을 멈췄다. 집 앞을 지나는 이웃들은 늘 우리에게 인사를 건넸고, 가끔은 테라스까지 와서 대화를 나누기도 했다. 언니와 나도 가끔 거리로 나가 그늘에 가려 누군지 알 수 없어도 테라스에 있는 이웃들에게 인사를 했다. 언니는 나만큼 그 일을 좋아하지 않았다.

그날 밤, 여느 때처럼 차가운 콘크리트 벽 위에 앉아 있는데 언니가 놀라운 얘기를 꺼냈다.

"리스트를 하나 만들어야겠어." 뜬금없이 언니가 말했다.

"뭐라고?"

"셀리아 고모 말대로 누가 그런 짓을 했는지 알아내야겠어."

"아기 리스트를 만들자는 거야?"

"음, 아기가 있었던 여자들이 누군지 생각해보는 거야. 지난 육 개월 사이에 출산한 적 있는 여자들을 알아내면 마을을 돌아다니면서 아기가 없어진 집이 어디인지 알 수 있겠지."

"아기가 육 개월 정도 됐다는 건 어떻게 아는데?"

"아마 그보다 어릴 거야. 하지만 육 개월로 잡는 게 안전할 거 같아." 언니는 앞으로 다리를 쭉 뻗어 발목만 꼬고 있었다. 치마가 발목 약간 위까지 덮고 있었지만 그 아래로 스타킹이 말려내려간 게 보였다. 물론 나는 스타킹 따위 신지 않았다. 학교에서 돌아오자마자 벗어서 뒷문에 던져놓느라 신발도 신고 있지 않았다. 신발을 신을 수 있다는 사실만으로 감사해야 한다고 늘 엄마는 말했지만 나는 신발 신는 걸 좋아하지 않았다. 엄마는 우리 땅에 농사를 짓고 사는 탤버트 아저씨네 아이들처럼 신발조차 없는 아이들이 많다고 말했다. 그리고 나처럼 신발을 안 신고 다니다가는 발바닥 속으로 벌레들이 파고들어 집을 짓고 살지도 모른다고 했다.

나는 작은 벌레들이 내 발뒤꿈치나 엄지발가락 속에 집을 짓고, 그 안에 조그맣게 거실을 만들어 주근깨만한 식탁과 작은 침대를 가져다놓고 따뜻하게 불도 피우는 모습을 상상해보았다.

엄마는 벌레들이 결코 그런 식으로 집을 짓지 않는다고 했지만.

하지만 엄마도 늘 신발을 벗어던져버리고 흔들의자에 앉아 맨발로 테라스를 탁탁 두드리며 바느질을 했기 때문에 나를 심하게 혼내지는 못했다.

"우리 딸들, 여기서 무슨 음모를 꾸미는 거지?" 아빠가 부르는 소리에 나는 깜짝 놀랐다.

"아무것도 아니에요, 아빠." 우리가 동시에 대답했다.

아빠는 엄마를 한번 쳐다보고 담뱃재를 털었다. "그 말 할 때가 제일 문제던데." 아빠는 다시 캐묻지 않고 흔들의자에 앉은 채 담뱃재를 털었다.

버지 언니는 방으로 들어가 학교에서 쓰던 노트와 연필 몇 자루를 들고 테라스로 나왔다. 언니는 발가락에 땀이 차고 답답하지도 않은지 늘 신발을 신고 있었다. "자, 우리 주변 사람들부터 시작해보자."

"언니?"

"롤라 로 아줌마가 몇 달 전에 아기를 낳았어. 그건 내가 알아."

"언니?"

"왜?"

"이걸 왜 하는 건데?"

"뭐?"

"언니는 유령 같은 거 믿지 않잖아. 악몽을 꾸는 것도 아니고. 왜 이렇게 서두르는 건데?" 어떤 일에 적극적으로 첨벙 뛰어드는 건 언니답지 않았다. 무슨 일이든 조심스레 발가락만 살짝 담가보기를 좋아했으니까.

언니는 가축들이 있는 쪽만 응시하며 내 얼굴은 보지도 않았다. "난 네가 더이상 그런 악몽을 꾸지 않았으면 좋겠어, 이 찡찡아. 그리고 이게 옳은 일이니까. 불쌍한 아기에게 이름이라도 찾아주려면 말이야."

셀리아 고모가 한 말에 언니가 관심을 가지고 있는 줄 몰랐다. 고모의 말을 듣고도 한동안 잠잠했기에 나는 언니가 일단 생각하는 중인 줄 알았다. 언니는 생각과 행동을 동시에 하지 못했다. 어떤 일이든 머릿속으로 정리한 후에 그제야 수학 문제를 풀 듯 한단계씩 밟아나갔다.

"글쎄. 정말 이 일을 하고 싶은 건지 잘 모르겠어." 내가 언니에게 말했다. "머릿속에서 그 아기 생각을 다 지워버리고 싶을 뿐이야."

언니가 나를 쳐다보았다. "누가 그랬는지 알고 싶지 않아?"

나는 먼 곳을 바라보았다. 그리고 입안이 바싹 말라가는 느낌에 침을 삼켰다. 나도 고모가 한 말에 대해 생각해보았고, 그게 계속 마음에 걸리긴 했다. 하지만 고모 말대로 아기에게 도움을 줘야겠다는 것보단 나 자신을 더 생각했다. 나는 우물과 개울, 그리고 내가 꿈꾸던 것들을 다시 돌려받고 싶었다. 밤이면 종종 우물 옆 테라스에 홀로 앉아 내가 바라보는 이 풍경이야말로 세상에서 가장 아름답고 완벽할 거라고 생각했는데, 이젠 아기 사건만 떠올리면 그 아름다운 감정들이 한꺼번에 일그러졌다. 나는 그 모든 생각을 끝내고 싶었다.

"여자가 왜 그런 짓을 했는지 알고 싶지 않아?" 언니가 거듭 물었다.

"내버려두면 안 돼, 언니? 어떻게든 잊어버리면 되잖아."

"그냥 잊을 순 없어." 언니가 말했다. "그런 일이 쉽게 잊힐 리 없잖아."

"잊힐 수도 있지. 언니가 어떻게 알아."

"아기에 대해 생각해봐, 테스. 아기가 너한테 도움을 원할 수도 있다는 고모의 말을 생각해보라고."

나는 그 아기가 내 일상을 엉망진창으로 만들어놓았다는 사실이 싫었고, 그래선지 도와주고 싶은 마음도 전혀 들지 않았다. 내게 위안을 얻고 싶다면 꿈속에서 비스킷이나 땅콩버터나 레모네이드 같은 거라도 가져와 좀더 친절하게 굴어야 하지 않을까. 그런데 한편으론 우리가 이름과 엄마, 그리고 집과 인생을 되찾아주면 아기가 우물을 놓아줄 수도 있겠다는 생각이 들었다. 그러면 우물은 다시 내 것이 된다.

"그러니까 언니는, 내가 도와주면 아기가 천국으로 가서 날 놓아줄 거라고 생각한단 말이지?"

버지 언니는 세상에 유령이란 없을뿐더러 아기는 이미 천국에 있다고 말하고 싶어하는 듯했다. 하지만 더이상 아옹다옹하지 않고 내가 자신의 계획대로 따라주기를 바라는 표정으로 잠시 입술을 깨물고 있더니 이렇게 대답했다. "아기가 자기 이름을 찾고 제대로 묻힌다면 모든 상황이 나아질 거야."

아기는 불쌍한 무연고자들의 구역에 묘비조차 없이 묻히게 될 것이다. 안쓰러운 마음이 들었지만 왠지 언니가 나를 엉뚱한 방향으로 이끈다는 느낌도 들었다.

"그러니까 아기가 날 놓아줄 거라는 말이지?" 내가 다시 물었다.

"아우, 정말. 그건 나도 장담할 수 없지." 언니가 씩씩거렸다. "생각해봐. 넌 그 사건을 무시하려고 애쓰는데도 여전히 악몽을 꾸잖아. 그러니까 네 해결책은 소용없는 거야." 언니는 저멀리 숲을 바라보다가 다시 날 쳐다보며 가장 가까이에 있는 내 발목을 톡톡 두드렸다.

"너는 그 아기를 원망하면 안 돼. 결국 이 모든 일을 만든 건 아기의 엄마라고."

사실 그랬다. 그 엄마만 아무런 문제도 겪지 않는 건 정말 불공평한 일이었다. 그녀가 태평하게 자는 동안 엉뚱한 내가 이리저리 뒤척이고 힘들어하다 숨을 헐떡이며 깨는 것이다. 미치광이 같은 눈을 하고 얼굴에 곰보 자국이 가득한 그녀가 시커먼 어둠 속에서 혼자 씨익 웃으며 좁고 딱딱한 베개에 머리를 대고 잠드는 모습이 떠올랐다. 더는 상상하고 싶지 않았지만 그녀가 몸을 움직이기 시작하는 모습이 눈앞에 그려졌다. 막 잠들려는 그녀가 두툼한 손을 뻗어 옆자리를 쓰다듬다가 과거 아기가 누워 있던 바로 그곳을 기다란 손톱 끝으로 탁탁 두드려댔다. 그리고 그 빈자리를 느낄 때마다 더욱 큰 소리로 웃었다. 머릿속으로 인어를 상상했을 때보다 더 선명하게 그녀의 모습이 떠올랐다.

"사람들하고 얘기하는 건 언니가 할 거지?" 내가 물었다. "어딜 가든지 언니가 먼저 들어가는 거다?"

"그럼." 말은 내가 더 잘하는 편이었지만 언니는 그렇게 대답했다.

"그리고 내가 싫다고 하면 억지로 시키지 않을 거지?"

"물론이야."

"알았어. 그럼 언니를 도울게." 그 여자가 그토록 쉽게 우물 안으로 아기를 던져버렸던 것처럼 나도 머릿속에서 그녀를 빨리 잊을 수 있기를 바라며 말했다.

잭이 이마 위로 곱슬머리를 늘어트린 채 우리 쪽으로 다가왔다.

"틱택토*라도 하는 거야?" 잭이 물었다. 그림을 그리거나 뭐든 끄적대기를 좋아했기 때문에 잭은 항상 손에 연필을 쥐고 다녔다. 엄마는 잭이 어디서든 흔적을 남기고 다니는 아이라고 했다. (제대로 기어다니지도 못할 때부터 연필을 손에 쥐고 거실 벽에 온통 낙서를 했다고 하니까. 아주 어렸을 때라 기억나지 않고, 엄마가 그 후의 일을 얘기해주지 않아 알 순 없지만 그때 잭이 어떤 벌을 받았을지 정말 궁금했다. 분명 특이한 벌을 받았을 텐데.)

---

* 아홉 개의 칸에 번갈아 O와 X를 그리면서 연달아 세 칸을 채우면 이기는 게임.

"그런 거 아냐, 잭." 내가 말했다.

"나도 껴도 돼?"

저리로 가서 반딧불이나 잡으라고 말하려는데 버지 언니가 잭을 번쩍 들어올려 옆에 앉혔다. 언니는 노트 위에 틱택토판을 그린 뒤, 나한테는 새로 찢은 종이와 연필을 건넸다. 그러고는 잭에게 다른 연필을 쥐여주며 말했다. "먼저 해. 네가 X야."

내게는 이렇게 말했다. "자, 이제 시작하자. 누가 아기를 낳았는지 이미 생각해뒀어. 롤라 로 아줌마, 프라이드 스탠턴 아줌마……" 언니는 계속 이름들을 말했다. 나는 언니와 잭이 X와 O를 그려나가는 동안 그 이름들을 적어내렸다. 언니는 잭에게 두 번 져주고 그다음 두 번은 이겼다. 리스트를 완성했을 즈음 해가 완전히 졌고, 마지막 이름들 몇 개는 종이 옆쪽에 비스듬히 적어야 했다. 우리가 아는 가운데 3월 이후로 아기를 낳은 여자는 열네 명이었다.

"보면 바로 알 수 있다고 생각하지 않아?" 내가 물었다.

"뭘 알아?" 언니가 목을 길게 빼고 내가 적은 것들을 쳐다보며 말했다.

"어쩌다 우연히 알아낼 수도 있잖아. 분명 평범한 모습은 아닐 테니까."

"왜 평범한 모습이 아닌데?"

"미친 여자일 테니까. 아주 사악하거나."

"하지만 그녀가 늘 하는 게 그런 일일걸. 평범한 척하는 거." 언니가 손가락 한 개를 구부려 연필을 끼운 채 콘크리트 벽 옆에서 달랑달랑 흔들며 말했다. "우리가 매일 얼굴을 봐온 사람일 수도 있어."

"하지만 미친 사람은 눈에 딱 보여." 내가 말했다.

"그렇게 간단하면 왜 지금껏 그녀가 우리 눈에 띄지 않았겠니? 미쳤거나 사악한 건 우리가 생각하는 것과 다를 수 있어."

"누가 미쳤는데?" 잭이 물었다.

"말이 그렇다는 거야." 언니가 말했다. "우리 얘기에 신경쓰지 마."

"누가 미쳤는데?" 잭이 다시 물었다.

"우물에 아기를 버린 여자 말이야." 내가 신경질적으로 대꾸했다.

"아," 잭이 얼굴을 찌푸렸다. "난 그냥 물어본 거야."

"일일이 캐묻지 좀 마." 잭은 무슨 일에든 끼어들려는 버릇이 있었다.

"내 생각엔 누나가 미친 사람 같아." 잭이 중얼거렸다.

"뭐?" 잭이야말로 제정신이 아닌 모양이었다.

"누나는 아직도 인어나 요정 같은 것들이 있다고 믿잖아."

"그게 어때서?"

"그런 건 없어. 바다에 인어가 있는지는 모르겠지만, 누나는 숲에도 요정이 살고 있다고 말하잖아. 그런 게 있을 리 없는데."

"분명히 있거든."

"그럼 왜 우리가 아직 한 번도 못 본 건데?"

"아우, 그만둬." 언니가 씩씩대며 말했다. "너희 둘은 만나기만 하면 싸워대는 강아지들 같아. 테스 얘기에 신경쓰지 마, 잭. 지금 기분이 안 좋은 거니까."

잭은 나를 한번 쳐다보고는 버지 언니가 다시 새 판을 그리기를 기다리고 있었다. 언니는 잭을 쳐다보며 미소를 짓고 내 쪽은 더이상 쳐다보지 않았다. 제일 작고 귀여운 막내가 늘 옳다는 식으로 끝나는 게 불공평하다고 생각했다.

"아직도 미친 사람은 보면 알 수 있다고 얘기하고 싶은 거야?" 언니가 입술을 거의 떼지 않으면서 부드럽게 물었다. "좋아, 테스. 내가 하고 싶은 얘기를 다 해볼게." 언니는 잠시 아랫입술을 깨물었다. "우리가 미친 사람을 구별해낼 순 없어. 겉모습만으론 아무것도 알아낼 수 없어. 엄청 큰 눈동자를 마구 굴리고 다니는 건 아닐 테니까. 그 여자를 찾아내려면 우리가 좀더 현명해져야 한다고."

"난 그 여자가 눈동자를 마구 굴리고 다닐 거라고 얘기한 적 없어." 그건 바보 같은 소리였다.

"네가 이 일을 진지하게 생각하지 않는다면 나 혼자 할게."

"나 진지해." 내가 주장했다. 언니는 아무 말도 하지 않았다. "난 진지해. 아주아주 진지해. 죽고 싶을 만큼 진지해."

언니는 화가 나 보였다.

"아니, 그러니까 내 말은." 내가 말했다.

정말 그런 뜻은 아니었다. 가끔은 그럴 의도가 아닌데도 잘못된 농담이 튀어나올 때가 있지 않은가. 그리고 내 입은 머리보다 지나치게 빠를 때가 있다. "난 정말 진지하다고."

"그럼 됐어. 네가 이 일을 어린애처럼 대하지만 않는다면."

"알았어." 내가 잽싸게 고개를 끄덕였다. "진짜 보안관이 된 것처럼 할게."

언니는 몸을 돌려서 내 무릎 위에 있는 리스트를 가져갔다. "아, 그 생각을 못했네." 적힌 이름들을 보다가 언니가 말했다. "이 세 명은 딸을 낳았는데." 그러고선 그 이름들을 지워버렸다.

"이름들은 왜 적은 건데?" 다시 게임이 시작되기를 기다리던 잭이 종이 끝에 연필로 소용돌이를 그리며 물었다.

"어, 그냥." 언니가 말했다. "별 사람들 아냐." 언니가 X줄을 막 아버리자 잭은 우리가 하던 얘기들을 금세 잊어버렸다.

"언니, 카본힐에 사는 사람들이 몇 명이나 돼?" 내가 물었다.

언니는 고개를 들더니 잠시 입술을 물었다. "아빠, 카본힐에 사는 사람들이 몇 명이나 돼요?"

"삼천 명쯤." 아빠가 대답했다.

순간 나는 걱정됐다. "삼천 명을 우리가 다 알 순 없잖아."

언니는 잠시 고민했다. "음, 그 여자는 우리집 우물에 아기를 버렸어. 그러니까 이 근처에 사는 게 틀림없어. 어쩌면 우리를 알 수도 있고." 그러고는 리스트를 내려다보았다. "우리가 직접 가서 아기들을 확인해봐야 할 것 같아."

"집집마다 찾아가서 아기 좀 보여달라고 하겠다는 거야?"

언니는 리스트를 쭉 훑어보았다. "음, 이중 몇 명은 일요일에 교회에서 볼 수 있어. 나머지 사람들부터 시작해보자."

"그러니까 언니는 죽은 아기의 마음을 편안하게 해주려고 이 일을 하겠다는 거지?" 나는 여전히 미심쩍었다.

언니는 곧바로 대답했다. "엄마가 아기를 지나치게 아끼고 사랑하고 소중히 여겨도 이런 일을 벌일 수 있는 건지 알고 싶을 뿐이야."

버지

초급 문법 시간에 '바깥에outside'라는 단어를 전치사라고 배웠다. "그 공을 상자 바깥에 놓으시오"라는 문장처럼. 하지만 내가 살아온 이 동네에서 '바깥'이란 손으로 직접 만지고 느껴볼 수 있는 것, 즉 명사와 다름없었다.

숲은 개울 끝자락에서 시작되었다. 개울물 흐르는 소리 때문에 숲속 깊숙이 들어가야 새소리를 들을 수 있었다. 땅에는 그림자들과 나뭇잎들, 때로는 햇빛이 드리워 얼룩덜룩한 무늬가 생겼다. 그곳에서 내 발소리가 너무 크게 들리면 이방인이 된 기분이 들었다. 하지만 조용히 있으면 완전한 고요 속에서 숲속으로 빨려들어가 나무에 기대거나 이끼도 벌레도 없는 평평한 바위 위에 앉아 있을 수 있었다. 주변이 몹시 고요해서 피칸 열매나 히커리 열매가 땅에 떨어지는 소리까지 들릴 정도였다. 다른 사람들은 없었다. 나를 보는 사람도, 내 소리에 귀기울이는 사람도. 나는 홀로 있을 수 있는 이 숲이 제일 좋았다.

이번에는 엘라 그리고 로이스와 함께 숲을 찾았다. 아주 잘 아는 친구들이라 나 혼자 있을 때와 다르지 않았다.

나무들은 대부분 초록색이었지만 살짝 붉은 기가 감돌았고, 걷다보면 연노랑이나 주황이 도는 이파리들이 머리 위로 떨어지기도 했다. 엘라는 밤을 한가득 주웠고 로이스는 히커리 열매를 잔뜩 모았다. 나는 야생 블루베리를 모았다. 우리는 자기 자루에 모은 열매를 맛보거나 서로의 자루에서 멋대로 꺼내 먹기도 하면서 배가 터질 지경이었지만, 여전히 집으로 가져가 히커리 열매를 볶아 먹거나 블루베리로 파이나 코블러*를 만들 만큼 많이 남아 있었다.

---

* 위에 반죽을 두껍게 얹은 과일파이.

3 매미 허물 91

78번 고속도로 뒤에서 산을 따라 올라가는 길은 우리를 위해 차려놓은 저녁 식탁 같았다.

"만약에 그애가 널 좋아한다면 만나볼 거야?" 엘라가 물었다. 엘라는 밤을 오도독 씹어 먹으면서 알맹이가 빠진 채 벌어진 밤 껍질을 던졌다.

나는 얼굴을 찌푸렸다. 헨리 하켄은 마을 대형 탄광의 부유한 관리자네 아들이었다. 나는 그애를 보면 왠지 마음이 불편했다. 돈 많은 집 아들인 그애는 늘 나와 테스, 그리고 잭이 입은 옷을 모두 합친 것보다 두 배는 더 비싼 차림으로 다녔다.

"모르겠어."

"한번 생각해봐!"

나는 그애가 자신을 소개할 때 절대 헨리라고 하지 않고 항상 헨리 하켄 주니어라고 하는 것이 마음에 들지 않았다. 정말 거만한 행동이라고 생각했다. 나는 앞에서 걸어가는 엘라와 로이스를 바라보았다. 팔꿈치가 서로 붙은 종이인형들처럼 팔이 닿을 정도로 아주 가까이 서서 걷고 있었다. 다른 쌍둥이는 본 적이 없었기에 다들 그렇게 행동하는지는 알 수 없었지만, 그 둘은 행동이며 몸짓이며 걸음걸이까지 거울에 비춘 듯 똑 닮았다. 신께서 두 아이를 한 교실에 앉혀놓고 똑같이 행동하도록 가르치기라도 한 것처럼. 엄마와 테스, 그리고 내가 함께 걸어갈 때 햇빛이 비춰 앞쪽에 그림자가 생기면 우리도 세쌍둥이처럼 보이긴 했다. 하지만 우리는 다리며 팔이며 허리며 비쩍 말라 막대기 같았지만, 엘라와 로이스는 일요일마다 거들을 입고 나올 만큼 몸매에 곡선미가 있었다. 나는 물에 흠뻑 젖어도 45킬로그램이 채 되지 않았다.

엘라와 로이스는 남자아이들에 대해 얘기하는 걸 좋아했지만 나는 전혀 관심이 없었다. 나를 쳐다보는 눈길도, 여자아이들이 지나가면 떼 지어 고함을 지르는 행동도 마음에 들지 않았다. 갑자기 무대에 올라가 대사가 생각나지 않을 때처럼 당황스러웠다. 셀리아 고모는 무어 할머니와 함께 살았는데, 차라리 결혼하지 않고 그렇게 사는 게 더 좋지 않을까 자주 생각했다. 더 단순할 것 같았다.

할머니는 내가 태어나기도 전에 이혼하고 할아버지를 페이엣에 홀로 남겨둔 채 아빠가 이곳에 마련해준 집으로 이사왔다. 바로 그곳이 할머니가 난생처음 홀로 살게 된 집이었다. 그리고 할아버지의 어머니, 즉 증조할머니 역시 남편과 이혼하고 자식들의 성까지 자신의 결혼 전 성으로 바꿨다고 한다. 그래서 우리 가족의 성이 무어가 되었다. 남편과 남편의 이름까지 지우고 떠나려 한 걸 보면 할아버지가 끔찍한 잘못을 저지른 게 분명했다. 어떤 잘못을 저질렀는지 모르겠지만 그때 할아버지가 그러지 않았다면 우리 가족의 성은 애덤스가 되었을 것이다.

두 할아버지가 무슨 잘못을 저질렀는지 아무도 얘기해주지 않았지만, 어쨌든 두 세대에 걸쳐 우리 무어 가족의 여성들은 더욱 강해진 모습으로 인생을 살아나간 셈이다.

"누구네 아기인지 아직 모르는 거야?" 로이스가 물었다. 나무들이 덜 우거진 곳으로 가자 햇살을 잔뜩 받아 그애의 머리칼이 반짝반짝 빛났다.

"응." 통나무를 건너뛰면서 내가 말했다. "아직 아무 얘기도 못 들었어. 너는?"

"양심이란 게 없는 사람일 거라고 엄마가 그랬어."

나는 그 여자 역시 더욱 강해진 모습으로 인생을 살아나가고 싶었던 건 아닐까, 그래서 아기가 짐처럼 느껴졌던 건 아닐까 궁금했다. 테스처럼 악몽을 꾸진 않았지만 환한 대낮에 여자와 아기의 모습이 떠오르곤 했다. 내 머릿속의 그녀는 이 숲과 숲의 시원하고 촉촉한 공기를 좋아했다. 그리고 이곳만이 그녀 자신이 오롯이 소유할 수 있는 유일한 공간이었다.

"헨리가 왜 맘에 안 드는데?" 로이스가 물었다.

"잘생겼잖아. 게다가 널 좋아하고, 매너도 좋은데." 엘라가 덧붙였다.

"걔를 보면 왠지 불편해." 이러면 저애들이 나를 더 괴롭히리라는 걸 알면서도 나는 말했다.

"세상에. 대체 널 긴장시키지 않는 사람은 누구니. 메리 픽퍼드*처럼 생겼으면서. 남들 못지않게 예쁘다는 걸 너도 알잖아."

"메리 픽퍼드랑 하나도 안 닮았거든." 밤 하나를 입에 넣고 오도독 씹으면서 잠시 생각해보았다. 나는 매년 봄이면 기차를 타고 멤피스에서 우리를 보러 오는 고모를 닮았다. 머리색도 턱 모양도, 그리고 중간에 약간 툭 튀어나온 무어 가족 특유의 코 역시 고모와 비슷했다.

"버지 무어." 엘라가 분명하게 말했다. "칭찬을 들으면 받아들이는 법을 배워봐. 누군가 너한테 영화배우를 해도 될 외모라고 말하면 그냥 '고맙습니다' 하면 되는 거야. 붉어진 얼굴로 멀뚱히 서 있지만 말고."

---

* 1900년대 초 미국에서 활동한 캐나다 출신 배우.

나는 도와달라는 뜻으로 로이스를 쳐다보았지만 그애는 어깨만 으쓱해 보였다.

나는 얼굴을 붉히지 않았다. 모두가 빤히 쳐다보는 진열품이 된 것 같아 기분이 나빴을 뿐이다. 남자아이들이나 어른들과 있을 때면 그들이 내 코앞에 자라도 들이대는 것 같아 너무 싫었다. 그렇게 측정당하는 일이 싫었다.

"내 코를 보면 사실……"

엘라가 중간에 말을 끊었다. "네 코 중간에 튀어나온 거 없으니까 그 얘긴 그만둬. 또 듣고 싶지 않으니까."

엘라와 계속 말다툼을 하는 건 에너지 낭비일 뿐이었기에 나는 입을 다물었다. 그러고는 나무들을 훑어보며 걷다가 순간 멈춰 섰다. 소나무 껍질이 벗겨져 움푹 파인 곳에 눈에 거의 띄지 않게 매미 허물이 박혀 있었다. 바스러져버릴 듯한 갈색의 매미 허물 등에 세로로 터진 자국이 보였다. 나는 검은딸기나무에 닿지 않게 군청색 치마를 살짝 들어올리고 바스락거리는 잡초와 이파리를 밟으며 그쪽으로 다가갔다.

"잠깐만 기다려봐." 나는 엘라와 로이스에게 들릴 만큼만 큰 소리로 말했다. 나보다 5미터쯤 앞서가던 둘은 놀라지도 않는 기색으로 멈춰 서서 내 쪽으로 다시 걸어왔다.

"찾았어?" 로이스가 물었다.

"응." 나는 작은 다리 부분의 껍질이 부서지지 않도록 조심하며 매미 허물을 꺼냈다. 허물은 이 지저분한 나무껍질 속에서 어서 빠져나가 좀더 좋은 곳으로 가기를 기다렸다는 듯 내 옷깃에 착 달라붙었다. 집으로 가져가 침대 밑 채집상자에 넣을 생각이었다. 겨울에도 종종 옷깃에 달고 다닐 만큼 많이 모아두고 싶었다. 조심히만 다루면 모양을 그대로 유지할 수 있었다. 물론 매미 허물을 옷깃에 달고 사람들이 많은 곳에 가진 않았다. 그저 집에서만 하고 있었다.

엘라는 혐오스럽다는 표정을 지었다. "머리가 조금만 헝클어져도 난리를 피우면서 이런 벌레를 다이아몬드라도 되는 양 옷에 달고 다닌다니, 도무지 이해할 수 없어."

"이건 벌레가 아냐. 벌레는 이미 빠져나갔어. 자기 모양 그대로 틀을 만들어놓고 빠져나간 거라고." 보통 다른 사람들이 있을 때는 매미 허물을 채집하지 않았다. 혼자 있을 때 하면 더욱 조용한 건 물론이고 좀더 진지하게 할 수 있었다.

"껍데기일 뿐이잖아." 코를 찡긋하며 엘라가 말했다.

"나도 알아." 내가 대꾸했다. "하지만 얼마나 완벽한 모습인지 봐봐." 매미 허물은 엄마나 아빠, 혹은 따뜻한 난롯가나 저녁 식탁 같은 것들을 빼면 내 어린 시절을 떠올릴 때 가장 오래된 기억이었다. 엄마가 빨래를 너는 동안 나는 뒷마당을 돌아다니다 십여 년 후인 지금 보는 것과 다를 바 없는 매미 허물 하나를 우연히 발견했다. 나는 신기할 것도 없는 그 존재를 빤히 쳐다보았고, 엄마가 그런 나를 멀리 떼어놓으려 하자 나무에서 허물을 집어들었다. 그러고선 거침없이 꽉 쥐자 허물이 손안에서 바스러졌다. 그것을 죽였다는 생각에 충격을 받은 내게 엄마는 살아 있는 것을 죽인 게 아니라고 거듭 말해주었다. 하지만 그후 다시 매미 허물을 발견했을 때는 나비의 양날개라도 잡듯 아주 조심스레 집어올렸다.

엘라는 말대꾸를 할 때면 자기 엄마가 하는 것처럼 엉덩이에 양손을 얹고 나무 그루터기에 털썩 주저앉았다. "헨리 하켄이 별로면

톰 올슨은 어때?"

엘라와 로이스네 바로 옆집에 사는 톰은 우리의 개인 메신저 같은 존재였다. 둘이 내게 전할 말이 있으면 쪽지에 적어서 톰에게 주었고, 톰은 자전거를 타고 우리집으로 와 쪽지를 전해준 뒤 내가 답을 적을 때까지 기다렸다가 그것을 도로 그 둘에게 가져다주었다. 톰은 예쁜 회색빛 눈동자에 속눈썹이 긴 아이였다. 보통 나와 눈을 마주치지 않고 어깨 너머를 바라보거나 괜히 자전거 바퀴만 툭툭 치며 서 있었기에 오히려 나는 그애의 눈을 쳐다볼 수 있었다. 그애는 내 어깨 너머만 쳐다보면서도 가지런한 이를 내보이며 늘 미소를 지었다. 그 가지런한 이와 예쁜 눈이 내게는 헨리 하켄의 비싼 옷들보다 더 멋지게 보였다.

"톰 올슨은 어떠냐고?" 나는 말하면서 매미 허물이 잘 붙어 있는지 손가락으로 가볍게 만져보았다.

"그애 정말 멋있지 않아?"

"엘라……" 엘라는 웬만한 남자아이들을 다 마음에 들어했다.

"음, 이달 말에 있는 첫 농구 경기 말이야. 난 당연히 핸슨이랑 같이 갈 거야." 엘라는 핸슨과 육 개월 가까이 만나고 있었다. 엘라의 부모님은 우리 부모님만큼 엄격하지 않았기 때문에 열네 살이 되면서부터 남자아이들이 집까지 데려다주는 걸 허락했다. "로이스는 핸슨의 사촌이랑 가면 되겠고, 넌 톰이랑 가면 되겠다. 그럼 우리 여섯이서 함께 갈 수 있잖아."

"남자애들이랑 같이?"

"응." 엘라는 여전히 엉덩이에 손을 올린 채 참을성 있게 말했다. "그래야 여섯 명이 되잖아. 남자애들이 없으면 우리 셋뿐인데."

"무슨 대단한 계산이라도 하는 줄 알겠어." 로이스가 말했다.

"아빠가 허락하지 않을 거 같은데."

"한번 말해봐." 로이스가 말했다. "그냥 친구로 가는 거야. 어차피 우리 여섯이서 줄곧 몰려다닐 테고."

"핸슨이 차로 데려다줄 거야. 핸슨네 형이 켄터키에 가서 일하는 동안 핸슨이 그 차를 쓰고 있거든."

나는 아빠 말고 그 누구와도 같이 차를 타본 적이 없었다. 아빠는 카본힐에 와서 첫 차를 장만했고 그후 오 년간 온갖 사람들을 태우고 다녔다. 친척들이 병원에 가야 할 때, 출근길에 동료를 만났을 때, 그리고 버밍햄으로 쇼핑을 하러 갈 때. 누군가 아이를 낳아야 하면 한밤중에 일어나 차를 몰고 가 의사를 데려오기도 했다. 엄마는 어디에 갈 일이 있을 때마다 공교롭게도 다른 사람이 그 자리를 비집고 들어오는 바람에 아빠의 차를 타본 적이 일요일에 교회에 갈 때를 빼고는 두 번인가밖에 되지 않았다. 보통은 테라스에 서서 차를 타고 떠나는 우리를 향해 미소 지으며 손을 흔들어주었다.

리타

병조림 만드는 날만은 이웃들이 우리집에 찾아오지 않기를 바랐다. 우물에 버려진 아기에 대한 소문은 보안관이 집으로 찾아와 시신을 인수해 가기도 전에 이미 온 마을에 퍼졌건만, 이상하게도 동네 여자들이 우르르 찾아온 건 그로부터 일주일이나 지난 뒤였다. 그것도 메뚜기떼처럼 한꺼번에 몰려서.

아침 내내 스토브에 불을 세게 올리고 냄비 두 개를 팔팔 끓이고 있던 터라 창문을 열어놓았는데도 얼굴이 붉게 달아올랐다. 이마를 아무리 자주 닦아내도 짠 기운을 머금은 땀방울들이 볼과 윗입술 쪽으로 계속 흘러내렸고 겨드랑이는 축축하게 젖었다. 피클에 설탕을 좀더 붓고 있을 때 앞문에서 나를 부르는 소리가 들렸다.

"리타, 집에 있어?"

"부엌으로 들어와!" 목소리만 듣고도 누군지 알 수 있었다. 언덕 아래쪽에 사는 샬린 버치였다. 자그마한 몸집에 눈이 큰 그녀는 기차가 설 때 끼익 하는 것처럼 목소리가 날카로웠다. 코를 킁킁대며 그녀가 부엌 안으로 들어왔다.

"피클을 몇 병이나 담그는 거야?"

"지금까지 1리터들이로 여섯 병. 나머지도 한 차례 하려면 하루는 더 걸릴 거야. 설탕도 그 정도 남았고." 나는 강한 식초 냄새가 코를 찌르는 첫번째 냄비를 양손으로 들고 뒤테라스로 향했다. 거기서 냄비에 담긴 식초를 따라내고 다시 돌아가 두번째 냄비도 마저 가져왔다.

샬린은 식탁에 앉아 그릇에 담긴 배 절임 조각을 베어먹고 있었다. 밤새 설탕에 담가놔 너무 달았는지 초콜릿 조각처럼 아주 조금씩 먹었다. "우리는 올해 오이를 안 길렀어." 그녀가 말했다. "애들이 별로 안 좋아해서."

"아들들은 잘 지내지?" 내가 테라스로 나가면서 어깨 너머로 물었다. "졸리도 고등학교 잘 다니고 있고?" 샬린네 첫째 아이인 졸리는 버지보다 한 학년이 높았다.

"애들이야 잘 지내지. 우리 막내는 다음주부터 신문 배달을 시작한대. 용돈이라도 벌 수 있겠지. 여기 애들은 잘 지내고?"

"아주 잘 지내지, 뭐." 나는 오이에 설탕을 붓고 그 위에 수건을 덮었다. 스토브 위 물통 안의 물은 피클을 담글 수 있을 만큼 충분히 데워져 있었다.

"그 가엾은 아기 때문에 충격받지는 않았고?"

나는 냄비에 국자로 뜨거운 물을 천천히 퍼담으며 절반쯤 채웠다. "크게 충격받은 거 같진 않아. 처음에 테스가 많이 놀라긴 했지만."

"테스가 그 여자를 봤다면서? 우체국에 갔다가 들었어."

"그냥 그림자만."

"대체 누가 그런 짓을 했을까?"

"모르지." 나는 샬린 쪽으로 몸을 숙이고 설탕에 절인 배를 내쪽으로 끌고 왔다.

"롤라일 수도 있을 거 같은데? 워낙 아이들이 많잖아."

나는 한숨을 쉬었다. "롤라는 좋은 여자야. 마음이 따뜻한 사람이라고."

"그래도 롤라한테는 뭔가 있어. 대체 무슨 생각을 하는지 알 수 없다니까. 아니면 엘리너 루시드일 수도. 정상적으로 살았던 적이 없잖아. 남편도 자식도 없는 사람처럼. 그런 여자가 무슨 짓을 할지 누가 알겠어."

샬린이 얘기하는 동안 나는 말없이 냄비를 저었다. 그녀는 원래 혼자 떠들기를 잘했다. 샬린은 혼자서 말을 계속했고, 나는 샬린이 엘리너가 제정신인지 아닌지와 별개로 대체 어디서 아기를 구해왔을 거라고 생각하는지 이해할 수 없었다.

배잼을 다 만든 뒤 식히려고 뚜껑을 열어둔 채 뒤테라스에 한 줄로 늘어놓았을 때 애나 로리 타일러가 찾아왔다. 나는 무화과잼을 만들기 시작했다.

뒷문 쪽으로 들어온 그녀는 눈이 매운지 눈물을 흘리려고 했다. 애나는 일주일에도 몇 번씩 우리집에 올 때마다 뒷문으로 들어왔다. 돌아보니 그녀가 우물 쪽을 쳐다보고 있었다.

내 시선이 느껴졌는지 이내 고개를 들었다. "도와줄까?"

"아냐, 괜찮아. 들어와서 앉아." 내가 대답했다.

"그러니까 여기에 그 아기가 있었단 말이지. 끔찍하다. 오싹했겠어."

애나는 우물의 여자를 버지 또래의 미혼모라고 생각하는 모양이었다. 그러면서 가장 가능성이 높다고 여겨지는 부인들의 딸 이름을 댔다. 나는 1리터들이 병들을 소독하는 동안 그녀에게 무화과를 저어달라고 부탁했다.

점심을 먹은 뒤에는 빙엄 자매—둘 다 결혼해 더이상 빙엄 자매가 아니었지만—가 찾아왔다. 자매는 자리에 앉지도 않았다. 아기의 몸에 학대당한 흔적이 있었는지를 알고 싶어했다. 사건이 일어나기 전 주에 이웃집에서 아기가 엄청나게 큰 소리로 우는 것을 들었다면서.

"보통 아기가 내지르는 소리가 아니었어. 뭔가 달랐다고. 조니한테도 얘기했지만 등에 소름이 쫙 끼치더라니까." 그러고는 둘 중한 명이 작게 속삭였다. "그 아기를 지금껏 한참이나 못 봤고."

다음에 온 여자는 우물에 버려진 아기가 두 명이었다는 말을 들었다고 했다. 그다음에 온 여자는 아기가 머리 없는 채로 발견되었다는 게 사실이냐며 궁금해했다. 결국 그 둘은 만들어놓은 잼들 위에 파라핀 덮는 일을 도와주고 돌아갔다.

세 아이가 학교에서 돌아올 즈음엔 셀리아가 문틈으로 고개를 내밀었다. "테라스에 온갖 절임들이 가득하네요." 그녀가 말했다. "보아하니 리타도 이걸 다 하느라 오이랑 같이 푹 절여진 거 같고."

나는 그녀를 보며 미소 지었다. 앞치마는 식초와 과즙으로 엉망이었고 손에는 파라핀이 얼룩덜룩 묻어 있었다. 후끈한 열기로 뇌까지 부어오른 것처럼 머리가 뜨거웠다. 나는 어지러움을 느끼며 살짝 휘청거렸다. "안으로 들어와요, 셀리아."

"리타야말로 여기 밖으로 나와요. 시원한 바람 좀 쐬게."

"아직 저녁 준비도 안 했는걸요."

"저녁 준비는커녕 그러다 스토브 위로 쓰러지겠어요."

나는 앞치마를 벗고 그녀를 따라 밖으로 나갔다. 뒤테라스는 길이 아닌 나무들 쪽을 향하고 있어서 앞쪽만큼 누군가와 대화를 나누기에 좋은 구조가 아니었다. "차 좀 마실래요?" 문 앞에 잠시 서서 내가 물었다.

"좋죠." 셀리아가 대답하고는 갑자기 팔을 잡아 나를 밖으로 끌어냈다. "여기 있어요." 그리고 안으로 사라지더니 잔 두 개를 가지고 나와 우물 근처의 은색 주전자 쪽으로 향했다. 그녀는 주전자 위의 덮개를 치운 뒤 차를 한 방울도 바닥에 떨어트리지 않고 재빨리 잔에 따랐다.

"리타는 서너 잔은 마셔야겠어요." 셀리아가 말했다. "온몸의 땀을 죄다 뺀 것 같네요." 그녀의 짙은 색 머리는 어느 때보다 윤이 났고 곱슬거리는 머리칼 역시 부드럽고 단정하게 끝이 말려 있었다. 그녀는 포드 모델T의 크랭크핸들을 한 손으로 조작하거나 건초더미를 어린아이 다루듯 가뿐히 들어올렸지만 어느 때도 땀 흘리는 모습을 본 적이 없었다.

차 맛은 훌륭했다. 층층이 목구멍을 막고 있던 연기와 뜨거운 공기를 단번에 뚫어줄 만큼 달콤했다.

"동네 암탉들이 죄다 꼬꼬댁거리면서 이 집으로 들어가더라고요." 셀리아가 말했다. "열심히 걱정들 좀 해주던가요?"

나는 다시 미소를 지었다가 킥킥대며 웃어버렸다. 우리는 우물 바로 옆에 서 있었고, 순간 우물물을 퍼 머리 위에 한바탕 부어버렸으면 좋겠다는 마음이 간절했다. 아니면 버지나 테스처럼 개울로 뛰어들거나. "의심스러운 이름들만 한참 읊다 갔어요. 너무 끔찍한 일이라 다들 조용히 입다물고 있을 수가 없었나봐요."

셀리아는 차를 다 마시고 무연담배를 꺼냈다. 이해할 수 없는 습관이었지만 그녀를 알고 지낸 후 십팔 년간 봐오던 일이라 새삼스러울 건 없었다. 다른 여자들이 주머니에서 바느질 도구를 꺼내는 것과 다를 바 없는 일이라고 생각했다. 셀리아는 입에서 손가락을 떼더니 눈을 가늘게 뜨고 나를 쳐다보았다. "하지만 막상 리타는 조용히 입다물고 있잖아요?"

"그 일에 대해서요?" 나는 숨을 크게 내쉬며 머리칼을 쓸어올렸다. "굳이 또 말해야 할 이유를 모르겠어요. 이미 끝난 일이잖아요. 어차피 아기는 더 나은 세상으로 갔을 테고."

"그 엄마는요?"

나도 그 생각은 했었지만 잼과 함께 병에 담아 밀봉해버렸다. "내가 신경쓸 일은 아닌 것 같아요. 보안관이 알아서 하겠죠."

배와 무화과 잼은 다 만들었고 피클은 내일 담글 생각이었다. 그 정도면 우리 식구가 내년 봄까지 충분히 먹을 양이었고, 얻어갈 게 있을까 싶어 찾아오는 앨버트의 형제들에게도 한두 병 정도 줄 수 있었다. 이제 콩만 해치우면 된다.

테스

교회에서 예배 내내 똑바로 앉아 집중하지 않으면 엄마가 팔을 꼬집었기 때문에 버지 언니와 나는 연필도 종이도 없이 머릿속으로만 리스트의 이름들을 확인해야 했다. 예배중에 뭐라도 끄적거리다 걸리면 집에 도착해 아빠의 회초리를 피할 수 없을 것이다. 게다가 회초리를 맞기에 언니는 나이가 많으니 그 당사자는 내가 될 게 뻔했다.

바깥에는 산들바람이라도 불었지만 예배당 안에선 수많은 사람들이 한 곳에 모여 저마다 벽난로처럼 열기를 뿜어냈기에 가만히 앉아 있기가 힘들었다. 아빠를 빼고는 우리 식구 모두 땀에 젖어 있었고, 대부분의 사람들 역시 출입구 옆에 잔뜩 쌓여 있던 부채를 하나씩 들고 있었다. 정사각형 종이를 살짝 접어 만든 주름부채 위에는 소프트캔디나 박하사탕 광고처럼 "달콤하고 부드러운 코담배"라는 가렛의 선전 문구가 실려 있었다. 기도하는 동안 주변에서 들리는 거라곤 사람들이 부채를 획획 부쳐대는 소리와 할아버지들의 가래 끓는 소리 정도였다. (한번은 아빠에게 할아버지들이 왜 그런 소리를 내는지 물었는데, 탄광에서 일하다보면 침이 딱딱하게 굳어 목구멍을 막기 때문이라고 했다. 마침 엄마가 들어오는 바람에 아빠는 거기서 설명을 멈출 수밖에 없었다. 엄마는 침 같은 것에 대한 얘기라면 질색했으니까.)

침례교회는 유리창이 대부분 스테인드글라스로 되어 있었지만 우리 교회의 창문은 밋밋했다. 몇 개월 전 강한 돌풍으로 첨탑이 무너지는 바람에 그 부분을 금속 볼트로 접합한 것을 빼면 특색 없는 건물이었다. 신도석은 고작 두 줄이었고 창문 역시 작았으며 바닥도 단순한 목재로 되어 있었다. 예배 내내 주변의 사람들 말고는 딱히 시선을 둘 만한 곳이 없었다.

다양한 모자들과 멋진 원피스들, 그리고 발목 스트랩이 달린 빛나는 구두들이 보였다. 버지 언니는 초록색 투피스를 입고 있었는데, 엄마는 이제 그 옷이 언니에게 너무 꽉 붙는 것 같다고 말했다. 언니의 몸은 어디 하나 볼륨 있게 나온 곳이 없었기 때문에 꽉 붙는다는 말이 어울리진 않았지만. 엄마는 버지 언니의 도움을 받아 입은 코르셋 덕분에 군청색 원피스와 재킷 위로 드러난 몸매가 더욱 부드럽고 풍만해 보였다. 엄마가 아침 일찍 일어나 식탁보를 다릴 때 함께 다려준 하얀색 셔츠에 넥타이를 맨 아빠는 영 불편해 보였다. 아저씨들 대부분이 평소에 안 입던 양복을 입고 있자니 아빠처럼 몸이 근질근질해 보였지만 아줌마들은 자기 옷차림에 만족하고 기뻐하는 듯했다. 교회 사람들이 다들 다가와 우물에 버려진 아기에 대해, 그리고 우리 가족과 특히 내게 별일이 없는지 묻는 통에 언니와 나는 그들을 살펴볼 시간이 충분했다. 끔찍한 일을 겪고도 어떻게 잘 버텨내고 있느냐며 걱정하듯 물었지만 진심으로 내 눈을 바라보는 사람은 거의 없었다. 내가 말을 꺼내기도 전에 아기는 어떤 모습이었는지, 어떻게 아기를 꺼냈는지, 그리고 누가 그런 짓을 했다고 생각하는지에만 관심을 보였다. 아빠는 아무런 대답도 하지 않고 조용히 앉아 있었고, 엄마는 억지로 미소를 지으며 어깨를 으쓱하고는 "모르겠어요."라고만 반복했다.

목사님은 흰머리를 구름같이 몽실몽실하게 올리고 동안인 얼굴에 인상이 친절해 보이는 분이었다. 뜨거운 수프를 삼켰을 때처럼 뱃속 깊은 곳을 채워주는 크고 깊은 목소리로 누구보다 찬송 인도를 잘했다. 일요일 낮 예배가 아닌 약식인 저녁 예배가 있을 때도 종종 마을을 찾았기 때문에 그런 날이면 우리 식구는 대부분 교회에 다시 나갔다. 하지만 목사님이 윈필드나 엘드리지에 머무는 날에는 상황에 따라 집에 있기도 했다.

첫번째 찬송가는 피 흘리는 양에 대한 노래였다.

너희 죄 선명하게 붉으나, 눈과 같이 희겠네.
너희 죄 피처럼 붉으나, 양털같이 희겠네.

교회에서 부르는 찬송가에는 뭔가를 씻어내는 내용이 많았다. 물과 피 같은 것들.

롤라 아줌마는 이날 예배에 모습을 보이지 않았다. 하지만 다른 아줌마들은 잘 보이는 곳에서 아기를 안고 있었기 때문에 나는 머릿속 리스트에서 그들을 한 명씩 지워나갔다. 롤라 말고도 프라이드 스탠턴과 테일러—아마 이름이 리앤이었던 것 같다—아줌마가 보이지 않았다. 세 사람 다 우리집에서 가까이 살았고 조금씩 안면이 있었기 때문에 우선 그들부터 찾아가 확인해봐야겠다는 생각이 들었다. 그리고 버지 언니에게 이걸 말해야겠다고 머릿속에 새겼다.

지니 아줌마네 두 살짜리 아들이 기도 시간에 소란을 피우는 바람에 아줌마가 아이의 손을 탁 때렸다. 아이는 몇 초간 조용하더니 이내 놀라서 울음을 터트렸다. 하지만 마침 기도자가 (벌떼가 꾸준히 윙윙대는 듯한 목소리가 사람을 졸리게 만들었다) 기도를 마친 뒤 '아멘'을 외친 덕분에 아줌마는 아이의 뒷머리를 감싸고 얼굴은 가슴에 묻은 채 예배당 밖으로 황급히 나갔다. 그리고 그곳에서 아이가 울다 지칠 때까지 내버려두었다. 뒤이어 성찬 시간이었지만 버지 언니를 제외하고 나와 잭은 참여할 수 없었다. 언니는 이 년 전 여름에 개울가에서 세례를 받았기 때문에 그후 성찬에 참여해 약간의 포도주스와 빵을 먹었다. 식사를 하려면 한 시간 정도는 남았기에 언제나 아주 맛있어 보였다.

다음 찬송가는 첫 곡보다 나았다. 소프라노 부분이 아주 감미로운 곡이었다.

> 평화가 강처럼 나의 길에 찾아들 때도
> 슬픔이 큰 바다 물결처럼 몰아칠 때도
> 나의 운명이 어떠할지라도 주님이 가르쳐준 말씀
> 그것이면 내 영혼은 만족하도다.

신도석 의자는 왜 이렇게 딱딱한 걸까 생각하며 자리에서 꼼지락거리는데 아빠가 내가 알아챌 정도로만 빠르게 눈짓을 보내왔다. 나는 이내 자세를 가다듬고 어떻게든 참아보고자 발가락만 씰룩거렸다.

이날 설교는 열정적이기보단 평소보다 더 따뜻한 수프 같은 목소리로 계속되는 바람에 나도 모르게 눈꺼풀이 무거워졌다. 그때 풍성한 금발에 어깨가 넓고 상체가 큰 매디 레이놀즈 아줌마가 눈에 들어왔다. 아줌마가 안고 있던 아기는 예배 내내 잠들어 있었다. 아줌마는 양옆으로 아기를 살짝살짝 흔들며 내려다보고 몇 초에 한 번씩 눈을 깜빡였다.

저런 아줌마가 아기를 죽였을 수도 있다고 의심했다니.

마침내 우리는 밖으로 나왔다. 엄마와 아빠는 다른 사람들과 얘기하느라 서 있었고, 나는 찬바람을 쐬려고 문 쪽으로 향했다. 그렇게 문가에 서 있는데, 머리에 기름기가 좔좔 흐르는 헨리 하켄이 밖에서 버지 언니를 기다리고 있다가 집까지 데려다줘도 되겠느냐고 묻는 모습이 눈에 들어왔다.

버지

세상에, 헨리 하켄이 주일 양복 차림으로 거기에 서 있는 모습을 보고 뒤로 넘어가는 줄 알았다. 하지만 나는 이미 계단 맨 위에 나와 있었고 헨리는 그런 나를 확실히 발견했다. 어쩔 수 없이 계단을 내려가자 주변 사람들이 나를 쳐다보기 시작했다. 지금까지 이런 일이 없었는데 무슨 영문일까 하는 표정으로. 헨리는 우리와 같은 교회에 다니지도 않았다. 감리교 신자였다. 감리교회는 이곳에서 몇 블록 떨어지지 않은 곳에 있었지만 그래도 우리와 같은 시간에 예배가 끝났을 리 없다. 과연 여기서 얼마나 오랫동안 나를 기다렸을지 궁금해졌다.

발끝을 내려다보며 계단을 내려갔다. 아침부터 끈 달린 신발을 반짝반짝 닦고 애써 가터벨트까지 하고 오기를 잘했다는 생각이 들었다. 허리 부분에 벨트가 달린 초록색 투피스는 가진 것 중에 제일 예쁜 옷이었고, 치마가 종아리 중간까지 오는 것도 내가 좋아하는 길이였다. 이 길이의 옷을 입었을 때 다리가 가장 예뻐 보였다. 나는 계단을 내려가며 손에 낀 하얀 장갑을 매만지면서 최대한 자연스럽게 보이려고 노력했다. 다 내려가자 헨리의 검은색 신발과 회색 바지가 눈앞에 보였다.

"안녕, 헨리." 내가 말했다. "반가워."

"안녕, 버지." 헨리가 미소를 지으며 어른처럼 고개를 끄덕였다. "괜찮다면 집까지 바래다주고 싶은데."

지금껏 누군가 나를 집까지 바래다준 적이 없었기 때문에 당연히 아빠가 허락하지 않을 거라고 확신했다. 하지만 헨리는 내가 대답도 하기 전에 계단을 성큼성큼 올라가 아빠가 있는 쪽으로 향했다. 내가 좋을 대로 하라는 듯한 표정을 지었다고 생각한 모양이다. 계단을 반쯤 내려온 아빠는 헨리를 좀더 잘 보기 위해 모자를 위로 들어올렸다. 테스는 아빠의 발뒤꿈치를 밟을 정도로 바짝 다가와 있었다.

"안녕하세요, 무어 아저씨. 저는 헨리 하켄 주니어라고 합니다. 허락해주신다면 제가 버지를 집까지 바래다주고 싶은데요."

아빠는 계단을 내려가려는 사람들로 주변이 붐비는데도 한가운데 서서 한동안 대답하지 못했다. "나도 너희 아버지를 안단다." 두 사람이 대화를 나누는 와중에 다른 사람들은 관심 없다는 듯 때로는 아빠의 어깨까지 툭툭 치며 지나갔다. "마을을 가로질러 걸어서 집으로 바로 오는 거겠지? 버지 때문에 다른 식구들이 늦게 식사하는 일은 없었으면 하는데."

"네, 아저씨."

엄마는 짙은 색 눈동자를 인자하게 빛내며 헨리를 쳐다보면서 아빠의 팔을 잡았다.

"안녕하세요, 아줌마. 만나 봬서 반갑습니다……" 헨리가 대화를 시작하려 했지만 아빠가 끊었다.

"헨리 하켄 씨네 아들이라는군." 아빠가 말했다. "버지를 집까지 데려다주고 싶대."

엄마는 미소 지으며 고개를 끄덕였다. "만나서 반갑구나, 헨리."

아빠가 다시 모자를 밑으로 내리자 챙 그림자가 눈을 가렸다. "우리는 차를 타고 가니 너희보다 훨씬 일찍 집에 도착할 것 같은데. 버지를 빨리 데려다줄 수 있겠지?"

"네, 아저씨. 집으로 바로 갈게요." 헨리가 내 쪽을 돌아보며 어깨 너머로 인사했다. "즐거운 오후 보내세요, 아저씨, 아줌마."

아빠는 헨리를 보며 미소를 지으려다 이내 고개만 끄덕였다.

헨리가 내 쪽으로 완전히 돌아서자 엄마와 아빠가 나를 똑바로 쳐다보았다. 엄마는 내게 뭔가를 말해주고 싶어하는 듯했고, 아빠는 음, 당시엔 몰랐지만 아마 헨리를 믿지 못하겠다는 표정을 지었던 것 같다. 그때 아빠의 표정을 알 수 없었다.

우리는 프런트스트리트 쪽으로 걷기 시작했다. 곧 신발이 더러워지겠다는 생각이 들었다. 프런트스트리트는 포장도로에 인도도 따로 있었지만 그 외의 길들은 탄광에서 날아온 붉은 잔여물들로 덮여 있었다. 진흙처럼 철퍼덕거리진 않았지만 그 길들을 걷다보면 코끝부터 발끝까지 온몸이 붉은 먼지투성이가 되었다. 그럼에도 나는 그 길들을 따라 언덕 아래로 내려가는 걸 좋아했다. 카본힐 시내는 성냥갑을 줄지어 세워놓은 것처럼 온통 벽돌 건물들뿐이라 보기 싫었지만 다행히 교회들은 시내에 있지 않았다. 우리 교회에 가려면 시내에서 왼쪽으로 돌아 언덕을 올라가야 했고, 거기서 몇 블록 더 가면 제일감리교회가, 그리고 몇 블록 더 가면 제일 침례교회가 있었다. 반짝이는 하얀색 대리석과 스테인드글라스 창문으로 장식된 감리교회는 헨리 하켄에게 딱 어울리는 곳이었다. 나는 그 교회 건물을 정말 좋아했지만 테스만큼은 아니었다. 스테인드글라스 창문에서 성령이 부르기라도 하는 듯 테스는 그 건물을 몹시 좋아했다. 하지만 나는 깔끔하게 청소한 정원과 작은 울타리로 구분된 집들이 단정하게 늘어선 길을 지날 때 가장 기분이 좋았다.

언덕 아래로 다 내려가면 행복해 보이는 집들의 행렬도 끝나고 밋밋한 가게들만 줄지어 이어졌다. 나무도 풀도 별다른 색도 없이 똑같은 벽돌 건물만 계속됐다. 그리고 붉은 먼지가 사방에 흩어져 있었다. 가만히 있어도 혀끝으로 그 맛이 느껴질 정도였다.

우리집은 시내에서 1.5킬로미터 떨어진 곳에 있었지만 아빠와 친구분들이 몇 년마다 새로 페인트칠을 했기 때문에 멀리서도 하얗게 빛이 났다. 마당 앞쪽에는 빨강과 분홍 장미가 피어 있었고, 부엌 창밖으로는 참나무와 소나무, 층층나무, 그리고 거대한 순비기나무 두 그루가 보였다. 우리집에는 붉은 흙먼지가 아닌 비옥한 토양이 있었다. 그래선지 시내에만 나가면 왠지 모르게 갈증을 느꼈다.

"조용하네." 헨리가 말했다. 순간 뭐라고 말해야 할지 머릿속으로 수많은 단어가 스쳐지나갔다.

"생각하던 중이었어." 내가 마침내 입을 열었다. 우리는 프런트 스트리트의 마지막 블록에 있는 교차로에서 배수로 위로 놓인 작은 나무다리 중 하나를 건너고 있었다. 배수로에는 물과 수초가 가득차 있었고, 그 위로 모기와 파리 그리고 모든 날개 달린 작은 곤충떼가 윙윙거리며 날고 있었다.

"내가 집까지 바래다주는 게 불편하니?"

"아니야." 함께 걸어오는 동안 내가 얼마나 무례하게 보였을까 하는 마음에 재빨리 대답했다. 헨리는 못생긴 편은 아니었지만 참기 힘들 정도로 깔끔했다. 심지어 손톱 끝까지도. 셔츠는 늘 빳빳하고 매끄럽게 다려져 있어 옷 같은 느낌이 들지 않았다. 그나마 피부는 다른 남자아이들처럼 얼룩덜룩해 내 기분이 조금 나아졌다.

우리가 걸어가는 길은 예배를 마치고 돌아가는 사람들로 내내 붐볐기 때문에 이리저리 몸을 피할 수밖에 없었고, 그럴 때마다 먼저 지나가겠다는 의미로 "안녕하세요" 하며 고개를 끄덕여야 했다. 헨리 하켄이 나를 집까지 바래다주는 게 아니라 길에서 우연히 만나 동행하는 것처럼 보이고 싶어 나는 당황하지 않은 척하려고 최대한 애를 썼다.

그러면서 한편으론 헨리가 불편해하지 않도록 신경썼다. "집까지 바래다줘서 고마워. 정말 고마워."

움푹 파인 길 위를 차 한 대가 덜컹하고 지나갔을 때 나는 다시 할말을 잃었다. 길가 쪽에서 걷던 헨리가 내 팔에 손을 대고 나를 가게 쪽으로 좀더 가까이 밀었기 때문이다.

"예쁜 옷에 진흙이라도 묻으면 안 되잖아." 길가가 물기 없이 말라 있는데도 그렇게 말했다. 어쨌든 나를 배려하는 행동이었다.

뉴욕에서 최신 유행하는 멋진 모자를 들여와 파는 엘리트 스토어를 지났지만 나는 그쪽 진열창으로 거의 눈길을 주지 않았다. 내 주변엔 저런 비싼 모자를 쓸 만한 사람이 없었다. 그때 체크무늬

반바지를 입은 남자아이 하나가 헨리와 나 사이를 쏜살같이 달려가는 바람에 내가 가게 입구 쪽으로 몸을 피했다. 이어 나보다 그리 많은 나이는 아닌 듯한 그애의 엄마가 바짝 뒤쫓아가면서 아이의 허리춤을 낚아채며 제지시켰다.

"죄송해요." 그녀가 우리에게 말했다. "무슨 회오리바람처럼 아이를 도저히 잡을 수가 없네요. 시어도어, 이분들하고 부딪힐 뻔했잖니. 어서 죄송하다고 말씀드리렴."

아이가 손가락을 꼼지락거리는 것에는 큰 신경을 쓰지 않은 채 그녀는 아이의 손목을 꽉 쥐고서 "죄송하다"고 말하라고 시켰다. 그사이에 그녀의 얼굴을 좀더 자세히 볼 수 있었다. 나보다 몇 년 위인 학교 선배였고, 이름은 크리스티 뭐였는데 잘 기억나지 않다. 스타킹은 올이 나갔고 신발은 앞쪽이 해져 있었다.

"'죄송해요, 누나' '죄송해요, 형' 해야지." 그녀는 회오리바람 같은 아이의 잘못된 행동을 꾸짖었다.

그리고 여전히 아이 쪽으로 몸을 굽힌 채 우리를 올려다보며 미소를 지었다. 나는 그녀의 눈빛 속에서 뭔가 숨겨진 것들을 찾아보려 했다. 저 정중함 뒤에 어떤 모습이 숨겨져 있을까? 고단한 삶을 살거나 그보다 더 나쁜 일이 있는 건 아닐까? 눈 밑은 거뭇했고 얼굴에서 생기는 찾아볼 수 없었다. 분명 너무나도 피곤해 보이는데 혹시 이 아이를 데리고 하루하루 버티기보단 차라리 없애버리고 싶다는 감정이 들지는 않을까? 집에 이런 아이가 하나 더 있었다면 그애를 없애버리고 싶은 마음을 먹지는 않았을까?

그녀는 이내 자리를 떴다. 어깨 너머로 돌아보니 그녀는 아이가 몇 걸음 걷고 쉬기를 반복하는 바람에 앞에서 잡아끌고 가면서도 아이를 향해 미소를 짓고 있었다.

"애들을 참 손이 많이 가." 그들을 돌아보며 헨리가 말했다. 대화를 계속하려고 별생각 없이 한 말이었겠지만 나는 헨리가 그런 식으로 간단하게 그들의 상황을 정리해버리는 게 거슬렸다. 그 기분을 떨쳐버리려고 화제를 바꿨다.

"너희 교회는 예배가 언제 끝난 거니?"

"보통 열두시 십오 분 전이면 끝나."

우리 교회도 보통 그 시간에 끝났지만 이날은 외부에서 초빙된 목사님이 방문해 예배가 좀더 길어졌다. 예배가 끝날 무렵 아빠의 회중시계는 열두시 삼십분을 가리키고 있었다. "기다려줘서 고마워." 말을 계속 이어야겠다는 생각에 재빨리 다른 질문을 던졌다. 이미 답을 알고 있는데도 말이다. "너희 집은 시내가 아니지?"

헨리가 고개를 가로저었다. "시내 동쪽에 있어. 너희 집하고는 반대야."

늘 신경과민으로 금방이라도 쓰러져버릴 것만 같은 애나 로리 타일러 아줌마가 길 건너편에 보였다. 아줌마는 매우 감정적인 사람이었고, 엄마는 그분이 다녀가면 매번 피곤해했다. 다행히 아줌마가 나를 못 본 것 같아 나는 헨리에게 가려 보이지 않도록 몸을 조금 틀었다. 문득 애나 아줌마야말로 이성을 잃고 아기를 우물에 던져버릴 수 있는 사람이라는 생각이 들었다. 하지만 아줌마네 막내아이는 잭 또래였다.

몇 블록을 더 지나 스트릭랜드 드러그스토어 근처에 다다랐다. 헨리가 갑자기 멈춰 서더니 흡족한 표정을 지어 보였다. "사탕 먹을래?"

나는 그때 가진 돈이 없었고 헨리가 내게 무언가를 사주는 것도 옳지 않게 느껴졌다. "집에 가면 바로 식사를 할 거라서." 나는 다시 길 아래로 걷기 시작했다.

"원하는 거 있으면 내가 하나 사줄게." 헨리가 말했다. "걸으면서 먹을 수 있는 그런 거."

그 목소리에서 나를 구슬리려는 게 느껴져 짜증이 났다. "고맙지만 괜찮아."

"난 갤러웨이 상점에 가면 언제든 공짜로 사탕을 받을 수 있어." 헨리가 말했다. 갤러웨이 상점에는 1센트짜리 사탕과 캐러멜, 감초사탕, 젤리 등이 잔뜩 있었다. 가끔 아빠가 우리에게 2센트씩을 주면 가게에 가서 어떤 걸 먹을까 고민하느라 한 시간은 서성이곤 했다. 하지만 공짜라면 그렇게 맛있게 느껴지지 않을 거라는 생각이 들었다.

"그럼 질리지 않니?" 내가 물었다.

"아니, 종류가 워낙 많으니까."

모퉁이 집에서 맥신 호너 아줌마가 멋진 미나리아재비색 재킷 차림으로 빗자루와 쓰레받기를 들고 문가에 서 있었다. 아줌마는 남편 밥 아저씨와 함께 두 블록 더 올라가면 있는 곳에서 패스트타임 극장을 운영했다. 아줌마는 최근에 아기를 가진 적이 없다.

나는 토요일 오후에 상영하는 서부영화를 보러 갔을 때 말고는 그 극장에 가본 적이 없었다.

"안녕, 버지." 아줌마가 인사했다. 아줌마는 눈썹을 살짝 치켜올렸다가 헨리가 몸을 돌려 얼굴을 자세히 볼 수 있게 되자 이내 미소를 지어 보였다. "안녕, 헨리."

우리도 미소를 지으며 손을 흔들었다. 내일 아침이면 온 동네 사람들이 헨리가 나를 집까지 바래다주었다는 사실을 알겠구나 싶었다.

"너 〈프랑켄슈타인〉 봤니?" 잠시 후 헨리가 물었다.

"아니, 극장에 안 가본 지 한참 돼서."

"다음주에 〈드라큘라〉가 개봉한대. 벨라 루고시가 나오고. 너 뱀파이어 좋아해?"

"글쎄, 좋아한다고 하기에는." 헨리가 그 영화를 같이 보러 가자고 할까봐 겁이 났지만 다행히 아무 말도 하지 않았다. 그저 한동안 혼자서 뱀파이어 얘기를 계속했다. 정말 끔찍한 대화였다. 대체 누가 그런 주제로 얘기를 나누고 싶어할까.

브라셔호텔은 꽤 붐벼 보였다. 맨 꼭대기 층에 있는 레스토랑으로 식사하러 가려는 사람들이 줄지어 서 있었다. 위를 올려다보니 난간에 걸터앉은 한 남자의 엉덩이가 선명하게 보였다. 내 각도에서 보면 이상하게 눌려 전혀 엉덩이처럼 보이지 않았다. 나는 한동안 고개를 살짝 앞으로 빼고 위를 쳐다보며 걸었다. 하지만 그런 자세로 오래 걷지는 않았다.

보도와 포장도로가 끝나고 다시 붉은 흙먼지 길이 시작되었다. 치마가 날리지 않게 살피면서 되도록 먼지가 덜 일게 발을 움직이려고 애썼다. 발가락부터 먼저 딛고 그다음에 발꿈치를 디디면 흙먼지가 거의 일지 않았다. 내 옆으로 헨리의 발이 움직이는 게 보였다. 헨리는 엄청난 흙 폭풍을 일으키며 걸었지만 나는 잔뜩 집중하면서 발가락-발꿈치, 발가락-발꿈치의 순서로 걸었다.

언덕 위로 샷건하우스*들이 작게 모여 있는 흑인 거주지역이 보였다. 집밖으로 나와 있는 사람들은 없었지만 어쨌든 우리가 걷는 길은 멀찍이 떨어져 있었다. 한번은 키와니스 클럽**에서 이곳 고등학교에 와 코믹한 민스트럴 쇼***를 한 적이 있었다. 그들은 얼굴을 새카맣게 칠하고 무대 위에서 춤추면서 어눌하게 말하며 요란스레 넘어지곤 했다. 그리고 어느 해 크리스마스 무렵엔 동네 초등학교에 진짜 흑인 그룹이 와 공연한 적이 있었는데 그렇게 웃기지 않았다. 그 흑인들은 자신들이 어떻게 행동해야 하는지 모르는 것 같았다.

테스

일요일 점심식사는 늘 최고였다. 대부분 매시트포테이토가 잔뜩 나와 두 번 심지어는 세 번까지 먹을 수 있었다. 게다가 엄마는 그레이비소스도 만들어주었다. 나는 하얀색 그레이비소스를 가장 좋아했지만 감자 위에 뿌려 먹을 때는 갈색 소스가 맛있었다. 감자 중간을 푹 파서 그 안에 완두콩을 한 스푼 넣고 새둥지처럼 만들기도 했는데 그때만큼은 음식으로 장난치는 일에 포함되지 않았다.

버지 언니가 헨리 오빠와 함께 집까지 걸어온 일요일, 나는 그일로 언니를 놀려댔다. 잭도 마찬가지였다. 언니가 집으로 들어오자 엄마는 식사를 하자고 우리를 불렀고, 아빠는 잭에게 식사기도를 시켰다. "하늘에 계신 아버지, 오늘도 일용할 양식을 내려주심에 감사드리며 예수님의 이름으로 기도드립니다. 아멘." 식사기도

---

* 폭이 좁고 길며 방들이 일렬로 배치된 주택.
** 미국 전역과 세계 각국에 지부를 둔 봉사단체.
*** 백인이 흑인 분장을 하고 그들의 삶을 희화화한 인종차별적 공연.

는 항상 남자들의 몫이었고 여자들은 식탁에 남자들이 없을 때만 기도를 할 수 있었다.

잭이 감자를 뜨면서 말했다. "버지 누나, 이제 그 형이랑 결혼하는 거야?" 그러자 언니의 얼굴이 붉어졌다.

"조용히 해." 언니가 말했다.

"헨리 오빠가 언니한테 키스했어?" 내가 물었다. "난 언니가 허락하지 않았기를 바라는데."

"너희 둘, 바보 같은 소리 좀 그만해라." 엄마는 이렇게 말했지만 웃음을 참고 있었다.

"안 했어." 언니가 아무렇지 않은 척 말했다.

나는 남자아이들이 버지 언니를 쳐다보는 눈빛이나 언니가 지나갈 때면 서로 툭툭 치며 허둥대는 모습을 지켜봐왔다. 가끔 그애들은 언니의 눈을 똑바로 보지도 못했다. 하긴 언니도 남자아이들을 쳐다보지 않았으니 잘된 일인지도 모르겠다. 이를 지켜보는 건 꽤나 재미있는 일이었고, 내 앞에선 남자아이들이 멍청하게 굴지 않는다는 건 나도 알았다. 남자아이들은 예쁜 여자 앞에서만 바보같이 행동한다.

"그 형이 누나한테 키스해줬으면 좋겠어?" 잭이 물었다.

"이제 그만해라." 아빠가 말했다.

하지만 나는 참을 수 없었다. "만약 헨리 오빠가 언니한테 키스한다면 분명 포마드 냄새가 날 거야."

아빠는 내가 감자를 입에 넣을 때까지 나를 가만히 쳐다보았다.

하지만 아빠가 '이제 정말 그만해' 표정으로 쳐다보기도 전에 잭이 한마디 덧붙였다. "아기들 낳으면 이름을 헨리에타, 헨리, 그리

고 헨리 투라고 지어. 하켄 아저씨네는 헨리라는 이름의 열혈 팬이
잖아."

4
쓸모없는 슬레이트

잭

우리는 배고픔이 어떤 건지 잘 알지 못했다. 말 그대로 배가 고픈 느낌 말이다. 농사를 지을 땅이 있어 먹을 것을 구하는 일이 크게 어렵지 않았다. 적어도 아이들인 우리가 배를 곯았던 적은 없다. 엄마와 아빠가 땀 흘려 키워낸 땅속의 채소를 깨끗하게 씻고 절이고 요리해 내주면 우리는 무엇이든 먹으면 되었다. 비록 고기는 없었지만 엄마의 요리 솜씨 덕분에 그런 생각이 나지 않았다.

하지만 농사를 지을 땅이 없는 사람들, 탄광 소유의 건물이나 빌린 땅에서 사는 사람들은 그런 대비책이 없었다. 탄광이 하나둘 문을 닫으면서 그들에겐 당장 먹을 것이 없어졌다. 다른 일자리가 있는 것도 아니어서 실직한 남자들과 그 가족들이 기댈 곳은 없었다. 어쩌다가 교회에서 지원품을 주거나 친척들이 음식을 제공해주는 일이 있었지만 일시적이었다. 하루가 몇 주가 되고, 그 몇 주가 몇 달이 될 때까지 무작정 굶주리는 수밖에 없었다.

다행히 우리 친척 중에는 그런 경우가 없었다. 지금껏 단 한 번도. 아빠의 형제들은 작게나마 농사 지을 땅이 있었고, 엄마의 자매들은 다들 깨끗한 하얀 셔츠 차림에 주머니에 항상 펜을 꽂고 다니는 그런 직업을 가진 남자들과 결혼했다.

롤라 아줌마네 마크는 나랑 동갑이었는데 꽤 힘든 학교생활을 했다. 정말 가난한 집의 남자아이들은 대부분 거칠고 드센데다 뱀처럼 교활해 절대 괴롭힘을 당하지 않았지만 마크는 늘 왜소하고 허약한 모습이었다. 모든 엄마들이 잘해주라고 당부하는, 가난하고 불쌍하고 안타까워 보이는 아이였다. 솔직히 괴롭혀봐야 별 재미도 없었기에 실제로도 짓궂게 구는 아이는 없었다. 하지만 누구도 그애와 같이 앉거나 함께 공놀이를 하자고 말하지도 않았다.

3학년 때 마크는 일부러 크레용으로 칠해놓은 것처럼 온몸이 주황색으로 변해갔다. 그리고 올챙이처럼 배가 볼록 나오기 시작했다. 뼈만 남은 깡마른 몸에 배만 튀어나와 눈에 띄지 않을 수 없었다. 결국 마크는 학교를 그만두었다. 아픈 몸보단 사람들의 시선이 창피했기 때문이었던 것 같다.

나중에 안 사실이지만 그 집 정원에서 기르는 작물이 당근뿐이라 마크가 몇 달간 당근만 먹고 지냈다고 한다. 마크의 피부가 왜 주황색으로 변해가는지 알아내기 위해 했던 검사들 때문에 병원비도 꽤 나왔다고 한다. 그 집 아이들 중 몇몇은 구루병으로 피부가 얼룩덜룩했고, 내가 학교를 졸업하기까지 아줌마는 어린 자식들 넷을 잃었다. 저마다 다른 질병으로 목숨을 잃었지만 결국 근본 원인은 영양 부족에 있었다. 아줌마는 남편들과도 사별했지만 아이들을 잃었을 때보다는 훨씬 쉽게 극복했던 것 같다. 내 어린 시절 가운데 롤라 아줌마에 대한 기억은 거의 없지만, 내가 대학에 다닐 때 엄마는 매년 심부름을 시켜 추수감사절 요리를 아줌마한테 가져다주도록 했다.

"머릿결이 참 좋구나, 잭. 고맙다. 엄마한테 고맙다고 말씀드리렴." 늘 마르고 구부정한 모습의 아줌마는 심부름을 간 내게 이 말 말고는 아무런 말도 하지 않았다.

아줌마는 내게 그 두 문장으로 남아 있다.

앨버트

폭풍우가 불어오면 새들이 가장 먼저 안다. 그날도 새들이 시끄럽게 울어대는 소리가 들렸다. 부엌 쪽에서 까마귀 우는 소리가 들려 테라스로 나가보니 주변에 휘몰아치는 바람과 번개가 칠 낌새를 통해 폭풍우가 오고 있음을 온몸으로 느낄 수 있었다. 테라스에 서서 비가 오기를 기다리는데 서로에게 경고라도 보내듯 까마귀와 어치와 흰털발제비들이 시끄럽게 울어댔다. 엄청난 폭풍우가 오기 전 주변에 감도는 기운으로 팔에 털이 곤두서고 나무들이 바들바들 떨리는 바로 그런 순간이었다. 나는 팔짱을 끼고 서서 장대비가 마당을 강타하기를 기다렸다. 첫번째 번개가 번쩍하고 내리쳤다. 새들은 모두 숨어버렸는지 주변이 조용해졌다.

저녁 여섯시 교대 시간이었다. 교대하러 온 인부들이 시내의 두 은행이 오늘 아침에 문을 열지 않았다는 소식을 전해주었다. 두 은행이 예고 한마디 없이 문을 닫았다는 소식은 온 마을에 재빠르게 퍼져나갔다. 문이 잠기고 셔터가 내려지고 일하던 직원들마저 모두 사라져버린 것이다. 당분간 은행 문이 다시 열릴 일은 없을 것이다. 그 자리에 있던 우리들 가운데 다행히 돈을 맡긴 사람은 없었지만, 시내는 돈을 찾기 위해 은행 문을 쾅쾅 두드려대는 마을 사람들로 넘쳐났다. 몇몇은 제시 브릿지먼의 집을 찾아갔다. 은행을 총 관리하던 그가 이 사태에 책임을 져야 한다는 것이었다. 오후 내내 문을 두드렸지만 그는 이미 아침 일찍 집에서 목숨을 끊은 후였다. 제시의 아내는 몇 년 전 세상을 떠났고 아이들은 학교에 가 있어 아무도 그 사실을 알지 못했던 것이다. 결국 무리 중 한 명이 집 주변을 돌다가 뒤쪽 창문 너머로 죽은 제시를 목격했다. 방아쇠를 당기기 전 의자에 앉아 있을 힘조차 없었는지 제시는 바닥에 웅크리고 있었다.

1929년, 많은 은행들이 휘청거렸고 시내의 가게들도 여럿 문을 닫았다. 그리고 이는 수많은 파산으로 이어졌다. 전체 상점들 중 4분의 1이 입구에 판자를 박고 폐업했다. 하지만 내게는 큰 변화가 없었다. 인부들 수가 줄긴 했지만 탄광은 여전히 운영을 계속했고 내 삶도 그럭저럭 이어졌다. 더 나아질 것도 더 나빠질 것도 없는 상황이었다.

거리에서 마주치면 서로 고갯짓으로 아는 체하는 정도였지만 그래도 나와 제시는 안면이 있었다. 나는 그를 굉장히 건실한 사람으로 생각했기에 도무지 이 상황이 이해되지 않았다. 그에게는 아들 둘과 딸 하나가 있었고 막내가 버지 또래였다. 어떻게 아이들을 두고 죽을 생각을 했을까. 물려줄 돈이 있었을까. 부인의 집안이 아이들을 돌봐줄 정도로 부유한 걸까.

나는 지금까지 몇 번의 사고를 겪었다. 하지만 여기서 빠져나가지 못하고 죽을 수도 있겠다는 생각이 들었던 건 5번 탄광, 즉 치카소 탄광에 갇혔을 때뿐이었다.

나는 당시 석탄 싣는 일을 하고 있었다. 석탄층을 폭파시킨 뒤 줄지어 도착하는 탄차에 석탄을 싣고 또 싣는 일이었다. 대부분의 일이 그러하듯 석탄 덩어리를 퍼올리는 일도 하다보니 금세 몸에 익었다. 그 덩어리들 중에는 지상으로 올라가면 어차피 분류되어 버려질 슬레이트도 섞여 있었다. 돈을 받을 수 없어 쓸모가 없었지만 우리는 슬레이트까지 한꺼번에 탄차에 싣는 수밖에 없었다. 그곳에선 이따금 들려오는 기침소리 말고는 아무런 말소리도 들리지 않았다. 쉽게 깨지지도 않는 슬레이트판에 부딪히는 곡괭이 소리만 공허하게 이어졌다. 시계도 없었고 몇 시 몇 분인지 확인하는 일도 없었다. 그저 삽으로 퍼올리고 또 퍼올릴 뿐이었다. 그러다보면 관리자들의 방식에 적응하게 된다. 그들에겐 얼마나 오랜 시간 일했는지보다 얼마나 많이 퍼냈는지가 중요했다. 탄차 한 대당 1톤을 담을 수 있었고, 나와 조나는 규칙적이고 순조롭게 이를 채워나갔다. 그리고 우리는 일하다 몰려오는 통증을 무시하는 법을 알고 있었다. 그저 묵묵히 일하다보면 통증도 제풀에 지치는지 잠잠해졌다.

폭파 부분의 지지대 하나가 제대로 고정되지 않았는지 터널이 전체적으로 무너져버렸다. 바닥과 천장이 중간쯤 되는 곳에서 만나기라도 한 것 같았다. 나는 얼굴을 잔뜩 덮어버린 흙과 분진을 떨어내기 위해 온 힘을 다해 눈을 깜빡이고 콧바람을 내쉬고 침을 뱉었다. 얼굴에 묻은 흙들을 손으로 떨어내고 싶었지만 움직일 수 없었다. 가슴 아래부터 온몸이 흙속에 묻혀버린 것이다. 반사적으로 이 문제부터 해결해야겠다는 생각이 들었다. 우선 손가락을 꼼지락거려 손목이 움직일 수 있을 만큼 공간을 만들었다. 그리고 손목을 돌려서 공간을 좀더 넓혔다. 그렇게 팔꿈치 아래까지 움직일 수 있게 되자 어깨 밑의 흙더미가 조금씩 풀어지는 느낌이 들었다. 고양이가 숫돌을 갉아먹듯 그렇게 조금씩 움직이면서 공간을 만들어갔다. 양팔을 밖으로 빼내자 상황은 훨씬 편해졌다. 땅속에 묻힌 뼈를 캐내려는 개처럼 양손으로 몸을 덮고 있는 흙들을 파헤쳐나갔다. 엉덩이뼈 아래까지 파헤치자 흙더미 속에서 몸을 빼낼 수 있었다.

다른 인부들의 이름을 부르기 전에 몇 차례 깊게 숨을 내쉬었다. 흙을 파내는 동안에도 터널 저 아래에서 또다른 인부들이 끙끙대고 비명을 지르는 소리가 들려왔다. 우선 셔츠를 찢어 뜯겨나간 손톱 부분에 둘둘 감았다. 계속 피가 흐르는 손으로 눈가의 흙을 몇 차례 떨어냈더니 눈 안으로 먼지 대신 피가 들어가고 말았다. 무너진 탄광 속에서 흙을 파내는 일은 정원에서 하는 것과 전혀 달랐다. 흙속에는 나무조각을 비롯해 석탄 덩어리, 돌멩이, 금속 파편들이 가득했다. 찢은 셔츠 조각으로 손가락을 감은 곳을 보니 손에서도 몇 군데 피가 흐르는 곳이 있어 느슨한 장갑처럼 손 전체를 감아버렸다.

손에 셔츠 조각을 감으며 다른 인부들의 이름을 불러보자 몇몇이 대답해왔다. 대부분 괜찮은 듯했다. 그 붕괴사고로 우리는 세 명의 동료를 잃었다. 그중 한 명은 장갑까지 벗겨진 채 손 하나가 흙 위로 불쑥 올라와 있었다. 그의 몸 가운데 유일하게 바깥으로 나와 있는 부분이었다. 살아남은 우리들은 밖으로 빠져나가기 위해 최선을 다했다. 터널을 막고 있던 기둥 몇 개를 들어올리는 과정에서 손톱이 빠진 자리 중 한 곳을 보기 좋게 찔리고 말았다. 나도 모르게 비명 같은 소리를 내질렀다. 그날 저녁, 나는 갈비뼈가 부러지는 것보다 손톱이 빠지는 게 훨씬 아프다는 걸 알았다.

온몸이 쑤시고 옆구리 통증이 끔찍했지만 밖으로 빠져나가기 위해 계속 움직이는 것 말고는 다른 방법이 없었다. 지상으로 올라가 의사에게 검진을 받고 나서야 갈비뼈가 부러지고 발목이 햄 덩어리만큼 부어올랐다는 사실을 인식했을 정도였다. 지금까지 나를 괴롭히는 등의 통증도 아마 그때 시작된 것 같다. (등이 거의 부러질 뻔한 사고가 있은 후로 통증이 종일 사라질 생각을 하지 않았다.) 어쨌든 그때는 다시 햇살을 보기 전까진 통증이 거의 느껴지지도 않았다. 구조될 때까지 가만히 앉아서 기다릴 수만은 없었기에 다들 욕을 해대고—나는 욕하는 걸 좋아하지 않아 다른 인부들이 줄줄이 욕을 늘어놓을 때 가끔씩 '아멘'을 내뱉고 싶었다—땀을 흘리고 피를 흘리고 기도를 해가며 흙을 파고 위로 기어올라갔다. 그러다 위쪽에서 고함치고 바위를 때려대는 소리가 들리더니 마침내 지상에 있던 사람들이 우리를 구조해주었다. 우리를 밖으로 끌어내기까지 반나절이 걸렸다고 했다. 다른 부인들과 마찬가지로 리타 역시 음식과 물과 차 등을 싸들고 달려와 우리를 구조하려고 애쓰는 사람들을 돕고 있었다. 나는 리타가 가져온 차 한 통을 꿀꺽꿀꺽 마셨다가 속을 다 게울 뻔했다.

비가 테라스 위로 강하게 몰아쳤고 바닥을 때리는 빗방울은 물이라기보단 얼음 조각 같았다. 빗방울이 내 부츠에까지 튀었다. 어찌나 거센지 발치의 양동이마저 움푹 패게 할 기세였다. 양동이야 새로 지붕을 고치는 일에 비하면 한없이 쌌지만. 번개와 천둥이 거의 동시에 내리쳤고 거실에서 불빛이 깜빡이는 게 보였다. 분명 리타가 아이들을 거실로 데리고 나왔을 것이다. 나는 세찬 바람과 날카롭게 내리치는 빗속에 가만히 서서, 석탄과 통나무들 그리고 흙더미 속에 꼼짝없이 갇힌 채 누워 있는 나의 모습을 상상해보았다. 그리고 지금껏 제시 브릿지먼이라는 사람에 대해 전혀 모르고 있었다는 생각이 들었다. 내가 아는 건 그의 이름과 얼굴뿐이었다.

테스

나는 낡은 빨래통 속에 누워 무릎을 위로 빼고 팔꿈치는 밖으로 축 늘어트린 채 있었다. 이 통에는 나보다 바지나 윗도리나 속바지 같은 것들이 들어가야 했다. 부엌의 찬장 한쪽 끝에서 반대쪽까지 커다란 천이 가로지르며 나만의 공간이 만들어졌다. 물론 이 천이 없었어도 아빠와 잭이 부엌에 들어올 생각을 하진 않았겠지만. 빨래통에 이렇게 물을 가득 담아놓는 건 분명한 낭비였다. (엄마가 우물에서 퍼온 물에 따로 끓인 물을 두 냄비 정도 넣어줘 따뜻해서 좋기는 했다.) 남자들은 개울가에서 목욕했지만 나와 버지 언니, 그리고 엄마는 이렇게 빨래통 속에서 했다.

최대한 빨리 목욕을 끝내기 위해 물속으로 몸을 담그면 두 다리는 어쩔 수 없이 빨래통 밖으로 튀어나갔다. 그러면 가성소다 비누로 다리 위를 문질러 돋아오른 닭살들을 잠재우고 발가락 사이사이도 공들여 닦았다. 그후에는 발톱 밑에 낀 비누를 떨어내기 위해 물속에 발을 담그고 마구 흔들어댔다.

라디오에서 흘러나오는 〈그랜드 올 오프리〉가 희미하게 들려왔다. 라디오가 집안 앞쪽에 있는데다 내가 첨벙대는 물소리 때문에 거의 들리지 않았다.

"좀더 크게 해봐, 언니." 내가 소리쳤다.

잠시 후 가려놓은 천 옆으로 엄마가 얼굴을 빼꼼 내밀었다. "그렇게 소리지르지 마라, 테스." 엄마는 얼굴을 찌푸리며 말했다. "물 좀 밖으로 흘리지 말고."

엄마는 곧 사라졌고 음악소리는 더 크게 들려왔다. 밴조의 현 위에서 활이 춤을 추는 것만 같았다…… 엉클 데이브 메이컨이 〈나의 사로 제인을 위한 락〉을 연주했다. 서둘러 몸을 일으킨 뒤 다리를 물속으로 담가 리듬에 맞춰 비누칠을 하고 씻어냈다. 엉클 데이브는 잠시 활을 멈추고 발을 빠르고 강하게 구르면서 '우' 하는 추임새와 함성을 질렀다. 나는 머리에 비누칠을 하고 손가락으로 박박 문질렀다. 엄마가 항상 귀 뒷부분을 특히 깨끗하게 닦으라고 했기 때문에 그곳까지 열심히 문지른 뒤 물속으로 머리를 푹 담갔다.

다시 물 밖으로 나오자 노래가 바뀌어 있었다. "나를 문 앞까지 쫓아온다면, 나는 그것들을 바닥 아래에 숨기겠어 / 내 팬은 깨끗하고 윤이 나게 놔둬줘……" 그의 음색은 밴조를 팅 하고 울리는 소리 같았다.

몸을 거의 헹궈 물이 식고 뿌예졌을 즈음에 첫번째 천둥소리가 들려왔다. 아직 깨끗하게 헹구지 못했기에 나는 위에 달린 전등 불빛을 한번 확인해보고 다시 물속으로 재빨리 머리를 담갔다. 수건을 어디다 두었는지 정확히 기억나지 않았다.

우리집은 이 거리에서 처음으로 전기를 사용했다. 밤이면 작은 전구들이 천장에 매달려 만들어내는 불빛이 아주 따뜻하고 매력적이었다. 전깃줄 몇 개만 연결했을 뿐인데 집안이 환하게 밝혀지는 게 마법 같았다. 하지만 폭풍우가 몰아치면 전류가 끊기면서 마법 같던 전구들 역시 타다닥 튀는 소리를 내며 전부 꺼져버렸다. 아직 다른 전구에는 문제가 없는 듯했지만 빨래통 위의 전구는 내게서 그리 높이 떨어지지도 않은 곳에서 타다닥 소리를 내며 불꽃을 튀겼다. 입안에서 금속 맛이 느껴지는 듯했다. 재스퍼에 사는 한 남자가 폭풍우 치는 날 식탁에 앉아 시리얼을 먹다가 순식간에 전기가 번쩍하고 전구를 타고 내려와 남자의 머리를 감전시킨 바람에 즉사했다는 얘기를 학교에서 메리앤에게 들은 적이 있다. 나는 문득 그 남자가 그릇에 얼굴을 박은 채 죽은 걸까 궁금해졌다.

전기란 교회에서 마주치는 고든 아저씨 같았다. 양쪽 귀에 목화솜 같은 하얀 털이 복슬복슬 나 있는 아저씨는 사람들을 깜짝 놀래주길 좋아했다. 아무 이유 없이 주머니에서 박하맛 막대사탕을 꺼내주기도 하는데, 그걸 내 얼굴 앞으로 휙 들이밀어서 눈이라도 찔릴까봐 놀라는 일이 많았다. 어떤 때는 엄마와 아빠의 바로 옆에 앉아 말없이 몸만 살짝 양옆으로 흔드는데 아저씨가 갑자기 목 뒤를 콩 하고 때린 적도 있었다. 이런 일을 피하려면 아저씨 근처에 앉지 않는 게 좋았지만 너무 멀리 앉으면 사탕을 얻어먹을 수 없었다. 나는 그런 상황이 재미있었다.

나는 폭풍우를 크게 무서워하는 편이 아니었다. 지붕이 뚫려 물 새는 곳이 생기면 그 밑에 양동이를 가져다놔야 했는데, 우리는 경쟁적으로 제일 먼저 그 일을 해내려고 했다. 지금쯤이면 잭이 양동이를 전부 옮겨놨을 것이다. 버지 언니도 그 일만큼은 잭의 상대가 되지 못했다.

나는 전구가 일으키는 불꽃과 그게 탁탁 튈 때 주변에 감도는 기운마저 좋아했다. 물 역시 내가 좋아하는 것이었다. 아침을 먹다가 돌연사한 남자의 이야기를 듣고도 나는 왜 폭풍우 치는 날에 전기를 사용하면 안 되는지 이해할 수 없었다. 하지만 이번만큼은 빨래통에서 빨리 나가고 싶었다. 가까이서 나를 노리고 있었다는 듯 두려움이 엄습해왔다. 나는 웬만해선 겁먹지 않았지만 아기 사건이 있은 후론 더이상 안전하다고 느껴지지 않았다. 밤에 불을 끄기 전이면 이유 없이 침대 밑부터 살피기도 했다.

흠뻑 젖은 채 빨래통에서 튀어나온 나는 바닥 여기저기에 물 자국을 잔뜩 남기고서야 의자 위에 놓인 수건을 찾았다. 다시 통 쪽으로 가 수건으로 머리의 물기를 닦는데 바로 위에서 전구가 타다닥 불꽃을 튀겼다. 여전히 몸을 구부린 채 물기를 닦으며 그 자리에 서 있는데 엄마가 천을 휙 걷으며 나타났다.

"아직도 여기서 뭐하는 거니? 이제 그만……" 엄마가 갑자기 말을 멈추었다. 고개를 숙이고 있는 내 눈에 보인 엄마는 놀란 표정을 짓고 있었다. "세상에. 그래도 통에서는 나와 있었구나. 번개가 이렇게 치는데 아직 여기 있다니, 너처럼 고집 센 여자애는 처음이다. 그래, 이러면서 하나씩 배우는 거겠지. 어쨌든 빨리 끝내고 우리랑 다 같이 거실에 있으렴. 전구 밑에서 얼른 나오고! 폭풍우가 심해지면 지하대피실로 내려갈 거야."

리타

침대가 싸늘했다. 앨버트가 옆에 와서 눕자 나는 그에게 바싹 다가갔다. 처음엔 그에게서 나는 탄광냄새도, 그의 피부 위에 까맣게 붙어 있는 분진들도 싫었지만, 이제는 그 모든 것들이 탄광이 아닌 그의 흔적으로 느껴져 편안하기만 했다.

우리의 몸무게에 둘의 고단함과 해야 할 일들과 내야 할 고지서들의 무게까지 더해졌는지 침대 매트리스가 안쪽으로 푹 꺼져버렸다. 평소 앨버트는 침대에 누우면 내 다리 한쪽을 잡아당겼고, 내가 다가가 그의 목에 얼굴을 부비다보면 그렇게 서로 말없이 있다가 잠들곤 했다. 어둠 속에선 그 어떤 말도 움직임도 생각도 다 사라져버렸다.

그날 밤, 내가 차가운 발을 그의 내복바지 속으로 슬그머니 밀어넣는데도 그는 불평 한마디 없이 조용히 누워 있었다. 보슬비처럼 잦아든 빗소리가 자장가처럼 귓가를 간지럽혔다. 하지만 우리는 잠을 이루지 못했다. 숨소리를 들어보니 아이들은 이미 잠든 듯했다. 앨버트가 돌아누워 내 귓가의 머리칼을 쓸어올렸다. 그는 베개를 두 개 베고 잤기 때문에 내 머리 위쪽에서 숨소리가 들려왔다.

"계속 그 아기 일이 생각나." 그가 말했다. 밤이면 그의 목소리가 연기처럼 불어와 귓가에 맴돌았다. 아이들이 깨는 것을 원치 않았기 때문이다. "당신은 어때?"

"버지와 테스는 아직도 생각하는 모양이에요." 나는 천장을 바라보며 말했다. 그때 기차의 경적소리가 들려왔다. 나는 그의 질문에 정확히 대답하지 않았다.

"대체 누가 그런 짓을 했을지 궁금하지 않아, 리타리?"

한참 연애하던 시절에도 앨버트는 결코 나를 '자기' 같은 애칭으로 부르지 않았다. 나 역시 달콤한 말 같은 건 좋아하지 않았다. 그러던 중 아버지가 내 가운데 이름인 리앤을 줄여 "리타리"라고 부르는 걸 들은 모양이었다. 그는 그 애칭에 대해 별말을 하진 않았지만 그후 종종 나를 리타리로 불렀다.

"자꾸 생각해봐야 무슨 소용이야?" 내가 물었다. "궁금해한다고 먹을 게 나오겠어요."

앨버트는 여전히 내 귓가에 입을 가까이 두고 있었지만 몸은 약간 멀어져 더이상 서로 닿거나 하진 않았다. "왠지 우리가 알고 지내는 사람인 것만 같아서 말이야."

우리집 부엌으로 줄줄이 찾아와 교회에서 자기 옆자리에 앉았던 여자들을 풀밭에서 진드기 골라내듯 샅샅이 평가해대던 동네 부인들이 생각났다. "쓸데없는 짓이야, 앨버트. 괜한 미움만 키울 뿐 얻을 게 없어요. 그냥 잊어요."

"당신은 어떻게 그럴 수 있지." 그가 내게서 돌아누우며 말했다. "어떻게 아무렇지 않게 그런 생각들을 떨쳐버릴 수 있냐고."

그는 누워서 이를 갈았다. 긴장하면 나오는 버릇이었다. 나는 순간 짜증이 밀려왔다.

"그냥 잊어버리려고 하면 되잖아." 내가 마침내 말을 이었다.

그는 미동도 않고 누워만 있었다. 이런 식으론 편히 잠자리에 들 수 없었다. "나도 잊으려고 매일같이 애쓰는데 그런 식으로 몰아붙이지 마요."

아무런 대답이 없었지만 매트리스 속으로 천천히 몸이 꺼지는 걸 보니 조금은 마음이 풀렸음을 알 수 있었다. 그가 다시 돌아누

위 내 옆구리 위로 팔을 올렸다. 나는 그의 종아리 사이로 발을 밀어넣었다. 따뜻했다. 그렇게 우리는 잠시 가만히 있었다.

"버지가 당신한테 그 녀석 얘기는 전혀 안 했어?" 앨버트가 내 귀에 대고 조용히 물었다.

"버지가 그애한테 별로 관심이 없는 것 같아요." 내가 속삭였다. 그가 미소를 짓는 소리가 들리는 듯했다.

"왜 관심이 없지?"

"잘난 척을 한다더라고. 가게에서 사탕을 원하는 만큼 공짜로 먹을 수 있다고 자랑했다나. 그러면 버지가 넘어올 거라고 생각했나봐요."

앨버트는 웃음을 참느라 자세를 바꾸었다가 끄응 하는 소리를 냈다. 몇 년 전 5번 탄광에서 부러진 갈비뼈가 완전히 낫지 않아 왼쪽으로 누우면 여전히 힘들어했다. 병원에 가서 치료를 받게 하고 싶었지만 그럴 돈이 없었다. 전미탄광노동조합이 부활해 노우드에서 조합보험료라도 받아볼 수 있기를 바랄 뿐이었다.

"그렇게 공짜 사탕을 먹어대다간 늙어서 이가 다 썩어버리겠지." 그가 말했다. "나이 마흔에 수프 빼곤 아무것도 못 먹고 말이야." 그런 생각을 하고 나니 기분이 좋아졌는지 그가 조용해졌다.

"버지도 결국엔 누군가를 만나겠지." 나도 모르게 이 말이 튀어나왔다. "조만간 말이에요."

"그런 일이 좀 나중에 벌어졌으면 좋겠는데. 당신은 어때?"

"그럼 왜 버지를 집까지 바래다주도록 허락한 거예요?"

"모르겠어." 그가 한숨을 쉬며 말했다. "교회에서 집까지 바래다주기만 하겠다고 그렇게 공손히 부탁하는데 바로 안 된다고 할 수가 없겠더라고. 굉장히 예의를 갖춘 것 같아서 말이야."

"그럼 왜 그애의 이가 다 썩어버리길 바라는 건데?"

"교회에서 집까지 바래다주는 거랑 녀석이 원하는 대로 버지가 사랑에 빠지는 건 다른 문제니까. 멋지게 머리를 빗어넘기고 이를 씩 드러내며 웃고 있지만 그 뒤에서 어떤 생각을 하고 있을지 당신은 몰라."

"당신도 모르기는 마찬가지잖아요."

"당신은 그애가 어떤 생각을 하고 있을지 무섭지 않아?"

앨버트

리타를 처음 보았을 때 그녀는 나를 등지고 서 있었다. 그녀가 태어나고 자란 고향이자 그 주민들 소유의 땅인 타운리에서였다. 그들은 몇 년 동안 사용하지 않은 농토에 멀리서도 보일 만큼 큰 불을 내서 잡목들을 태우고 있었다. 때는 10월이었고 나는 육촌인 에머리와 지내고 있었다. 어렸을 때 함께 토끼 사냥을 간 후로 우리는 그애를 '보송이'라고 불렀다. 당시 나는 탄광에서 일한 지 몇년 되지 않아 아직 얼굴도 부드럽고 마음도 여린 편이었다.

열댓 명 되는 녀석들과 불을 쬐러 갔는데 거기에 숄을 두르고 혼자 서 있는 여자가 있었다. 정확히 기억나진 않지만 발랄한 색의 숄이었던 것 같다. 짙은 색 머리를 다시 땋고 있었는데 불빛을 받아 머리칼이 수많은 색깔로 빛났다. 출렁이는 머릿결이 허리 아래까지 내려왔고, 나는 생전 본 적 없는 그 모습에 입이 바싹 말라왔다.

여자가 이런 곳에 혼자 와 있다는 사실을 믿을 수 없었다. 힘든 일자리뿐인 타운리는 카본힐만큼이나 거친 곳이었고 미인을 찾아보기도 힘들었다. 저런 미인이 어떻게 이곳에 있는 건지 궁금해하며 가만히 있을 수만은 없어 내가 먼저 다가갔다. 그 불가에는 결혼 안 한 녀석들이 여섯이나 있었는데 다들 눈이 멀었거나 머리가 둔했던 것 같다.

그녀가 내 쪽으로 돌아섰고 나는 설레는 마음으로 다가갔다. 나만의 착각인지 모르겠지만 버지에겐 너무 예뻐서 쉽게 다가가기 힘든 분위기가 있다. 그렇다고 젊은 시절의 리타가 버지보다 덜 예뻤다는 건 아니다. 다만 리타의 얼굴에는 상대에 대한 친절과 열린 마음이 깃들어 있었다. 그녀를 미소 짓게 해주고 싶다는 생각이 들게 했다.

"안녕하세요."

"안녕하세요." 리타는 정신없을 정도로 빠르게 손가락을 움직이며 계속 머리를 땋고 있었다.

나는 불꽃 쪽으로 고갯짓을 했다. "앞으로 몇 시간은 더 따뜻하게 있을 수 있을 것 같아요."

"그러게요." 그녀가 잠시 내 눈을 바라보았다. 왠지 다음에는 좀 더 오랫동안 내 눈을 바라봐줄 것 같다는 희망이 생겼다.

"저는 앨버트 무어예요. 육촌인 보송이, 아니 에머리랑 같이 왔어요. 우린 그애를 보송이라고 부르거든요. 에머리는 이 동네 출신이에요. 비즐리 집안이요."

"저 에머리랑 초등학교를 같이 다녔어요." 내가 더듬거리는 걸 못 본 척하며 그녀가 대답했다. 그리고 그녀가 이름을 말하기도 전에 나이든 남자가 나타나 성큼성큼 걸어와서는 옆에 섰다. 그는 거의 우리 사이를 가로막는 위치에 자리잡았다.

"반갑네." 남자가 고갯짓을 했다. "렉스 토빈이라고 하네."

"안녕하세요." 나는 그 남자가 나이 차이 많이 나는 남편이라도 될까봐 약간 뒤로 물러섰다.

"저쪽에서 보니 벌써 내 딸에게 자기소개를 했더군."

나는 안도의 미소를 지어 보였다. 친근함의 미소로 보이기를 바라면서. "네, 앨버트 무어입니다."

리타가 아버지의 팔짱을 끼었다. "아빠, 저는 소개를 안 했어요. 리타 토빈이에요."

"반가워요." 내가 말했다.

둘이서만 외출하게 되기까지 그녀의 집을 한 달 정도 찾아갔다. 처음 만난 그날 밤에는 그녀보다 아버지와 더 많은 얘기를 나누었다. 나중에 들어보니 리타는 그때 단정하지 못하게 머리를 풀고 있던 터라 당황스러웠다고 했다. 갑자기 머리칼에 불꽃이 튀는 바람에 애써 땋은 머리를 다시 풀었던 것이다. 나는 그날 밤 그녀에게 튀었던 불꽃이 우리 사이에도 생겨나기를 간절히 바랐다.

침대로 올라가 리타의 옆에 눕자 내 팔 위로 흘러내리는 그녀의 머리칼이 느껴졌다. 차가우면서도 묵직했다. 리타의 얼굴은 보이지 않았다. 어둠 속에서 귀와 턱, 그리고 볼의 굴곡진 윤곽만 보였다. 나머지 얼굴에는 그림자가 드리워 있었다.

나는 리타의 머리칼을 가지런해질 때까지 쓰다듬었다. 문득 그날 밤 내가 실제로 본 그녀는 무엇이고, 어디까지가 내 상상이 만들어낸 것인지 궁금해졌다. 수년을 함께 살아왔지만 그 짙은 눈동자와 부드러운 입술을 보면 그녀가 한없이 사랑스럽기만 했다. 그날 밤을 기억, 혹은 상상하면 그녀의 작은 양손이 마치 한 모금의 위스키처럼 내 목안의 고통을 가라앉혀 줄 것만 같았다. 그리고 그녀의 양팔은 하느님이 그런 이유로 만들기라도 한 듯 우리 아이들을 완벽하게 품어줄 것만 같았다.

나는 그 느낌을, 그리고 그 느낌이 옳다는 사실만큼은 세상 무엇보다 확신했다. 갑자기 모든 일들이 테스가 늘 말하는 것처럼 이미 정해진 마법 같은 운명이 아니었을까 하는 생각이 들었다. 정말 하느님이 이 여인을 내 삶으로 인도하신 걸까? 하느님이 맺어준 운명의 짝인 걸까? 그 여자가 우리집 우물로 와서 아기를 버리게 된 것도, 제시 브릿지먼이 총알을 어디다 두었는지 기억해낸 것도 전부 하느님의 뜻이었던 걸까?

어쩌면 리타는 유쾌한 성격과 아름다운 외모를 지닌 평범한 소녀였을지도 모른다. 하느님이 나를 그녀에게 인도했다거나, 그녀의 얼굴에서 아름다운 미래를 예측했다는 건 나만의 허상일 뿐일지도. 침대에 누워 퀼트이불을 덮고 서로의 체온을 나누며 따뜻함을 느끼면서도 이 모든 생각들이 그저 바보 같은 남자의 헛소리일 수도 있다는 사실에 나는 별안간 오싹함을 느꼈다.

"리타." 리타를 내 쪽으로 돌아눕게 해 얼굴을 보고 싶어 아주 조용히 그녀를 불렀다.

"으음." 그녀는 제대로 대답도 못하고 조용히 웅얼거렸다.

"리타." 이번에는 그녀가 몸을 움직였다. 겨우 입술을 떼었다 붙이는 게 보일 정도로만 고개를 돌렸다.

"무슨 일이야?" 그녀가 말했다.

얼굴까지 보지 않아도 그녀의 목소리만으로 충분했다. 이내 내 마음은 잔잔하고 고요하게 가라앉으며 텅 빈 상태가 되었다. 그녀의 곁으로 천천히 더 다가가 자리를 잡았다. "아냐, 괜찮아."

버지

어떻게 하면 롤라 아줌마에게 자연스레 접근할 수 있을지 줄곧 생각해보았다. "안녕하세요, 아줌마." 미리 연습을 해보았다. "사과를 좀 가져왔어요. 좋아하실 것 같아서요."

엄마가 사과를 가져다드리라고 했다고 말할까 생각해보았지만 너무 뻔뻔한 거짓말이었다. 어쨌든 사과를 받는 건 기분좋은 일이니 선의의 행동을 하는 거라고 생각했다. 아줌마가 사과를 받으면 분명 "고맙구나" 하며 우리를 안으로 들어오라고 할 테고, 그러면 들어가서 아기가 있는지 없는지 확인하면 된다.

나는 손가락 살점이 파일 만큼 바구니를 꼭 끌어안았다.

"내가 노크할까?" 테스가 물었다.

내가 하겠다고 했다. 말도 내가 걸고, 그다음 일도 다 맡겠다고.

"아냐, 내가 할게." 나는 등을 꼿꼿이 세우고 얼굴에 미소를 머금은 채 톡톡 문을 두 번 두드렸다.

"리타네 딸들이구나." 아줌마가 문을 열며 '안녕' 대신 이렇게 말했다. 뚱뚱한 편은 아니었지만 몸 곳곳에 물컹한 살들이 늘어져 있었다. 아줌마가 움직이기 시작하자 팔 뒤에 붙은 살이 출렁출렁 흔들렸다. 나는 되도록 그 살들을 쳐다보지 않으려고 애썼다. 집안에는 가구보다 아이들이 더 많았다. 선 채로, 앉은 채로, 혹은 공기놀이를 하느라 바닥에 널브러진 채로 있었다. 아기는 보이지 않았다.

콘크리트 길가에 세워진 판잣집 안에는 넓은 거실과 부엌 외에는 아무것도 없었다. 집의 뒤쪽으로 가면 판자로 된 벽에 숭숭 뚫린 구멍을 통해 부엌이 보였다. 부엌이라고 해야 방석이 다 해진 흔들의자 두 개와 스토브, 식탁과 의자, 그리고 구석에 놓인 작은 철제 침대뿐이었다. 아이들은 바닥에서 자는 것 같았다.

테스와 나는 나무에 올라가 한 시간에 걸쳐 다 익은 사과들을 따서 바구니에 담았다. 일주일만 지나면 알아서 떨어질 정도로 거의 익어 있었다.

"안녕하세요, 롤라 아줌마." 바구니를 품에 안은 채 내가 말했다. "사과를 좀 가져왔어요."

"착하기도 하지." 아줌마가 말했다. 하지만 웃음기라곤 찾아볼 수 없는 표정으로 우리를 물끄러미 쳐다만 보았고 우리의 선의에 감동한 것 같지도 않았다. 사실 우리는 아줌마네 집에 와본 적이 없었고 엄마와도 딱히 친한 사이가 아니었다. 롤라 아줌마와 진심으로 친하게 지내는 사람은 없었다. 아줌마는 주로 아이들과 함께 집안에만 머물렀다. "너희 둘, 엘렌을 보러 온 거니?"

엘렌은 테스와 같은 반이었다. 종잇장처럼 얇고 여기저기 기운 원피스 하나만 입고 다니는 아이였다. 왜 우리가 갑자기 찾아왔는지 아줌마가 궁금해하리라는 걸 미처 예상하지 못했다.

"아니에요, 아줌마." 내가 말했다. "사과가 좀 남아서 아줌마가 좋아하실 것 같아 가져왔어요."

여전히 얼굴에서 웃음기는 찾아볼 수 없었다.

"그리고 새로 태어난 아기도 보고 싶어서요." 테스가 말했다. "아기가 정말 예쁘다고 들었거든요." 테스는 곱슬머리가 흔들릴 만큼 살짝 고개를 기울이더니 보조개까지 보이면서 환하게 웃었다. 내가 다 알아서 하겠다고 했지만 이런 일에 테스만큼 익숙하지 못했다. 테스는 전기 스위치를 올리듯 쉽게 자신의 매력을 발산하며 자연스레 말을 이어갔다. 어른들은 테스를 보면 항상 미소를 지으며 머리를 쓰다듬고는 엄마와 아빠에게 테스가 얼마나 똑똑하고 귀여운 아이인지 칭찬했다. 테스가 그러려고 일부러 애쓰는 것도 아니었다. 그저 자연스럽게 그리되곤 했다. 나는 오는 내내 열심히 할말을 연습했지만 너무 긴장해서 손에 땀이 배고 입이 바싹 마르고 어깨가 뻣뻣해져 아프기까지 했다. 하지만 테스는 그저 자신의 매력 스위치를 올렸다.

테스가 나 대신 상황을 해결해준 게 기뻐서 눈물이 날 정도였다.

아줌마는 잠시 우리를 쳐다보더니 한 발짝 뒤로 물러서며 문을 활짝 열어주었다. "들어오렴."

내가 먼저 들어가고 테스가 뒤따라 들어왔다. 아줌마에겐 아이들 수의 절반에 이르는 남편들이 있었지만 다들 오래 살지 못하고 세상을 떠났다. 현재 다섯번째 남편은 일자리를 찾아 켄터키에 가 있었다. 한 명은 심장마비로, 한 명은 닭 모래주머니를 먹다가 목이 막혀서, 또 한 명은 밤에 시내에서 집으로 돌아오다 차에 치여 죽었다. 네번째 남편은 어떻게 죽었는지 기억나지 않았다.

아줌마는 바구니를 받아 부엌에 가져다놓았다. 거실 한구석에 선반과 식탁, 그리고 스토브가 전부인 공간이었지만. "바구니는 지금 가져갈 거니? 그럼 사과를 다른 곳에 옮겨놓을게."

모서리가 다 뜯긴 낡은 짚바구니일 뿐이었다. "서두르지 않으셔도 돼요. 그 사과 다 드실 때까지 가지고 계세요." 내가 말했다.

"앉으렴." 아줌마가 말했다.

식탁 주변에는 앉는 부분이 등나무로 짜인 의자가 네 개 있었다.

내가 그중 하나를 잡아당겼고 테스도 따라 했다. 아줌마는 양쪽 다리에 노끈이 묶여 있는 세번째 의자를 잡아당겼다. 내가 그 의자의 아래를 쳐다보자 아줌마가 바로 눈치챘다.

"아들 녀석들이 이 나무받침대에 자꾸 발을 올려놓더니 결국 두 동강이 났단다." 아줌마가 말했다. "끈으로만 묶었는데도 이렇게 붙어 있으니 다행이지. 소파가 없어서 미안하구나."

"저희 집에도 소파가 없는걸요." 테스가 재빨리 말했다. "흔들 의자만 있어요. 그리고 제 남동생도 그래요. 매일 이것저것 부수고. 남자애들은 항상 말썽만 피운다니까요."

아줌마가 미소를 지어 보였다. 테스의 말보단 어른처럼 진지하게 고개를 가로저으며 말하는 모습이 우스웠을 것이다.

우리는 멀뚱히 서로를 쳐다보며 앉아 있었다. 나는 소파나 의자, 혹은 사과에 대해 내가 아는 다른 얘기를 꺼내보려 애썼다. 이런 고요함은 우리집에서 느끼던 고요함과 전혀 달랐다. 집에선 아무도 말을 하지 않으면 새와 귀뚜라미마저 잠들어버린 한밤중처럼 고요하고 평화로운 기분이 들었지만, 지금 이런 고요함은 식탁에서 당장이라도 일어나 재스퍼까지 달려가고 싶을 만큼 어색했다.

"아기를 보고 싶다고 했지?" 아줌마가 물었다.

"네!" 우리는 동시에 크고 재빠른 소리로 대답했다. 아기를 유괴라도 하러 온 것처럼 보였을지도 모르겠다.

아기는 건강하게 살아 있었다. 토실토실하고 피부가 꽤 붉었다. 아줌마는 엄마가 잭을 안을 때처럼 똑같이 아기를 안고 있었다. 아기를 품에 꼭 안으려면 아기의 손은 어디에 두고 발과 무릎과 팔꿈치는 어떤 자세를 취해야 하는지를 엄마들은 어떻게 다 알고 있는 건지 궁금했다. 엄마는 절대로 잭의 목이 뒤로 넘어가거나 머리를 갑자기 흔들리게 해서는 안 된다고 말했다. 그럼에도 뜻하지 않게 한두 번 그런 적이 있었고, 나는 잭의 뇌가 큰 충격을 받거나 코로 흘러내리는 일이 생기지 않기를 진심으로 기도했다.

"이름은 프랭클린이란다. 우리는 프랭키라고 부르지." 얼굴이 좀더 잘 보이도록 아줌마가 아기를 아래로 기울였다. "몸집도 크고 아주 건강해 보이지 않니? 이제 겨우 네 달 됐는데."

아기는 몸집이 컸지만 정말로 조용했다. 나는 잭이 조용했던 때가 기억나지 않았다. 울고 있지 않으면 늘 옹알대거나 우스꽝스러운 소리를 냈으니까. 아줌마는 아기를 바라보며 미소만 지었고— 아줌마의 앞니 하나가 빠져 있는 게 눈에 들어왔다—아기가 조용한 것에 대해선 별로 신경쓰지 않는 듯했다. 얌전한 아기를 낳게 되어 그것만으로도 감사하다는 모습이었다.

"한번 안아봐도 될까요?" 내가 물었다.

"물론이지." 아줌마가 아기를 건네주며 말했다. 나는 엄마가 말했던 대로 아기의 등 밑에 한 팔을 대고 손으로는 머리를 동그랗게 감싸쥔 채 아기를 가슴 쪽으로 끌어왔다. 그다음엔 어떻게 해야 할지 알 수 없었다. "이렇게 계속 앉아서 안아줄까요, 아니면 서서 안아줄까요?" 내가 아줌마에게 물었다.

"어떻게 해도 상관없단다." 아줌마가 말했다. "아기를 양옆으로 조금씩 흔들어주렴."

나는 아기를 안고 흔들거리며 거실을 걸어다녔다. 학교에서 더 가까운 스탠턴 아줌마와 토렌스 아줌마네 집에 먼저 들렀을 때는 아기를 안아보지 못했다. (그곳에 가는 내내 배가 아파 그럴 여유가 없었다. 하지만 롤라 아줌마네 집에 들를 즈음엔 어떻게 하면 자연스럽게 인사할 수 있을까 하는 울렁증에서 간신히 벗어난 것 같았다.) 스탠턴 아줌마는 이미 아기 조지를 안고 테라스의 흔들의자에 앉아 있었다. 우리는 손을 흔들면서 다가가 아기가 정말 귀엽다는 뜻으로 '우와' 하고 감탄하고는 바로 돌아왔다. 아기는 얼굴을 잔뜩 찌푸린 채 인상을 쓰고 있었지만. 우리는 두 집에 각각 오분 넘게 머무르지 않았고 집안까지 들어가볼 필요도 없었다. 하지만 롤라 아줌마의 경우에는 더 많은 공을 들여야 하는 친교적인 방문이 되어버렸다.

"아기가 정말 착하네요." 내가 말했다.

"낳을 때도 크게 힘들지 않았어. 달콤한 파이처럼 사랑스러운 아이지."

나는 다시 의자에 앉아 아이를 앞뒤로 흔들어주었다. 프랭키도 나만큼이나 행복해하는 듯 보였다. 테스는 내 뒤에 서서 아기의 솜털 같은 머리털을 어루만졌다.

"엄마는 잘 계시니?" 아줌마가 물었다.

"네." 테스가 대답했다.

"내가 너희 엄마랑 타운리에서 학교를 같이 다녔다는 거 아니?"

"아뇨." 우리는 동시에 대답했다. 엄마는 아줌마와 어린 시절부터 알고 지낸 사이였다는 걸 말해준 적이 없었다. 엄마는 어렸을 적 얘기 자체를 별로 하지 않았다.

"네 나이쯤일 때 너희 엄마를 만났지." 테스 쪽으로 고갯짓하며 아줌마가 말했다. 나는 그제야 아줌마가 우리의 이름도 모르고 있음을 눈치챘지만 이제 와 밝히기에도 늦은 감이 있었다. "그때껏 본 중에 머리를 가장 길게 땋은 사람이었어."

"우리 머리는 그렇게까지 길게 자라지 않을 거 같아요." 테스가 말했다. "어깨까지 오고 더이상 자라지 않더라고요."

아줌마는 테스가 아무 말도 하지 않은 것처럼 얘기를 이어나갔다. "너희 엄마는 아주 예뻤지. 상냥했고. 내가 학교에서 정말 괜찮다고 생각한 몇 안 되는 여자아이였단다. 너희 엄마는 그후로 계속 공부해서 고등학교에 진학해 학업을 거의 끝마쳤고, 나는 우리 엄마 일을 돕느라 학교를 다니다 그만두었어. 그리고 일 년도 지나지 않아 첫번째 남편과 결혼했지."

아줌마는 기껏해야 내 나이 무렵에 처음 결혼한 것이다.

"내가 결혼할 때 너희 엄마가 파운드케이크를 가져다주었단다. 결혼을 축하해주며 뭔가를 준 사람은 너희 엄마뿐이었어. 그때 정말 좋은 사람이라는 걸 느꼈지. 아줌마 대신 안부를 전해주렴."

그때 두 발로 잘 서지도 못하는 여자아이가 뒤뚱거리며 아줌마 쪽으로 다가왔다. 엉덩이에 핀으로 고정한 해진 천 말고는 아무것도 입고 있지 않았다. 다리 사이로 오줌이 새어 바닥으로 떨어지고 있었다. 당황한 기색이 역력한 아이가 훌쩍거리기 시작했다.

"세상에!" 아줌마가 팔을 뻗어 아이를 조금 멀리 둔 채 들어올렸다. 그리고 구석에 있는 빨랫더미에서 이미 빨아놓은 듯했지만 여전히 얼룩이 진 천을 하나 낚아채더니 우리가 앉아 있던 식탁 위에 올려놓았다. 아줌마가 기저귀를 풀기 시작했을 때 나는 의자를 뒤로 뺀 채 고개를 다른 쪽으로 돌렸다. 오줌이 천을 타고 식탁 위로 뚝뚝 떨어졌다.

아줌마는 한때 꽃무늬가 예쁘게 그려져 있던 원피스 주머니에서 옷핀을 꺼내 아이의 엉덩이 주변으로 천을 두르느라 애를 썼다. 그 얼굴에서 짜증 같은 감정들은 찾아볼 수 없었다. 우리가 집안으로 막 들어왔을 때처럼 차분하고 부드러운 표정이었고, 아기가 오줌을 싸서 식탁을 더럽히거나 시끄럽게 울어대는 일에 전혀 신경쓰지 않는 듯했다. 리스트 가운데 가장 가난하고 자식도 많았기 때문에 나는 아줌마가 아기를 버렸을 가능성이 매우 높다고 생각했다. 너무 힘들어서 더는 버틸 수 없는 한계에 다다랐을 거라고 말이다. 아줌마는 동네의 다른 아줌마들과는 거리를 두고 지냈다. 일부러 그런 건 아니겠지만 결과적으론 그랬다. 하지만 아기를 본 순간 내 생각이 완전히 틀렸음을 깨달았다. 그리고 그런 생각을 했다는 자체가 부끄러웠다. 수업 시간에 선생님이 앞으로 불러냈을 때나 헨리 하켄과 집으로 걸어오던 그때처럼 혀가 바싹 마르고 몸이 후끈 달아오르는 것만 같았다. 엘라의 말대로 바보같이 부끄러워할 필요가 없다고 스스로 되뇌었지만 그런 감정은 더욱 깊어만 갔다. 아기를 내 무릎 위에 눕히고 주먹을 빠는 모습을 지켜보자니 속이 뒤틀리는 것만 같았다.

아기를 우물에 던져버린 사람이 롤라 아줌마였다면 그 사정을 이해할 수 있고 아기에 대한 일도 쉽게 잊을 수 있었을 것이다. 하지만 아줌마네 집을 방문하기 전에 알았어야 했다. 단순히 아이가 있다고 해서 혹은 집안에 아이들이 득실거린다고 해서 이성을 잃는 게 아니라는 사실을. 우리집 부엌에 와서 차를 마시곤 하는 다른 아줌마들이 그랬을 리는 더더욱 없을 것 같았다. 여태껏 롤라 아줌마는 내게 현실적인 존재가 아니었다. 적어도 이날 내가 아줌마의 집안으로 들어가 아이들을 향한 그 미소를 보기 전까지는. 리스트에 적힌 다른 아줌마들과도 얘기를 나누며 알아가다보면 모두 현실적인 존재로 다가올 것이다. 그리고 그 점이 내 계획의 문제라는 걸 깨달았다.

머리칼이 눈썹까지 내려온 금발 남자아이가 내 무릎 위에 양손을 올렸다. 코에서 누렇고 진한 콧물이 흘러내렸고 양볼에는 콧물 마른 자국이 남아 있었다. 나는 주머니에 손수건이 있다는 게 생각나 품에 안은 아기를 약간 떨어트리고 작은 손수건을 꺼내 건네주었다. (숙녀라면 항상 손수건을 잊어서는 안 된다고 엄마는 말했다.) 아이는 대체 이게 뭐냐는 듯한 표정으로 나를 쳐다보았다. 나는 직접 코를 닦아주고 다시 손수건을 건넸다.

"이름이 뭐야?" 내가 물었다.

아이가 소매로 코를 훔치며 중얼거리는 바람에 제대로 알아들을 수 없었다. "이름이 뭐라고?" 내가 다시 물었다.

"마크."

"십이 사도 중 한 사람의 이름을 딴 거지." 아줌마가 어깨 너머로 돌아보며 말했다.

"내 이름은 버지야."

마크가 나를 빤히 쳐다보았다. 나는 테스를 가리켰다. "여기는 내 동생 테스."

"넌 몇 살이야?" 테스가 물었다.

마크가 쳐다보자 아줌마가 대신 대답했다. "여섯 살."

잭보다 한 살 어렸지만 몸집은 절반도 안 되어 보였다. 아직 기저귀도 떼지 못한 듯했고. "이렇게 손가락을 여섯 개 펴 보일 수 있겠어?" 나는 안고 있던 아기의 등뒤로 손가락 여섯 개를 보여주며 말했다.

"여섯 살." 마크가 말했다. "나는 여섯 살이야." 내가 준 손수건을 꼭 쥐고 있느라 손가락을 움직일 수 없었다. "사과." 마크가 바구니를 가리키며 말했다. "나 사과 좋아해."

"그애는 뭐든지 좋아한단다." 아줌마가 옷핀을 입에 문 채 한쪽 입가를 움직이며 말했다. "아이들이 이렇게 많지만 그래도 까다로운 녀석은 없어."

"엄마, 우리 저녁에 뭐 먹어요?" 손수건을 펄럭이며 마크가 물었다. 그리 궁금해하는 눈치는 아니었다. 아이의 코에서 다시 콧물이 흘렀다.

"빵이랑 블랙베리를 먹을 거야."

마크의 표정에는 별 변화가 없었다.

"누나는 블랙베리 참 좋아하는데." 테스가 말했다.

"파이에 넣어 먹으면 더 맛있어." 마크가 말했다.

"난 그냥 먹는 게 더 좋던데." 테스가 다시 말했다.

"나도 옛날엔 그랬어."

일자리가 없는 사람들은 블랙베리와 빵마저 없으면 굶어죽을 수도 있다고 엄마와 아빠가 말하는 걸 들은 적이 있다. 엄마는 그런 사람들을 위해 제대로 된 음식을 가져다줄 때면 블랙베리와 빵은 가져가지 않는다고 했다.

그때 식탁 위에 눕혀져 있던 여자아이가 축축한 엉덩이에 느껴지는 찬 기운이 싫었는지 울음을 터트렸다. 내 품에 안겨 있던 아기도 덩달아 기분이 나빠진 모양이었다. 표정이 일그러지면서 칭얼거리기 시작하는 바람에 나는 아기를 달래려고 일어나 여기저기 돌아다녔다. 그때였다. 문을 열고 들어온 엘렌이 나와 테스를 보고 놀란 표정을 지었다. 엘렌은 늘 입고 다니는 그 원피스를 세게 움켜쥐었다. 〈어린 고아 애니〉의 주인공 머리 위에 말풍선이 떠 있는 것처럼 엘렌의 머릿속에 수많은 생각들이 스쳐지나가는 게 보였다. 식탁에서 기저귀를 갈고 있는 엄마, 얼굴에 누런 콧물 자국이 묻어 있는 동생, 집안에 보이는 음식이라곤 우리가 가져온 사과뿐인 광경이 어떻게 보일지 뻔하다는 표정이었다. 스토브에는 불이 켜져 있지 않았다. 석탄이나 나무가 없기 때문이라는 걸 나는 알고 있었다. 단순히 찢어지게 가난한 것과 외부에서 온 타인이 적나라하게 지켜보는 것은 다른 문제였다. 엘렌은 우리를 보지도 않은 채 인사했고, 내게 팔을 내밀기에 아기를 건네주자 바로 거실을 가로질러 구석으로 갔다. 그후 몇 분 더 그곳에 머물렀지만 엘렌은 한 번도 우리의 눈을 쳐다보지 않았다.

집으로 돌아오는 길, 테스와 나는 별다른 말을 하지 않았다. 찜찜하면서도 슬픈 기분이 들었다. 그나마 마크에게 손수건을 주고 왔다는 사실이 조금 기쁠 뿐이었다.

테스

롤라 아줌마네 집에는 알들이 가득 든 요람이 하나 있었는데, 집안에 득실득실한 아이들이 전부 그 알에서 한꺼번에 나온 거라고 생각하는 게 이해하기 쉬울 것 같았다. 커다란 눈망울을 한 열 명의 아이들이 전부 아줌마의 뱃속에서 나와 그렇게 커왔다고 생각하니 마음이 아팠다. 포근하고 영양분도 많은 알 속에서 편안하게 싸여 있다 세상에 나온 거라고 생각하는 게 훨씬 나을 듯했다.

"대체 왜 그렇게 아이들을 많이 낳은 거지?" 내가 버지 언니에게 물었다. 우리가 집에 도착해 테라스 계단에 앉아 있었지만 아무도 알아채지 못한 듯했다. 나는 손가락 위에 노랑나비를 앉혀보려 했으나 마음대로 되지 않았다.

언니는 양손을 무릎 위에 포갠 채 어깨를 으쓱해 보였다.

그래서 내가 말을 계속했다. "제대로 먹이지도 못하면서 왜 아이를 계속 낳는 건지 이해가 안 돼서 그래."

"아줌마가 일부러 아이들을 굶기는 건 아니잖아." 언니가 말했다. 바보 같은 나비가 언니의 어깨 위에 앉아버렸다. 언니가 눈치 채지 못한 듯해 굳이 나비 얘기를 꺼내진 않았다.

"그 집에 누군가 마지막으로 찾아간 게 백만 년은 되어 보였어." 내가 말했다. "분명 우릴 보고 반가워하는 것 같았어."

"조용히 해, 테스."

"왜?"

언니가 발을 홱 틀었다. "말없이 그저 앉아 있을 순 없니? 너 때문에 머리가 아프잖아!"

언니가 소리를 지르는 바람에 나는 움찔했다. 언니는 화가 나면 차갑게 굳어 종잡을 수 없는 얼굴로 입을 다물고만 있을 뿐 절대 소리를 지르진 않았다. 한번은 내가 잿더미에 담갔던 손가락으로 자는 언니의 얼굴에 커다랗게 눈썹과 콧수염을 그린 적이 있었는데, 그때도 언니는 침대에서 벌떡 일어나 말없이 쿵쿵 걸어나갔을 뿐이다. 그런데 이번엔 몸을 부들부들 떨고 있었다.

"몇 마디 했을 뿐이잖아. 왜 그렇게 화를 내." 내가 말했다.

"그러니까 조용히 있으라고."

"언니가 안 들으면 되잖아."

"정말 어린애같이 왜 그러니."

"언니는 잔소리꾼이야."

"조용히 하라고 했다."

"언니는 하고 싶은 말 다 하고 있잖아!"

언니는 한숨을 쉬며 숲 쪽으로 성큼성큼 걸어갔다. 나는 마지막 말까지 다 하고 나니 속이 후련하면서도 혼란스러운 기분이 들었다. 그리고 혼란스러운 마음이 더 커져만 갔다. "대체 왜 그러는 건데?" 언니가 마당 끝까지 걸어갔을 때쯤 나는 그 뒤에 대고 소리를 질렀다.

언니는 걸음을 멈추었지만 뒤를 돌아보진 않았다. "오늘 우리가 한 일이 좋은 게 아닌 것 같아." 언니가 말했다.

그날 밤, 사진보다 더 생생한 꿈을 꾸었다. 롤라 아줌마네 프랭키가 물속에서 비명을 지르는데 아기의 입에서 목소리 대신 공기방울이 계속 쏟아져나왔다. 나는 무릎 깊이밖에 안 되는 물속으로 손을 넣어 아기의 입에 손가락을 넣었다. 아기는 내 손가락을 쪽쪽 빨며 줄곧 미소를 지었고 나는 굳이 아기를 물 밖으로 꺼내주려 하지 않았다.

리타

저녁을 먹는 내내 버지와 테스가 몹시 조용했다. 아이들이 좋아하는 빵과 그레이비소스였는데도 목구멍 속에 억지로 눌러담기라도 하듯 느릿느릿 먹었다. 그날 저녁의 그레이비소스는 건더기들이 충분히 으깨지지 않았고 빵도 원하는 만큼 부풀지 않기는 했다.

메릴린 언니가 만든 빵은 늘 맛있게 부풀어올라 폭신해 보였는데 내가 만든 건 그렇지 못했다. 게다가 바닥이 약간 그을렸다.

"무슨 문제라도 있니, 테스?" 내가 먼저 물었다. 버지보단 테스가 속마음을 잘 털어놓는 편이었다.

"아니에요, 엄마."

"빵이 맛없니?"

"아뇨. 맛있어요. 진짜 맛있어요." 테스는 정말로 맛있다는 걸 보여주려고 빵 반쪽을 입안에 욱여넣었다.

"여보, 얘네들 괜찮은 것 같아요?" 이미 한 접시를 비우고 빵 한 조각을 더 먹으려는 앨버트를 쳐다보며 물었다.

"무슨 말이야?" 그레이비소스를 뜰 스푼을 찾을 생각뿐인 그가 말했다. 나는 빵을 덮어둔 천 아래에 들어가 있던 스푼을 꺼내 건네주었다.

"아이들이 너무 조용하잖아."

"먹느라 바빠서 얘기할 틈이 없는 거겠지." 그가 말했다. "이건 세상에서 제일 맛있는 빵이야, 리타리. 얘들아, 어디에도 너희 엄마보다 훌륭한 요리사는 없을 거다. 그 사실을 명심해."

5
조나

잭

　부모님은 이따금 학교 남자아이들과 함께 캠핑 가는 것을 허락해주었다. 열 살인가 열두 살이 되기 전까지는 하룻밤 자고 오는 게 불가능했지만 그래도 모닥불을 피우고 둘러앉아 마시멜로를 구워먹고 올 정도는 되었다.

　학교에는 같이 캠핑을 다니던 무리가 있었는데 그 중심에 늘 폴 켈리 형이 있었다. 나보다 세 살이 많고 덩치도 커서 마음만 먹으면 새총으로 다람쥐든 새든 잘 잡았고 매번 불도 그 형이 지폈다. 한번은 고등학교 형들이랑 맞붙어 이긴 적도 있었고, 남자다움을 보여주기 위해 바퀴벌레를 먹기까지 했다.

　어느 날 밤, 폴 형은 자신이 불을 지피는 내내 숨을 참을 수 있다고 했다. 그러고는 정말로 숨을 참았다. 이파리와 나뭇가지를 조그맣게 쌓아놓고 그 위에서 부싯돌로 불꽃을 만드는 내내 형은 전혀 숨을 쉬지 않았다. 심지어는 얼굴이 붉게 변하지도 않았다. 폴 형은 깜둥이라는 말을 입에 달고 다녔다. 학교에서 종종 듣기는 했지만 그처럼 경멸어린 투는 아니었다. 형은 깜둥이들이라면 질색했다. 모닥불 앞에 앉아 스무 번은 말했다.

어둡고 조용한 가운데 모닥불 불빛에 비춰진 폴 형의 모습은 무척 인상적이었다. 메뚜기를 먹으며 지낸 세례 요한이나 천국의 명을 전달하는 또다른 예언자처럼 보였다.

당시 우리는 교회에서 카인과 아벨에 대해 배웠다. 아벨은 양을 치고 카인은 농사를 지었는데, 하느님이 카인이 바친 농작물보다 아벨이 바친 제일 먼저 태어난 통통한 새끼 동물을 더 좋아했다고 한다. (테스 누나는 열 살도 넘은 나이였지만 교회에서 집으로 오는 내내 그 성경 구절에 대해 종알거렸다. "하느님이 호박은 좋아하실까? 하느님한테 콩 알레르기 같은 게 있어서 카인이 미움을 받았던 게 아닐까?" 결국 아빠가 그건 하느님을 모독하는 일이라며 조용히 하라고 경고하면서 한편으론 웃음을 참느라 애쓰는 게 보였다.) 하느님이 아벨을 더 좋아한다는 사실에 질투를 느낀 카인은 자신의 동생을 죽이고, 땅속에 스며든 아벨의 피가 울부짖는 소리를 들은 하느님이 카인에게 땅 위를 끝없이 방황하도록 저주를 내린다. 그리고 온전히 속죄할 때까지 계속 방황하며 죽지 못하도록 '카인의 표식'을 남긴다.

손이 아주 부드럽고 성격은 내성적인 당시 주일학교의 남자 선생님은 흑인들 역시 그런 식으로 만들어진 거라고 말했다. 하느님이 흑인들에게 저주의 표식, 즉 죄인의 표식을 남긴 거라고. 그래서 흑인들이 결코 편안하고 좋은 환경에 처할 수 없다고 말이다.

성경에서도 그렇게 말한다면 폴 형이 '깜둥이'라는 단어를 자주 쓰는 것도 옳지 못한 행동이라고 할 순 없겠다는 생각이 들었다. 물론 아주 추악한 단어였지만 어차피 교회에도 십자가에 못 박힌 사람들과 피, 가시나무와 칼, 잘려나간 귀 같은 형상들이 가득하니 그런 추악함들도 하느님이 계획한 일부이리라 여겨졌다.

테스

온 식구가 잠든 한밤중, 흑인 아저씨가 우리집 문을 쾅쾅 두드렸다. 문 바로 앞에 있는 방에서 자는 버지 언니와 나는 그 소리에 깜짝 놀라 잠에서 깼다. 언니는 그러면 안 된다는 걸 알면서도 어깨에 담요를 걸치고 문 쪽으로 향했다. 나도 까치발로 다가가 그쪽을 흘깃 보았다. 언니가 "누구세요?" 하고 외치자 아빠가 침대에서 일어나는 소리가 들렸다.

"버질이라고 합니다, 아가씨. 아버님 밑에서 일하고 있어요." 분명 버질 아저씨가 맞았다. 전에도 집에 들른 적이 있어 기억할 수 있었다. 가끔 흑인 아저씨들이 유치장에서 빼내달라는 부탁을 하러 아빠를 찾아오는 경우가 있었다. 조금만 수상한 장소를 돌아다녀도 경찰들이 도박이나 부랑죄 같은 명목으로 흑인들을 체포해 갔기 때문이다. 다음날 탄광에 인부를 출근시켜야 할 감독관들이 찾아가 부탁하면 경찰은 돈을 받고 흑인들을 풀어주었다.

언니가 문을 열자 아빠가 속옷 위로 셔츠를 반만 채워 입은 채 나타났다. "무슨 일 있나, 버질?"

"네, 감독관님. 조나가 체포됐어요." 나와 언니가 바로 문 옆에 서 있는데도 아저씨는 되도록 우리와 눈을 마주치지 않으려 애쓰는 것 같았다.

"조나가?" 아빠는 놀란 듯했다. 나는 조나라는 사람이 벤턴 아저씨라는 걸 깨닫기까지 잠시 시간이 걸렸다. "아니, 대체 무슨 일로?"

"술에 취해서 난동을 부렸다고 하더라고요."

"조나가?" 아빠가 낮은 목소리로 다시 한번 물었다. 그러고는 침실로 돌아가 엄마에게 얘기하고 부츠를 들고서 나왔다. "같이 가세, 버질. 여기서 잠깐만 기다리게."

아빠가 벽에 기대 부츠를 신는 동안 버질 아저씨는 집을 등지고 테라스에 서 있었다. 그때 잭이 눈을 비비며 어기적대면서 밖으로 나오자 아빠는 잠시 부츠 신는 걸 멈췄다. 문틈으로 새어들어온 달빛이 잭을 비춰 잠옷이 반짝거렸다. 잭은 버질 아저씨를 보고 얼굴을 찌푸리며 말했다. "왜 깜둥이가 문 앞에 있는 거예요, 아빠? 난 깜둥이들이라면 질색인데."

그때 아빠가 순식간에 잭을 휘어잡더니 뒤쪽으로 쾅하고 거칠게 밀어붙였다. 어찌나 세게 밀었는지 잭의 입에서 새어나오는 거친 숨소리가 내게까지 들릴 정도였다. 아빠는 잭의 양팔을 꽉 잡고 자신의 눈높이까지 들어올렸다. 잭은 너무 놀라 굳은 채 울음도 터트리지 못했다.

"대체 그런 말버릇은 어디서 배운 거냐?" 아빠는 남을 대하듯 거칠게 잭을 다그쳤다.

잭은 아무런 말도 하지 못했다.

"사람을 혐오하는 말은 하는 게 아니야." 턱이 떨릴 정도로 거칠게 잭을 흔들며 아빠가 말했다. "하느님은 그런 말을 용서하지 않으실 거야."

잭은 눈물이 맺힌 채 입을 꼭 다물고 가만히 있었다. 공중에 들린 맨발은 미동도 없었다. 엄마가 침실 문가에 있던 내 옆으로 와서 섰다. 걱정스러운 듯 이마에 주름이 잔뜩 졌지만 어떤 말도 하지 않았다. 아빠는 엄마를 보고 조심스레 잭을 바닥에 내려놓았다. 그리고 잭의 팔에서 손을 뗀 뒤 빨갛게 남은 자국을 살펴보았다. 아빠는 미안해하는 듯 보였지만 직접 사과하진 않았다. 대신 버질 아저씨 쪽으로 고갯짓했다.

"버질 아저씨께 죄송하다고 말씀드려라." 아빠가 말했다.

"죄송해요, 버질 아저씨." 아빠의 어두운 그림자에 가려진 채 잭이 말했다.

"고맙습니다, 도련님." 엄숙하면서도 불편한 듯, 그러면서 동시에 혼란스러운 듯한 목소리로 버질 아저씨가 말했다.

아빠는 잭의 머리를 쓰다듬고 엄마와 잠시 눈을 맞춘 뒤 부츠에 발을 욱여넣고 버질 아저씨 쪽으로 걸어갔다. "오래 걸리진 않을 거야." 어깨 너머로 아빠가 말했다.

문이 닫히자 엄마가 훌쩍거리며 눈물을 닦고 있는 잭에게로 가 무릎을 꿇고 앉았다. 그리고 머리를 쓰다듬으며 안아주었다. "울지 마, 우리 아들. 착한 아이잖니. 아빠는 너한테 화난 게 아니야. 그래도 그런 나쁜 말은 하면 안 돼. 엄마랑 아빠가 널 그렇게 키우지 않았잖니."

엄마는 가끔 그랬다. 다친 곳을 어루만져주다가도 그 상처를 전보다 더 아프게 건드렸다. 엄마는 우리 중 누구에게도 화를 내지 않았지만 엄마의 실망한 모습을 보는 건 아빠에게 열두 번을 맞는 일보다, 심지어 벨트로 맞는 일보다 우리를 더 아프게 했다. 아니나 다를까 엄마가 말을 멈출 때까지 잭은 계속 눈물을 흘렸다. 엄마는 잭을 안아올리고 그 무게 때문에 살짝 끙 하는 소리를 내며 침대로 데려다주었다. 그러고선 이불을 덮어준 뒤 이마에 뽀뽀해주고 잭이 울음을 그치고 잠들 때까지 지켜보았다. 엄마가 버지 언니와 내게 말했다. "너희도 잠자리로 돌아가렴. 몇 시간만 있으면 해가 뜨겠다."

"아빠는 얼마 못 잤겠어요." 여전히 문가를 쳐다보며 이마를 살짝 찌푸린 채 언니가 말했다.

언니는 천국의 푹신한 구름 위에 누워 있어도 뭔가 하나쯤은 걱정을 할 사람이었다.

엄마도 잭을 침대 위에 눕힌 뒤 몸을 돌려 문가를 다시 쳐다보았다. 그 둘이 문가를 바라보는 모습을 잠시 지켜보던 나는 하품이 나오는 통에 얼른 입을 막았다. 지금 이 순간 무슨 소리라도 낸다면 중요한 일이어야 할 것 같았다.

엄마의 얼굴이 어둠 속에 가려져 표정을 볼 순 없었다.

"아빠는 괜찮을 거야." 엄마가 말했다. "몇 시간 못 잔 걸로는 끄떡없을 거야." 그러고는 혼잣말하듯 조용히 덧붙였다. 우리에게 한 말이 아니라 무의식중에 튀어나온 듯했다. "매번 그 사람들을 구제하느라 뛰어다니는 것도 이젠 지칠 텐데."

나와 언니는 아무런 말도 하지 않았다. 우리는 침대로 돌아가 서로 이불을 더 가져가려고 다투다 마침내 조용해졌다.

"엄마는 아빠가 벤턴 아저씨를 도와주는 게 맘에 들지 않나봐." 내가 언니에게 속삭였다. 귀에 가까이 대고 말해서 간지럽고 짜증이 났는지 언니가 내 얼굴을 탁 때렸다.

"아빠가 피곤해지는 게 싫은 거지." 언니는 아빠와 엄마가 의견 충돌을 벌인다는 생각만으로도 견디기 힘들어했다.

"아빠가 잭을 심하게 혼내서 엄마가 화났다고 생각해?" 나는 언니의 귓가에서 약간 더 떨어져서 물었다.

언니가 재빨리 돌아눕다가 팔꿈치로 내 옆구리를 찔렀다. "잭이 '질색'이라고 했잖아." 무슨 말이 더 필요하겠냐는 투였다. 내 생각에도 그런 것 같았다.

"언니, 그 여자가 흑인일 것 같지 않아?" 내가 다시 속삭였다. 언니는 내가 누구를 말하는 건지 알고 있었다.

"왜 그렇게 생각하는데?" 언니가 속삭이며 되물었다.

"그게 더 가능성이 있잖아, 안 그래? 엄마가 흑인들은 우리랑 다른 사람이라고 했어. 도덕관념이 다르다고." 흑인 남자는 부인을 한 명 이상 둘 수 있고 다른 곳에 살림을 차릴 수도 있다고 엄마는 말했다. 우리 남매가 흑인 거주지역을 지날 때면 이따금 그 동네 아이들이 고함을 질러댔다. 그러면 우리는 초콜릿 시럽 같은 놈들이라고 맞받아 소리치고는 도망쳤다. 물론 우리 주변에 어른이 있으면 그애들은 절대 그런 행동을 하지 않았다. 나는 우물에 아기를 버린 사람이 그냥 여자가 아니라 흑인 여자일 거라고 생각하는 게 훨씬 편할 것 같았다. 크게 달라지는 건 없겠지만. 하지만 그렇게 단정짓는 건 흑인들을 마을 한 구석에 떨어져 살게 하는 일만큼 비열한 짓 같기도 했다.

언니는 한동안 조용했다. "아빠가 석탄가루를 뒤집어쓰면 결국 다 똑같은 사람이라고 했어. 흑인인지 백인인지 분간할 수 없다고.

게다가 아빠는 벤턴 아저씨를 좋아하잖아."

내가 잠시 생각에 잠겨 있는데 언니가 키득거리기 시작했다. "우물에서 아기를 꺼낼 때 동네에 얼마나 난리가 났는데 아기가 흑인이었다면 그걸 지적한 사람이 없었겠니?"

언니는 스스로 아주 똑똑하다고 느낀 모양이었다. 하지만 나는 언니의 말이 정확히 이해되지 않았다. 물론 돼지는 새끼돼지를 낳고 닭은 병아리를 낳는다. 하지만 가끔 어미는 얼룩인데 새끼는 그렇지 않거나…… 혹은 그 반대인 경우도 있다. 우리 축사에서 키우던 고양이가 어느 해에 아주 예쁜 회색 고양이를 낳은 적이 있었다. 함께 낳은 갈색 새끼들보다 월등히 귀여웠다. 아마 허드슨 아저씨네서 기르던 예쁜 회색 수고양이 때문이었을 테다.

"아빠가 백인일 수도 있잖아, 안 그래?" 내가 마침내 입을 열었다.

언니는 대답하지 않았다.

"그야말로 아기를 죽여야 할 구실이 되잖아."

"잘 시간이다. 조용히 하자." 엄마가 침대에서 말했다. 우리는 곧 입을 다물었다.

버지

아빠에게 선함이란 손으로 잡을 수 있을 만큼 아주 구체적인 것이었다. 석탄 암석처럼 단단하고 확실한 무엇. 무게를 달고 길이를 재보고 처음과 끝을 구분할 수도 있는 것. 아빠에게 누구든지 사람을 혐오하는 건 있을 수 없는 일이었다. 어른들에게 대답할 때 우리는 공손해야 했다. 엄마가 부탁하지 않아도 먼저 돕는 게 원칙이었다. 아빠와 엄마의 말을 거역하는 건 있을 수 없는 일이었다. 이러한 규칙을 다 지켜야 착한 아이라고 할 수 있었다. 만약 그러지 않는다면…… 음, 그건 잘 모르겠다. 가끔 잭과 테스가 아빠에게 말대꾸하다 맞는 일은 있었지만 규칙을 어기면 어떻게 될지 우리 셋은 정말 알 수 없었다. 말 한마디 없이 짐을 챙겨 가족을 버리고 떠나버린 남자들이나 나이들고 허약해져 보살핌이 필요한 시어머니를 방치하는 여자들에 대해 아빠는 이따금 얘기했다. 아빠에겐 용서할 수 없는 이들이었다.

이런 확실한 도덕적 관점은 아빠가 우리에게 어떤 것을 원하고 기대하는지, 그리고 어떻게 하면 실망할지를 알게 한다는 면에서 좋았다. 하지만 자신의 도덕적 관점이 확실한 대신 남의 도덕적 관점에는 전혀 신경쓰지 않았기 때문에 아빠와는 그 어떤 의견 조율도 이뤄지지 않았다.

그리고 아빠는 스스로에게 더 엄정한 잣대를 들이댔다. 예전에 우리집 앞에 수시로 찾아와 배가 고프다고 하던 올드 로미라는 흑인 할아버지가 있었다. 아빠가 젊었을 적 탄광에서 함께 일한 분이었다. 할아버지가 찾아오면 아빠는 매번 축사로 가 닭을 한 마리씩 잡아서 주었다. 막상 우리 식구들은 몇 주나 닭고기를 구경도 못했는데 말이다. 아빠는 사람들이 먹을 것을 부탁하면 음식을 들려주었고 다른 무언가를 부탁하면 뭐든지 내주었다. 많은 사람들이 일자리를 잃고 사업장들은 파산하던 무렵에 우리 사촌 중 하나가 아빠를 찾아와 할아버지가 유품으로 남긴 금 회중시계를 달라고 한 적이 있었다. 버밍햄에 가서 보석 한 무더기를 팔아 올 예정인데 아빠 대신 그 시계도 팔고 돈으로 가져다주겠다면서. 아빠는 그 상황에서 식구들에게 냉장고나 새 신발, 혹은 새 옷이 더 필요하리라 생각하고 시계를 내주었다. 하지만 사촌은 다시 돌아오지 않았다. 그런 식으로 친척들에게 받은 귀금속을 팔아 번 돈을 챙겨 테네시 주로 도망갔다. 하지만 아빠는 화조차 내지 않았다. "사람은 뺏기 위해서가 아니라 주기 위해 살아가는 거야"라고 말할 뿐이었다.

아빠는 남에게서 그 어떤 것도 빼앗으려 하지 않았다. 그리고 자신에게만 남과 다른 잣대를 들이댔다.

엄마는 우리 식구들과 관련된 일이 아니면 옳고 그름에 대해 크게 신경쓰지 않았다. 불평하는 일도 거의 없었다. 우리가 피곤하거나 아파 보이면 "앉아서 좀 쉬어라" 하고 혼자서 모든 일을 했다. 아빠가 흔들의자에 앉아 담배를 피우는 동안에도 엄마는 줄곧 일거리를 붙들고 있었지만 결코 피곤하거나 힘들거나 혹은 지친다는 소리를 한 적이 없다. 한번은 엄마의 손등에 당장이라도 터져버릴 듯 팽팽하게 붉은 물집이 잡힌 걸 본 적이 있다. 엄마에게 묻자 전날 팬에 손을 데었다고 했다. 돌이켜보니 그 사이에 엄마가 손을 조심하거나 불 앞에서 주춤하거나 심지어 '아야' 소리조차 내지 않았다는 걸 깨달았다.

가끔 아빠와 엄마를 보면 석탄 대신 용광로에 들어가도 그 안에서 타버리는 대신 오히려 더 단단하고 강해져 절대 흔들림 없는 무언가가 될 것만 같았다.

앨버트

버질과 함께 차에 올랐다. 그는 차를 처음 타본다고 했다. 밖이 어두워 그를 앞좌석에 앉히고 유치장으로 가는 길에 그의 집에서 몇 블록 떨어진 곳에서 내려주었다.

한밤중 유치장에 와보는 게 처음은 아니었지만 별거 아닌 듯한 건물 하나가 사람의 인생을 뒤바꿀 수도 있다는 사실이 늘 불편했다. 건물은 돌로 지어졌고 계단 몇 개를 오르면 입구에 도착할 수 있었다. 건물 한쪽에만 창문 세 개가 나 있었고 앞이나 뒤에는 전혀 없었다. 지붕은 평평했다. 입구 바로 옆에 차를 댔는데 주변에 다른 차는 전혀 보이지 않았다. 경찰서장은 걸어서 출근하는 모양이었다.

"드실 커피라도 가져올걸 그랬네요, 서장님." 내 노크 소리를 듣고 밖으로 나온 서장을 따라 안으로 들어서며 내가 말했다. "밤에는 보통 보안관보가 있지 않나요?"

서장은 책상 앞에 앉았다. 책상이 얼마나 큰지 거기에 앉은 그가 마치 반바지 차림의 꼬마처럼 느껴졌다. 경찰서장인 테드 테일러는 나쁜 사람은 아니었고 딱히 좋은 사람도 아니었다. 그는 내가 조나를 꺼내기 위해 돈을 지불하리라는 걸 알고 있었다. 조나가 잘못한 점이 없다는 사실도 알고 있었다. 어디 가느냐고 묻는 말에 대답하면서 기껏해야 '서장님'이라는 호칭을 붙이지 않은 정도였을 것이다.

"안타깝게도 보안관보가 독감에 걸렸어요." 서장이 말했다. "그래서 지난 며칠간 밤에도 나와 일하고 있습니다."

수감됐다기보단 예배를 드리는 듯한 자세로 등을 꼿꼿이 세우고 유치장에 앉아 있는 조나의 모습이 보였다. 조나는 내게 한마디도 하지 않았고 미소조차 보이지 않았다. 간신히 고개만 까딱할 뿐이었다. 나도 똑같이 고개짓만 하고 다시 서장에게 시선을 돌렸다. "아내분하고 자제분들은 잘 계시죠?"

"네, 그럼요. 잘 지냅니다. 첫애는 일자리 찾으러 투펠로에 갔어요. 그쪽 아이들도 잘 지내죠?"

"예, 잘 지내고 있습니다."

"다행이네요. 저 녀석 때문에 오신 것 같은데." 서장이 조나 쪽으로 고갯짓하며 눈길은 주지도 않은 채 말했다. 테드는 나보다 키가 6센티미터 정도 작았지만 어깨가 워낙 넓어 팔꿈치가 바깥으로 튀어나온 것처럼 보였다. 그나마 배가 가슴보단 약간 좁았지만 상의 단추가 늘 튀어나갈 듯했다. 그를 보고 있으면 위로는 더이상 자라지 않아 화가 나서 옆으로라도 커져야겠다고 결심하고 몸을 키운 건 아닐까 하는 생각이 들었다.

"네." 내가 말했다. "직원 한 명이 찾아와 조나가 수감됐다고 해서요."

"거리 저멀리서도 녀석의 위스키냄새를 맡을 수 있겠더군요."

나는 유치장에 앉아 문 쪽을 바라보는 조나에게 다가갔다. "지금은 아무 냄새도 나지 않는데요, 서장님. 괜찮아 보이네요."

"그야 지금은 냄새가 다 사라졌겠죠."

"서장님께 무례한 행동이라도 하던가요?"

"아닙니다. 양처럼 내내 온순하게 굴었어요. 땔감을 찾으러 나왔다고 하더군요. 아마 땔감이 술병 바닥에 있었나봅니다."

조나는 아무런 말을 하지 않았다. 가장 좋은 대처법이기는 했다.

"정말 땔감을 구하러 나온 걸 수도 있잖습니까." 내가 아무렇지 않은 듯 말했다. "오늘밤은 꽤나 쌀쌀하니까요."

서장은 내 말을 무시했다. "별것 아닌 일이라고 이런 녀석 한 명을 밖으로 나오게 허락하면 결국 떼를 지어 거리를 어슬렁거릴 겁니다. 그럼 밤에 부녀자들이나 아이들이 뒤테라스에 나가는 것조차 불안을 느끼게 되죠."

나는 할 만큼 했다. 평소처럼 좀더 어물쩍거리기엔 밤이 깊었다. "얼마를 내면 될까요?" 내가 물었다.

"녀석을 혼자 내버려두었다면 어떤 일이 일어났을지 모릅니다."

"얼마면 될까요, 서장님?"

"4달러면 될 것 같네요."

나는 한숨을 쉬었다. "제 부하 직원 중 가장 괜찮은 사람입니다. 저와 일하면서 한 번도 문제를 일으킨 적이 없어요. 이곳으로 이주한 십 년간 아주 작은 문제도 일으킨 적 없다는 건 소장님도 아시겠죠. 그리고 저는 상급 관리자가 아닙니다. 이 돈은 제 사비로 내는 거고요."

"그럼 2달러면 되겠군요." 서장이 마침내 조나를 쳐다보며 말했다. "하지만 앞으로 조심하는 게 좋을 거다, 녀석아."

처음으로 조나가 우리 쪽을 쳐다보았다. 뭔가 말하려는 듯 턱을 씰룩이고 혀를 움직였다. 하지만 이내 입을 다물고는 멍한 얼굴로 조용해졌다.

"알겠습니다, 서장님." 그가 표정만큼이나 멍한 목소리로 대답했다. "조심하겠습니다."

서장은 조나가 잔뜩 움츠러들고 굽실거리는 목소리로 대답하지 않자 트집을 잡고 싶어하는 듯했다. 조나의 턱 근육이 잔뜩 긴장한 모습을 보며 나는 그가 다음에 무슨 말을 내뱉을지 걱정되지 않았다. 설령 내가 4달러를 다 내는 한이 있더라도.

"잘 처리해주셔서 감사합니다." 내가 서장에게 말했다. "저 친구와 빨리 가보도록 하겠습니다. 그래야 준비하고 출근할 수 있을 테니까요. 지금 가면 아내의 일을 조금 도울 수 있겠네요. 탄광에 나가기 전에 우유를 짜주고 갈 시간은 충분할 것 같습니다."

서장이 내 쪽으로 오더니 유치장의 철창에 몸을 기댔다. "그러고 보니 생각난 건데 앨버트 씨가 관심 있어할 소식이 몇 가지 있습니다. 그 아기에 대해서요."

나는 서장이 계속 말하기를 기다렸다. 상대방이 조용하면 그는 알아서 말을 이었다. "의사가 그러는데 아기가 익사한 게 아니라는 군요." 그가 말했다. "부검해보니 폐에 물이 전혀 없었다고 해요. 그러니까 물에 빠지기 전에 죽은 거죠."

나는 그 말을 바로 이해하지 못했다. "그러니까 이미 죽은 아기를 던졌다는 건가요?"

"그렇죠." 서장이 흡족하다는 투로 말했다. 평소보다 얼굴이 훨씬 상기되어 있었다.

"그런데 의사는 우리가 아기를 발견한 지 한 달이나 지난 지금에야 그 사실을 알았단 말인가요?"

"아니죠. 의사는 그다음날 바로 알았죠. 단지 제가 그날 이후로 앨버트 씨를 만날 일이 없었던 거고요."

"그럼 아기는 어떻게 죽은 건가요?"

"그건 모르겠네요." 우쭐해하던 서장이 살짝 멈칫했다. "사인이야 뭐든 될 수 있겠죠. 멍자국도 핏자국도 없고. 심하게 흔들렸거나 맞았거나 칼에 베인 것 같진 않다고 하더군요."

"그럼 이제 어떻게 되는 건가요?"

"글쎄요. 지금 상황에선 딱히 취할 수 있는 조치가 없죠. 제가 이리저리 알아보긴 하겠지만 아기가 죽자 마음 약한 여자가 제정신을 잃고 저지른 짓이 분명합니다. 신경쇠약 상태였겠죠. 다만 앨버트 씨의 우물물에 이상이 없으니 여자를 찾아내도 별다른 혐의를 적용하기가 힘듭니다. 강력한 처벌을 원하면 벌금을 내게 할 순있을 겁니다."

"아닙니다." 내가 말했다. "처벌을 원하는 건 아니고요. 이해가되지 않아서요. 아기를 죽일 생각이 아니었다면 대체 왜 우리집 우물에다 버린 걸까요?"

서장은 그 문제에 대해선 크게 신경쓰지 않는 듯했다. 그저 내가모르는 사실을 내게 말해주며 우쭐한 기분을 즐겼을 뿐이다. 그는별말 없이 돈을 받아들고 조나를 풀어주었다.

우리 뒤에서 유치장 문이 닫혔다. 조나는 탄광 인부들이 으레 습관적으로 하듯 고개를 돌리고 등을 두드렸다. 몇 년을 구부린 자세로 일하다보니 늘 척추 주변이 휘어져 있고 오래 앉아 있으면 끔찍하게 쥐어짜듯 등이 아파왔다. 차가 있는 곳까지 먼지 날리는 길을함께 걸어가며 우리는 별말을 나누지 않았다. 등 두드리는 소리만들렸다. 조나는 말이 많지 않았고 옆에서 내가 계속 말해주기를 바라는 편도 아니었다. 우리는 몇 시간 동안 말 한마디 없이 탄차에석탄을 싣고 석탄층 파는 일을 계속할 수 있었다. 우리 중 한 명이입을 연다면 특별한 이유가 있는 경우였다.

차를 몰고 도로로 나오자 그의 시선이 내 쪽으로 향하는 게 느껴졌다.

"괜히 여기까지 오시게 해서 정말 죄송합니다. 식구들도 다 깨셨을 텐데." 그가 목청을 가다듬으며 말했다. "정말 감사합니다.

집에 여윳돈이 있었다면 결코 감독관님까지 부르진 않았을 겁니다. 다음주에 급여를 받으면 꼭 갚겠습니다."

그래도 그때는 이 주에 한 번씩 급여를 받아 다행이었다. 내가 처음 일을 시작했을 때, 그러니까 리타와 결혼하기 전에는 급여일이 한 달에 한 번이었다. 인부들 대부분이 급여일 일 주 전이면 회사로부터 돈을 빌렸다가 막상 급여를 받으면 그 이자로 죄다 날리곤 했다. 파업을 했으나 딱히 급여가 오른 것도 아니고 얻어낸 것도 별로 없었다. 단지 같은 금액의 급여를 반으로 나눠 한 달에 두 번 받을 수 있게 된 일이 유일한 성과였다.

"그렇게 서두를 필요 없네." 내가 말했다. 안 갚아도 된다고 말하고 싶었지만 오히려 모욕적으로 들릴 듯했다.

"술은 절대 마시지 않았습니다. 이 말은 해야 할 것 같아서요."

"처음부터 자네가 술을 마셨다고 생각하지도 않았어."

"아이 둘이 아파서 아내가 아침부터 바빴거든요. 나가서 땔감을 구해올 시간이 없었나봅니다. 잠자리에 들 때가 되어서야 불이 곧 꺼지고 말겠다는 사실을 알았죠. 밤사이만이라도 버틸 수 있게 숲에서 잔가지를 구해와야겠다고 생각했습니다. 아프고 불쌍한 아이들을 감기에까지 걸리게 하고 싶진 않았으니까요."

우리는 똑바로 앞만 보며 앉아 있었다.

"서장이 전에도 자네를 괴롭힌 적이 있나?" 내가 물었다.

"아뇨. 한 번도 마주친 적이 없습니다."

"그는 불량하고 게으른 흑인들만 봐왔을 거야. 자네는 다르다는 사실을 모르는 거지."

"감독관님은 제 다른 점이 보이나요?" 그가 무례한 말투로 물은 건 아니었다. 나는 머릿속에 제일 처음 떠오른 차이점을 말했다.

"물론 보이지. 자네는 휘청거리지 않고 올바른 길로 똑바로 걷지 않나. 골칫덩어리 녀석들하고는 전혀 다르게."

그는 아무 말 없이 창밖을 바라보았다. 기분이 좋아진 듯도 했다. 그리고 지금껏 함께 지내며 들어본 중 가장 길게 말을 하기 시작했다.

"저한테는 버밍햄에 사는 사촌이 한 명 있습니다. 그는 늘 우리가 스스로 지위를 향상시켜야 한다고 말하죠. 상사가 시키는 대로 열심히 일하고 도박이나 음주로 돈을 날리지 않는다면 흑인들도 뭔가 이뤄낼 수 있다고 말입니다. 하지만 글쎄요. 저는 구 년 전에 결혼한 후 술이라곤 입에 대지도 않았습니다. 리타 사모님처럼 제 아내도 제가 술 마시는 걸 좋아하지 않았거든요. 그렇게 구 년간 술도 마시지 않고 카드놀이도 하지 않았지만 여전히 제 주머니는 비어 있습니다. 마법처럼 돈이 불어나는 일은 일어나지 않았죠. 회사는 일주일에 7달러씩 급여를 줍니다. 그런데 먹을거리와 월세 그리고 애들 옷을 사는 데만 일주일에 7달러 50센트가 들어가는 상황이에요. 이런 밑바닥 인생을 누구 탓으로 돌리겠습니까. 하지만 저처럼 밑바닥 인생을 사는 이들이 다 흥청망청 놀다가 그렇게 된 건 아니라는 말이죠."

그가 내 쪽을 바라보고 있다는 걸 알았지만 나는 계속 도로를 응시했다. 달리 해줄 말이 없었다.

"감독관님에겐 땅이 있으니 잘 모르시겠지요." 그가 말했다. "절대 불평하는 건 아닙니다. 그런 면에서 감독관님과 저희가 다르다는 거지요."

나는 여전히 생각에 잠겨 가만히 있었다. 내내 침착하던 그가 순간 어쩔 줄 몰라했다. "제가 이런 얘기를 꺼내서 불편하신 건 아니죠? 감독관님을 공격하려는 의도는 없었습니다."

"전혀 그렇게 받아들이지 않았네." 내가 말했다. 가로등이 있지만 길가는 그리 환하지 않았다. "무슨 말인지 알 것 같네. 내가 자네처럼 거리를 걸었다면 서장이 유치장으로 끌고 가진 않았을 거야. 사람들은 날 '앨버트 씨'라고 부르지만 자네 이름 뒤에 존칭이 붙는 일은 없겠지. 백인 인부라면 정말 아픈 건지 확인하러 감독관이 집까지 찾아가지도 않겠지. 그 어떤 감독관도 리타를 이상한 눈으로 바라보지 않을 테고. 테스가 태어났을 무렵부터 자네와 일해왔지만 게으름을 피우거나 술을 마시는 걸 본 적이 없어."

우리는 이 모든 말들의 형식적인 부분은 생략하고 그 안에 내포된 의미들을 생각하며 차 안에 조용히 앉아 있었다.

"감독관님은 참 독특한 분이에요." 그가 말했다. "좋은 분이시죠. 하지만 특이하기도 해요."

시내에 도착한 뒤 그의 집으로 향하는 길이 시작되는 곳에서 차를 멈추었다. 차문을 열기 전에 내가 이름을 부르자 그가 뒤돌아보았다.

"자네도 서장이 죽은 아기에 대해 얘기하는 거 들었지?" 내가 말했다. "혹시 그 아기에 대해 들은 거 없나? 나한테 얘기해줄 만한 것 말이야. 그 엄마에 대해서라도."

그가 문에서 손을 떼었다. "없는 것 같은데요."

"그런 짓을 할 여자라면 금방 눈에 띌 것 같은데. 뭔가 끔찍한 일을 겪었겠지. 주변에 이상한 여자는 없었나?"

"여자들이란 다들 좀 이상하지 않나요?"

나는 빙그레 웃었다. "뭔가 문제가 있어 보이는 그런 여자 말이네. 흑인 여자들 중에. 아니면 백인 여자들 중에서라도."

"감독관님도 잘 아시겠지만 저는 백인 여자들 근처에는 갈 일이 없습니다. 그랬다간 그 여자들이 가만있지 않겠지요. 흑인 여자라면……" 그의 목소리가 나보다 더 냉정하게 변했다. "다들 나름의 문제들이 있겠죠."

"누가 그랬을지 짐작 가는 곳은 없나?"

그는 고개를 저었고 나는 그를 믿었다. 나 역시 짚이는 곳이 전혀 없었으니까.

"제 나름대로 생각하는 바는 있습니다만." 그의 말에 나는 순간 놀랐다.

"그래?"

"그런 일을 한 여자라면 슬픔에 빠져 있었을 겁니다, 감독관님. 못된 여자가 아니고요. 죽은 자식을 데려가 착한 사람들이 사는 집의 우물에 던져버린다. 글쎄요, 제가 보기엔 그 사건이 말해주는 바가 있는 것 같아요. 감독관님 말씀대로 그 여자가 미쳤을지도 모르지만 슬픔이라는 감정에 비하면 미친 건 아무것도 아니죠."

그는 말을 멈추고 계속 조용했다. 마침내 내가 물었다. "그게 무슨 말인가?"

"그 여자가 이번 생에서 삶을 포기한 게 아닐까 생각합니다. 자신의 삶 자체가 무의미한데 그 작은 아기는 말할 것도 없었겠죠. 어쩌면 여자는 다음 생의 삶을 생각했을지도 모릅니다. 자신도 아기의 작은 육신도 중요치 않은 그런 세상 말입니다."

나는 그의 말을 이해했다. 누가 그리고 어디에—물론 우리집 우물인 건 알았지만—아기를 버리려 한 건지에 대한 답은 아니었지만 얘기를 들어보니 그는 나보다 그녀의 머릿속을 훨씬 잘 이해하고 있었다. 그가 그런 생각을 하리라곤 기대하지 않았다. 내가 그간 그를 제대로 알지 못했음을 그 자리에서 인정할 수밖에 없었다. 뿌듯한 것도 아니면서 대체 어떤 기분인 건지 종잡을 수 없었다.

"좋은 해석이군, 조나."

그의 손이 문 쪽으로 향하기 전에 내가 다시 입을 열었다.

"제시 브릿지먼이 자살했다는 소식은 들었지?"

그가 고개를 끄덕였다.

"계속 마음에 걸리더군. 일주일에 한 번은 주일마다 교회 가는 길에 그를 마주쳤거든. 그런 면이 있을 거라고는 생각지도 못했어. 그의 진정한 모습을 보지 못하고 껍데기만 봐온 느낌이야. 그게 껍데기라는 사실조차 인식하지 못하고, 껍데기를 까거나 깨서 그 안에 든 걸 보려는 시도도 안 했던 거지."

내게 미소를 지어 보이는 조나에게서 탄광에선 보지 못했던 하얀 반짝거림이 일었다. 그를 똑바로 쳐다보다 눈이 마주쳤다. 그의 두 눈동자는 리타나 아이들처럼 그윽하면서 짙었다. 그 역시 내 눈동자를 바라보고 있는 게 느껴졌다. 새벽 세시가 다 되어가는데도 충혈된 기운 하나 없이 매우 맑은 그 눈동자에 나는 동요했다. 나는 절대 보지 못한 세계를 꿰뚫어본 리타가 아주 간단히 설명해줄 때처럼 왠지 모를 떨림이 마음속 깊이 느껴졌다.

미소를 짓는 그의 모습은 좀더 성숙해 보였지만 그렇다고 더 행복해 보이진 않았다. "이런, 저도 그런 건 몰랐을 겁니다." 그가 말했다.

나는 집으로 돌아가는 길에 제시의 죽음에 대해 생각했다. 그리고 일 년에 걸쳐 나눌 대화를 어쩌다 그때 조나와 다 해버렸는지에 대해서도.

테스

그러니까 아기의 폐 속에 물이 하나도 없었다고 했다. 경찰서장 아저씨가 그 여자를 체포하려면 우선 아기가 어떻게 죽었는지 확실히 알아야 했기에 의사가 부검을 했는데 폐 속에 물이 하나도 없었다는 것이다. 한 방울도. 이는 아기가 우물 안으로 던져졌을 때 이미 숨을 쉬지 않고 있었음을 의미했다. 즉 물에 빠지기 전에 죽어 있었다. 이로 인해 우리가 만든 리스트를 다시 생각해보게 됐다.

"대체 그게 무슨 의미일까, 버지 언니?" 나는 손가락 두 개로 책가방을 잡고서 흔들거리며 가고 있었고 언니는 책가방을 핸드백처럼 어깨에 메고 있었다. 집에서 나오기 전 불가에서 몸을 데웠기 때문에 따뜻한 난로가 있는 교실까지 걸어가는 동안 온기를 유지할 수 있었다.

"내가 생각해봤는데," 언니가 말했다. "우선 그 여자가 무조건 살인자는 아닌 셈이야. 우린 지금까지 그녀가 악한 마음을 품었거나 너무 지쳤거나 혹은 절박한 상황에 몰려서 아기를 없애버리려 했다고 생각했잖아. 하지만 알고 보면 그렇게 절박한 상황이 아니었을 수도 있어. 우리가 찾던 것과 다른 종류의 사람일지도 모르고."

"어떻게 다른 종류?"

"글쎄, 확실히는 모르겠어."

"어쨌든 그 여자가 우리 우물에 죽은 아기를 던진 거잖아." 바스락, 바스락. 발밑에서 나뭇잎들이 부서지는 소리가 들렸다. "살아 있는 아기를 던진 거나 죽은 아기를 던진 거나 둘 다 정상적인 행동 같지는 않은걸."

"그래도 그 둘은 달라." 언니가 주장했다.

"어떻게?" 나도 고집스레 되물었다. 어차피 미친 건 마찬가지인데 굳이 그 종류를 가르려는 이유를 이해할 수 없었다. 예나 지금이나 우리가 미친 여자를 찾고 있다는 사실엔 변함이 없어 보이는데 말이다.

"나도 잘 모르겠어." 언니가 내 팔을 잡고 학교로 향하는 길을 내려다보았다. 그 길에는 대개 종이 울릴 때까지 학교에 들어가지 않고 주변을 서성이며 노는 남자아이들이 있었고, 가끔 저학년 아이들의 부모들이 길가에서 대화를 나누기도 했다. "오늘 아침엔 학교 가는 길에 아무도 없었으면 좋겠는데." 길 아래쪽으로 내려가는 내내 입술을 깨물고 있던 언니가 갑자기 나를 반대 방향으로 끌어당겼다. "우리 먼 길로 돌아가자. 오늘은 만나는 사람들마다 인사하고 싶은 기분이 아니야."

버지 언니가 사람들에게 손을 흔들며 인사하는 걸 귀찮아하다니 이상하다는 생각이 들었지만 어쨌든 언니를 따라 개울가 쪽 숲으로 들어갔다. 다람쥐들을 빼고는 아무도 없었다. 언니는 사람보단 나무에 둘러싸여 있는 걸 더 좋아할 만큼 숲을 사랑했다. 하지만 나는 잔가지들과 커다란 나무줄기들이 가득한 수풀 한가운데 들어가는 걸 그리 좋아하지 않았다. 혼자서 숲에 발을 들이는 일도 거의 없었다. 그날따라 숲은 더욱 깊어 보였고 무엇이든 숨을 수 있겠다는 생각이 들었다. 왜 지금껏 한 번도 숲에서 요정을 본 적이 없느냐던 잭의 질문이 생각났다. 요정들을 잡아먹는 존재가 있는 건 아닐까. 이를 테면 도마뱀이나 날카로운 이빨을 가진 주머니쥐 같은. 눈이 빨갛고 들쥐와 꼬리가 비슷한 주머니쥐 쪽이 더 가능성 있어 보였다. 주머니쥐들은 거꾸로 매달려 있다가 공중에 날아다니는 요정들을 낚아채 날개를 갈기갈기 찢은 뒤 팝콘처럼 우적우적 먹어버릴 수도 있을 테니까. 아마 날개 부분을 가장 좋아하지 않을까. 악마라면 왠지 그럴 것 같았다.

세상에는 착한 존재들도 있지만 이를 괴롭히는 나쁜 존재들도 있다는 깨달음은 내게 충격적이었고 이내 머릿속이 그런 생각들로 가득찼다.

"어쩌면 그 여자가 임신했었다는 사실을 우리가 전혀 몰랐을 수도 있어." 혹시 주변에 빨간 눈이 보이지 않는지 살피는데 언니가 말했다. "어쩌면 그 사실을 숨겼을 수도 있지."

"아기를 가진 걸 숨겼다고?" 언니의 말이 꽤 흥미롭게 들렸다. 곧 머릿속에 한 가지 해결책이 떠올랐다. "그러면 몸집이 크고 뚱뚱한 여자를 찾아보면 되겠다. 그치?"

언니는 얼굴을 찌푸리고는 썩은 통나무를 폴짝 뛰어넘었다. "코르셋을 입고 다녔을 수도 있지."

"하지만 몸집이 크면 임신했다는 걸 숨기기가 더 쉬웠을 거야. 몸집 큰 여자들의 리스트를 만들어봐야겠다."

언니는 계속 얼굴을 찌푸린 채 또다시 입술을 깨물기 시작했다. "우리가 만든 리스트가 너무 단순했던 것 같아. 아기가 있는지 없는지는 중요한 게 아니었어. 누가 집채만한 몸집을 하고 있는지가 중요한 것도 아니고. 대체 어떤 종류의 여자가 죽은 아기를 우물에 던져버릴 수 있을까, 그 점을 먼저 생각해봐야겠어."

"그야 미친 여자지." 내가 말했다.

언니는 내 말을 무시했다. "아기한테 나쁜 짓을 할 여자는 아닌 거 같아. 분명 아기를 너무나 사랑한 여자였을 거야."

"우물에 던져버리기 전에 아기를 죽였을 수도 있어. 머리를 세 게 때려서 말이야."

나는 간밤에 멍에 관한 꿈을 꿨다. 내 몸에 멍이 든 건 아니었다. 창백하기 그지없는 피부 여기저기에 보라색 멍들이 보였고 그 위로 물방울이 떨어지자 멍자국들이 빛났다. 하지만 더는 기억나지 않았다.

언니가 고개를 저었다. "아빠가 이미 말했잖아. 경찰서장 아저씨가 아기한테 그런 자국은 없다고 했다고. 멍이나 비슷한 것도. 그저 병에 걸려 죽은 것 같다고 했어."

비가 제법 내려 개울물이 둑 가장자리까지 차올라 우리가 걷는 나무판 위도 젖어 있었다. 나무판에 거의 닿을 정도까지 차올라 우리 쪽으로 물이 튀기도 했다. 언니와 나는 치마를 들어올렸다.

"징검다리로 건너갈래." 내가 말했다. "그게 더 재미있어."

"네가 물속에 빠져봐야 정신을 차리겠구나." 반쯤 건넜을 때 언니가 말했다. 그때였다. 아빠 같은 표정으로 나를 노려보던 언니가 갑자기 균형을 잃었다. 나뭇잎 같은 걸 밟은 모양이었다. 언니는 잔에 가득 든 우유가 쏟아질 때처럼 슬로 모션으로 개울 속에 빠져버렸다.

개울은 가장 깊은 곳이 허리 높이였지만 언니는 온몸이 흠뻑 젖어버렸다. 그래도 머리만은 물속으로 빠지지 않게 하려고 애썼는지 다행히 곱슬거리는 머리칼이 젖지 않았다. 책가방도 언니의 오른손에 들려 공중에서 대롱거렸다. 하지만 목 밑으로는 죄다 젖었다. 언니는 개울 속에 그리 오래 빠져 있진 않았다. 내가 뭐라고 말을 걸기도 전에 벌떡 일어서서 물가로 걸어나왔다. 쿵쿵 발을 구르면서.

"아고······" 이게 내가 말해줄 수 있는 전부였다. "어떡해, 언니." 그러면서도 치마 밑으로 물을 뚝뚝 흘리고 있는 언니의 모습을 보고 있자니 나도 모르게 웃음이 터졌다.

"전혀 재미있지 않거든." 언니가 말했다. "이러다 늦겠어. 집에 가서 옷을 갈아입어야 할 거 같아." 하지만 자신도 웃음을 참느라 애쓰는 듯했다. 언니는 거의 웃을 뻔하다가 캑캑거리며 기침하기 시작했다. 언니의 몸에 닭살이 돋았다.

"이러다 감기 걸리겠어." 나는 언니가 걱정됐다. "얼른 집으로 뛰어 가. 언니네 선생님한테는 내가 얘기할게."

"반 애들 다 보는 앞에서 얘기하진 마!"

"알았어, 선생님한테만 조용히 얘기할게." 언니는 내 말을 믿기로 하고 재빨리 집 쪽으로 뛰어갔다. 언니가 거의 도로에 다다랐을 때 내가 큰 소리로 불렀다. "그러길래 징검다리로 건넜으면 됐잖아." 내 말에 언니는 뒤도 돌아보지 않았다.

나는 나무판 위에서 까치발을 하고 조심조심 개울을 건넜다. 언니네 교실부터 들르려면 시간이 없었기에 징검다리보단 그게 더 빨랐다. 그리고 사람들이 보이기 시작하면 그때부터 속도를 줄여야겠다고 생각하고 개울가를 등지고서 뛰기 시작했다. (나는 땅 위보다 물속에서 더 잘 움직였다. 다리가 너무 긴 건지 걷다보면 내

발에 걸려 넘어져 무릎에 피가 나기 일쑤였다. 다리가 세 개라도 되는 것처럼 말이다.)

그러니까 언니의 얘기는 우물에 아기를 버린 여자가 사악한 사람이 아닐 수도 있다는 것이었다. 그런데 사악한 게 아니면 결국 미친 것일 수밖에 없지 않을까. 나는 다른 이유를 생각해낼 수 없었다. 엄마 같은 사람이라면 절대 그런 짓을 하지 못했을 것이다. 하지만 머릿속에선 계속 언니의 목소리가 맴돌았다. 그렇게 간단한 문제라면 왜 지금껏 그녀가 눈에 띄지 않았을까? 사악하거나 미친 사람들은 분명 우리 생각과 다를 수 있다.

버지

삼십 분 정도 늦을 것 같았다. 엄마가 젖은 옷과 속옷을 벗는 걸 도와주었다. 집안에 물이 떨어질까봐 테라스에 선 채 뒷문을 활짝 열고 엄마에게 개울에 빠졌다고 말했다.

아침 설거지를 하던 엄마는 나를 쳐다보고는 내가 다른 말을 꺼내기도 전에 수건을 들고 옆으로 왔다.

"신발 벗어서 여기에 둬." 엄마는 먼저 말한 뒤 이렇게 물었다. "어떻게 테스가 아니고 네가 빠졌니?"

아무것도 입지 않고 수건만 몸에 둘둘 두른 채 침실로 가서 엄마가 속바지와 스타킹을 가져다줄 때까지 기다렸다. "네가 개울에 빠진 건 본 적이 없는데." 엄마가 말했다. "무릎 한번 까진 적 없었고."

나는 그저 가만히 서 있었다.

엄마는 화가 났다기보단 당황한 듯했다. 내 손을 꼭 잡아본 뒤 몸이 충분히 따뜻해졌는지, 열은 없는지 확인하려고 손등으로 이마를 짚었다. 그러고는 이마에 뽀뽀를 해주고 내가 문 쪽으로 가자 엉덩이를 살짝 두들겨주었다.

학교에 도착한 나는 몸이 젖은 것도, 머리가 헝클어진 것도, 학교에 늦은 것도 전부 마음에 들지 않아 가능한 한 조용히 자리에 가서 앉았다. 보통 수업에 늦으면 교실 앞으로 불려나갔지만 에서리지 선생님은 아무 말도 하지 않았다. 테스가 얘기를 잘한 모양이었다. 지각을 두 번 하면 자로 손등을 맞는 것이 원칙이었지만 선생님은 한 번도 자를 든 적이 없었다. 작년에 잭이 가재를 잡느라 정신이 팔려 지각했을 때 그 반 선생님이 잭의 손등을 붓도록 때린 적은 있었다.

나는 올챙이배처럼 불룩한 난로에서 세 자리 떨어진 곳에 앉아 있었지만 여전히 따뜻한 온기가 느껴졌다. 난로에서 가까운 자리에 앉으면 몸이 지나치게 따뜻해지는 바람에 나른함이 몰려와 바보같이 멍해지곤 했다. 세 자리 정도 떨어진 곳에 앉는 게 가장 좋았다.

에서리지 선생님이 나를 쳐다보며 눈을 깜빡였다. 늦었지만 괜찮다는 표시로 미소도 지어주었다. 나는 선생님이 몇 살일지 궁금했다. 눈가에 약간 주름이 있었지만 1센트 동전 같은 붉은색 머리칼에 늘 날씬하고 단정한 모습이 아름다웠다. 엘라와 로이스는 선생님이 약간 쌀쌀맞은 편이라고 말했지만 나는 그렇게 생각하지 않았다. 선생님은 조용하면서 친절했고, 방과 후에도 기꺼이 학교에 남아 숙제 검사를 하곤 했다. 특히 큰 소리로 책을 읽어줄 때 눈이 반짝이고 볼도 발그레해지는 모습이 내겐 몹시 아름답게 보였다. 자신이 아닌 다른 사람이 쓴 글을 읽을 때 선생님의 목소리는 새롭고 강렬하고 매력적으로 들렸다.

한번은 내가 교사 일이 즐겁냐고 묻자 선생님은 이렇게 대답했다. "물론이지, 버지. 정말로 즐겁단다." 그러고는 내게 선생님이 되고 싶은지 물었다. 나는 그것도 재미있을 것 같다는 비슷한 대답을 했다. 그 대답에는 선생님이 되려면 공부를 많이 해야 하지만 간호사보단 선생님이 더 멋진 직업일 것 같다는 의미가 담겨 있었다. 선생님은 내가 똑똑하니까 잘할 수 있을 거라며 이런저런 얘기들을 들려주었다. 하지만 그 얘기들을 들으면서도 나는 셰익스피어나 에밀리 디킨슨의 글을 읽는 선생님의 모습을 떠올려보았다. 사촌언니 나오미도 늘 책을 끼고 살았지만 나는 독서라는 행위에 한 번도 사로잡힌 적이 없었다. 나도 선생님이 되면 책을 좋아하게 될지, 선생님이 되는 공부를 하면서 과연 그렇게 될지 궁금해졌다.

"정말로 즐겁단다." 선생님은 진심으로 자기 일을 사랑하는 듯했다. 학생들을 가르칠 때면 얼굴에서 환하게 빛이 날 만큼. 선생님은 물을 길어 오고 바닥을 닦고 흐릿한 불빛 아래서 머리가 아파 올 때까지 바느질을 하는 것과는 전혀 다르게 심오하고 낯선 방식으로 자신의 일을 사랑하는 것 같았다.

물론 선생님도 결혼하면 이 일을 그만둘 것이다. 어쩌면 일을 오래하다 혼자 늙어버린 선생님을 아무도 원하지 않아 결혼하지 못할 수도 있다. 많이 배운 나이든 여자는 최악의 신붓감이라고 했다. 셀리아 고모는 남편보다 책을 더 좋아하는 여자는 아무도 원치 않을 거라고 말하곤 했다. 나는 복잡한 나눗셈을 배울 때 숫자들이 여기저기서 마구 헤엄이라도 치는 것 같아 호되게 고생했다. 그때 고모가 이런 말을 했다. "그렇게 똑똑해지려고 애써봤자 인생에 크게 도움될 것도 없어." 그 말에 왠지 모르게 화가 났다. 내가 그 얘기를 전하자 아빠는 이렇게 말했다. "멍청한 채로 지내봤자 그 역시 도움될 것도 없지." 결국 나는 끝까지 노력해 복잡한 나눗셈을 완벽하게 이해했다.

나는 에서리지 선생님이 학교가 끝난 후엔 어떻게 지낼까 궁금했다. 딱히 돌봐야 할 식구들이 없는데 집에선 뭘 할까? 혼자 옥수수빵을 굽고 닭고기를 튀겨서 저녁을 해 먹을까? 어쩌면 매일 밤 식당에 가서 핸드백을 옆에 두고 무릎 위에 냅킨을 올린 채 식사할지도 모르겠다. 그래서 부엌에는 찻주전자뿐일지도. 어떤 선생님들은 나이든 할머니들 집에서 방을 하나 얻어 지냈다. 나는 선생님이 어떤 방에서 지내는지 궁금했다. 창문도 없고 바닥에서 쥐들이 돌아다니는 소리가 들리는 다락방에서 자는 걸까, 아니면 창문으로 햇살이 가득 들어오는 방에서 매일 아침 층층나무들을 보며 일어나는 걸까?

리타

삶던 옷을 휘젓다가 잠시 몸을 일으켰는데 밑창이 다 해진 여자 부츠가 눈에 들어왔다. 부츠의 주인은 다름 아닌 롤라였다. 우리집에 한 번도 찾아온 적이 없었기에 나는 순간 움찔했다. 인사를 건네기도 전에 그녀가 먼저 입을 열었다. "너희 딸들이 날 보러 왔어."

나는 깜짝 놀랐다. "버지랑 테스가?"

"너한테 다른 딸들이라도 있니?" 그녀가 웃음기 없는 표정으로 말했지만 나는 딱히 공격적으로 받아들이지 않았다. 원래 그런 사람이었으니까. 나 역시 많은 아이들을 한꺼번에 길렀다면 일일이 예의를 차리는 성격이 되지 못했을 것이다.

"아니, 없지."

내가 반갑게 맞아주지 못했다는 인상을 주고 싶지 않았지만 삶던 옷들을 내버려둘 순 없었다. 이미 불길이 세져 옷이 끓고 있었기 때문에 꼼짝없이 냄비 옆에 붙어 있을 수밖에 없었다. 몇 시간 전에 찾아왔다면 편히 맞아줄 수 있었을 텐데.

팽나무 옆 빨래용 양동이에 물을 채우느라 개울까지 열두 번은 왔다갔다한 상황이었다. 그렇게 여섯 번쯤 하고 나자 팔이 빠져버릴 것만 같았다. 그뒤에는 그렇게 힘이 드는 일은 아니었지만 불을 떼야 했다. 지푸라기와 잔가지를 넣고 불을 붙인 후에 큰 통나무를 집어넣었다. 그리고 옷가지들을 어두운색, 밝은색, 흰색으로 분류했다. 침대시트나 작업복, 그리고 정말 더러운 옷들, 그러니까 잭이 입었던 모든 옷들은 따로 골라내 삶았다.

일단 불이 지펴지면 팔이 얼마나 아프든 얼굴이 얼마나 후끈거리든, 그리고 냄비에서 나오는 수증기 말고 시원하고 건조한 공기를 달라고 목구멍이 얼마나 애원하든 휴식을 취할 여유가 없었다. 옷을 마구 휘젓고 있으면 거품 사이로 작업복과 셔츠와 양말이 불쑥불쑥 올라왔다. 가장 더러운 것들이라 가장 오랜 시간을 들여야 했다. 침대시트는 따로 삶았다. 삶을 필요가 없는 원피스와 나머지 것들은 다른 옷들이 삶아질 동안 빨래판에 대고 열심히 문질렀다. 비누칠해 깨끗하게 빨린 원피스들이 낡은 담요 위에 쌓인 채 헹구어지기를 기다리고 있었다. 나는 롤라를 쳐다보고 쌓여 있는 옷더미를 다시 쳐다보았다. 그런 뒤 옆에서 삶아지고 있는 옷들을 내려다보고 빗자루 막대로 한번 휘저었다. 내가 입을 열기 전에 그녀가 말을 꺼냈다.

"신경쓰지 말고 하던 일 계속해." 롤라는 거품이 남아 있는 빨랫더미 옆에 서 있었다. "이것들은 다 된 거니?"

"응, 다 된 거야."

"이건 헹구는 통이고?"

"응." 나는 깨끗한 물이 가득 든 동그란 은색 통 쪽으로 고개를 끄덕이며 말했다. "굳이 도와줄 필요 없어, 롤라. 부엌에서 의자 하나 가져와서 근처에 앉아. 나도 그 빨래들 헹구기 전에 좀 쉴 거야."

빨래는 일주일에 한 번 했지만 일단 시작하면 하루종일 걸리는 일이었다. 인정하고 싶지 않지만 손이 두 개만 더 있으면 좋겠다는 생각이 들기도 했다. 날씨가 맑으면 자기 전에 다림질도 끝낼 수 있었지만 춥거나 흐리면 그다음날까지 기다려야 했다. 불가의 열기 때문에 개울가에서 빨래를 하는 게 좋았지만 버지와 테스의 도움 없이 그곳까지 빨랫감을 가져갔다 돌아오는 일이 만만치 않았다.

롤라는 약간 무례하고 거칠게 말을 이었다. "네가 그렇게 일하는데 대체 어느 미친 여자가 가만히 앉아서 주절주절 떠들어댈 수 있겠니. 어차피 시간도 있어. 엘렌이 꼬맹이들을 봐주고 있거든."

결국 그녀는 옷을 하나씩 통에 담가 헹군 뒤에 꼭 짜서 빨랫줄 위에 놓아주었고 그동안 나는 삶던 옷들을 계속 휘저었다.

"너는 건 그냥 둘게. 네 방식이 따로 있을 테니까."

우리는 한동안 말없이 일을 계속했다. 첨벙대는 물소리와 장작불 타는 소리만 들렸다. 나는 작업복을 꺼내 뜨거운 김이 사라질 때까지 흔들고 한 차례 자세히 살펴보았다. 손끝으로 한쪽 바지통을 들고 그다음에 다른 쪽도 들어본 뒤 주름들을 펴서 가려져 있던 곳까지 구석구석 보았다. 대체적으로 깨끗했고 냄새도 나지 않았다. 나는 그 작업복을 롤라가 일을 거의 마친 헹굼통 안에 넣었다.

"내가 이것도 헹궈줄게." 그녀가 말했다. "넌 다 끝나면 빨래를 널어."

침대시트까지 담갔다 빼고 나자 때맞춰 불길도 약해졌다. 딱히 싫다고 거절하기도 뭐해서 그녀의 말을 따랐다. 그녀가 옷을 헹군 뒤 내게 널도록 하나씩 건네주었고 두번째 빨랫더미를 헹굴 때에는 제법 호흡이 맞았다. 열기로 얼굴이 흠뻑 젖고(버지와 테스에겐 늘 '땀을 흘렸다'라고 말하게 했다) 머리는 죄다 붕 떠버린 나는 빨래 너는 일이 그저 쉽고 반가웠다. 한번 휙 털어서 빨랫줄 위에 걸고 잘 펴지도록 매만지기만 하면 됐으니까.

"딸들이 참 착하더라." 롤라가 말했다. "예쁘기도 하고."

"그렇게 말해주니 고마워." 내가 말했다. 그녀의 발치에 있는 바구니가 보였다. 우리집에서 쓰던 낡은 짚바구니였다. 내 시선이 바구니를 향하는 걸 보고 그녀는 젖은 한 손을 그쪽으로 흔들었다.

"너희 딸들이 저 안에 사과를 담아서 왔더라. 착한 애들이야."

"바구니는 도로 가져오지 않아도 되는데. 어쨌든 고마워."

대체 무엇 때문에 버지와 테스가 그녀에게 사과를 가져다준 건지 몹시 궁금했다. 나조차 그녀의 집에 안 가본 지 일 년이 넘었다. 지난번에 달걀을 주러 갔을 때 말고는 따로 방문한 기억이 없다. 작년은 누구에게나 굉장히 힘든 한 해였기에 우리는 먹을거리가 남으면 무엇이든 나눠주었다. 친척들 외에도 우리를 찾아오는 사람이 있으면 가리지 않고 남은 것들을 전부 주었기에 따로 그녀를 찾아갈 생각을 하지 못했다.

"너희 딸들이 새로 태어난 우리 아기를 보고 싶어하더라고." 롤라가 다시 물속으로 양손을 담갔다.

아까 그 사과 얘기보다 더 이상하게 들렸다. 버지와 테스는 아기를 좋아하는 편이 아니었다. 인형들을 애지중지하거나 아기 앞에서 눈을 크게 떠 보이거나 하지 않았다. 게다가 두 아이는 롤라를 잘 알지도 못했다. "그애들이 대체 무슨 생각을 한 건지 모르겠네." 나는 롤라보단 나 자신을 향해 혼잣말로 중얼거렸다.

빨랫줄을 따라 움직일 때마다 차고 있던 빨래집게 주머니가 엉덩이에 부딪혔다. 얼굴에 난 땀은 이미 말랐지만 옷가지를 줄에 널면서 한 손으로 집게를 집어 입에 무는데 손마디에서 짠맛이 느껴졌다.

"너희 딸들이 프랭키를 걱정하는 모양이더라고."

나는 집게를 입에 문 채 그녀를 쳐다만 보았다.

"처음엔 나도 그애들이 왜 온 건지 알 수 없었어." 그녀가 말을 이었다. "나한테 안부를 전하라고 네가 보낸 건가 싶었지. 그런데 애들은 우리가 어렸을 때 같은 곳에서 자랐다는 사실도 모르더라고. 엘렌한테 친한 사이냐고 물어보니 그렇지도 않다고 하고. 그러다 죽은 아기 일이 생각나더라. 아마 그 사건 때문에 최근에 태어난 아기들에게 관심을 갖게 된 모양이지. 아기가 건강한지 보고 싶었을 거야."

버지와 테스가 아기 때문에 롤라네 집에 갔다면 단순히 건강한지 보고 싶어서만은 아닐 것이다. 롤라도 그렇게 생각하는 것 같았다. 그녀는 옷가지 쪽으로 고개를 숙이고 헹굼질을 계속하면서 리듬을 타듯 규칙적으로 손을 움직였다.

"난 아이들을 잘 먹이고 있어, 리타." 산들바람에 머리칼이 흩날리고 옷자락이 펄럭이는 가운데 넋을 놓고 서 있는데 그녀가 말했다. "난 아이들을 제대로 키우고 있어. 내 침대의 마지막 담요까지 덮어주고 내 접시에 놓을 음식도 다 아이들에게 주고 있어."

"당연히 그렇겠지."

"넌 우리 아이들이 불쌍하게 살고 있다고 생각하지 않니?"

더이상 산들바람이 편안하게 느껴지지 않았다. 나는 다음 집게를 빼내지 못하고 주머니 속만 뒤적였다. "지금은 다들 힘들잖아." 내가 말했다. "남들처럼 너도 최선을 다하고 있겠지."

"너나 너희 가족이 나를 불쌍하게 여기지 않았으면 좋겠어."

그 순간 버지와 테스가 옆에 있다면 세게 때려주고 싶었다. 비록 진실은 아니었지만 나는 롤라에게 누구도 널 별다르게 여기지 않는다고 말해주고 싶었다. 롤라의 삶은 가난 그 이상의 것이었다. 나는 그녀가 불운하기 그지없는 힘든 삶을 그래도 남들처럼 잘 꾸려왔다고 말해주고 싶었다. 그녀의 아버지는 늘 술에 절어 있었고, 어머니는 아이들에게 아무것도 해줄 수 없는 사람이었다. 어머니는 남편의 폭력으로부터 아이들을 보호하려고 최선을 다했지만 롤라는 늘 팔다리 곳곳이 퉁퉁 부은 채 학교에 왔다. 그 조그마한 여자아이가 과연 다른 곳은 멀쩡한지 알 수 없었다. 비슷한 사연을 가진 여자아이들이 수없이 많았기에 딱히 새로운 일도 아니었지만 그렇다고 정당화될 수 있는 것도 아니었다. 그녀는 첫번째로 결혼한 남자를 정말로 사랑했지만 첫아이를 낳은 지 얼마 되지 않아 불행히도 그가 죽고 말았다. 그후 열 명의 아이들이 더 태어났지만 여전히 그녀가 의지할 사람은 없었다. 마지막으로 결혼한 남자는 근방 300킬로미터 내에서 일자리를 얻지 못했고, 설령 얻었더라도 그녀에게 1센트짜리 동전 하나 주지 않았을 것이다. 우리가 테스만 했을 때 함께 둥글게둥글게 놀이를 하며 지냈던 시절처럼 나는 그녀가 여전히 따뜻한 마음을 지니고 버텨나가는 모습을 보면서 정말 보기 드문 훌륭한 사람이라고 생각했다. 물론 직접적으로 그런 말을 하진 않았지만.

"나는 너에 대해 나쁜 말을 한 적 없어, 롤라. 단 한 번도."

그녀가 고개를 숙이고 있었기에 미소를 짓는지는 알 수 없었다. 나는 다시 빨래를 널었다. 버지와 테스에게 롤라에 대한 얘기를 한 적이 없는 듯한데—나는 남의 뒷이야기 하는 걸 가장 싫어했다—그애들이 그녀를 어떻게 생각한 건지 궁금했다. 그저 다른 사람들 사는 모습이 궁금해 이집 저집을 살펴보고 다닌 거라면 크게 나쁜 일은 아니라고 생각했다. 버지는 이제 다 컸지만 바쁘게 집안일을 돕느라 남들은 어떻게 살고 있는지 자세히 들여다볼 기회가 없었다. 친척들이나 친구들을 빼고 말이다. 버지와 테스가 롤라네 집안 풍경을 봤다면 아빠가 열심히 일해서 버팀목이 되어준 덕분에 얼마나 축복받은 삶을 살고 있는지 알 수 있었을 것이다. 테스는 세상을 즐거운 일만 가득한 놀이터 같은 곳으로 여겼다. 그 덕분에 늘 행복하고 잘 웃는 아이로 자랐지만 가끔 나는 테스가 어떤 어른이 될지 걱정스럽기도 했다. 한번은 소풍날에 식어빠진 구운 감자 하나만 달랑 넣어주었다고 테스가 불평한 적이 있었다. 그게 부끄러웠던 모양이다. 롤라와 그 아이들을 보고 테스는 구운 감자에 대해 다시 한번 생각해보게 됐을까. 최근 테스는 우물 밑바닥에 사는 마법의 존재들에 대해 확실히 예전보다 얘기를 덜 했다. 그래서 나는 테스가 자신만의 상상 속 세계보다 현실의 세상을 좀더 인식하게 된 거라고 생각했다. 분명 잘된 일이었다.

단순히 동네 여자들이 어떻게 생활하고 있는지를 알고자 한 거라면 나는 그 일이 버지와 테스에게 나쁠 건 없다는 생각이 들었다.

버지

그후 헨리 하켄은 나를 데려다주러 교회로 두 번 더 왔다. 나는 점점 할말이 없어졌고 그애는 갈수록 내게 사탕을 사주려 애썼다.

지난번에 나를 집으로 데려다주면서 헨리가 은행 건너편에 있는 마셜 선생님의 병원에 들러 인사를 하자고 했다. 선생님은 주차하려고 후진하다 은행의 스테인드글라스 창문을 세 번이나 깨트려 이를 보상한 사건으로 온 동네에 유명한 분이었다. 우리 식구들은 그리섬 선생님께 진료를 받았기 때문에 내가 그분에 대해 아는 거라곤 그 정도였다.

"차가 있는 걸로 봐서 틀림없이 안에 계실 것 같은데." 헨리가 말했다.

"너희 식구들은 마셜 선생님한테 진료를 받니?" 내가 물었다.

"응, 아빠 친구들이 선생님과 친하거든. 그래서 늘 그분께 진료를 받아."

"운전 실력이 엉망이라고 하던데."

헨리가 웃었다. "응, 브레이크를 안 밟고 계속 '으악' 소리만 지른대."

헨리가 나를 처음으로 웃게 만든 말이었다. 그 순간만은 재미있는 아이라는 생각이 들었다. 하지만 나는 여전히 그애를 크게 좋아하지 않았고 굳이 마음을 바꾸려고 애써야 할 이유도 찾지 못했다. 교회에서는 또다른 남자아이가 옆에 와서 앉기 시작했다—테스와 나는 부모님의 옆자리가 아니라 그 앞줄에 앉을 때가 있었다. 교회에 늦게 도착하면 내 옆자리가 남아 있지 않을 때가 많았는데, 그러면 그애는 뒤에서 기다렸다가 차 앞까지 함께 걸었다. 차는 교회의 코앞에 세워져 있었다.

아빠는 그애에 대해선 굳이 언급하지 않았다. 가까운 거리라서 그랬던 것 같다. 나와 함께 걷는 거리가 길수록 더 진지한 관계가 되는 거라고 생각하는 듯했고 차까지의 짧은 거리는 신경쓰지 않았다. 가끔은 남자아이 하나와 학교에서 집까지 걸어오는 경우도 있었다. 하지만 늘 테스가 있었고 아빠는 대개 이 사실을 알지 못했다. 나는 엄마에게만 말하고 아빠한테 알릴지 말지는 알아서 하도록 놔두었다. 그리고 보통은 아빠한테까지 알리지 않아 다행스러웠다. 헨리가 교회 앞에 처음 나타나 나를 놀라게 한 상황을 경험해선지 이내 남자아이들과 걷는 일에 긴장하지 않게 되었다. 함께 길을 걷는다고 그애가 나를 사랑하거나 결혼을 원하는 것도 아니고, 그저 오 분 정도 시간을 보내고 싶어할 뿐이라는 걸 알고 나자 전처럼 긴장되거나 신경쓰이지 않았다. 아니면 나를 보는 게 좋아서 함께 걸으며 좀더 보고 싶어할 뿐이었다. 내게 특별히 많은 걸 바라지만 않는다면 어려울 것도 없이 자연스러운 일이었다. 남자아이들은 말하는 걸 좋아했지만 딱히 재미있는 내용은 없었다. 고개를 끄덕이며 "그래? 난 모르고 있었네" 정도로 반응하면 그애들은 굉장히 좋아했고, 이따금 내가 먼저 아무 말이라도 꺼내면 거기에도 매우 즐거워했다. 그애들이 그저 나를 즐겁게 해주길 원할 뿌이라는 사실을 깨달은 뒤에는 크게 잘못될 일도 없었다.

남자아이들과 함께 걷는 데는 나름의 재미가 있었고, 몇 주가 지나자 내 옆에 나타나는 이런저런 아이들과 걷는 일에도 익숙해졌다. 헨리가 내게 (혹은 아빠에게) 처음으로 집까지 동행해도 되느냐고 요청한 일이 어떤 면에선 다른 남자아이들에게 암묵적인 허락을 내려준 셈이었다. 내가 그토록 어렵게 여겼던 일을 자연스레 마주할 수 있도록 도와주었다는 점만큼은 헨리에게 고마웠다.

마셜 선생님에게 나를 소개시킨 일도 고마웠다. 일요일 오후, 우리가 노크하자 선생님이 문을 열어주었다. 내가 본 중 가장 하얀 머리에 치아가 고르고, 가장 크고 환하게 미소를 짓는 분이었다. 나는 첫눈에 선생님이 마음에 들었다. 선생님은 악수할 때 손끝만 살짝 잡는 게 아니라 성인을 대할 때처럼 내 손 전체를 꼭 잡았다. 그러고선 나처럼 예쁜 친구가 대체 '이 하켄 집안 녀석'과 무얼 하느냐고 물었다.

"제 흉 보라고 여기 온 거 아니에요." 헨리가 말했다.

"이 친구에게 경고를 좀 해주려고 했을 뿐이야." 내 쪽을 쳐다보며 선생님이 말했다. "저 녀석이 겉으로는 말끔해 보여도 문제가 좀 있거든." 그리고는 우리에게 병원 안을 한번 둘러보겠느냐고 물었다. 나는 점심을 먹으러 집에 가봐야 한다고 말했다.

"버지 무어라," 선생님이 말했다. "아기가 발견된 곳이 너희 집이구나?"

"네, 선생님." 나는 대답한 뒤 누군가 버려진 아기에 대해 물으면 늘 하던 말을 반복했다. "너무 끔찍한 일 아닌가요?"

대부분의 사람들은 "정말 그렇지"라고 반응했지만 선생님은 아니었다.

그 대신 이렇게 말했다. "그렇게 끔찍한 일은 아닌 것 같은데."

헨리와 내가 아무런 말도 못하고 있자 선생님의 얼굴에 다시 잔잔한 미소가 번졌다. 어쩌면 주름이 저렇게 잘 어울리는 걸까. 선생님의 젊은 시절을 상상할 수 없었다.

"내 말이 좀 이상하게 들렸나." 선생님이 어깨를 으쓱해 보였다. "하지만 아주 오랫동안 고통받다 죽는 아이들도 많단다. 끔찍한 일들이 일어나기도 하고. 우물에 묻혔다는 건 최악의 상황은 아닌 듯한데."

"그럼 선생님이 생각하는 최악은 뭔데요?" 헨리가 물었다. 〈프랑켄슈타인〉을 많이 봐서 이런 잔인한 일들에 관심을 보이는 것 같았다. 한편으론 선생님이 뭐라고 답할지 궁금하기도 했다.

이번엔 약간 진지한 표정으로 헨리의 질문에 꽤 오랫동안 생각했다.

"글쎄." 선생님이 말했다. "최악의 상황은 모르겠다만 아기가 혼자 남겨지는 것, 아무도 없이 완전히 혼자 남겨지는 것이야말로 끔찍한 일이겠지. 적어도 그 아기는 좋은 사람들의 집에 남겨졌잖니. 진심으로 마음을 써주고 제대로 된 조치를 취해줄 수 있는 사람들의 집에 말이다."

나는 선생님이 내 쪽으로 시선을 주기도 전에 묻지도 않았는데 먼저 입을 열었다. 지금껏 어른들을 대면했을 때와 달리 입에서 말이 술술 쏟아져나왔다.

나는 누가 그런 짓을 했는지 알고 싶다는 말을 하고 싶었다.

"우리 가족은 그 아기의 이름을 알고 싶어요."

선생님은 내가 그런 말을 할 줄 이미 알았다는 듯 반응했다. 우물에 빠진 아기를 발견한 여자아이들을 많이 만나보았고, 다들 매번 똑같은 말이라도 했다는 듯.

"그래," 선생님이 말했다. "바로 그거야."

테스

사촌언니 에멀린과 함께 침례교 야외예배에 참석했다. 뒤쪽으로 빌 이모부와 메릴린 이모가 앉아 있었지만 두 분은 엄마나 아빠처럼 우리를 주의깊게 지켜보지 않았다. 게다가 야외예배라 분위기가 자유로웠다. 주위로 나무기둥 몇 개가 세워져 있고 그 위로 잔가지들과 풀들이 얼기설기 엮여 지붕을 이루고 있었다. 숲에서 끌어온 재료들로 손수 만든 텐트 같았다. 교회보다 야외에서 하는 예배가 더 좋았다. 얼굴에 산들바람이 불어오고 연단 주변의 등불을 향해 달려드는 나방들이 내 옆을 스치기도 했다. 바닥에 작은 선반이 달린 좁고 기다란 탁자가 연단으로 사용되었다. 나방들은 하느님 말씀에 이끌리듯 목사님이 설교하는 내내 등불 주변을 맴돌았다.

등불을 걸어놓는 건 좋은 생각이 아니었다. 실수로 잘못 건드리기라도 하면 단번에 이곳이 불길에 휩싸일 수도 있으니까. 하지만 신경쓸 필요는 없다. 어차피 하느님이 돌봐주실 테니 말이다.

침례교 예배가 좋은 건 내가 잘 아는 찬송가를 많이 부르기 때문이었다. 에멀린 언니와 감리교 예배에 갔을 때는 잘 알지도 못하는 노래들을 아는 척 따라 부르느라 엉뚱한 단어들만 벙긋거렸다.

나는 이날 예배를 인도하는 목사님이 마음에 들지 않았다. 어찌나 말랐는지 옆을 지나다 툭 튀어나온 광대뼈에 어디 한군데 베이기라도 할 것 같았다. 그리고 화난 사람처럼 한마디씩 할 때마다 소리를 질렀다. 혹시 너무 먹지를 못해서 그러는 걸까. 무엇보다 마음에 들지 않았던 건 설교 내용이었다. 목사님은 이 땅이 우리의 진정한 고향이 아니며, 우리는 진정한 고향으로 가기 위해 이곳에 잠시 머무를 뿐이라고 했다. 그러므로 돈이나 속세의 것들에 얽매이지 말고 이를 멀리하며 진정한 고향을 사랑하라고 했다. 나는 목사님의 말이 과연 맞을지 궁금했다. 이 세상이 잠시 들렸다 가는 곳이라는 설교 내용이 마음에 들지 않았다. 내게 세상은 목련이나 초콜릿케이크, 아기 병아리와 같은 것들이 가득한 아름답고 사랑스러운 곳이었다. 어쩌면 목사님의 설교대로 세상은 증오와 위험이 넘치는 곳인데 나만 그 중요한 사실을 몰랐을 수도 있다. 그리고 우물의 여자를 통해 처음으로 깨달았을 수도 있다. 세상에는 요정을 잡아먹는 주머니쥐가 목련보다 더 많은 부분을 차지할 수 있다는 사실을.

많은 신자들은 그 설교에 굉장한 감명을 받은 모양이었다. 많은 여자들, 그리고 몇몇 남자들이 눈물을 닦으며 앞으로 나아갔다. 목사님 앞에 엎드려 자신들을 안아주고 어깨를 어루만져주기를 기다렸다. 나는 그렇게 많은 신자들이 앞으로 몰려나가는 광경을 본 적이 없었다. 문득 그들이 전부 세례를 받으려는 건지 궁금했다. 만약 그렇다면 다들 등불을 들고 개울가로 내려갈 테고, 그럼 나방들도 함께 움직일 테니 재미있을 것 같았다.

사실 그들 중 누구도 구원까지 받을 필요는 없어 보였다. 목사님의 기도를 통해 죄를 용서받았다는 심리적 안정을 얻고 싶을 뿐이었다. 목사님이 〈어메이징 그레이스〉를 부르기 시작했다. 그리고 앞으로 나온 신자들의 마음을 편안하게—어쩌면 겁에 질리게—해주고자 몸을 숙였다. 몇몇 여자들이 울음을 터트렸다. 그중 한 명은 처음 보는 사람이었는데 어찌나 격렬하게 우는지 옷깃이 다 젖어 있었다.

"저 사람은 누구지?" 내가 에멀린 언니에게 속삭였다. 메릴린 이모와 빌 이모부는 우리 쪽을 쳐다보지도 않았다.

"글쎄, 모르겠는걸." 언니가 말했다.

수많은 신자들이 서로에게 둘러싸여 악수하고 끌어안고 이따금 볼에 키스를 하기도 했다. 하지만 격렬하게 울던 그 여자 주변에는 아무도 없었다. 신자들은 그녀의 옆을 지나가며 쓰다듬어주고 미소를 지었지만 누구도 곁에 오래 머무르진 않았다.

내가 에멀린 언니에게 그 여자에 대해 묻는 걸 이모가 들은 모양이었다. 이모가 몸을 숙이고 내 어깨를 톡톡 두드렸다. "내 생각엔 저 여자, 브릴리언트에서 온 것 같아." 이모가 속삭였다. "이 근처에 사는 언니네 집으로 이사를 온 모양이야. 그게 누군지는 잊어버렸네."

예배중에 속닥거리는 건 금물이었지만 이모가 먼저 말을 시켰기에 나도 조용히 입을 열었다. "그런데 이모, 저 여자 주변에는 사람들이 하나도 없어요." 내가 어깨 너머로 속삭였다. "아무도 저 옆에 있으려고 안 하는 것 같아요."

마음이 따뜻한 이모는 막상 내 말에 아무런 답도 해주지 않았다. 그 대신 여자와 앞으로 나간 신도들을 잠시 번갈아 쳐다보더니 자리에서 벌떡 일어나 그쪽으로 다가갔다. 나는 깜짝 놀랐다. 하지만 나였어도 의자에 붙박인 듯 앉아 있느니 일어나 움직이는 쪽을 택

했을 것이다. 게다가 여자를 달래주어야 할 것 같았다. 나는 이모를 따라갔고 언니가 뒤따라왔다.

우리가 다가갈 때까지 여자는 여전히 울고 있었다. 이모는 그 옆에 앉아 여자의 얼굴 위로 흘러내린 짙은 색 머리칼을 쓸어올려주었다. 엄마와 이모는 사람을 위로하는 방식도 어쩜 저리 닮은 걸까. 손바닥과 손등을 번갈아 뒤집으며 쓰다듬는 것도 똑같았다. 하지만 이런 위로도 큰 도움이 되지 못했다. 여자가 어깨까지 들썩이며 심하게 우는 바람에 얼굴조차 제대로 보이지 않았다.

"주님, 제게 자비를 베푸소서." 눈물과 콧물로 범벅이 된 여자가 말했다. "저는 용서를 받을 자격이 없어요."

"하느님은 다 용서해주실 거예요." 이모가 말했다. "그분은 당신을 사랑하시니까요."

나는 여자에게 인사하고 싶었지만 그럴 분위기가 아니었다.

"용서하지 못하실 거예요." 여자가 말했다. "적어도 지금은요. 어떻게 용서하실 수 있겠어요?"

이모는 안쓰럽다는 의미로 쯧쯧 혀를 차고 다시 여자의 머리칼과 등을 어루만졌다. 여자는 약간 진정한 듯했지만 다른 말은 하지 않았다. 이모는 나와 언니에게 우리 자리로 돌아가라고 손짓했다. 왠지 저 여자도 숲에는 요정이 있지만 그걸 잡아먹는 끔찍한 존재도 함께 있으리라는 사실에 동의할 것 같았다.

앨버트

"쥐 잡는 테리어 이야기 들었어요?" 내가 빌 형님에게 물었다.

오늘 아침 신문에 일흔두 마리나 되는 쥐를 잡은 개 두 마리에 대한 기사가 실렸다. 개를 키우는 농부는 굳이 다 세어보진 않았지만 들쥐 몇 마리를 더 잡았다고 했다. 그야말로 엄청난 수였다.

"죽은 쥐 일흔두 마리의 사체가 산더미처럼 쌓였다면 그걸로 뭘할 것 같은가?" 형님이 이를 드러내고 웃으며 물었다.

빌 형님은 나보다 머리 하나가 더 컸지만 그렇게 활짝 웃고 있으면 큰 덩치도 순간 잊힐 정도였다. 장난스러우면서도 한편으론 짓궂어 보이는 웃음이었다. 형님은 잡화점을 운영하면서 가구 장사도 했는데 그 웃음이 사업을 번창시키는 비결 중 하나라는 생각이 들었다. 물론 좋은 상품을 적정한 가격에 파는 정직한 사람이었고 많은 이들이 형님을 좋아하기도 했다. 잡지 한 더미와 멋진 케이크들 앞에서 꿈쩍 않는 사람이라도 형님의 우렁찬 "안녕하세요" 소리에는 반응할 것이다."

"몰려올 고양이들을 맞이할 준비를 해야겠죠." 내가 말했다.

형님은 깔깔대기보단 낮고 느긋하게 웃었다. 한 손에 주머니칼을 가볍게 쥐고 있었고 그 앞에는 아직 개봉하지 않은 상자들이 널려 있었다. "이렇게 찾아와줘서 반갑군, 앨버트. 못 본 지 일주일은 넘은 것 같은데."

가게 앞쪽에서는 우리 세 아이가 정신없이 뛰어다녔고 나는 형님과 뒤쪽에 있었다. 아이들은 이곳에 오는 걸 절대 지겨워하는 법이 없었다. 버지와 테스는 이모부의 볼에 뽀뽀를 해주고 물건들을 구경하러 선반 쪽으로 달려갔다. 직물들 옆 왼쪽 벽에는 신발들이 진열되어 있었다. 가게 뒤쪽에는 성인 남자 둘을 붙인 만큼 긴 선반 위에 다양한 쿠키들이 자리잡고 있었다. 온통 초콜릿으로 뒤덮인 것, 노랑, 빨강, 초록 코코넛 토핑이 올려진 것, 아무 토핑이 없는 것, 설탕이 뿌려진 것…… 버지는 올 때마다 쿠키 선반 앞에 서 있었다. 테스는 소다크래커* 통 앞에 가서 그 안으로 풍덩 빠져들고 싶어하는 모습으로 쳐다보았고 잭은 칼들을 구경했다.

"리타가 낮시간에 메릴린 처형을 자주 만나는 모양이더라고요." 내가 말했다. "그래서 저도 가게에 와 형님을 만나야겠다 생각했죠."

"리타도 같이 왔나?"

"아뇨, 집에 있습니다."

형님네 집에는 딸들이 연주할 수 있는 작은 피아노가 있었다. 그리고 잘 모르는 내가 보기에도 처형의 옷들이 리타의 옷들보다 세련된 편이었다. 하지만 리타는 그런 것들에 대해 불평 한마디 하지 않았다. 버지와 테스가 음악에 재능이 있는 편이 아니었기에 다행히 나 역시 피아노를 사주지 못하는 것에 크게 미안함을 느끼고 있지 않았다. 형님네 집안이 경제적으로 풍요로운 건 사실이었지만 그렇다고 사치스럽지는 않았다. 은행장 월터 씨는 벌어놓은 돈으로 재스퍼에 2만 달러짜리 집을 지었다고 했다. 그는 할 수만 있다면 그 돈을 들고 전능한 신을 찾아가 집 앞 거리를 금으로 포장하고 입구에 빛나는 진주 문을 몇 개 세워달라고 할 사람이었다.

"가게가 잘되는 것 같아요."

형님은 여전히 등을 돌린 채 있었지만 내 말에 하던 일을 멈추고 고개를 들어올린 뒤 크게 한번 숨을 쉬었다. "그렇지도 않네. 이런 식으로는 내년까지 못 버티지 싶어. 아마 문을 닫아야 할 거야."

나는 형님이 밤이면 주머니쥐로 변신해 기둥에 꼬리를 말고 물

---

* 소다와 소금을 넣어 바삭하고 짭짤하게 구운 과자.

구나무를 선 채 잔다고 했어도 이렇게 놀라지는 않았을 것이다. "네? 말도 안 돼요. 사람들이 적어도 십 분에 한 명씩은 와서 물건을 사 가던데요?"

형님은 주름진 커다란 손으로 이마를 훔쳤다. "다 외상으로 가져가는 거라네."

그제야 이해됐다. 형님네 집에 피아노가 있는 걸 시기하던 나 자신이 부끄러웠다. "사람들이 외상으로 물건을 얼마나 가져가는데요?"

"필요한 만큼 내가 가져가라고 한다네. 탄광이 문을 닫는다고 아이들을 굶겨서야 되겠나."

"받아야 하는 돈이 얼마나 되는 거예요?"

형님이 혀로 윗니를 한번 훑었다.

"걱정 마세요. 아무한테도 얘기하지 않을 겁니다." 내가 말했다.

"이삼백 달러씩 몇 십 명은 되니까 다 합치면 몇 천은 되겠지?"

"처형도 알지요?" 나는 당연히 그럴 거라고 생각하며 물었다.

"물론이지. 외상을 안 해줬다면 더 난리가 났을 거야. 메릴린이 먹을거리 사러 오는 사람을 내쫓을 위인인가."

나는 굳이 대답하지 않았다. "그래서 상황이 얼마나 안 좋은 거예요?"

형님은 어깨를 으쓱해 보였다. "그렇다고 집에 먹을 게 다 떨어진 정도는 아니야. 남들보단 나은 편이지. 다음 달 아니면 좀더 후엔 가구점을 청산할까 해. 여기 잡화점은 봄까진 버틸 것 같지만."

"어떻게 도와야 할지 모르겠네요." 형님이 말한 금액이 너무 커서 나로선 상상도 되지 않았다. 내가 줄 수 있는 도움이래야 아이들 사탕값 밖에 안 되는 금액이었다.

"이런, 아니야. 자네에게까지 도움을 청할 생각은 없네. 이런 얘기도 꺼내지 말았어야 했는데. 요즘 들어 마음이 좀 무거웠어. 그래도 얘기하고 나니 속이 시원하군."

"식구들도 모두 알고 있죠?"

"자세한 내용이야 모르지."

"상황이 좋아지도록 기도하겠습니다." 형님의 상황이 좋아지려면 마을 전체의 상황이 좋아져야 했으므로 나 말고도 형님을 위해 기도하는 사람이 많을 것이다.

"잘되겠지." 형님이 말했다. "그렇잖아도 앞으로 어떻게 할지 여러 방법을 생각해보고 있네." 형님은 다시 미소를 짓더니 가게의 사정 얘기를 마치고 다시 바쁘게 손을 움직이기 시작했다. 여러 방법이란 게 무엇인지 물어봐주기를 원하는 듯해 내가 물었으나 형님은 나를 올려다보지도 않고 계속 상자만 뜯고 있었다.

"아직은 얘기할 정도로 준비가 안 됐어." 형님이 마침내 입을 열자 순간 분위기가 살아났다. 각설탕으로 말을 유혹하듯 장난스럽게 구는 평소의 모습으로 돌아왔다. 내가 계속 궁금해하며 질문하기를 바라는 듯했지만 그냥 가만히 있었다.

"형님은 사람들 괴롭히는 게 취미인 것 같아요. 얘기를 절반만 꺼내놓고 궁금해서 어쩔 줄 모르게 만들잖아요."

"무슨 소리야. 난 자네가 이 상자들 여는 걸 도와줬으면 하고 기다렸을 뿐인걸." 형님은 벽 쪽에 세 줄로 쌓여 있는 상자들 쪽으로 고갯짓했다.

나는 못 말리겠다는 듯 고개를 좌우로 흔들어 보이고 형님이 가리킨 재고 분류 테이블 뒤쪽으로 갔다. 형님이 손짓하는 한쪽 끝에 중간 크기의 종이상자들이 있었다. 형님과 내가 상자를 하나씩 들어올리려고 몸을 굽히자 마른 나뭇가지 바스러지듯 무릎에서 우두둑 소리가 났다.

"테스는 좀 어떤가?" 형님이 물었다. 형님의 셔츠 등쪽이 팽팽히 당겨져 있었다.

"점점 나아지고 있는 것 같아요."

"분명 힘들었겠지. 메릴린 말로는 테스가 악몽을 꾼다던데."

"그 악몽도 이제 슬슬 사라지는 모양이에요." 우리는 상자를 내려놓고 또다른 상자를 가지러 돌아갔다.

"딸들이 악몽을 꾸면 메릴린이 항상 귀를 문질러줬지. 그랬더니 진정하더라고."

"리타도 그렇게 해봤어요. 따뜻한 우유도 주고요. 요새는 분명히 좋아진 것 같아요. 자다가 소리를 지르거나 신음하는 걸 한동안 듣지 못했거든요."

형님은 셔츠 앞주머니에 파란색 만년필과 수첩을 넣고 다녔는데 잉크가 자주 새곤 했다. 종이처럼 빳빳하게 다려진 하얀색 셔츠의 가슴께에 파란색 얼룩이 번져 있는 걸 꽤 여러 번 보았다. 그날도 주머니 부분에 파란색 얼룩이 보였다. 우리는 세 개씩 상자를 날랐다. 형님이 상자 하나를 뜯어 하얀색 양말들을 잔뜩 꺼내는 동안 나는 그 뒤에 서 있었다. 형님은 양말을 한 켤레씩 꺼내며 입으로 숫자를 세고 수첩을 펼쳤다.

"일흔다섯 켤레." 형님이 말했다. "검정색 양말도 일흔다섯 켤레가 있어야 하는데."

형님은 칼로 다음 상자를 뜯은 후 큼지막한 손가락으로 열어젖혔다. "사람들은 빵이나 커피, 심지어 신발 살 돈까지 아끼면서 양말은 정기적으로 사더라고." 형님이 말했다. 하얀색 양말더미 옆으로 검정색 양말더미가 쌓여갔다. "그래도 고인 우물이 아니라서 다행이야. 새 우물을 파려면 시간도 오래 걸렸을 텐데."

사실 그 부분에 대해선 크게 생각해보지 않았다. "형님은 누군가 그 물을 오염시키려 했다고 생각하세요?"

형님이 한 손에 칼을 쥔 채 나를 쳐다보았다. "그런 말은 안 했네. 그런 의미로 한 말도 아니었고. 정신 나간 여자가 저지른 일이리라는 것 말고 다른 생각은 안 해봤는걸."

"그후로 한 달간 이 근처에서 아기를 잃어버린 미친 여자가 돌아다니는 걸 본 사람이 없잖아요."

"그렇더라도 말이야." 다음 상자는 온갖 빛깔의 단추들로 가득했다. 무지개를 산산조각내놓은 것만 같았다.

"그 여자가 우리집을 고른 데는 틀림없이 이유가 있을 것 같아요." 내가 다시 말을 이었다. 나는 형님이 뭔가 생각할 거리가 담긴 말을 해주기를 기다렸다.

"글쎄, 정신 나간 여자에게 무슨 이유 같은 게 있겠어."

나는 가게 앞쪽에서 놀고 있는 아이들을 데리러 갔고 여전히 형님은 무지개 파편 같은 단추들을 분류했다. 아이들이 있는 곳까지 몇 걸음을 걸으며 나는 형님이 이 골치 아픈 문제를 푸는 데 별 도움이 안 된다는 사실이 우습게 느껴졌다. 나보다 교육도 많이 받고 돈도 잘 버는 사업가였지만 이 문제에 대해선 어떤 실마리도 보이지 않는 모양이었다.

과자와 사탕과 색색의 단추들이 가득한 가게에서 아이들을 끌어내 집으로 향했다. 아이들은 약간 앞서서 뛰어갔고 나는 흙길 위에 난 그 작은 발자국들을 따라가는 게 좋았다.

집안으로 들어서니 맛있는 저녁식사 냄새가 풍겨왔다. 발을 들이자마자 식사하라고 부르는 걸 보니 방충망 문이 삐거덕거리며 열리는 소리가 들렸나보다. 뜨거운 빵, 두껍게 썬 토마토와 비데일리아 양파, 흰콩 요리, 그리고 구운 호박까지 그야말로 푸짐한 한 상이었다.

그리고 세상 어디에 이토록 예쁘고 잘생긴 아이들이 있을까. 리타는 내가 식사할 때면 누군가 접시를 빼앗아가기라도 할까봐 허겁지겁 먹는다고 놀려댔지만 가끔은 저녁 식탁에 앉아 아이들을 빤히 바라보느라 한입도 먹지 못할 때가 있었다. 그렇게 아이들을 바라보고 있으면 문득 테스의 머리색이 예전보다 훨씬 짙어졌다거나, 잭의 코 주변에 주근깨가 부쩍 늘었다거나, 버지에게 우리 어머니처럼 입술을 물어뜯는 습관이 있다는 사실을 발견할 수 있었다. 수년 동안 아이들을 키우면서 이미 많은 것들을 알았지만 그래도 매번 새로운 모습을 발견하곤 했다. 내게 저녁식사는 세 아이가 모여 얌전히 앉아 있는 모습을 지켜볼 수 있는 유일한 시간이었다.

걸쭉한 콩 요리 한 스푼과 달콤한 양파 한 조각을 입에 넣으니 완벽한 맛이었다. 뜨거우면서도 차가운, 그리고 부드러우면서도 아삭한 식감이 동시에 느껴졌다. 리타는 내가 아는 누구보다 훌륭한 요리사였지만, 어떤 음식들을 함께 먹었을 때 어떤 맛이 나는지 그 조화를 잘 맞추는 걸 보면 신기하기 그지없었다. 콩과 양파, 호박과 토마토. 이 음식들을 함께 먹으면 잘 어울리면서도 따로 먹었을 때와는 완전히 다른 맛을 냈다. 그리고 내 혀는 이 맛을 선명하게 기억했다.

6
목화 따기

잭

1934년, 가게 문을 닫은 빌 이모부는 주의회의원 선거에 출마해 당선되었다. 대공황이 끝나갈 무렵 이모부는 이주한 탄광 인부들의 주소를 알아내 그중 오십여 명에게 일일이 편지를 보냈다. 편지에는 다음과 같은 내용이 적혀 있었다. "톰 씨에게: 식료품 외상값이 375달러입니다. 150달러만 갚아준다면 나머지는 청산해드리도록 하겠습니다."

편지마다 적힌 액수와 이름만 달랐을 뿐 전부 짧고 간결한 내용이었다.

나는 메릴린 이모가 가지고 있던 줄 노트 위에 이모부가 알아보기 힘든 글씨로 적어놓은 이름들과 주소들을 본 적이 있다. 이모부는 그들에게 타자로 친 편지를 보냈고 답장을 받으면 보낸 이의 이름에 표시를 해두었다.

몇몇은 끝까지 답장을 보내지 않았고, 다른 몇몇은 자신들의 사정을 이해해준 것에 감사하며 외상값을 분납으로 갚겠다는 말과 함께 한 번에 5달러씩 보내기도 했다. 그중 한 남자는 이런 편지를 보내왔다. "그때 도와주신 덕분에 저희 가족이 굶주림을 면할 수 있었습니다. 외상값은 1센트도 남기지 않고 갚도록 하겠습니다." 오년이란 시간이 걸렸지만 남자는 약속한 대로 외상값을 다 갚았다.

그 남자는 이모부의 리스트에서 유일하게 파란색 동그라미가 쳐진 사람이었다. 이모부는 접이식 뚜껑이 달린 책상 위의 해군 군함 달력 바로 옆에 그 리스트를 압정으로 고정해두었고, 나는 그 옆을 지날 때마다 그의 이름을 보곤 했다. 아직도 그의 이름을 기억한다. 이름의 t자 위에 파란색 동그라미가 그려져 있던 모습이 눈에 선하다. 그의 이름은 노먼 베트였다.

이모부는 그에게서 돈이 오면 크게 외쳤다. "노먼이 또 돈을 보내왔어!"

아직도 노먼을 기억하는 사람이 있을지 모르겠다. 구두상자나 서랍 밑바닥에 오랫동안 처박힌 채 모서리가 해지고 빛바랜 사진 속에서 노먼이 누구인지 찾아낼 수 있는 사람이. 하지만 적어도 내 머릿속에는 이모부의 서랍 속 편지 다발보다 그의 이름이 훨씬 깊게 남아 있었다.

그의 이름은 나이가 들어서도 절대 내 머릿속에서 희미해지지 않았다.

엄마에게는 열여덟 살의 나이에 세상을 떠난 에멀린이라는 언니가 있었고, 메릴린 이모는 죽은 언니의 이름을 막내딸에게 붙여주었다. 그리고 그 막내딸의 손녀가 또 자신의 막내딸에게 그 이름을 붙여주었다. 2004년 매사추세츠주 보스턴의 어느 분만 대기실에서 온 가족과 친구들이 머리색이 짙은 한 아기의 탄생을 축하하며 곳곳에 문자메시지로 소식을 알리고 있었다. 다들 아기의 작은 손가락을 한 번이라도 만져볼 수 있기를 기다리며. 아마 그들은 아기의 작은 손가락을 통해, 1906년 집에서 만든 따뜻한 퀼트이불 위에서 조용히 죽어간 그 소녀의 존재 역시 느꼈을 것이다.

테스

목화를 수확하는 시기가 되면 학교는 휴교를 했다. 그러면 우리는 대개 집안일을 도왔고, 산에 오르거나 운이 좋으면 우편물을 모아 오는 일을 하며 시간을 보냈다. 엄마는 나와 버지 언니에게 바닥 닦기 같은 집안일들을 많이 시켰고, 그 시간에 잭은 개구리나 물고기를 잡았는데 그건 노는 일이었다. 하지만 우리는 절대 목화를 따는 일은 하지 않았다. 꽤나 힘들어서 아이들이 할 만한 일이 아니라고 아빠는 말했다. 보통은 우리 농장에 세 들어 사는 분들이 맡았다.

그런데 그해 가을 어느 날 밤, 불가에 앉아 있던 우리 셋을 향해 아빠가 높고 빠른 소리로 휘파람을 불어 주의를 끈 뒤 손가락을 구부려 보였다. 불가에 옹기종기 앉아 있던 우리는 열기 때문에 눈꺼풀이 무거운 상태였다. (술에 취한 상태가 불가에 가까이 앉아 있는 것과 비슷하지 않을까. 위스키를 마시면 목구멍이 타들어가는 느낌이 든다고 들었다. 한번은 메리앤의 집에 놀러갔는데 그애 아버지가 직접 만든 맥주가 담긴 커다란 통이 엎어져 있는 걸 보고 테라스로 나갔었다. 그때 고양이 한 마리가 그 난장판 위에서 지그

재그로 휘청거리며 온 테라스를 누비고 다녔다. 어찌나 휘청거리는지 아예 벽에 부딪힐 지경이었다. 엄마와 아빠에게 이 얘기를 하진 않았지만 그 모습은 내가 한참 동안 불가에 앉아 있다 침대로 걸어갈 때와 비슷했다. 가끔은 경찰 아저씨들이 따뜻한 곳에 있다가 기분이 상기되어 걸어가는 사람을 보고 술에 취한 걸로 착각할 수 있겠다는 생각도 들었다.)

휘파람소리에 우리는 움찔하며 정신을 차리고 아빠가 앉아 있는 의자 쪽으로 빙 돌아 앉았다. 아빠는 손을 들어올리며 흔들의자에서 슬그머니 내려왔다. 바닥에 발을 내디딜 때 무릎에서 우두둑 소리가 났다. 순간 아빠의 얼굴이 찌푸려졌다.

"아빠가 일어날 수 있게 너희가 도와야겠구나." 바느질거리에서 눈도 떼지 않은 채 엄마가 말했다.

"내가 일으켜줄게요." 잭이 아빠를 도울 수 있는 위치가 되어 뿌듯하다는 표정으로 곧장 대답했다. 아빠가 그런 잭의 손을 재빨리 잡아채고 어깨 위에 잭을 들쳐업는 사이 잭은 내려달라고 발버둥치면서도 깔깔 웃음을 터트렸다.

"내가 널 도와주는 건 어떠냐?"

우리가 어렸을 적 아빠는 한 손으로 내 손목을 잡고 나머지 손으로는 버지 언니의 손목을 잡은 채 우리 둘을 머리 위까지 들어올리기도 했다. 그리고 우리가 균형을 잃을 때까지 올렸다 내렸다 했다. 아래로 위로, 땅으로 하늘로, 아빠의 무릎까지, 또는 아빠의 미소 짓는 얼굴 앞까지. 일하다 지쳐서 삽을 놓치는 일이 없도록 이 정도 운동은 필요하다면서 말이다.

아빠가 잭을 내려놓았다. 잭은 가뜩이나 불가에 앉아 있다가 거꾸로 매달리기까지 해 얼굴이 사탕무처럼 붉게 변했다. "자, 아빠 얘기를 들어봐라." 아빠가 말했다. "너희들과 거래를 해야겠다. 내일 목화 따는 일을 도와주면 너희가 딴 만큼 팔아서 나온 돈을 전부 주도록 하마. 탤버트 아저씨네와 아빠가 힘을 모아 따겠지만 그래도 일손이 부족할 것 같구나. 지난번에도 4분의 1을 수확하지 못해 다 썩혔거든."

"원래 목화 따는 일을 못하게 했잖아요." 언니가 말했다. 어차피 다들 아는 사실인데 왜 군이 그런 얘기를 꺼내는지 알 수 없었다.

"한번쯤 해본다고 나쁠 건 없으니까." 엄마를 바라보며 아빠가 말했다.

"목화를 따다보면 하루종일 그 일을 하며 살아가는 아이들의 하루가 어떤지도 알게 되겠지." 엄마가 말했다.

엄마와 아빠는 서로를 쳐다보았고, 나는 나중에 잊지 말고 언니에게 그게 무슨 의미인지 물어봐야겠다고 생각했다.

"우리가 따는 만큼 다요?" 잭이 물었다.

"그렇지." 아빠가 말했다.

"그런데 우린 목화를 어떻게 따는지 모르잖아요." 내가 말했다.

"가르쳐주마." 아빠가 대답했다. "그러려면 내일 아침 여섯시까지 나가야 해."

우리는 아빠하고만 시간을 보낸 적이 없었다. 가끔 잭이 아빠와 단둘이 정원에서 일하거나, 아니면 일 년에 한두 번 아빠가 차에 나나 버지 언니만 태우고 어딘가에 가는 경우를 빼고는. 그 외에 아빠와 하루종일 함께한 적은? 글쎄, 전혀 기억나지 않았다.

"그럼 우리 식구들 다 같이 아침을 먹는 거예요?" 절반은 혼잣말인 듯 언니가 물었다.

"글쎄, 그건 엄마에게 달렸지." 아빠가 흔들의자를 잡고 다시 몸을 일으키려 했다.

"물론 다 같이 먹어야지. 그러지 못할 이유가 없지." 엄마가 말했다. "너희 아빠만 바닥에서 일어날 수 있다면 말이야." 엄마가 살짝 입꼬리를 올리며 미소를 지었다. 나는 엄마가 이까지 보이며 크게 웃는 모습을 본 적이 없었다.

아빠는 엄마의 말에 아무런 대꾸도 안 하고 바닥을 힘차게 딛더니 잽싸게 일어났다. 그리고는 엄마의 의자 쪽으로 살금살금 다가가 바늘과 양말을 빼앗았다. "대체……" 엄마는 뭐라고 말하려 했지만 그 전에 아빠가 엄마를 일으켜세웠다. 그리고 몸을 아래로 숙인 뒤 어깨 위로 엄마를 홱 둘러멨다.

"앨버트 무어!" 엄마가 소리를 질렀다. "당신 이러다 후회할 줄 알아! 어서 내려놔요!" 잭처럼 아빠의 등을 발로 차고 두드리진 않았지만 어쨌든 엄마도 어깨 위에서 몸을 꿈틀거렸다. 땋아올린 머리는 다 풀어져 바닥 가까이에 닿았다. 그 각도에서 보니 엄마의 발이 참 이상했다. 발 자체가 아주 작은데다 뒤꿈치와 발가락은 지저분한데 움푹 파인 곳은 새하얬다.

나와 언니, 그리고 잭은 와 하고 소리를 지르며 폴짝폴짝 뛰었다. 엄마가 그렇게 공중에 떠 있는 모습을 지금껏 본 적이 없었다. "앨버트!" 엄마가 다시 소리를 질렀다. 아빠는 뒤돌아 우리에게 윙크를 했다. 그리고는 몸을 숙이고 반쯤 앉은 상태에서 한번에 엄마를 돌려 양팔에 안았다. 뒤이어 아빠는 엄마의 의자에 앉아 무릎 위에 엄마를 앉혔다. 엄마는 허리께를 감싼 아빠의 손을 밀치며 몸부림쳤다. "앨버트, 애들도 있잖아요." 엄마의 얼굴이 분홍빛이 되었다.

"아빠 무릎에 계속 앉아 있어도 돼요, 엄마." 잭이 말했다. "우리 아무도 신경 안 써요."

엄마는 씩씩거렸지만 더이상 몸부림치진 않았다. 아빠를 쳐다보며 다시 반쯤 미소 지었고, 아빠는 이내 엄마의 허리에 둔 손을 풀었다. 엄마는 벌떡 일어나 아빠가 웃음을 터트리기도 전에 멀찍이 떨어졌다. 아빠의 웃음은 손으로 구레나룻을 문지를 때 나는 소리처럼 건조하면서도 낮았다.

"못된 사람 같으니." 엄마의 목소리가 들렸다. 엄마는 가까이 다가와 바느질거리를 가져가려는 듯 아빠의 주위를 빙빙 돌면서 언제라도 도망갈 태세를 취했다. 아빠는 뒤로 몸을 기댄 채 활짝 웃었다. 양말과 실 꿰인 바늘을 손에 넣은 엄마가 멈춰 서서 우리 쪽을 돌아보았다. 그리고 아빠를 내려다보며 한 손으로 아빠의 머리칼을 쓸어올렸다. 엄마는 잠시 그렇게 있다 재빨리 손을 뺀 뒤 아빠가 의자에서 일어날 때까지 계속 그 모습을 내려다보았다.

다음날 아침, 해가 조금만 떴는데도 날이 맑고 화창해서 우리는 차를 타지 않고 걸어서 농장으로 향했다. 농장은 수박밭과 옥수수밭이 큰 부분을 차지했지만 수확할 준비가 된 곳은 목화밭뿐이었다. 모든 작물들은 수확할 시기가 엄격하게 정해져 있었다.

목화밭에 들어서자 눈앞에 보이는 건 끝없이 늘어선 목화들, 그리고 그 가운데 뜬금없이 세워진 듯 보이는 탤버트 아저씨네 소박한 나무집과 흙마당뿐이었다. 목화들 사이로 챙 넓은 밀짚모자 두 개가 움직이는 게 보였다. 아빠도 그 모자들을 보았는지 소리를 질렀다. "우리는 저기 끝줄부터 시작할게요!" 그 소리를 들은 탤버트 아저씨와 아줌마가 목화들 사이로 고개를 내밀었다. 땅딸막한 탤버트 아줌마가 그런 모자를 쓰고 있으니 버섯처럼 보였다.

"중간쯤에서 만나는 걸로 하죠." 아저씨가 다시 외쳤다. "그럴 수 있다면 좋겠네요."

그렇게 대화는 끝났다. 아빠는 우리를 목화밭 저쪽으로 데려갔다. 거기서 가장 가까이에 있는 목화 한 줄기를 잡아당겨 우리에게 보여주었다. 나무막대에 구름을 꽂아놓은 것 같았다. 약간 지저분했지만 부드럽고 몽실몽실해 보이는 게 베개를 따는 느낌일 것 같았다. 아빠는 까끌까끌한 꼬투리에서 솜을 한번 돌려 빼내는 방법을 설명했다. 그리고 딴 목화솜 하나를 잭의 자루에 넣고 이번 것은 공짜라고 말했다. 아빠는 나와 잭을 같은 줄의 양끝으로 가게 한 뒤 버지 언니와 함께 옆줄로 갔다. 내가 대신 아빠와 같은 줄에 있고 싶었다. 하지만 그런 질투를 느끼기도 전에 아빠와 언니가 다시 우리 줄로 돌아왔다.

"솜을 빼낼 때 갈색 부분은 섞이지 않도록 조심해라." 아빠가 말했다. "조면기에 넣을 때 하얀색 말고 다른 색이 섞여 있으면 안 되니까."

나보다 언니가 아빠와 더 많은 시간을 보낼까봐 걱정했지만, 아빠는 우리 셋 중 누가 자루를 열기도 전에 이미 목화솜을 따서 넣으며 저멀리 가 있었다.

"너희들 잘하고 있니?" 아빠가 외쳤다. 아빠는 목화솜을 어찌나 빨리 따는지 손이 제대로 보이지 않았다.

"네, 아빠." 따기 시작한 사람은 없었지만 우리는 그렇게 대답했다. 나는 첫번째 꼬투리를 손으로 감싸쥐었다. 꼬투리 부분은 베개처럼 폭신한 느낌과는 거리가 멀었다. 거칠고 끈적끈적한 게 솜을 뺏길 수 없다는 듯 잔뜩 애쓰는 것만 같았다.

"아야." 옆에 있던 잭이 소리를 질렀다. "이게 내 손가락을 막 찔러."

우리는 손끝을 솜 아래로 밀어넣고 그 끈적한 부분에서 폭신한 솜을 조금이라도 더 빼내려고 애쓰면서 구부정한 자세로 천천히 몇 미터를 더 나아갔다. 해는 아직 줄 끝까지 비출 만큼 떠오르지도 않았는데 내 손가락은 이미 다 까져버린 것만 같았다. 혹시 피가 났는지 확인했지만 다행히 보이지 않았다. 옆줄에서는 바스락거리는 소리만 들려올 뿐 언니는 아무런 말이 없었다.

"잘돼, 언니?" 나는 얼굴 주변에 흘러내린 머리를 다시 머리끈 쪽으로 밀어올리며 언니를 쳐다보았다.

"요령을 익히려고 노력중이야."

"난 손가락이 아파." 잭이 말했다.

"아직 시작한 데서 얼마 오지도 못했잖아." 나는 이렇게 말하고 머리끈을 다시 묶으려고 허리를 폈다. "머리가 벌써 다 풀어져버렸어. 언니……"

말을 끝내기도 전에 언니가 내 손을 툭툭 쳤다. 한 갈래로 어찌나 세게 묶는지 머리가 지끈거릴 정도였다. 그래도 풀릴 염려는 없을 것 같았다. "다 됐어." 언니가 말했다. "그리고 자꾸 끝만 쳐다보지 마. 일만 더뎌질 뿐이야. 한 번에 한 개씩 집중해서 따봐. 그럼 잡생각이 사라질 거야."

어설프고 느릿느릿하게 계속해나가고 있는데 결국 목화솜에 피

한 방울이 떨어진 게 보였다. 손가락은 하나같이 빨갛게 변해 따가웠고 몇 군데는 긁힌 자국이 있었다. 나는 왠지 뿌듯했다. 그 목화솜을 피가 나는 손가락에 붙이고 머리끈을 풀어 솜 주변을 묶었다. 다른 목화솜에 계속 피를 묻히며 일할 수는 없었다.

긴 치마를 입었지만 나뭇가지와 돌멩이들 때문에 무릎이 까졌고 등도 아파왔다.

"언니." 목화줄기들 틈으로 언니를 불렀다. "내가 야외예배에서 본 그 여자 얘기 했던가?"

"아니." 언니가 말했다.

내가 허리를 폈지만 언니는 계속 바스락거리며 일했다. 그래서 도로 몸을 숙이고 목화솜을 따며 말을 이었다. "처음 보는 여자가 연단 앞으로 나가 울고 또 우니까 나랑 메릴린 이모가 그쪽으로 다가갔거든. 그랬더니 너무 큰 죄를 지어서 하느님이 더이상 자기를 사랑하지 않을 거라고 하더라고."

"너도 연단 쪽으로 나간거야?"

"회개하러 나간 건 아니고. 이모가 그 여자를 달래러 나가서 나도 따라갔어. 그런데 이상하지 않아? 하느님이 더이상 자신을 사랑하지 않을 거라는 말."

"아는 얼굴이었어?"

"음, 아니. 몸을 구부리고 앉아 있어서 얼굴을 자세히 볼 수 없었어." 이마를 문지르자 맺혀 있던 땀방울들이 소나기처럼 떨어져 내렸다.

"얼굴을 알아보다니, 무슨 소리야?" 잭이 목화솜 자루는 잊은 채 물었다. "우리 우물에 아기를 넣은 그 여자인지 아닌지?"

"조용히 해, 잭." 내가 말했다. "넌 이런 얘기에 끼어들기엔 너무 어려."

"그렇지 않거든."

"맞아, 너무 어려. 그러니 끼어들지 마."

"나도 누가 그랬는지 알고 싶다고." 잭이 말했다.

"테스가 정신없이 떠드는 동안 열심히 하면 네가 더 많이 딸 수 있을걸." 언니가 말했다.

그 말을 듣더니 잭이 웃으며 다시 목화를 따기 시작했다.

"우리가 모르는 사람이야?" 언니가 물었다.

"메릴린 이모가 그러는데 이 동네 사는 누구의 여동생이래. 브릴리언트에서 왔대."

"그런데 그 여자가 굳이 우리 우물에 아기를 버렸다는 게 말이 안 되잖아. 우리를 잘 알지도 못하는 사람이 왜 우리 우물을 골랐겠어?"

언니와 나는 잠시 생각에 잠겼다. 그때 각다귀 한 마리가 눈가로 날아들었다. 나는 눈곱에 매달린 그것을 떼어내버렸다.

"그 여자 얘기는 끝난 거야?" 잭이 물었다. 우리는 대답하지 않았다. 나는 언니의 물음에 딱히 좋은 대답이 떠오르지 않았다.

"그 여자일 리 없어." 언니가 마침내 입을 열었다. "자식들한테 소리치고 화내서 미안했을 수도 있고, 이웃한테 나쁜 마음을 품었던 게 마음에 걸렸을 수도 있어. 어떤 일이든 가능하지 뭐."

나는 언니의 말에 동의했다. 하지만 한편으론 우물의 여자가 우리와 매일같이 인사를 나누고 잘 아는 사람이 아닐 수도 있다는 생각을 떨쳐버릴 수 없었다. 나는 곧 그 여자를 잊고 머리와 손, 심지어 입으로도 목화 생각만 하기로 했다. 해의 위치를 보니 역시 정도 된 듯했지만 여전히 시간은 천천히 흐르는 것만 같았다. 이렇게 해가 천천히 움직이는 건 태어나서 처음 봤다. 우리는 말없이 고개를 숙인 채 솜을 따서 자루 안에 넣었다. 나는 흑인들이 목화솜을 따는 동안 노래를 부른다고 들었다. 그런데 직접 해보니 대체 왜 노래를 부르는 건지 이해할 수 없었다. 전혀 그럴 기분이 아니었다. 내 등은 땀으로 흠뻑 젖었고, 잭의 양손에서는 피가 났다. 잭이 반창고처럼 목화솜을 손가락에 둘둘 감고 있는 걸 언니는 못 본 모양이었다.

나는 기지개를 켜면서 등을 쭉 젖혔다. 잭은 매우 심각한 표정으로 들고 있던 자루를 내려놓았다. "나는 목화솜 따는 데 소질이 없나봐."

"어린애 같기는." 내가 말했다.

잭은 다시 들어올릴 것처럼 자루를 쳐다보다가 나를 향해 낼름 혀를 내밀었다. "그럼 잘난 누나는 계속 따든가. 다 따고 나면 남는 손가락이 없을걸."

나는 잭을 쳐다보고 다시 내 손가락을 보았다. 잭이 틀렸다는 걸 증명해 보이고 싶었지만 내가 줄곧 피땀 흘리며 일하는 동안 잭은 시원하게 땀을 식히며 앉아 있을 모습을 떠올리니 불공평하다는 생각이 들었다.

"나라고 이 일이 좋은 건 아니야." 내가 말했다.

목화줄기들 너머 저쪽에 있는 언니는 모자 그림자에 가려 얼굴이 보이지 않았다. (얼굴에 햇빛 받는 걸 싫어한 언니는 모자를 썼지만 나는 엄마가 모자를 씌우려 할 때 끝끝내 거절했다. 못생기고

쭈글쭈글한 얼굴로 고등학교에 가고 싶다면 말리지 않겠다는 엄마의 말에 흠칫했지만 다시 모자를 쓰겠다고 하기엔 이미 늦었었다.)

"나도 그렇게 맘에 들진 않아." 언니도 이내 동의했다.

우리는 십 초쯤 서로를 쳐다보며 서 있다가 아빠를 찾았다. 각자의 자루를 들고 가 이제 목화솜 따는 일은 그만하겠다고 말할 생각이었다. 아빠는 별로 놀라하는 것 같지도 않았다. 아빠가 크게 신경쓰지 않는 듯해 우리는 피칸나무 아래에 털썩 주저앉아 피 맺힌 손가락들을 서로 비교해보았다. 이 따뜻하고 아늑한 잔디 위에 앉아 쉴 자격이 충분하다고 생각하면서. 그리고 점심을 먹을 때가 된 것 같아 엄마가 싸준 빵을 꺼냈다. 아빠가 만들어주는 최고의 소시지 맛을 떠올리니 벌써 군침이 돌았다. 빵만 먹는 것하고는 차원이 달랐다. 아빠는 축사 옆 훈제실에서 소시지를 만들었다. 소시지를 만들려면 돼지의 한 부위를 잘라 그 안에 다른 부위를 밀어넣는 복잡한 과정들을 거쳐야 한다고 아빠가 설명해준 적이 있었지만 귀담아듣지는 않았다.

한두 입 베어먹고 고개를 들어보니 처음 보는 남자아이와 여자아이가 앞에 서 있었다. 우리는 그애들이 곁으로 다가오는 것조차 보지 못했는데. 둘 다 신발을 신고 있지 않았지만 그날은 날씨가 좋아 나도 신발을 벗어둔 상태였다.

"그거 소시지야?" 남자아이가 물었다. "안녕"이라는 말도 없이.

"응." 잭과 내가 동시에 말했다.

"너희도 무어 아저씨네 땅에 사니?" 여자아이가 물었다.

"응, 우리 아빠야." 언니가 말했다. 언니의 표정을 보니 그애의 질문이 무례하다고 생각하는 듯했다.

"우리는 여기 살아." 남자아이가 말했다.

그애들 역시 자루를 들고 있었는데 우리 것과 달리 목화솜이 가득했다.

"너희들도 솜을 따고 있었구나?" 내가 말했다. "우리도 방금 처음 따봤거든."

나와 잭이 손가락을 보여주자 그애들은 우리를 바보 같다는 듯 쳐다보았다. 그애들의 손가락에는 아빠처럼 거칠게 굳은살이 박여 있었다. 그리고 피부는 우리보다 훨씬, 심지어는 땅콩색이 된 잭보다 더 그을려 있었다. 하지만 그을린 피부색보다 눈에 띄는 색이 있었다. 아빠가 2교대 근무를 마치고 햇빛을 거의 보지 못한 채 피곤에 절어 돌아올 때처럼 그애들은 눈 밑이 짙게 변해 있었다. 그리고 머리칼은 금발이나 검은색, 혹은 갈색이 아니라 태어날 때부터 정해진 색이 없었던 것처럼 보였다.

"전에는 한 번도 목화솜을 따본 적이 없단 말이야?" 여자아이가 물었다. 그애는 우리가 행주로 쓰는 것과 같은 표백시킨 밀가루 자루로 만든 옷을 입고 있었다. "우리는 항상 엄마와 아빠를 도와서 솜을 땄는데."

"탤버트 아줌마랑 아저씨 말이니?" 언니가 물었다.

두 아이가 고개를 끄덕였다. 남자아이는 우리의 자루를 보고 이마를 찌푸렸다.

"그거 다 합쳐봐야 1달러도 안 될 거야." 확실하진 않다는 표정이었다. "더 적게 받을 수도 있겠다. 몇 킬로그램 안 되겠어."

"우린 하루에 3달러 치씩 따는데." 여자아이가 말했다.

곧 그애들은 우리의 자루에서 시선을 떼고 다시 빵을 쳐다보기 시작했다.

"벌써 점심을 먹는 거야?" 여자아이가 물었다. "우린 그렇게 일하다 말고 점심을 먹지 않아. 더이상 할 수 없을 때까지 계속 일하는데."

우리가 아무런 말도 하지 않자 그애는 고개를 가로저었다. "우린 밝을 때 시작해서 어두워질 때까지 일한단 말이야. 그러니까 해가 떠서 질 때까지."

우리는 각자 빵을 한 덩이씩만 가졌지만 그걸 반으로 잘라 나눠 먹는 것이 옳았다. 하지만 그렇게 하지 않았다. 그애들이 밥도 먹지 못하고 일한다는 사실에 죄책감을 느꼈지만, 내가 이 빵을 먹으면서 죄책감까지 맛보지 않도록 사라져줬으면 좋겠다는 마음이 더 컸다. 그애들이 눈앞에서 없어지자 죄책감도 금방 사라졌다. "반가웠어"라는 말도 없이 그애들은 일하던 목화밭으로 돌아갔다. 그런 뒤 우리 중 누구도 그애들에 대해 말하지 않았다. 마지막 남은 한 입까지 먹어치우고 손가락에 묻은 부스러기까지 쪽쪽 빨아먹었다. 함께 묻어 있던 약간의 피와 먼지, 그리고 목화솜까지. 나는 축축한 손가락으로 치마에 붙어 있는 부스러기까지 전부 찍어 먹었고 언니는 치마를 풀밭에 털어버렸다. 그렇게 다 먹어치우고 나자 마치 속쓰림처럼 죄책감이 다시 밀려왔다.

지금껏 누군가 내게 와서 먹을 것을 나눠달라고 부탁한 적은 없었다. 종종 우리집 앞에 와서 부탁하는 사람들이 있었지만 그들은 엄마와 아빠를 찾아온 것이었다. 그러면 사람들의 사정에 따라 달걀 몇 개나 콩 한 접시, 혹은 닭 한 마리를 내주곤 했다. 내가 기억하는 한 엄마와 아빠는 우리집 앞에 찾아오는 이들에게 늘 무엇이든 내주었다.

나와 버지 언니, 그리고 잭 역시 누군가를 도와주었어야 했다. 그런데 우리는 탤버트 아저씨네 아이들에게 아무것도 나눠주지 않았다. 단순한 죄책감이라기보단 아주 간단한 일에 그런 복잡한 마음이 든다는 게 괴로웠다. 그러지 말아야 했지만 나는 그런 상황이 싫었다.

아기 사건이 있은 후로 세상의 퍼즐 조각이 예전처럼 잘 들어맞지 않았다. 물론 전에도 내 머리를 복잡하게 하는 문제들은 있었다. 아빠는 세상에서 가장 강한 사람이니까 아무것도 아빠를 다치게 할 수 없을 거라고 믿었지만 사실 아빠의 몸 여기저기엔 탄광에서 일하다 입은 상처들이 있었다. 하느님은 좋은 분이었지만 사람들을 지옥에 보내기도 했고, 개울가에서 세례를 받으면 영혼이 깨끗해진다고 했지만 토요일 저녁에 개울가에서 수영을 갓 마치고 나왔을 때도 나는 여전히 목욕을 해야 했다.

예전에는 퍼즐 조각이 잘 들어맞지 않더라도, 심지어 크고 중요한 문제가 내 마음 한구석을 콕콕 찌르며 파고들 때도 대부분은 이를 무시하려 애썼다. 특히 그때는 더욱 그랬다. 어느 날 엄마의 허락을 받고 미시 서머필드의 집에 점심을 먹으러 놀러간 적이 있었다. 미시의 집에는 가정부가 여러 명 있었다. 우리집 부엌만한 크기의 반짝이는 식탁 한가운데에는 오렌지가 가득 담긴 빨갛고 하얀 무늬의 도자기 그릇이 있었다. 오렌지 일곱 개. 저 많은 오렌지들을 언제 다 먹을까, 먹기도 전에 썩어버리는 건 아닐까 생각했다. 하긴 그런 일이 벌어져도 미시네 가족은 크게 신경쓰지 않겠지만. 우리 식구들에게 오렌지란 크리스마스처럼 특별한 날에나 먹어볼 수 있는 것이었다.

일요일 오후에 놀러가면 미시의 언니를 찾아오는 남자아이들이 있었다. 미시는 나를 위층으로 부른 뒤 거기서 언니의 등에 파우더를 발라주었다. 그러면 남자아이들과 함께 있는 동안 깔끔한 모습을 유지하고 좋은 냄새를 풍길 수 있었다. 미시가 언니의 등에 파우더 퍼프를 두드릴 때 공중에 가루가 날리는 모습이 몹시 매력적이었다.

그것 말고도 미시네 집에 가면―오렌지가 담긴 그릇을 보기 전에―정말 마음에 드는 게 있었다. 그 집 식구들은 식사 때마다 닭고기나 돼지갈비, 혹은 두툼한 스테이크를 먹었다. 그래서 나는 식사를 하고 가겠냐고 물으면 절대 마다하지 않았다. 하얀색 두건을 쓴 마른 흑인 여자 가정부가 식사 때마다 모든 사람들의 시중을 들었다. 그 가정부는 미시를 부를 때 항상 "미시 아가씨"라고 했다. 나는 그 모습이 웃겼다. 오렌지가 가득 담긴 그릇을 본 날, 나는 이들이야말로 세상에서 가장 잘사는 사람들일 거라고 생각했다. 디저트로 오렌지를 먹어도 되느냐고 물어볼까 고민하는데 가정부가 신선한 토마토 한 조각은 어떠시냐고 물었다. 나는 "네, 주세요"라고 대답했다.

미시는 가정부가 보는 앞에서 내 말을 정정했다. "테스, 가정부한테 존댓말을 쓸 필요 없어. 우리는 그렇게 안 해."

어른들에게 항상 존댓말을 써야 한다고 아빠가 말해왔기 때문에 그건 무례한 일 같았다. 하지만 미시의 부모님은 흑인을 어른으로 생각할 필요가 없다고 말하는 분들이었다. 두 부모님 중 어느 한쪽이 잘못된 말을 한 거라면 나는 당연히 그게 미시네 부모님임을 알겠지만 미시는 우리 부모님이라고 생각할 것이다. 그래서 가정부에게 존댓말을 안 써도 괜찮을지 늘 혼란스러웠고, 그후로 그 집에 갈 때면 되도록 그녀와 마주치지 않으려고 애썼다. 그게 가장 편한 방법이었다. 좀더 다른 방법이 있을 거라는 생각이 나를 몰아붙이고 괴롭혔지만 나는 그런 감정을 무시했다.

탤버트 아저씨네 아이들이 떠난 뒤, 그때와 같은 크고 무거운 생각, 혹은 여러 생각들이 한데 뭉쳐 또다시 나를 짓눌러왔다. 문득 블랙베리와 빵만 먹고 사는 롤라 아줌마네 그 많은 아이들의 모습이 스쳐지나갔다. 그 생각이 무엇이든 내 작은 머리로 감당하기엔 너무 컸다. 한 시간쯤 뒤, 우리는 소시지와 빵을 먹으러 온 아빠에게 그애들에 대해 말했다. 그러다 문득 내가 그애들의 이름조차 모르고 있다는 걸 깨달았다. 그저 탤버트 아저씨네 아이들이라고만 부르고 있었다. 빵을 혼자서 다 먹어버린 것만큼이나 나쁜 행동 같았다.

아빠는 그애들에게 먹을 것을 조금도 나눠주지 않은 일에 대해 딱히 화내지 않았다. "나중에 특별한 것을 좀 가져다주도록 하마." 아빠는 말했다. "그러니 더이상 걱정하지 말거라."

다음날 아침에도 집에는 충분히 먹을 만큼의 소시지가 남아 있었지만 아빠는 그걸 전부 그 집에 가져다주었다. 나는 소시지를 더 먹지 못하는 것에 전혀 아쉬운 마음이 들지 않았다. 그리고 내가 아직은 좋은 사람, 좋은 기독교인이라는 생각이 들어 뿌듯했다.

앨버트

줄곧 스카츠보로에 있는 소년들에 대해 생각했다. 지난 3월, 흑인 소년 아홉 명이 채터누가에서 멤피스로 가는 기차를 탔고 거기서 남자 옷차림의 백인 소녀 두 명과 마주쳤다. 소녀들은 그 소년들이 자신들을 강간했다고 주장했다. 얼마 안 있어 소년들은 스카츠보로의 교도소에 수감됐고 그중 여덟 명이 사형선고를 받았다. 배심원단은 오로지 열두 살짜리 소년 한 명만 풀어주었는데 그것도 쉽게 내려진 결정은 아니었다. 갤러웨이의 흑인 인부들은 그 소녀들이 성매매를 하는 아이들이었고, 흑인과 성매매한 사실이 발각되자 난처해져 거짓말한 거라고 말했다. 하지만 나를 비롯한 대부분의 백인들은 소녀들이 정직했으며 소년들은 사형선고 받을 짓을 했다고 말했다.

나는 늘 실제로 상대방을 어떻게 대하는지가 가장 중요하다고 생각했다. 흑인이든 백인이든 점박이든 누구에게나 공정하고 친절하려고 노력했다. 그거면 충분하다고 생각했고 법이나 다른 규율에 대해선 신경쓰지 않았다. 법이나 규율은 울타리를 치고 선을 규정하는데, 왜 그런 선 긋기가 중요한지 알 수 없었다. 하지만 나는 대부분의 경우에 그 선 안으로 떨어졌다. 결국 그 선 안에서 올바르게 행동하는 셈이었다.

테스와 빵 사건. 테스는 탤버트네 아이들이 배고파한다는 걸 알면서도 빵을 나눠 먹지 않았다. 하지만 적어도 그렇게 했어야 한다는 사실을 알고 있었고 그 때문에 죄책감을 느꼈다. 여기서 나는 생각하는 것과 행동하는 것 사이의 차이가 궁금해졌다. 우물에 아기를 버린 여자의 머릿속을 명확하게 파악하는 것, 내가 못한 그 일을 조나가 하리라고는 전혀 예상하지 못했다. 마찬가지로 성공한 사업가이자 만사에 예리한 통찰력을 발휘할 것처럼 보였던 빌 형님이 조나와는 정반대로 아무런 예측도 못하리라는 것도 결코 생각하지 못했다. 아기와 그 여자에 대해 추리해보려 할 때마다 조나가 해준 말이 계속 떠올랐다.

내가 스스로 해를 끼치지 않는다면 흑인과 선을 그어놓고 서로 다른 교회를 다니며 분리된 삶을 살아가는 게 큰 문제는 아니라고 생각했다. 하지만 나는 신경도 쓰지 않았던 그 선들이 스카츠보로에서 사형선고를 받은 소년들에겐 아주 중요한 문제였으리라. 그런 생각을 하자 마음이 복잡하게 뒤엉켰다.

리타

장미와 똥을 연관지어 생각하기란 어렵다. 강한 바람이 불어와 장미꽃잎들이 앙증맞은 빨간 점이 되어 흩뿌리는 가을날이면 장미나무에 거름을 뿌리기 전에 떨어진 꽃잎들을 반드시 주워서 치웠다. 가끔 내가 손수레를 끌고 축사로 가는 모습이 보이면 테스는 서둘러 밖으로 나와 말리거나 공중에 뿌릴 장미꽃잎들을 모았다. 테스는 그 꽃잎들을 정말 좋아했다. 나도 장미꽃잎을 따로 주웠지만 좋아서가 아니라 땅 위에 그대로 두면 검은 곰팡이 반점이 생겨날 수 있기 때문이었다. 그래서 최고의 거름인 말똥을 뿌리기 전에 꽃잎들을 주웠다. 날씨가 따뜻해지기 시작할 때, 그리고 그 따뜻한 날씨가 끝나갈 때쯤 나는 손수레 가득 거름을 싣고 와 장미나무 아래에 두껍게 펴 바르고 땅속으로 잘 스며들도록 꾹꾹 눌러주었다.

죽은 꽃들을 따내고 줄기가 갈색으로 변한 부분은 없는지도 살펴보았다. 죽은 꽃들이 그대로 남아 있으면 주변에 벌레가 꼬이고 썩기 쉬웠다. 가지는 너무 많이 치지 않았다. 장미는 어린아이와 같아서 지나치게 신경쓰면 오히려 망치기 쉬운 법이었다. 나는 시간이 날 때마다 죽은 잎은 없는지 대강 살펴보거나 물을 한 통씩 주는 정도로만 관리했다. 하지만 거름을 주는 날만은 장미를 돌보며 행복한 시간을 보냈다. 대부분의 집안일은 서둘러 끝내는 편이었지만 이 일만큼은 서두르지 않았다. 거름을 한 삽씩 퍼서 흙 위에 얹어놓고 층층이 케이크 크림을 바르듯 매끈하게 펴주었다. 그리고 병에 걸리거나 벌레 먹은 곳은 없는지 꽃 한 송이씩, 나무 한 가지씩 꼼꼼히 살펴보았다. 몸을 숙여 장미향을 맡아보기도 했다. 전부 빨간색인 장미나무 가운데 진분홍색 나무 한 그루가 있었다. 버지의 뜻을 따른 것이었다.

아버지는 장미 키우는 일에 소질이 없었다. 텃밭에 채소를 키우는 일도 힘들어했으니까. 한번은 아버지가 오렌지만큼 커다란 무를 기른 적이 있었는데 갈라보니 속이 텅텅 비어 있었다. 아버지는 그 무들이 너무 빨리 자라는 바람에 속을 채울 시간이 없었을 거라고 말했다. 아버지는 젊은 시절부터 탄광에서 일했지만 내가 태어났을 무렵에는 농장 일에 전념했다. 하지만 생각과 달리 실력이 잘 늘지 않았다.

어머니는 장미 덤불을 키우면서 자식들을 위해 한 그루씩 특별한 장미를 심어주었다. 잘 기억나진 않지만 어머니가 돌아가시기 전에 나를 위해 분홍색 월계화를 심었다. 내 어린 시절에서 가장 오래된 기억들 중 하나다. 나는 그 나무를 몹시 아꼈고 학교에 입학한 해부터는 꺾어진 가지들까지 물통에 꽂아놓고 보살피기 시작했다. 언니들은 기본적인 관리도 못했기 때문에 내가 여덟아홉 살 때부터 그 장미나무들도 돌봤다.

흥미롭게도 직사광선이 내리쬘 때도 꽃잎은 항상 차가웠다.

어렸을 때 나는 분홍색을 정말 좋아했다. 집안일은 대부분 언니들이 맡았기 때문에 막내인 나는 장미를 보살필 여유가 있었다. 언니들은 가장 어린 나를 매우 아꼈고, 어느 정도 컸을 때도 일을 잘 맡기려 하지 않았다. 그래서 수년간 하루종일 장미들을 돌보았고 딱히 보살필 필요가 없을 때는 장미들과 대화를 나누기도 했다. 그리고 이름을 붙여주었다. 많은 관심을 줘야 하는 선명한 분홍색 장미에는 에스메렐다, 견고하고 강한 빨간색 장미에는 뷸라, 햇빛을 너무 많이 받으면 시들어버리는 섬세한 하얀색 장미에는 버지니아. 하지만 이 사실을 언니들한테는 절대 말하지 않았다. 가시에 일부러 손가락을 찔려 장미들과 피로 맺은 의자매가 되기도 했고, 자는 동안에도 향을 맡을 수 있도록 베개커버 안에 장미꽃잎을 넣어두기도 했다.

시간이 흘러 결혼을 하고 그때를 회상해보니 참 황당할 정도의 애착이었다. 세 언니가 나를 몹시 아껴주었지만 나는 모든 비밀을 장미들과 나누었다. 매우 아름다운 장미들은 향이며 모양이며 부드러운 촉감이며 모든 것이 매력적이었다. 그리고 집안에서 엄마의 흔적을 느끼게 해주는 유일한 존재였다. 적어도 내게는 그랬다. 나는 그 향기와 촉감을 엄마의 것이라고 생각했다. 나보다 두 살 많은 제이니 언니 역시 엄마에 대한 기억이 많지 않았기 때문에 우리는 얼마 안 되는 추억들을 함께 나누곤 했다. (물론 엄마가 숨을 멈춘 채 침대에 누워 있던 모습이 가장 선명하게 남아 있었지만 그런 기억은 되도록 떠올리지 않았다.) 우리는 늘 메릴린과 에멀린 언니에게 엄마 이야기를 듣고 싶어했다. 하지만 언니들은 식사를 준비하고 집안일을 하느라 바빠서 우리 둘이서만 얘기할 때가 많았다. 제이니 언니와 나는 떨어진 장미꽃잎들을 모아 물을 약간 뿌려 부드럽게 만든 뒤 바닥 위에 하나씩 깔아 카펫을 만들기도 했다.

마음껏 상상의 나래를 펼칠 수 있었던 그 몇 년이 내겐 소중한 시간이었다. 중학교 마지막 해에 제이니 언니는 장티푸스에 걸렸다. 늘 몸이 허약했고 피곤해했다. 어느 날 언니가 옆구리와 배에 난 장밋빛 반점들을 보여주자 아빠는 의자가 넘어질 정도로 벌떡 일어나 언니를 안아올렸다. 그러고선 의사에게 가야 하니 오빠에게 얼른 당나귀를 빌려오라고 고함을 질렀다.

후에 나는 마을의 열악한 하수시설이 문제였다는 얘기를 들었다. 시내에 있는 몇몇 회사와 호텔 건물에서 빗물 배수관으로 오수를 배출하는 바람에 엄청난 악취를 유발했다. 맨홀 근처를 지날 때면 맹세컨대 변소에 와 있는 기분이 들었다. 설사와 이질로 고생하는 아이들은 많았지만 장티푸스가 유행처럼 번진 건 아빠가 기억하기에 그해 여름이 처음이었다.

어쨌든 그 일로 우리는 늦게나마 장티푸스 예방주사를 맞았는데 주사를 맞은 팔에 통증이 심해 밤에 잠이 오지 않을 정도였다. 그 후 며칠간 나는 이불을 잔뜩 뒤집어쓰고도 온몸을 벌벌 떨면서 열에 시달렸다. 장티푸스에 걸린 건 아닐까 불안한 마음이 들었지만 그건 병이 아니라 주사를 맞아서 그런 거라고 사람들은 말했다. 실제로 장티푸스에 걸린 사람은 내가 아니라 큰언니 에멀린이었다. 제이니 언니의 곁에는 항상 그녀가 있었다. 에멀린 언니는 아침이면 나와 제이니 언니의 옷을 입혀준 뒤 점심 도시락을 싸주었고, 우리가 열이 나면 이마에 차가운 수건을 올려주었다. 언니는 항상 바빴다. 우리한테 신경쓸 시간에 남자들이라도 만나고 다녔다면 일찍이 애인 하나는 사귀었을 것이다. 하지만 언니는 우리를 위해 늘 같은 자리에 있었고, 가장 일찍 일어나 가장 늦게 잠자리에 들었다. 우리가 목이 아플 때면 꿀을 탄 레몬주스를 만들어주기도 했다. 그리고 언니는 옆으로 재주넘기도 연속으로 네다섯 번은 할 수 있었다.

제이니 언니는 조금씩 회복했지만 에멀린 언니는 끝내 저세상으로 갔다. 어느 날 아침에 일어나보니 문 앞에 아빠가 서 있었다. 그리고 지난밤 언니가 세상을 떠났다고 말했다.

에멀린 언니의 장미는 하얀색인 버지니아였다. 나는 열 송이를 꺾어 가시를 다듬은 후 장례식 날 언니의 관에 넣어줄 생각이었다. 하지만 막상 그날은 신경이 너무 예민해졌는지 선 채로 목사님의 말씀을 들으며 꽃잎을 죄다 뜯어놓고 말았다. 그후 버지를 낳을 즈음엔 언니에 대한 기억이 희미해져갔다. 언니가 예뻤다는 사실은 기억했지만 머릿속에 선명하게 떠오르는 모습은 없었다. 기억할 수 있는 거라곤 내가 태어나기 전에 찍은 콤팩트만한 가족사진 한 장뿐이었다. 이따금 한쪽 입꼬리를 올리며 웃는 모습은 기억했지만 사진 속 언니는 웃고 있지 않았다. 물론 사진을 찍는 내내 웃음을 짓는 게 힘든 일이어도 그 작은 사진 한 장으로만 평가해보면 우리 가족은 꽤나 진지하고 엄격해 보였다.

장미는 가을까지 아름다움을 뽐내면서 소녀이자 여자인 나를 즐겁게 해주었다. 재스민은 향기가 달콤했지만 날이 차가워지면 바로 져버렸다. 그래도 부엌으로 날아들어오는 재스민향을 늘 좋아했다. 라벤더와 재스민이 섞인 향을 맡고 싶어서 그 둘을 나란히 심어놓았고, 버지와 테스에게도 재스민만큼은 절대 손대지 못하게 했다.

아버지는 네 명이나 되는 딸들과 살아가느라 조금 힘들어했어도 늘 친절한 사람이었다. 앨버트처럼 석탄 얼룩은 아니었지만 아버지의 손가락에도 항상 때가 묻어 있었다. 목소리가 매우 좋았고 가끔 아침이면 아버지의 노랫소리를 들으며 깨어나는 일도 있었다. 하루는 내가 장미 덤불을 키워보려고 하자 줄기가 뻗어올라갈 격자울타리를 만들어준 적도 있었다. 그중에서도 내 머릿속에 가장 확실하게 남아 있는 그날 오후의 기억은 아버지가 헝클어진 내 머리를 다시 묶어준 일이었다. 커다란 손가락으로 서툴게 머리끈을 잡고 듬성듬성 땋은 머리는 결국 비뚤어져버렸다. 하지만 나는 그대로 내버려두었다.

앨버트는 내가 아는 한 버지와 테스의 머리를 직접 빗겨준 적이 없었다. 그랬다면 엉망으로 만들어놓았을 게 분명하다. 그는 내 머릿결을 쓰다듬고 얼굴 위로 흘러내린 머리칼을 쓸어넘겨주는 걸 좋아했다. 그러다 그대로 손을 파묻은 채 있곤 했다. 갓 결혼했을 때는 아침에 일어나 베개 주변으로 한가득 머리칼이 펼쳐져 있는 게 그에게는 낯설고 신기한 광경이었다.

여전히 밤이면 머리를 다 풀었지만 앨버트는 더이상 그 모습을 오래 바라보지 않았다. 앳된 소년이라면 소녀의 머리칼을 넋놓고 바라볼 수 있겠지만 우리처럼 오래된 부부 사이에서 그런 눈빛을 기대하기는 어려웠다.

나는 앨버트의 어깨를 좋아했다. 움푹 들어가는지 보려고 있는 힘을 다해 어깨 근육을 세게 눌러보기도 했다. 그가 내 머릿결에 매료되었다면 나는 그 단단한 어깨(팔과 등도 어깨만큼 단단했다)에 매료되었다. 남자의 어깨를 쳐다보는 것과 직접 만져보는 건 차원이 다른 일이었다.

날카로운 돌을 밟는 바람에 발을 내려다보는데 몹시 더러웠다. 먼지투성이 발을 뒤로 들어 쳐다보니 발바닥도 새카맸다. 테스는 이런 내 발을 보면서 가서 좀 씻고 오라고 핀잔주는 걸 좋아했다. 그래서 발을 씻기 전에 일부러 테스에게 보여주기도 했다.

장미와 함께했던 아름다운 시절들도 점차 끝이 보였다.

에멀린 언니의 죽음이 시작이었다. 앨버트와 결혼한 다음해에는 아버지가 병에 걸렸다. 아버지가 돌아가셨을 때는 에멀린 언니의 경우와 분위기가 전혀 달랐다. 그때는 아무도 찾아오지 않았고 오히려 사람들이 우리집 근처를 피해갔지만, 아버지가 돌아가시자 아버지의 집과 우리집 모두 방문객들로 가득찼다. 저녁 식탁에는 캐서롤과 닭고기 요리, 파이와 케이크가 넘쳐났고, 그후 몇 달간은 달달한 것만 봐도 속이 메스꺼웠다.

나는 동쪽 방향으로 집을 돌면서 장미나무 사이에서 일을 계속했다. 부엌 창문 쪽으로 가기 전에 거름을 평평하고 매끈하게 잘 다졌는지 한번 살펴보았다. 대체적으로 잘되었지만 다시 삽을 들어 버지의 장미 덤불 위에 거름을 좀더 펴 발랐다. 버지가 생일날 분홍색 장미를 심어달라고 부탁해 내가 가장 최근에 해준 것이었다. 그런데 다른 장미들보다 송이가 작았다. 처마에 가려 햇빛이 충분치 않아 그런 건 아닌지 염려되었다.

아버지가 돌아가신 그해, 유일한 아들이었던 로버트 오빠는 열아홉 살의 나이로 세계대전에서 목숨을 잃었다. 이로써 다섯 남매

중 둘이 세상을 떠났다. 우리는 묘지에 갈 때마다 장미를 한 다발씩 꺾어서 갔다. 그럼에도 평소에 장미를 보며 죽음을 떠올리지 않는다는 사실이 생각해보면 참 재미있었다.

다만 장미를 다듬다 이따금 상상에 잠기곤 했다. 에멀린 언니가 조용히 내 옆에 서 있거나, 아버지가 나를 깜짝 놀래주려고 뒤에서 머리를 잡아당기거나, 아니면 제이니 언니가 계단 밑으로 뛰어내려와 자기도 장미 다듬는 일을 하게 해달라고 애걸하는…… 부질없는 짓이었기에 집안에서는 되도록 피하려 했지만 밖으로 나오면 나도 모르게 이런 상상들이 슬금슬금 뻗어나오곤 했다.

죽게 된다면 여름 아니면 가을이 좋겠다고 늘 생각했다. 아버지는 돌아가시기 전에 마지막 몇 주간 아삭하고 과즙 많은 배를 먹고 싶다는 말만 끊임없이 반복했다. 그때는 1월이었고 우리가 구할 수 있는 거라곤 토스트에 발라 먹을 배잼 정도였다. 이도 다 빠지고 소화도 안 되는 상황에서 오랫동안 침대를 떠나지 않아 욕창이 난 채 이불만 두르고 있었으니 얼마나 과일이 먹고 싶었을지, 얼마나 햇살과 산들바람을 맛보고 싶었을지 충분히 알 수 있었다. 여름에 죽는다면 식구들이 내게 적어도 그 여름을 느껴볼 수 있게 해주겠지. 침대에 누워서도 배와 천도복숭아, 복숭아, 토마토를 원하는 만큼 먹어볼 수 있겠지. 며칠을 두고 먹을 만큼 머리맡에 잔뜩 가져다달라고 해도 그렇게 큰 부담을 느끼지 않겠지.

앨버트

우리 탄광에는 승강기가 있어서 다행이었다. 근로 환경이 열악한 곳에서는 인부들이 무릎을 대고 혹은 배를 깔고 기어서 막장까지 내려가야 했다. 하지만 거기에 드는 시간과 노력에 대해선 한 푼도 받지 못했다. 그나마 우리는 승강기를 타고 한번에 내려갈 수 있어 다행이었다.

철창 승강기를 타고 밑으로 내려가면서 사람이 죽고 나면 이런 기계에 실려 석탄층보다 더 아래에 있는 불길 속으로 가는 건 아닐까 상상했다. 매일 아침 우리는 땅과 지옥의 중간쯤 되는 지점에서 멈추었다. 승강기에서 내려 어둠 속으로 발을 내디딘 뒤 곧장 머리를 부딪히지 않도록 몸을 숙이고 내 앞쪽과 사방에서 일렁이는 불빛을 따라 최종 목적지로 향했다. 카바이드램프는 지하에서 반딧불 같은 역할을 했다. 다만 몇 미터만 떨어져도 누가 누구인지 알아볼 수 없었다. 그저 램프의 높이를 보고 추측할 뿐이었다.

헬멧에 달린 불빛으로 앞을 볼 수 있었고, 고개를 들어올리면 바위와 석탄으로 이루어진 천장도 볼 수 있었다. 석탄을 캐는 동안 천장이 무너지는 일이 없도록 통나무, 혹은 천장에서 떨어진 바위나 석탄으로 만든 기둥이 받쳐져 있었다. 감독관인 나는 어제 저녁 벽에 표시를 해두었고, 우리 작업조가 나가면 채탄기가 들어와 둔탁한 톱니를 회전시켜 석탄층을 잘라낸다. 기계가 어찌나 강력한지 한 방에 석탄층을 죄다 헤집어놓는다. 그러면 발파공發破孔 작업자들이 들어와 바위벽을 따라 약 2.5미터 간격으로 다이너마이트가 들어갈 구멍을 뚫는다. 그런 뒤 발파 작업자들이 들어와 구멍마다 다이너마이트를 넣으면 모든 인부가 뒤로 물러선다. 석탄과 분진이 날리며 다이너마이트가 터진다. 이 과정에서 사고로 천장에 손상이 생기거나 인부들이 다칠 수도 있지만 최근에는 그런 일이 전혀 없었다. 발파공과 발파 작업자들이 맡은 일을 잘해주었기에 내가 들어갈 때쯤이면 화약가루와 연기와 석탄 분진 등이 이미 가라앉아 있었다.

나는 주로 탄차에 석탄 싣는 일을 했고 탄광 내 각 구역에서도 많은 인부들이 동일한 일을 했다. 내게는 딱히 정해진 구역이 없었다. 급여도 석탄의 중량이 아니라 시간당으로 계산해 지급받았다. 그리고 나는 그 조건에 나름대로 만족했다. 대부분 한 구역에서 두 명씩 짝을 지어 일했고 나는 지난 몇 년간 조나와 함께할 때가 많았다. 탄차 하나를 다 채우면 그 옆에 내 번호인 72를 붙였다. 관리자들은 거기에 같은 숫자가 적힌 원형 금속판을 추가로 붙였고, 석탄의 무게를 잴 때 그 금속판의 개수만큼 환산해서 급여가 결정되었다.

감독관인 나는 구역들을 돌아다니며 작업 속도는 어떠한지, 제반시설은 안정적인지, 장비들은 잘 돌아가는지, 누가 뜻밖의 사고를 당하진 않았는지, 인부들이 서로 잘 지내는지 등을 점검했다. 어떤 날은 이 일도 석탄 싣는 일만큼이나 피곤했다. 안전은 중요한 문제였기에 가정집 지하창고 정도 되는 곳들을 포함해 수십 개의 구역들을 돌며 거기서 일하는 백여 명의 인부들을 주의깊게 살펴야 했다. 공기가 쾨쾨하고 이상한 냄새가 난다고 하면 통풍 문제를 확인했다. 펌프가 고장나거나 삽의 손잡이가 망가지는 일이 생길 수 있고 이따금 인부들끼리 언쟁이 벌어지기도 했다. 하지만 대부분의 경우엔 걷고 숙이고 하며 이 구역 저 구역을 훑으면서 인부들과 고갯짓으로 인사를 나누곤 했다. 더불어 석탄층과 통나무기둥과 운반시설 등을 살피면서 예외적인 소리나 냄새가 나지는 않는지 확인해보기도 했다.

약간 규모가 큰 구역 한 곳의 기둥 아랫부분에서 갈라진 틈을 발견했다. 무릎을 꿇은 채 등을 꼿꼿이 세워도 헬멧이 천장에 닿지 않을 정도로 큰 구역이라 그나마 다행이었다.

이런 일들 때문에 작업복의 무릎 부분이 항상 해졌지만 리타는 불평하지 않았다.

폭 10센티미터에 높이 2.5미터인 기둥은 상당히 견고했고 갈라진 틈도 더는 벌어질 것처럼 보이지 않았다. 틈 자체도 깊지 않아 엄지손톱도 다 들어가지 않을 정도였다. 그렇게 무릎을 꿇은 채 앉아 있는데 행동은 굼뜨지만 심성이 착한 젊은 흑인 인부가 내 쪽으로 다가왔다. 그의 이름은 레드였다. 왜 이름을 그렇게 지었는지는 알 수 없었다. 몸에 붉은 반점이 있는 것도 아닌데. 나는 기둥 반대쪽으로 가 이상이 없는지 손으로 쓰다듬어보면서 그가 말을 꺼내기를 기다렸다.

"감독관님." 그가 말했다.

"무슨 일인가, 레드?"

그는 뜸들이지 않고 말을 꺼냈다. "B가 성냥을 가지고 있는 걸 봤습니다."

할 수 있는 최대한 몸을 일으키자 순간 무릎이 시리고 결려왔다. B에게도 제대로 된 이름이 있었지만 워낙 길어서 다 부르기가 힘들었다. 그 이름을 제대로 부르다가는 그사이에 천장이 무너져내릴 수도 있을 것이다. B뿐 아니라 지금껏 성냥을 몰래 가지고 들어와 문제를 일으킨 인부는 없었다. 여기서 일하는 사람들은 다들 규칙을 잘 지켰다. 나는 이 젊은 인부가 무슨 생각을 하고 있는 건지 알 수 없었다.

"B한테 얘기했나?" 내가 물었다.

"아닙니다, 감독관님."

"성냥을 어디에 숨겨두고 있었지?"

"바짓단에요."

"그래, 자네 구역으로 가보지." 내가 말했다. "내가 가서 한번 보겠네."

레드가 고개를 끄덕이고 뒤돌아 자기 구역으로 발걸음을 옮기기 시작했다. 나도 똑같이 허리를 잔뜩 숙이고 뒤따라갔다. 버밍햄의 탄광들은 인부들이 갱도로 내려가기 전에 성냥을 소지했는지 확인했다. 흡연하지 않는 인부가 없었기에 탄광에 내려가서도 다들 담배를 그리워했지만 그곳에서 몰래 피운다는 건 너무나도 어리석은 짓이었다. 그럼에도 몰래 피우는 인부들이 꽤 있었다. 특히 발파 직후 연기가 짙게 깔릴 때는 일하던 중 흡연할 수 있는 최적의 순간이었기에 그런 이들이 더 많았다. 그럴 때를 이용하면 일부러 갱도의 구석진 곳을 찾아 성냥불을 붙일 필요가 없는데도 평소에 굳이 그렇게 하는 어리석은 이들이 있었다. 소형 탄광들은 흡연에 그토록 엄격하지 않았지만 갤러웨이는 전체 공정에 막대한 자금을 투자한 상황이었기에 작은 실수도 절대 용납하지 않았다. 성냥을 소지했다 발각되면 곧장 해고였다.

B는 열심히 일하고 있었다. 레드가 원래 일하던 자리로 돌아갈 수 있게 몸을 움직이느라 B는 내가 온 것을 바로 알아채지 못했다.

"B, 자네랑 할 얘기가 있네." 내가 말했다. 레드는 B에게 눈길을 주지 않고 자기 앞에 놓인 석탄만 뚫어지게 쳐다보았다.

"네, 감독관님?" B가 들고 있던 삽에 몸을 기대고 섰다.

나는 B를 한번 쳐다보고 잠시 가만히 있었다. 직접 불빛을 들이대지 않고선 그의 바짓단 부분을 잘 볼 수 없었다. "탄광에 성냥을 가지고 들어오면 어떻게 되는지 알고 있지?" 내가 말했다.

"네, 감독관님."

B는 레드가 고자질했다는 사실을 눈치챌 것이다. 내가 직접 성냥을 봤다고 할까 생각해봤지만 말이 되지 않았다. 내가 바로 레드를 뒤따라왔으니 말이다. 어쨌든 레드도 성인이니 그 문제는 그에게 맡기기로 했다.

"자네, 그 안에 성냥을 가지고 있지?" 내가 바짓단을 가리키며 물었다.

B는 대답하지 않았다.

"이 일로 자네를 고발하진 않겠네." 내가 말했다. "하지만 지금 거짓말을 한다면 자네는 해고될 걸세."

"네, 가지고 있습니다. 감독관님." 그가 말했다.

"자네 미친 건가, 아니면 멍청한 건가?"

그는 대답하지 못하고 내 무릎 쪽만 내려다보고 있었다.

"꺼내보게." 내가 말했다.

그는 몸을 숙여 바지통을 걷어올린 뒤 박음질된 바짓단 사이에서 성냥 한 통을 꺼냈다.

"이리로 주게." 그는 내 얼굴은커녕 어깨 근처에도 시선을 두지 못한 채 성냥을 건네주었다. 나는 그를 이해할 수 없었다. 지난 이 년간 함께 일해왔지만 한 번도 잘못된 행동을 한 적이 없었다. 물론 그와 "좋은 아침이네" "즐거운 오후 보내게" "밑으로 내려가보겠네" 같은 말을 빼고는 길게 대화해본 적이 없었지만. 어쨌든 나는 그가 이렇게 어리석은 행동을 할 줄 몰랐다.

"어떻게 된 건가, B?" 아무런 대답이 없었다. "대답해보게. 아무일 없을 테니."

어둠 한가운데서 등을 잔뜩 구부린 채 머리에 달린 불빛만이 환히 서로를 비추는 상황에서 진지하게 대화를 나눈다는 건 쉬운 일이 아니었다. 서로의 눈을 마주보는 게 불가능했기에 그를 향해 심각한 표정을 지어봤자 소용없었다.

"B?"

"완전히 잊고 있었습니다." 마침내 그가 입을 열었다.

"성냥을 가지고 있었다는 걸 잊어버렸단 말인가?"

"네, 감독관님. 어제 옷을 갈아입지 않고 바로 집으로 갔거든요. 어두워지기 전에 토끼나 다람쥐 같은 것들을 잡을 생각이었습니다. 그래서 집에 가자마자 바짓단에 성냥을 넣어두었죠. 맹세컨대 담배를 피울 생각은 없었습니다. 담배는 가지고 있지도 않는걸요."

"그러니까 아침에 일어나서 여기 도착할 때까지 옷 안에 성냥이 있다는 사실을 전혀 기억하지 못했다는 건가?"

"네, 감독관님."

음. 나는 뭐라고 대꾸해야 할지 알 수 없었다. 그가 내 면전에서 거짓말할 수도 있었다. 지금 담배를 갖고 있지 않다고 했지만 또 어딘가에 말린 담뱃잎 주머니와 이를 말아 피울 종이가 있을 수도 있었다. 순간 다른 쪽 바짓단도 확인해보고 싶은 충동이 일었다. 하지만 그는 네 아이의 아버지였다. 전부 내 무릎 높이밖에 안 되는 꼬맹이들이었다. 그나마 이 일이라도 할 수 있는 게 그에겐 유일한 희망이었고, 내가 그를 작업조에서 제외시키거나 관리자에게 이 사실을 보고하면 더이상 남을 것이 없었다. 가진 땅이 없으니 먹을 것도 없었다. 절반이 넘는 마을 사람들이 일거리를 찾아 웨스트버지니아나 켄터키로 떠나고, 그나마 거기서도 전혀 집으로 돈을 보내지 못하는 상황에서 그가 다른 일자리를 찾을 리도 만무했다.

"자네 시프시에서 무슨 일이 있었는지 들었나?" 내가 마침내 입을 열었다. 이 말에 긴장이 풀어졌는지 그가 내 얼굴을 똑바로 쳐다보았다. 함께 따라 올라온 불빛 때문에 잠시 눈앞이 캄캄해졌다.

"시프시요?"

"거기서 몇 년 전에 한 인부가 담배 몇 모금을 피우려고 인적 없는 뒤쪽 구석에 숨어들어간 일이 있었지. 사람들이 추정한 바로는 그가 켠 성냥불이 탄산가스와 만나 그의 몸을 완전히 날려버렸다고 해. 달랑 부츠만 남겨놓은 채 말일세. 형태조차 알아볼 수 없었다더군. 불이 옆 구역으로 번지는 바람에 다른 동료들도 타 죽고 재만 남았지. 결국 세 가족이 가장을 잃었다더군. 이 얘기, 들어본 적 있나?"

"아니요."

"규칙이라는 게 그만큼 중요하다는 사실을 자네가 이해하길 바랄 뿐이네."

"알겠습니다, 감독관님."

"이건 가져가겠네." 성냥을 들어올리며 내가 말했다. "이 일로 아무런 문제도 삼지 않겠어. 하지만 다시 이런 낌새가 있으면 그때는 짐 쌀 시간도 안 주고 바로 해고일세. 무슨 말인지 알겠나?"

"네, 감독관님." 그가 있는 힘껏 고개를 끄덕였다. "정말 실수였습니다."

그들이 다시 삽질을 시작하는 사이 나는 그곳에서 나왔다. 우리가 하는 대화가 충분히 들릴 만한 거리에 있었지만 레드는 아무 말하지 않았다. 나는 엘리베이터 근처에 있는 관리자 사무실로 갔다. 사무실 안에는 달랑 의자와 책상이 하나씩 있었고, 문 옆에는 일하러 나갈 때 이름표를 걸어놓는 나무판이 있었다. 내가 노크하자 관리자가 들어오라고 손짓했다.

"이걸 발견했습니다." 내가 그의 책상에 성냥을 올려놓으며 말했다. 그의 두꺼운 눈썹 하나가 이마 위로 치켜올라갔다.

"누가 가지고 있었는지 봤나?" 그가 물었다.

"아뇨, 이것만 발견했습니다. 혹시라도 누가 집어갈지 몰라 가져왔습니다."

그는 별말 하지 않았다. 작은 탄광에서 일할 때는 나도 몇 번 관리자의 위치에 있었다. 발파 작업 말고는 안 해본 일이 거의 없었다. 어렸을 때는 티플러로 보내지기 전 상태인 슬레이트 더미에서 석탄을 골라내는 일부터 시작했다. 그리고 중학교를 그만둘 즈음에는 탄광에서 일하는 노새를 다뤘다. 눈까지 멀어버린 그 불쌍한 동물은 분명 자신들이 지옥에서 태어나고 자랐다고 생각했을 테다. 체인으로 연결해 위까지 올라가는 전기탄차가 나오자 노새는 더이상 필요없었다. 그래서 채탄기 다루는 일을 하게 되었는데, 돈은 많이 받을 수 있었지만 숙련되기까지 시간이 걸렸다. 모스와 매코믹에서는 한동안 제2갱도 티플러의 관리자를 맡기도 했다. 갤러웨이는 지상에 티플러를 세웠고, 1929년에는 78번 고속도로 옆 프리스코 철도에 새 활송장치도 개통했다. 목재와 콘크리트로 된 멋진 외관 안에는 내가 그때껏 본 중 가장 많은 활송장치와 컨베이어

벨트가 있었다.

점심을 먹기 위해 일을 잠시 멈추고 조나가 있는 구역에 잠깐 들렀다. 그는 아직 식사중이었다. 살짝 고갯짓으로 인사하고 그쪽으로 다가갔다. 그리고 그의 옆에 앉기 전에 물을 한 모금 마셨다.

"오늘은 그런대로 괜찮네요." 조나가 말했다.

"그런대로."

샌드위치를 먹을 때는 손으로 딱 한 군데만 잡는 게 요령이다. 어떤 인부는 샌드위치를 먹기 전에 손을 씻는다고 몇 모금은 마실 수 있는 물을 낭비했다. 그리고 결국 이 일을 오래하지 못했다. 무슨 계집애도 아니고. 도시락을 열자 바닥에 깔린 양파와 완숙으로 삶은 달걀 두 개가 보였다. 엄지와 다른 한 손가락만 써서 양파 조각을 빵 안에 밀어넣고 (리타가 이미 빵을 반으로 갈라놓았다) 완성된 샌드위치를 들어올렸다. 나는 세 입 만에 해치우고 다음 샌드위치를 만들어 먹기 시작했다.

조나와 나는 1미터쯤 떨어진 자리에서 발앞꿈치만 대고 쪼그려 앉아 있었다. 너무 오랫동안 쉴 생각은 없었다. 계속 앉아 있다보면 오히려 일어나기가 힘들었으니까.

"햄이 있으니 훨씬 맛있겠네요." 내 샌드위치와 자기 것을 번갈아 쳐다보며 조나가 말했다. 나는 살짝 미소를 지으며 고개를 끄덕였다. 누구의 샌드위치에는 고기가 있고 누구의 것은 그렇지 않다는 건 민감한 얘기일 수 있었지만 우리는 서로의 집안 사정을 자기 집만큼이나 훤히 알았다.

"돈 갚는 일, 잊지 않고 있습니다." 그가 말했다. "급여 받으면 제일 먼저 빠져나갈 돈이죠."

"난 생각조차 못했네." 내가 말했다. 물론 생각하고 있었다. 나역시 2달러가 아쉽지 않을 만큼 풍족하진 않았으니까. 다만 돈을돌려받지 못하면 어쩌나 근심할 정도는 아니었다. 나는 우물의 여자에 대해 *그*가 어떻게 생각하고 있는지 자세히 묻고 싶었다. 더많은 얘기들을 들어보고 싶었다. 그리고 이상하게 들릴지 모르겠지만, 그의 첫째 딸이 지금 남자아이들과 교제하고 있는지도 물었으면 좋았을 것이다. 딸의 이성교제에 대해 그는 어떻게 생각하는지 궁금했다. 일하는 동안에는 방해될까봐 우리는 거의 대화를 나누지 않았다. 지금이 그와 대화하기에 딱 좋은 시간이었지만 한편으론 그의 식사를 방해하고 싶지 않았다.

조나가 갑자기 깜짝 놀랐다는 듯 탄성을 질렀고, 나는 입안에 음식을 잔뜩 머금은 채 고개를 들었다.

"구운 사과네." 그가 구운 사과를 들어올리며 말했다. 그의 손가락에서 과즙이 뚝뚝 떨어졌고 달콤한 냄새가 풍겨왔다. 왠지 내 샌드위치가 더이상 맛있게 느껴지지 않았다.

나는 검은 손자국이 묻은 마지막 한 조각을 벽 쪽에서 살금살금움직이는 쥐에게 던져주었다. 쥐들은 점심시간이면 항상 모습을드러냈다. 한번은 쥐 한 마리가 탄차의 가장자리 쪽 석탄더미 위에앉아 휴식을 취하며 기차 창밖으로 펼쳐지는 풍경이라도 보듯 우리를 쳐다보던 적이 있었다. 쥐는 더럽긴 하지만 쓸모 있는 동물이었다. 딱히 쥐를 싫어할 이유는 없었다. 우리가 남긴 음식을 먹는대신 그만큼 보답을 했다. 갱도의 흔들림과 움직임을 사람보다 빨리 감지할 수 있기 때문에 쥐들이 갑자기 움직이기 시작하면 문제가 생겼다는 신호였다. 쥐들이 밖으로 도망치면 우리도 따라서 도망쳤다. 그 보상으로 쥐들은 우리가 먹다 남긴 검은 손자국 묻은 샌드위치로 포식했다. 나는 미신을 믿지 않았지만 일반적인 속설을 굳이 무시하지도 않았다. 그 덕분에 목숨을 건질 수도 있는 것이다. 쥐의 움직임을 잘 살펴라. 여자가 있었던 탄광에는 가까이 가지 말라. 불길을 조심하라. 램프가 깜빡이다 꺼지면 유독가스가 새는 것이니 재빨리 뒤로 물러나 바닥에 엎드려라. 죽고 싶지 않으면.

테스

엄마가 그날 저녁에 만들어준, 그야말로 버터와 설탕을 완벽한 비율로 섞어 넣은 고구마 요리는 너무 맛있어서 발가락이 오그라들 정도였다. 고구마에선 여전히 김이 모락모락 났고 그 안에 녹아 있던 달콤한 버터가 접시 위로 흘러내렸다.

"맛있어요, 엄마." 내가 말했다. "이거 정말 맛있어요."

다들 고개를 끄덕이며 내 말에 동의했다. "더 먹어도 돼요?" 잭이 물었다.

엄마는 자리에서 일어나 냄비에서 하나를 덜어주었다. 고구마는 그리 귀한 작물도 아니었다.

"매일 먹어도 질리지 않을 것 같아요." 내가 말했다. 얼마나 맛있는지 엄마에게 확실히 말해주고 싶었다.

"파이만큼 맛있어요." 버지 언니가 말했다. 식구들이 칭찬을 많이 하면 엄마는 늘 아래를 내려다보았다.

"정말이야." 아빠가 말했다. "요즘 구운 사과도 계속 생각나는데, 리타리. 나중에 한번 만들어줄 수 있을까?"

내일이면 사과 요리를 먹겠구나, 우리는 다들 그렇게 생각했다.

7
이야기 지어내기

잭

아빠는 존 루이스*의 열혈 팬이었다. 대부분의 탄광 인부들은 그를 예수님과 루스벨트 대통령 사이의 어딘가에 위치하는 인물로 여겼다. 1933년, 탄광 인부들의 영웅인 이 위대한 남자가 드디어 버밍햄을 방문했다. 루스벨트 대통령이 재차 전미탄광노동조합에 힘을 실어주자 조합에 대한 지지를 더욱 촉구하기 위해서였다.

1900년하고도 33년이 되던 해에
루스벨트 대통령이 당선된 후,
그는 우리의 대통령인 존 L. 루이스에게 이렇게 말했네.
조합 안에서 우리는 뭉쳐야 하네.

---

* 1920~60년에 재임한 전미탄광노동조합 회장.

만세! 만세!
조합 안에서 우리는 일어서야 하네.
노동자들을 보호해주는
유일한 기관이라네.

그해 말 '하루 8시간, 주 5일' 노동이 법으로 정해지고 스크립*
발행이 금지되자 탄광 인부들은 너도나도 이 노래를 불렀다.
아빠는 그날 존 루이스를 보기 위해 버밍햄까지 직접 차를 몰고
갔다. 나도 아빠와 함께 그곳에 가 그의 위력을 느끼고 멋진 사상
을 전해듣고 올 예정이었지만 안타깝게도 독감으로 앓아누웠었다.
다리에 힘이 풀려 침대 밖으로 나갈 수도 없을 정도였다.
아빠는 그날 저녁 늦게까지 집에 돌아오지 않았다. 해가 나무
뒤로 잠기기 시작할 때쯤 나는 몸 상태가 호전되면서 목이 빠지게
아빠를 기다렸다. 어떤 일들이 있었는지 몹시 궁금했다. 침대에 누
워 혹시라도 아빠의 차 소리가 들리지 않는지 귀를 쫑긋 세우고 있
는데 드디어 엄마가 불을 켜는 것과 동시에 아빠가 집 앞 도로로
접어드는 소리가 들려왔다. 아빠는 곧장 내 침대로 왔고—물론 그
전에 먼저 엄마에게 키스를 했겠지만 나는 그 장면을 보지 못했으
므로—모자도 벗지 않은 채 루이스의 연설에 대해 들려주기 시작
했다.
아빠의 얘기를 듣고 있으니, 커다란 덩치에 얼굴 전체를 덮어버

---

* 탄광 회사에서 급여로 지급한 자체 화폐. 회사가 운영하는 상점에서만 사용할 수
있었다.

릴 듯 숱 많은 눈썹을 한 그의 모습이 눈앞에 보이는 듯했다. 그는 군중들이 내려다보이는 위치에 서서 구약성서의 예언자처럼 힘차게 연설을 했다. 아빠는 내 침대맡에 서서 공중에 주먹까지 휘두르며 평소 같지 않은 깊고 우렁찬 목소리로 그의 연설에서 느껴지던 긴장감을 생생하게 전달해주었다. 그가 한참 군중의 힘에 대해 말할 때, 앞줄에 있던 한 남자가 던진 날달걀에 관자놀이를 정통으로 맞아 얼굴에서 달걀물이 줄줄 흘러내리는 사고가 벌어졌다. 하지만 그는 당황하지 않고 큼지막한 손으로 얼굴에 묻은 달걀을 닦아내며 연설을 이어나갔다. 연설이 끝나자 열화와 같은 갈채가 쏟아졌고, 그는 곧장 연단에서 내려가 달걀을 던진 남자의 얼굴을 한 대 크게 때렸다.

아빠는 통쾌하다는 듯 한참 웃다가 양쪽 눈가를 한 번씩 닦았다. 그런 뒤 내게는 화나고 모욕적인 일을 당하더라도 다른 쪽 뺨까지 내어줄 줄 알아야 한다고 말했다. 아빠는 자신의 얼굴을 쓸어내리고 이렇게 덧붙였다. "대부분의 경우에 말이다."

아빠는 그후 몇 년 동안 내가 우리집 저녁식사에 새로운 친구들을 초대할 때마다, 혹은 교회에서 처음 보는 여자아이들과 우연히 대화하게 될 때마다 항상 그날의 얘기를 꺼냈다. 얼마나 여러 번 들었는지 맹세컨대 나는 그날 군중 속 한 사람과 다를 바 없었다. 달걀이 공중을 가르며 날아가는 모습이 눈에 선했고, 그 달걀이 루이스의 관자놀이를 철퍼덕 때리는 소리가 귓가를 울렸다. 나는 그가 달걀을 던진 술 취한 남자를 때려눕히는 모습을 보며 손이 아플 때까지 손뼉을 치고 환호했다. (심지어 내가 서 있던 자리에서 맡은 위스키 냄새까지 생생하게 기억할 것만 같았다.)

귀가 닳도록 들은 그 얘기는 이제 내 것이 되었다.

앨버트

그 여자가 아기를 가졌다는 사실조차 사람들이 알지 못했을 가능성이 높았다. 몇 달간 온 동네가 갖가지 핑계를 대며 이웃집 아기들이 잘 있는지 확인해보았지만 아무도 아기가 사라진 집을 발견하지 못했다. 어린 학생이라기엔 키도 덩치도 너무 큰 여자였다고 테스가 분명히 말했지만 사람들 사이에선 임신한 사실을 숨기려 한 여학생이 범인일 거라는 소문이 무성했다. 나는 그런 소리를 듣고 싶지 않았지만 한번 알고 나니 도무지 잊히지 않았다. 아무리 떨쳐버리려 애써도 그 소리가 머릿속을 맴돌았다.

나는 테라스에서 농구 경기에 간 버지가 돌아오기를 기다렸다.

"무사히 잘 왔구나." 내가 말했다.

"네, 아빠."

"이겼니?" 사실 카본힐은 권에게 질 만한 팀이 아니었다.

"네, 이겼어요."

"몇 점 차로?"

버지가 순간 얼굴을 찌푸렸다. 이럴 때 보면 열네 살이 아니라 네 살짜리 꼬맹이 같았다. "잘 기억이 안 나요."

나는 버지에게 묻고 싶었다. 올슨 씨네 아들에 대해 어떻게 생각하는지, 그애가 손을 잡으려 하진 않았는지, 아니면 머리칼을 뚫어지게 쳐다보진 않았는지.

"오늘 생각해봤는데, 올슨인가 하는 녀석하고 경기장에 간 일 말이다. 이번엔 특별한 경우라 친구들과 다 함께 갔으니 괜찮지만 앞으론 남자아이들과 어울리지 않았으면 좋겠구나. 한동안은 말이다." 내가 말했다.

"네, 알겠어요." 버지의 목소리가 내 예상보다 훨씬 밝았다. 집 안으로 들어가려고 발길을 돌리려던 버지가 갑자기 멈춰 서서 고개를 들었다. "그런데 아빠, 왜요?"

"아직 어리잖니. 벌써부터 남자아이들과 어울려 다닐 필요는 없을 것 같구나."

버지는 여전히 뾰로통한 표정은 아니었다. 늘 하던 대로 손가락으로 머리칼을 빗어내린 뒤 끝을 안으로 말고 있었다. "알았어요."

"혹시 남자애들이 너한테 만나자고 하면 고등학교에 갈 때까진 안 된다고 말하렴."

"아빠, 그애가 나한테 정식으로 경기에 가자고 한 게 아니에요. 말했잖아요. 그냥 애들끼리 몰려간 거라고요, 기억하죠? 엘라하고 로이스가 그애한테 같이 가자고 한 거예요."

물론 나도 알고 있었다. 그래서 허락한 것이었다. 하지만 지금은 허락한 일 자체가 후회스러웠다.

"그래, 나도 안다." 내가 말했다. "그저 앞으로는 안 그랬으면 좋겠다고 얘기하는 거야."

"하지만 아빠가……"

"그래, 내가 뭐라고 했었는지 다 안다. 그런데 오늘 생각이 좀 달라진 거야."

"우리는 그냥……"

"네가 계속 말대꾸할 줄은 몰랐구나." 내가 말했다.

"그게 아니고요, 아빠. 하지만……"

"조용히 하고 내 말 들어!" 나는 고함치며 바닥이 흔들릴 정도로 세게 손바닥으로 벽을 쳤다. 버지가 크게 놀란 듯했다. 침실에서 리타가 내 이름을 부르는 소리가 들렸다. 온몸에 퍼져 있던 화가 발밑으로 전부 흘러내리는 것만 같았다. 버지에겐 지금껏 언성을 높인 적이 없었다. 매를 든 적도 없다. 결코 나를 화나게 한 일이 없는 아이였다.

"더이상 듣고 싶지 않구나. 남자애들이라면 내가 더 잘 안다, 버지." 내가 말했다. 얼굴이 붉게 상기됐지만 주변이 워낙 어두워 버지가 눈치채진 못한 듯했다. 이런 얘기는 리타가 해주어야 했지만 나는 버지가 이해할 수 있도록 내 생각을 말했다. "그중에 너랑 어울릴 만한 녀석은 없단다."

"전 남자친구 같은 거 원하지 않아요, 아빠." 버지의 얼굴 역시 분홍빛으로 변했다. 둘이서 벌게진 얼굴을 한 모습이 볼만했다. "저는 톰이든 누구든 딱히 관심 없어요. 그저 친구들이랑 같이 노는 게 좋아요. 그애들이 남자애들이랑 어울린 거고요. 짝수를 맞춰서 가는 게 좋다니까 그렇게 따른 거예요."

"네 나이에 그런 애들이랑 어울리지 않았으면 좋겠구나."

버지는 이런 내 모습에 약간 겁먹은 듯했지만 어쨌든 조용하고 차분히 대답했다. "알겠어요, 아빠. 약속할게요. 우린 오늘 하루 재미있게 어울려 놀았을 뿐이에요. 다 함께요."

몇 분 있다 침대에 가서 눕자 리타가 내 쪽으로 몸을 돌렸다. 그녀의 시원하고 부드러운 머리칼이 내 팔에 내려앉았다. 고함치고 벽을 때리는 소리에 깼을 것이다. 하지만 그 일에 대해선 아무런 말도 하지 않았다. "걱정하지 말아요." 그녀가 말했다. "나이는 어려도 생각이 깊은 아이예요. 어리석은 짓은 하지 않을 거예요."

나는 한숨을 쉬었다. 무릎을 구부려 리타의 다리와 맞닿았다. 잔뜩 열을 올리고 나선지 잠이 오지 않았다.

"그리고 버지는 그중 아무에게도 관심이 없어요." 리타가 속삭였다. "정말이지 내가 본 중 가장 까다로운 여자애라니까요."

"버지가 그 녀석과 어울리지 않았으면 좋겠어. 아직 어리다고."

"알았어요." 그녀가 말했다. "나도 그렇게 생각해요."

잠든 줄 알았는데 리타가 다시 말을 이었다. 졸린 듯하면서도 진지한 목소리로.

"그나저나 버지가 오늘 재미있었나 모르겠네요."

그러고 보니 나는 버지에게 그런 것도 묻지 않았다.

버지

메릴린 이모의 이름을 두 번 부르고서 마침내 뒷문을 열었다. 쾅하고 닫히지 않도록 팔꿈치로 방충망 문을 잡고 부엌을 둘러본 뒤 안으로 들어서기 전에 이모의 이름을 한번 더 크게 불러보았다.

"메릴린 이모, 안에 계세요? 버지예요."

아무런 대답이 없었다. 부엌 중간에 버터를 만드는 커다란 통이 놓여 있고 그 옆으로 의자가 하나 있었다. 크림냄새가 풍겨왔다. 이모의 파란색 꽃무늬 접시들이 먹다 남은 달걀과 함께 설거지통 안에 쌓여 있었다. 뒤쪽으로는 아직 정리되지 않은 침대들이 보였고, 시트가 마구 흐트러진 그 사적인 광경에 약간 민망한 기분이 들었다. 메릴린 이모는 집안일을 부지런히 하는 편이 아니었다. 시간 날 때마다 청소를 했지만 누군가와 담소를 나누거나 차를 마시거나 혹은 우체국에 갈 일이 생기면 집안일은 주저없이 미뤄두었다. 이모는 거의 매일 우체국에 가서 한 시간 정도 머물다 왔다. 그나마 이모가 우체국에 가서 동네 부인들이라도 만나니 다행이지 아니면 너무 꼬꼬댁거리고 싶어 닭장 속에 들어갔을지도 모른다고 엄마는 말했다.

엄마는 자기 일을 할 때면 계획을 확실히 세우고 거기에 맞춰서 하나씩 해치웠다. 설거지는 식사를 마치자마자 시작했고 침대 정리도 일어나자마자 끝마쳤다. 정리를 끝마친 뒤에는 누구도 엄마의 침대에 앉을 수 없었다. 아줌마들이 놀러오면 엄마는 앞치마에 손을 닦고 잠시 담소를 나눴지만, 얘기가 길어지면 아줌마들이 빨래를 개거나 바닥을 쓰는 엄마의 뒤를 따라다니며 말해야 했다. 이모들은 그런 엄마를 보고 결벽증이라고 놀렸다.

나는 결국 문을 닫고 다시 길가로 나갔다가 거기서 이모와 마주쳤다. 이모는 엄마처럼 체구가 작고 몸놀림이 빠른 편이라 걸을 때도 먼지가 거의 날리지 않았다. 발을 내디딜 때마다 턱선까지 내려오는 짙은 색 머리칼이 이리저리 흔들렸고, 경쾌하게 팔을 흔들며 걸어오는 이모의 한쪽 손에는 편지 다발이 들려 있었다. 앞으로, 뒤로, 좌로, 우로 이모는 마음 내키는 대로 가볍게 몸을 움직였다.

나를 본 이모가 양손에 편지를 든 채 신나게 흔들어 보였다. "어머, 버지구나! 안으로 다시 들어가렴. 쿠키 좀 줄게."

나는 뒤돌아 계단으로 올라간 뒤 테라스에서 이모를 기다렸다. 그러고 보니 사촌들이 보이지 않았다. 집안에는 분명 아무도 없었고 지금 이모도 혼자였다. 이모의 두 딸 나오미와 에멀린은 예쁘고 인기도 많았다. 그리고 상당한 수다쟁이들이었다.

"잘 지내셨어요, 메릴린 이모? 다른 식구들은 어디 갔어요?"

이모는 문을 열기 전에 내 목을 한번 끌어안고 어깨를 으쓱해 보였다. "다들 밖으로 나갔구나. 나오미랑 에멀린은 나랑 우체국에 갔다가 둘이서 시내를 더 돌아보고 싶다기에 그러라고 했지. 아들 녀석들은 어디로 갔는지 모르겠네. 하느님이나 아시겠지. 어디서 곤충들 다리를 잡아뜯거나 서로를 개울가에 밀어넣거나 그러고 있지 않겠니? 이모부는 가게에 있고."

빌 이모부의 가게는 내게 전혀 일터처럼 보이지 않았다. 어둠과 분진 대신 하루종일 원단이나 장신구나 과자 같은 것들에 둘러싸여 있었으니까. 심지어 이모부가 땀 흘리는 모습도 본 적이 없었다.

우리는 부엌으로 들어갔다. 집안이 엉망이었지만 이모는 당황해하지 않는 듯했다. 이모가 식탁 위에 편지를 내려놓고 접시들로 가득찬 싱크대를 한번 쳐다보았다. 그러고는 작고 경쾌하게 "흠" 하는 소리를 냈다. 이모는 곧장 찬장을 열어 한 선반에서 빈 찻잔받침을, 그리고 다른 선반에서 천에 덮인 접시를 꺼냈다.

이모네 부엌은 우리집 부엌만큼 익숙한 공간이었다. 엄마와 메릴린 이모는 매일같이 얼굴을 보는 사이였고 아빠와 빌 이모부 역시 매우 가깝게 지냈다. 이모부는 벽이 떨릴 정도로 멋지고 우렁찬 목소리로 노래를 불렀고 막내딸 에멀린은 피아노 치는 걸 좋아했다. 이모네 집에는 내가 아는 사람들 중 유일하게 피아노가 있었다. 가끔 테스와 저녁을 먹고 이모네 집에 놀러와—어떨 때는 우리 가족이 다 같이—에멀린이 피아노를 치고 이모부가 노래 부르는 모습을 보다가 돌아가곤 했다. 이모부네는 라디오도 없었다.

"그렇잖아도 너랑 얘기를 좀 해보고 싶었는데." 이모가 말했다.

"리타가 그러는데, 너랑 테스가 롤라네 집에 갔다면서."

"네, 그랬어요." 내가 말했다. "오래 있진 않았어요." 이모가 쿠키 접시를 앞으로 밀어주었다. 나는 거의 완벽하게 동그란 모양에 가장자리엔 갈색 빛이 돌지 않는 쿠키를 하나 집어들었다. 그 순간 뭔가 이상하다는 생각이 들었다. "그런데 엄마가 그걸 어떻게 알았죠?"

"롤라가 집에 왔었대. 너희가 두고 간 바구니를 돌려주러. 리타가 너한테 얘기 안 했니?"

"아뇨." 이모는 아무런 말도 하지 않았다. "언제 왔었는데요?"

"글쎄, 모르겠구나. 난 거기 없었으니까. 아마 지난주였다지." 이모는 머리 위에 벌이라도 앉은 듯 고개를 흔들어댔다. "얘기가 딴 데로 샜구나. 전에도 롤라네 집에 간 적 있었니?"

"아뇨, 이모." 나는 아직 버터가 만들어지고 있는 통을 쳐다보았다. "저거 좀 저을까요?"

"아냐, 괜찮아." 이모가 말했다.

"아니면 지금 저녁 준비해야 하는 거 아니에요……?" 지금쯤 엄마는 저녁을 준비하고 있을 터였다. 그리고 이모에게 롤라 아줌마에 대한 얘기를 하느니 차라리 옥수수가루에 팔을 푹 담그고 있는 게 낫겠다는 생각이 들었다.

"아니." 이모가 다시 말했다. "버지, 대체 거긴 왜 간 거니? 테스는 왜 데려갔고?"

나는 순간 망설였다. 이웃집에 놀러 갔을 뿐이라고, 롤라 아줌마네 딸하고 학교 친구라 만나러 간 거라고 할 수도 있었다.

"버지?" 이모가 재촉했다.

"우물에 버려진 아기가 롤라 아줌마네 아기일 수도 있다고 생각했어요."

이모는 그 말에 별로 놀라지 않은 듯 쿠키를 하나 더 집으려고 손을 내밀었다. 나머지 한 손은 턱에 닿을 듯한 위치에 가만히 있었다. 이모는 한 손을 펴고 손가락을 살짝 구부린 뒤 부채질하듯 흔드는 습관이 있었다. (그 모습이 우아해 보여 거울 앞에서 연습해본 적도 있었다.) 이모는 쿠키를 한입 베어 물고 나머지는 손에 든 채 말했다.

"그래, 그럴 것 같았어. 굳이 그곳까지 찾아가지 않았어도 내가 말해줄 수 있었을 텐데. 롤라는 좋은 사람이야. 남들에 비해 힘들게 생활하고 있지만 자식들을 위해선 늘 최선을 다해."

"알아요." 이모가 고개를 끄덕이자 손에 들린 쿠키가 공중에서 까닥거렸다.

"너희가 찾아간 이유를 롤라가 눈치챌 거란 생각은 안 해봤니?"

"네." 나는 그때 나눈 대화와 아줌마의 표정을 떠올려보았다. 아무것도 눈치채지 못한 듯 보였다. "롤라 아줌마가 눈치챘다고 생각하세요?"

이모가 식탁에 쿠키를 내려놓고 양손을 털면서 말했다. "너희가 아기를 보고 싶다고 했다면서."

"아줌마가 엄마한테 그런 얘기를 했대요?"

이모가 고개를 끄덕였다. "딱히 화를 낸 건 아니라 리타도 확신할 순 없지만 롤라가 자기 입장을 설명하려는 것 같았대."

우리가 찾아간 이유를 눈치채고 아줌마가 사과 먹을 기분까지 망친 건 아닐지 걱정되었다. 그렇지 않기를 바랐다.

"최근에 또 살인자로 의심되는 사람을 찾아간 적 있니?" 이모가 눈썹을 치켜올리며 물었다.

"아뇨, 이모." 나는 입술을 깨물려다가 멈추었다. "실은 그 우물 여자가 아기를 죽인 게 아니라는 사실을 얼마 전에 알았거든요. 웬만한 사람들은 벌써 확인해봤고요. 우리가 의심했던 사람들의 아기는 다 봤어요."

앞문이 벌컥 열리고 사촌언니 나오미가 들어왔다. 옷깃과 소매가 군청색 가두리장식으로 마감된 무릎 길이의 하늘색 원피스를 입고 있었다. 한 손에는 두꺼운 책이 들려 있었고 다른 한 손은 방충망 문을 잡고 있었다. 언니의 눈동자는 이모부와 같은 초록빛이었고 나보다 좀더 색이 짙은 곱슬머리는 턱선까지 내려왔다. 테스처럼 제멋대로가 아니라 예쁘게 말려 차분하게 떨어지는 머리였다. 하지만 머리칼만 빼면 어디 하나 길들여진 곳이 없는 사람이었다.

"완성될 때까지 누가 저걸 휘저어준다고 했었는데." 언니가 입을 열기도 전에 이모가 말했다.

"누가요?" 언니는 미간을 찌푸리면서도 양쪽 입꼬리는 올리며 되물었다.

"휘젓기를 다 끝내지 못하면 저녁은 알아서 차려먹겠다고 한 사람이지." 이모가 지나가며 언니의 옆구리를 쿡 찔렀다. 둘은 킥킥거리기 시작했다. 메릴린 이모와 딸들은 쾌활하고 자기주장도 강했다. 그래서 늘 서로를 놀리며 장난치고 즐거워했다. 테스는 우리 집보단 이런 분위기에 더 어울리는 아이였다.

언니는 내 옆에 있던 의자를 당겨 앉은 다음 무릎 사이로 통을 끌어왔다. 그러고는 치마를 허벅지 밑으로 밀어넣었다. "미안해요,

엄마." 언니가 진심어린 목소리로 말했다. "시간이 이렇게 된 줄 몰랐어요."

"괜찮다. 너도 쿠키 좀 먹으렴." 웬만한 일이 아니면 이모가 쿠키도 먹지 못하게 하는 경우는 없었다.

"안녕, 버지." 언니가 나를 보고 씩 웃으면서 말했다. "요새 다들 어때?"

"다들 잘 지내."

언니는 식탁 위에 책을 세우고 끝부분이 접힌 페이지를 펼쳤다. 책이 제대로 자리잡자 통에 꽂힌 나무주걱을 한 손으로 잡고 올렸다 내렸다 했다. 언니는 책을 읽는 대신 나를 빤히 쳐다보았다. 내가 그 책의 첫 장이라도 되는 것처럼.

"네가 옆에 있는데 예의 없게 책을 읽진 않을 거야." 언니가 말했다. 미소조차 짓지 않았지만 언니의 표정에는 늘 장난기가 넘쳤다. "그냥 준비만 해두는 거야."

"쟤는 어딜 가더라도 늘 책을 들고 다녀." 마침내 이모가 싱크대에 서서 쌓아둔 그릇을 설거지하며 말했다. 통 속의 물은 벌써 차가워졌을 게 뻔했다.

언니는 여전히 나를 빤히 쳐다보았지만 휘젓는 일도 게을리 하지 않았다. 주걱이 쉴새없이 돌아가는 동안 통 안에선 크림이 철벅거렸다. "너 요새 톰 올슨이랑 만나는 거니?" 언니가 물었다.

"어머, 정말이니?" 이모가 물었다. "리타가 그런 얘기 전혀 안 하던데."

"아니에요, 이모." 내가 말했다. "친구들 여럿이랑 모여서 농구 경기를 보러 갔을 뿐이에요."

"나는 헨리 하켄이 널 좋아한다고 생각했는데." 이모가 말했다. 그리고 한마디 덧붙였다. "얼른 저어라."

언니는 더이상 크림을 젓고 있지 않았다. 언니는 늘 뭔가에 넋을 놓고 있는 일이 많았고 책을 읽을 때는 특히 그랬다. 한번은 여기에 놀러 왔을 때 책에 빠진 언니를 본 적이 있는데, 언니는 버터 주걱을 쥔 채 꼼짝도 안 하고 있었다. 가끔은 앞문이 열리는 소리도 듣지 못했다. 결국 이모가 다가가 어깨를 툭 두드리며 "저어라" 하면 그제야 언니의 팔이 다시 움직이곤 했다.

"아니에요, 이모." 최대한 아무렇지 않은 척하면서 내가 말했다. "헨리가 저 좋아하는 거 아니에요."

"버지를 안 좋아하는 남자애가 어디 있겠어요, 엄마." 언니가 크림을 저으며 말했다.

"그렇지 않아요." 나는 이모를 향해 말하고서 언니에게도 한마디 덧붙였다. "지금 나 놀리는 거지."

언니는 미소만 지었다. "글쎄, 아마도."

"남자애들이 그러는 게 당연하지." 이모가 심지어 젖은 손을 부채질하듯 털며 재미있다는 듯 내 쪽을 쳐다보고 말했다. 작은 물방울들이 공중에 튀었다. "남자애들을 맘대로 다룰 수 있다니 얼마나 재미있니. 사랑에 빠진 남자만큼 재미있는 것도 없단다."

엄마는 한 번도 그런 식으로 말한 적이 없었다. "사랑에 빠진 거 아니에요." 내가 말했다. "그리고 그게 뭐가 재미있어요?"

"토마토 덩굴 옆에 막대를 세워놓으면 줄기가 그걸 따라서 올라가는 거 알지?" 이모가 물었다. "네가 바로 그 막대랍니다, 버지 아가씨."

언니는 별로 놀란 표정도 짓지 않고 쿠키를 하나 더 집으려고 손을 뻗었다. "엄마는 토마토 덩굴 얘기를 아주 좋아해."

"얼른 저어라." 이모가 말했다.

언니는 얼굴을 찌푸렸다가 식탁 위에 책을 눕혀놓고 한 손에 쿠키를 든 채 다른 손으로 계속 크림을 저었다.

"이모부 앞에서도 저런 말을 하셔?" 내가 언니에게 조용히 물었다.

"그럼. 항상 아빠한테 토마토라고 하는 걸. 그렇죠, 엄마?"

이모는 어깨를 으쓱했다.

"그럼 이모부는 가만히 계세요?" 내가 물었다.

"음, 빌은 보통 이렇게 말하지. 토마토 덩굴은 그래도 생산적이라고. 막대는 그 자리에 서서 썩을 날만 기다리는데 말이야."

"그러면 엄마는 아빠한테……" 언니가 뒷말을 끌자 이모가 마저 마쳤다. "막대보다 토마토가 납작하게 밟아버리기 훨씬 쉽다고 하지."

언니와 이모는 허리까지 굽혀가며 킥킥거렸다. 이모와 이모부가 사랑이니 토마토니 하며 대화하는 모습을 상상하기 어려웠지만 나도 따라서 웃었다. 엄마와 메릴린 이모는 겉모습이 너무나도 닮았고 심지어 집 모양도 비슷했다. 하지만 집안으로 들어서면 하나부터 열까지 모든 게 달랐다. 나는 이모네 가족이 피아노 주변에 동그랗게 모여 앉아 체커게임에서 여왕을 차지하려고 경쟁하듯 서로 꼬리에 꼬리를 물며 말장난하는 모습을 떠올려보았다.

나는 그날 이모네 집에서 크림이 버터가 될 때까지 나오미 언니와 교대로 크림을 저었다. 그렇게 한참을 젓고 나니 틀에 넣어도 될 만큼 제법 빽빽해졌다. 이제부터 가장 재미있는 부분이었다.

버터 만드는 통의 축소판처럼 생긴 틀은 버터 위에 데이지꽃 문양을 새길 수 있게 되어 있었다. 엄마도 똑같은 틀을 가지고 있었고, 나는 그 틀로 매끄럽고 동그란 버터 조각을 만들어내는 걸 좋아했다. 나는 모양 잡힌 버터를 밀어낼 때 쓰는 손잡이를 위로 끝까지 잡아당긴 뒤 틀을 거꾸로 뒤집어 언니가 나무스푼으로 틀 안에 버터를 담을 수 있도록 했다. 언니는 계속 버터를 담으면서 맨 위까지 꽉 차도록 스푼에 남은 버터를 틀 가장자리에 대고 긁었다. 그러고서 내가 접시 위에 원래대로 틀을 뒤집어놓고 손잡이를 아래로 누르면 뽁 소리와 함께 모양 잡힌 버터가 빠져나왔다. 접시 위에 놓인 버터는 커스터드크림이나 가장자리 없는 파이처럼 아주 먹음직스러워 보였다. 누구든 어렸을 때 한번은 식탁 위에 놓인 이런 버터를 한입 몰래 먹어본 적이 있을 것이다. 테스가 좀더 어렸을 때였다. 부엌에 가보니 식탁 한가운데 예쁘게 놓아둔 버터에 조그맣게 베어먹은 자국이 세 개나 나 있었다. 그렇게 한입 먹으면 멈추지 못할 사람은 테스밖에 없었다.

"일요일에 나랑 교회 가자." 틀을 가져가며 언니가 말했다. 이번에는 내가 스푼으로 버터를 떠넣었다. "너도 그 목사님이 마음에 들 거야."

"어떤 목사님?" 내가 물었다. 이모부는 침례교 신자였고 이모는 감리교 신자였기 때문에 이 가족은 매주 두 교회를 번갈아 나갔다. 두 교회가 한 달에 두 번씩만 일요예배를 드렸기 때문에 가능한 일이었다. 그 대신 이모가 아픈 신자들을 위한 캐서롤과 파이를 두 교회 것 모두 준비해야 했지만.

"이번 주는 감리교회 가는 날이야." 언니가 말했다. "그리고 버밍햄서턴에서 젊은 목사님이 와."

버밍햄서턴은 감리교 신학대학이었다. "혹시 그 목사님을 좋아하는 거야?"

"목사님이잖아. 당연히 좋아하지."

언니의 목소리에서 평소와 다른 기운이 느껴졌다. 게다가 언니답지 않게 내 눈을 똑바로 쳐다보지 못했다. 나 역시 나답지 않게 드디어 언니를 놀릴 기회를 잡았다고 생각했다.

"에이, 목사님으로 좋아하는 게 아닌 듯한데?" 언니가 대답하기 전에 내가 말을 이었다. "댄스파티에라도 함께 가고 싶은 거야?"

언니와 에멀린은 댄스파티에 가는 것이 허락되었다. 감리교와 침례교 모두 이를 잘못된 행동으로 여기지 않았기 때문이다. 댄스파티가 열리는 체육관에 가보면 온 동네 꼬맹이들이 창문에 코를 딱 붙이고 그 모습을 구경하고 있었다. 그러고는 누가 누구와 춤을 추었는지, 서로 얼마나 가까이 붙어 있었는지, 저마다 손은 어디에 두었는지 따위를 소문내고 다녔다. 나는 그런 게 싫어서라도 댄스파티에 가고 싶지 않았다. 싫었다. 춤 같은 거 배울 필요 없었다.

"그 목사님은 나보다 다섯 살 정도 많아." 언니가 말했다.

"그럼 스무 살? 스물한 살? 많이 차이 나지도 않네."

언니가 곱슬거리는 머리칼을 흔들었다. 나는 버터 속에 머리칼이 빠지지는 않을까 걱정됐다. 엄마는 우리에게 부엌에 발을 들여놓기 전에 늘 먼저 머리를 빗어 단정하게 뒤로 묶도록 시켰다. 메릴린 이모는 그런 것에 별로 신경쓰지 않았지만.

"네가 그 목사님의 설교를 들어봤으면 할 뿐이야. 장담하는데 정말 재미있거든. 시간이 쏜살같이 지나갈 거야." 언니는 하얀색 버터가 완벽하게 밀려나오자 굉장히 좋아했다. "너야 목사님이라면 다 지루할 거라고 생각하겠지만……" 언니가 갑자기 말을 멈췄다.

"언니, 그 목사님이랑 결혼이라도 하고 싶구나?" 나는 순간 언니의 표정을 보고 멈칫했다. 나도 내가 한 말에 놀란 상태였다.

언니는 바로 대답하지 않았다. "목사님은 날 어린 동생 정도로 생각할걸. 결혼 상대라니 말도 안 돼." 왠지 언니의 목소리에서 아쉬움이 느껴지는 듯했다.

"목사님이랑 댄스파티에 가고, 목사님이랑 데이트하고, 목사님이랑 결혼하고." 나는 신나게 버터를 만들며 노래를 부르듯 중얼거렸다.

"아냐." 잔뜩 집중해 버터를 만들면서 언니가 말했다.

"언니는 결혼할 마음의 준비가 됐어?" 언니는 이제 고등학교 1학년이었고 스타킹을 신는 걸 나보다 훨씬 싫어했다. 한 남자와 인생을 함께할 것을 약속하기 전에 스타킹 신는 일에 익숙해지는 게 먼저일 것 같았다.

"물론 지금은 아니지만 언젠가는." 언니는 내 쪽으로 틀을 흔들었다. "버터 좀 더."

처음엔 굉장히 망설였지만 결국 별일 아니었던 농구 관람에 대해 생각해보았다. 남자아이들과 걷는 일도 걱정스러웠지만 막상 해보니 괜찮았다. 하지만 한 남자와 결혼해 하루종일 설거지하고 요리하고 아이들을 돌보고 식구들이 전부 차를 타고 나갈 때 테라스에 서서 인사해주며 사는 일은 아직도 두렵게 느껴졌다.

"결혼할 생각하면 무섭지 않아?" 내가 물었다.

"무섭다고?"

"누군가의 아내로 사는 거 말이야. 평생. 아이까지 낳으면 더이상 예전의 나오미가 아니게 되잖아."

"난 재미있을 것 같은데. 그렇지 않아?" 언니가 말했다. "나만의 가족을 갖는 거잖아."

"얼른 버터나 만들어라." 이모가 지나가며 우릴 내려다보지도 않은 채 말했다.

"하고 있어요!" 언니가 대꾸했다. "이미 하는데 자꾸 하라고 잔소리 좀 하지 마요!"

테스

목화 수확 시기에 우리가 가장 좋아한 순간은 새하얀 목화가 테라스에 수북이 쌓일 때였다. 그때만큼은 우리가 피 흘릴 필요도 없었다. 엄청난 양의 목화들이 전부 자루에 담겨 한데 모이면 아빠와 탤버트 아저씨가 말을 맨 수레에 실어 집으로 가져왔다. 한쪽에 쌓여가던 목화 자루들은 매일같이 그 양이 늘더니 결국 흔들의자까지 치워야 할 정도로 테라스를 절반 넘게 차지해버렸다. 테라스 전체가 누우면 금방이라도 몸이 푹 빠져버릴 것처럼 폭신하고 탄력 좋은 거대한 침대가 되었다. 우리에겐 머리에 눈송이를 붙이고 사방에 얼굴을 부비며 놀 수 있는 하얀색 운동장이나 다름없었다. 잭과 나는 그 위에 올라가서 방방 뛰기도 하고 달리기도 하고 다이빙하듯 배를 아래로 향한 채 점프하기도 했다.

나는 탤버트 아저씨네 아이들을 찾아가 우리랑 목화 위에서 놀 생각이 있는지 물어보기로 했다.

"걔네들 우리한테 잘해주지도 않았잖아." 잭이 말했다. 잭은 맨 발로 먼지를 일으키며 달리다시피 내 뒤를 따라오고 있었다. 잭은 남자라는 이유로 학교가 끝난 후에 신발을 벗고 다녀도 혼나지 않았다.

"우리가 착한 애들이라는 걸 몰랐으니까 그랬겠지." 내가 잭에게 말했다.

"난 걔네들 별로야." 잭은 양손을 엉덩이께에 올리고 따지듯이 말했다.

"귀찮게 좀 하지 마. 네가 오겠다고 했잖아. 걔네들 데리고 집으로 가서 네가 원하는 만큼 목화 위로 올려줄게." 잭은 깍지 낀 내 양손을 밟고 올라간 뒤 내가 자루 위로 밀어올려주는 걸 특히 좋아했다.

"내가 원하는 만큼?" 잭이 되물었다.

"그래." 내가 씩씩거리며 말했다. 우리는 다시 걷기 시작했다.

"대체 누나가 왜 못생긴 그애들한테 집착하는지 모르겠어." 잭이 들릴 듯 말 듯 작은 소리로 웅얼거렸다.

나는 그냥 무시했다. 그러면서 가는 길 내내 잭 모르게 양손 가득 꽃사과를 모았다. 그리고 마지막 꽃사과나무를 지날 때까지 기다렸다가 모은 열매들을 한꺼번에 잭에게 던져버렸다. 바로 뒤통수를 겨냥해서. 잭이 비명을 질렀다.

하지만 이미 탤버트 아저씨네 집에 거의 도착해 잭은 내 머리칼을 홱 잡아당기는 것 말고는 별다른 복수를 하지 못했다. 집 밖에 나와 있던 두 아이가 길을 걸어오는 우리를 보고 있었다. 남자아이는 테라스 계단에 앉아 나무토막을 깎아 무언가를 만들고 있었다.

이제 만들기 시작한 것 같았다. 여자아이는 테라스를 쓸고 있었는데―동생을 겨냥한 것도 아니고 내겐 소용없는 일처럼 보였다―먼지가 휘날리며 테라스 끝에서 땅 아래로 가라앉았다. 빗자루가 그애 키보다 컸다.

"무어 아저씨 여기 없는데." 여전히 테라스를 쓸면서 여자아이가 말했다.

"아빠 찾으러 온 거 아니야." 내가 말했다. "지난번에 제대로 소개를 못 한 것 같아서. 난 테스라고 해."

"난 루 엘렌이야." 여자아이가 미소도 없이 말했다. 그나마 비질은 멈췄다.

"그리고 얘는……"

"나는 잭이야." 내가 말을 끝맺기 전에 잭이 끼어들었다.

"얘는 에디야." 루 엘렌이 동생을 향해 손짓했지만 에디는 나무 깎는 일에 정신이 팔려 우리를 올려다보지도 않았다.

루 엘렌과 에디. 나는 머릿속으로 그 이름들을 되뇌었다. 루 엘렌과 에디. 루 엘렌이라는 이름을 되뇌면서 그애의 얼굴을 주의깊게 쳐다보았다. 코끝이 높이 솟아 있었고 선탠이라도 한 것처럼 살갗이 벗겨져 분홍빛이었다. 나는 그 코가 마음에 들었다.

"있잖아." 내가 말했다. "우리집 테라스에 목화가 잔뜩 쌓여 있거든. 그런데 내일 솜으로 만들러 다 가져갈 거래. 우리랑 같이 그 위에서 놀면 재미있을 것 같은데. 너랑 네 동생 둘 다." 그애들은 꽤 오랫동안 말없이 조용했다. 결국 내가 미끼를 던졌다. "오늘이 마지막날이야."

"목화 위에서 논다고?" 남자아이가 이제 우리를 쳐다보며 아예 깎고 있던 나무토막까지 내려놓았다.

참, 남자아이가 아니라 에디. 에디는 넓게 벌어진 앞니 사이가 보일 만큼 가까이 와 있었다. 문득 그 틈으로 연필도 집어넣을 수 있겠다는 생각이 들었다.

"응." 잭이 말했다. "한 번도 안 해봤어?"

표정을 보니 한 번도 안 해본 게 확실했다. 목화를 따느라 온갖 고생을 했으면서 이 재미있는 건 못 해보다니. 낙엽을 다 쓸어놓고 막상 그 위로 한 번도 뛰어들지 못한 것과 다름없었다. "잘 들어봐." 나는 참을성 있게 말을 이었다. "테라스에 내 키보다 더 높게 목화가 쌓여 있어." 목화의 높이가 얼마나 되는지 손을 높이 들어서 보여주었다. "그 위에 올라가서 뛰고 구르는 거야. 구름 위에서 노는 거 같달까."

"진짜 재미있어." 잭이 말했다. "진짜로." 이런 경험을 해보지 못했다는 걸 알고 나자 그애들에게 좀더 잘해줘야겠다는 생각이 든 모양이었다.

"부모님이 뭐라고 안 해?" 루 엘렌이 물었다.

"그럼." 잭이 말했다.

"우린 매일 하는걸."

"누나 키보다 더 높다고?" 에디가 물었다.

"응." 내가 말했다. "까끌까끌한 부분은 하나도 없어."

어떤 특별한 얘기를 더 해줄 수 있을까 고민해보았지만 그 정도면 충분한 듯했다. 루 엘렌이 빗자루를 벽에 기대놓았다. "엄마한테 물어볼게." 그러고선 우리가 그냥 가버리면 어쩌나 걱정되는 듯 어깨 너머로 이쪽을 쳐다보며 집안으로 뛰어갔다.

허락을 받아낸 뒤 우리 넷은 쉬지도 않고 열심히 달려 마침내 우리집 테라스에 도착했다. (그 바람에 잭은 꽃사과를 따서 내게 복수할 기회를 잃었다.)

"이제 어떻게 하면 돼?" 루 엘렌이 물었다. "그냥 올라가서 뛰면 되는 거야?"

"그렇게 간단한 게 아니지." 내가 말했다. "우선 이야기를 지어내야 돼."

"이야기?"

"테스 누나, 먼저 해." 잭이 말했다. "누나가 제일 잘하잖아."

그게 나을 듯했다. 어차피 루 엘렌과 에디는 방법을 모르니까. "알았어." 내가 말했다. "목화 위로 올라가기 전에 네가 누구이고 무엇을 하고 있는지 정해야 돼."

"우리가 누구인지 말하라고?" 루 엘렌이 대꾸했다. 괜히 따라왔다는 듯 긴장한 모습이었다.

나는 인내심이 바닥나기 직전이었다. 그때 루 엘렌이 입을 벌린 채 혀를 뾰족하게 말아 입가를 따라 이리저리 움직이는 모습이 보였다. 잔뜩 긴장한 동물 같았다.

"끝까지 들어봐." 나는 루 엘렌의 꿈틀거리는 혀를 신경쓰지 않으려고 애쓰면서 선생님 같은 목소리로 말했다. 루 엘렌의 혀끝은 윗입술을 따라 미끄러지면서 입가를 쿡쿡 찌르고 있었다. "우선 목화부터 시작해보자. 목화가 구름이라고 생각해봐. 그럼 우리는 그 위에서 하프를 연주하는 천사일 수도 있고, 그 위를 날아다니는 새일 수도 있어. 목화가 눈이면 눈사람을 만들면서 눈싸움을 할 수도 있고. 그렇게 뭐든 할 수 있는 거야."

"우리가 벌레여서 목화를 먹는 건 어때?" 에디가 말했다.

이런 놀이를 한 번도 안 해본 게 분명했다.

"아냐, 그건 안 돼." 내가 말했다. "좀더 복잡해야 돼. 이걸 목화가 아니라…… 뭔가 다른 거라고 생각해봐."

세 아이는 목화가 스스로 알아서 뭔가로 바뀌기라도 할 듯 한동안 거기 앉아서 물끄러미 바라만 보았다. 그러다 루 엘렌이 말했다. "개울에서 물이 바위 위로 빨리 흐를 때 거품이 생겨나는 거 본 적 있어?"

우리는 고개를 끄덕였다. "음," 그애가 말을 이었다. "이 목화가 빠른 물인 거야. 우리는 그 속에서 수영하는 물고기들이고."

우리는 괜찮은 아이디어라고 생각했다. 다들 몸을 뒤집어 물살을 따라 위로 아래로 꿈틀거렸고, 작은 낚싯줄에 걸린 고기가 되어 육지, 즉 테라스 바닥으로 떨어졌다. 에디가 다시 목화 속으로 던져주는 시늉을 할 때까지 거기서 입을 뻐끔거리며 누워 있었다.

루 엘렌과 나는 닭이 날개를 파닥이듯 지느러미를 움직이고 꼬리를 펄떡이며 수영했다. 그러는 사이 그애의 윗옷이 밀려올라갔고 나는 그 창백한 옆구리 위로 거칠고 오톨도톨하게 부푼 길고 붉은 흉터를 보았다.

"다친 거야?" 내가 흉터를 가리키며 물었다.

루 엘렌은 내가 가리키는 쪽을 내려다보더니 윗옷을 당겨서 치마 안으로 밀어넣고 자루 위를 미끄러져내려갔다. "어렸을 때 끓는 물에 데었어. 냄비 손잡이를 잘못 건드려서 스토브에서 떨어졌거든. 꽤 심하게 데었어."

"엄마가 옆에 없었어?"

그애는 아까처럼 딴 세상 사람 보듯 나를 쳐다보았다. "엄마는 아빠랑 같이 일하고 있었지. 저녁식사를 차리는 일은 내 몫이었거든."

그애는 다시 목화솜 위로 뛰어들면서 천사의 날개처럼 팔을 휘저었고 움직이는 다리를 따라 치마가 펄럭였다. 안쪽으로 보이는 속바지 역시 밀가루 자루로 만든 것이었다. 윗옷이 또 올라가자 쭈글쭈글한 옆구리 흉터 쪽으로 다시 눈길이 갔다.

"우리 아빠한테도 흉터가 있는데." 나도 모르게 이 말이 튀어나왔다. 나는 어린 여자아이한테 그런 흉터가 생길 수 있다는 사실을 짐작조차 못했다. 흉터는 위에서 떨어진 흙더미나 커다란 나무토막에 맞거나 날카로운 물건에 베이면 생기는 것인데 내게 그런 위험한 상황은 없었다.

"그래? 우리 아빠도 있는데……" 그애가 말했다. "넌 하나도 없어?"

"응, 없어."

"한 개도?"

나도 그애처럼 덴 자국이나 아빠의 어깨에 난 크고 하얀 흉터에 견줄 만한 게 있다고 말하고 싶었다. 나도 몰랐던 흉터가 어딘가 하나 나타나주기라도 바라면서 발과 다리부터 팔까지 자세히 훑어보았다. 그간 잊고 있었던 영광의 상처는 없는지. 그때 넓은 V자 모양의 흉터가 보였다. 마당에 있는 바위에 걸려 세게 넘어졌을 때 생긴 것이었다. 정확하게는 팔의 정중앙, 그러니까 팔꿈치가 구부러지는 바로 그 밑에 있는 흉터는 내 얼굴의 주근깨만큼이나 자연스럽게 보였다. 문득 그때가 기억났다. 넘어져서―무슨 일로 뛰고 있었는지 기억나지 않았다―땅에 세게 부딪힌 나는 소리를 지르는 것도 잊고 다친 데를 치료해줄 사람을 찾으러 계단을 급히 뛰어올라가다 또 한번 넘어질 뻔했다. 팔에서 하루종일 피가 흘렀다. 엄마가 침대 밑에서 팔꿈치 주변에 두른 붕대를 확인하다가 여전히 피가 멈추지 않는 걸 보고 깊은 주름이 지도록 이마를 찡그렸다. 침대에 피가 묻을 수도 있겠다는 생각에 의자에서 자야 하느냐고 묻자 엄마는 미소를 지으며 이마 위로 흘러내린 내 머리칼을 쓸어올렸다.

나는 루 엘렌에게 팔을 들이밀며 흉터를 보여주었다. "계단 옆에 있는 바위에 걸려서 넘어졌었어."

그애는 내가 옆구리를 쳐다봤던 것보다 더 자세히 팔을 들여다보더니 지저분한 손가락 하나로 흉터를 쭉 만져보았다.

"멋지다." 그애의 혀가 다시 밖으로 튀어나와 윗입술 쪽으로 말려올라갔다. 나는 제발 잔뜩 긴장한 동물 같은 그 표정 좀 짓지 말아주었으면 좋겠다고 생각했다. 진지하면서도 영민한 표정이었다. 눈을 깜빡이고 수염을 씰룩거리며 피칸 열매를 숨길 궁리를 하는 다람쥐처럼. "근사하다."

"정말 작아." 내가 말했다.

루 엘렌이 고개를 홱 돌려 자신의 옆구리를 한번 쳐다보고 다시 내 흉터를 간질이듯 만졌다. 손가락이 아니라 깃털 같았다. "네 흉터는 예쁘다." 그애가 말했다. "하늘에 있는 새를 그려놓은 것 같아."

나는 팔을 앞뒤로 비틀며 자세히 들여다보았다. 그애 말이 맞았다. 만약 돌무더기 위로 넘어졌다면 새떼가 날아가듯 팔꿈치부터 손목까지, 아니면 팔꿈치부터 어깨까지 V자 흉터들이 가득했을 것이다.

"네 흉터도 다시 한번 보자." 내가 말했다. 하지만 이번엔 그애가 긴장되고 당황스럽다는 표정을 지어 보였다. "한 번만." 내가 다시 졸랐다.

루 엘렌은 손을 윗옷으로 가져갔지만 들어올리지 않았다. "딱 한 번만 볼게." 최대한 다정한 목소리로 말했다. 내가 그런 목소리를 낼 때면 엄마는 내게 칭얼대지 말라고 했고, 버지 언니는 내 머리를 홱 잡아당겼다.

하지만 루 엘렌에겐 통한 듯했다. 윗옷을 몇 센티미터 들어올리자 흉터가 보였다. 옛날에 생긴 거라고 믿기지 않을 만큼 거칠고 울퉁불퉁했다. 게다가 여전히 벌건 빛깔이었다.

"아프지는 않아?" 내가 물었다.

그애는 고개를 저었다. "만져봐도 돼."

만져보니 다른 곳보다 더 열기가 있지는 않았다. 뱀 껍질처럼 미끄럽고 끈적이고 딱딱하지도 않았다. 여자아이의 피부라기보단 자동차시트처럼 살아 있는 것 같지 않았다. 지금까지 만져본 그 어느 것과도 달랐다. 얼른 손을 떼버리고 싶다가도 그애가 떼라고 할 때까지 가만히 있고 싶은 마음도 들었다. 결국 마지막으로 한번 더 눌러보고 테라스 위로 손을 내려놓았다.

"다른 애들은 이런 상처 없을 거야." 내가 말했다. "이런 건 한 번도 못 봤거든."

그애가 윗옷을 다시 밑으로 내렸다. "징그럽지 않아?"

"아니." 내가 말했다. 정말 그렇게 생각하지 않았다. "내 눈엔 리본같이 보여. 실크리본 말고 주름 잡힌 리본 있잖아. 태피터 천 같은 걸로 만든."

그애가 어깨를 으쓱하고는 고개를 돌려버리는 바람에 무슨 표정을 지었는지 볼 수 없었다. 혹시 어떤 모양의 리본인지 더 설명해주기를 바랄까 싶어서 잠시 기다려보았지만 그애는 아무것도 묻지 않았다.

우리는 놀이를 마저 했다.

남은 한 줄기 햇살마저 슬그머니 어둠 속으로 사라지고 어느덧 하늘 위로 달이 떠올랐다. 목화 위에 둘만 남은 우리는 발을 달랑거리며 앉아 있었다. 이제 목화는 구름에 닿을 듯한 절벽이었고, 지붕 주변에서 윙윙거리며 날아다니는 나나니벌들은 독수리였고, 테라스 바닥은 떨어지면 새카맣게 타버리는 불구덩이었다. 잭은 새카맣게 타버리자 화를 내며 에디와 어딘가로 사라져버렸다.

"정말 재미있었어." 루 엘렌이 말했다. "우리를 초대해줘서 고마워. 이제 집에 가야겠어. 엄마가 걱정할 거야."

"집에는 너랑 에디만 있니?" 나는 그 집 주변에서 다른 아이들을 본 적이 없었기에 이상하다고 생각하던 참이었다.

"오빠가 네 명 더 있어. 다들 커서 다른 지역으로 갔고 지금은 우리 둘만 남았어. 외할머니하고. 외할아버지가 돌아가신 후로 함께 살고 있어. 아, 루 이모도 있다. 이번 여름에 여기로 왔어."

"왜 왔는데?" 나는 셀리아 고모나 메릴린 이모가 우리와 함께 사는 모습을 상상하기 힘들었다.

"모르겠어. 원래는 외할머니랑 살았어. 외할아버지가 돌아가시고 외할머니가 우리랑 살게 된 게 한참 전인데. 루 이모는…… 아, 내 이름은 이모 이름을 따서 지은 거야. 이모는 여름 전까지 그 집에 계속 살았어."

"우리 셀리아 고모도 할머니랑 같이 사는데. 왜 너희 외할머니는 거기서 계속 이모랑 안 살았니?"

"엄마 말로는 외할머니가 우리들이랑 있고 싶어했대. 아빠는 루이모가 할머니 혼자 감당하기 힘든 골칫덩어리라 그렇다고 했지만."

"이모가 골칫덩어리라고?" 그게 무슨 뜻인지 궁금했다.

루 엘렌은 어깨를 으쓱해 보였다. "음, 외할머니는 이제 나랑 같은 침대를 쓰고 이모는 에디의 침대를 같이 쓰니까 아빠한텐 골칫덩어리일지도 모르지. 그리고 이모가 상당히 예민하거든. 외할아버지 장례식에선 어찌나 심하게 우는지 외삼촌들이 이모를 밖으로 끌어낼 정도였어."

"외할아버지랑 친했어?" 내가 물었다.

"가끔씩 찾아가서 만났어. 왜?"

"나는 아는 사이 중에, 특히 가까운 사이 중엔 죽은 사람이 한 명도 없거든. 가끔 외할머니랑 외할아버지의 묘지에 가지만 너무 오래전에 돌아가셔서 잘 모르고."

"음, 나는…… 가까운 사이 중에 죽은 사람은 많은데 묘지에 묻힌 사람은 없어."

"그럼 어디에 묻는데?"

"묘지에 묻을 돈이 없으면 뒷마당에 묻지." 그애가 말했다. "우리 엄마는 뒷마당에 세 명이나 묻었는걸."

"세 명을 묻었다고?"

"응, 아기들. 둘은 태어날 때부터 죽어 있었어. 하나는 자다가 갑자기 죽었고."

루 엘렌은 뒷마당에 아기를 묻는 게 별일 아니라는 듯 계속 발로 목화 자루를 찼다. 마치 죽음이 풀과 함께 자라고, 해와 함께 떠오르고, 우물물과 함께 올라오는 게 당연한 일이라는 것처럼.

앨버트

아이들이 있는 곳에서 꺅꺅대고 키득거리고 쿵쿵대는 소리들이 시끄럽게 들려왔다. 우는 소리는 들리지 않는지 귀기울이는 와중에 다행히 그 요란스러운 소리들이 조금씩 잦아들었다. 테스와 잭이 누구를 집에 데려왔는지 모르겠지만 한동안 집이 떠나갈 듯 요란했다. 그렇다고 아이들을 조용히 시키거나 쫓아내고 싶은 마음은 없었다. 나는 뒤테라스로 가 테스의 우물 근처에 조용히 서 있었다. 지난 몇 년간 테스는 고요한 뒤테라스에서 혼자 시간을 보내는 걸 좋아했다. 우리가 테스를 찾아내 애원하는 표정과 목소리로 끌어내야 했었지만 이제는 더이상 이곳에 나와 앉아 있지 않았다.

테스가 왜 이곳을 좋아했는지 알 것 같았다. 이곳에선 혼자만의 시간을 가질 수 있었다. 앞마당에서 잭과 어느 아이가 고함치며 돌아다녔고, 부엌에선 리타가 그릇을 달그락대는 소리—리타는 설거지하는 소리에서도 안정감과 결단력이 느껴졌다—가 들려왔지만, 뒤테라스 난간에 기대 손바닥으로 거친 나뭇결을 느끼고 있으면 그 모든 소리들이 딴 세상 일처럼 느껴졌다. 여전히 피로가 나를 짓눌렀다. 셔츠는 말라붙은 땀으로 뻣뻣했고 다리도 계속 쑤셔댔다. 하지만 씻고 싶은 마음도, 어딘가에 앉고 싶은 마음도, 누군가에게 팔을 두르고 기대고 싶은 마음도 들지 않았다. 아직까지는.

나는 조나를 저녁식사에 초대해 테라스에 앉아 얘기를 나누고 싶었다. 빌 형님 말대로 누군가 우리집 우물에 해코지하려고 아기를 버렸을 수도 있다는 추측에 대해 어떻게 생각하는지 들어보고 싶었다. 내가 우물에 관련된 일을 전부 잊고 신경쓰지 말아야 한다고 생각하는지도 묻고 싶었다. 나 역시 어쩌면 그게 현명할 거라고 생각하던 참이었다.

탄광들이 하나둘 망해가기 전까지 빌 형님의 옆집에는 몇 년간 한 흑인 가족이 살았다. 지금은 디트로이트로 이사했는데, 당시 바로 옆집에 흑인 가족이 산다고 해서 뭐라고 하거나 호들갑을 떨며 쑥덕거리거나 이상하게 쳐다보는 사람들은 없었다. 그래서 조나에게 우리집에 와 얘기를 나누다 가면 어떨지 물어볼 생각이었다.

싸늘한 기운이 느껴졌지만 나는 귀뚜라미 소리에 귀기울이며 안으로 들어가지 않고 테라스에 서 있었다.

"아빠?"

아래를 내려다보니 엉덩이께에 테스가 보였다. "뱀처럼 소리도 없이 왔구나." 내가 말했다.

테스가 작은 이로 나를 물려는 시늉을 했다. 오래전부터 해온 장난이었다. "아빠, 여기서 뭐해요?"

"생각 좀 하고 있었지." 나는 잔뜩 부스스해진 아이의 머리칼을 천천히 쓰다듬었다. 손을 떼자마자 머리는 원래대로 올라왔다.

"갑자기 웬 생각이요?"

나는 그 말에 웃음을 터트렸다. "아빠를 그렇게 무시하면 안 되지. 나도 생각을 많이 한단다."

"알아요." 테스가 이마를 찌푸리는 모습이 꼭 작은 리타 같았다. "무슨 생각을 하는 건지 물은 거예요."

테스의 표정이 제법 진지했다. 나는 속에 담아둔 생각을 입 밖으로 꺼냈다.

"벤턴 아저씨를 집에 초대할까 생각하고 있었단다. 저녁을 함께 먹으면 좋을 것 같아서."

테스가 고개를 끄덕였다. 매일 밤 우리가 테라스에 앉아 앞일을 의논해왔다는 듯 자연스레. "오늘 탤버트 아저씨네 아이들을 초대해 목화 위에서 놀았어요." 테스는 만족스럽다는 듯 말했다.

나는 순간 놀랐지만 평소처럼 물었다. "다들 재미있게 놀았니?"

"네, 좋은 아이들이었어요. 한 번도 목화 위에서 놀아본 적이 없대요."

"한 번도?"

"네, 그래서 어떻게 하는 건지 설명해줘야 했어요."

"이제 다들 집에 갔니?"

"네, 아빠."

"그런데 왜 그애들을 집으로 불렀어?"

"그냥 좋을 것 같아서요."

테스답지 않은 행동이었다. 테스는 남에게 신경쓰는 편이 아니었다. 아이든 어른이든 혹은 나비든 마주치는 모든 것들을 신경쓰고 보살피려는 버지와 달랐다. 빵 사건 때 느낀 죄책감이 생각보다 테스를 더 무겁게 짓눌렀던 모양이다. 우리보다 어려운 형편 속에서 살아가는 사람들을 보게 하는 게 아이들 교육에 좋을 수도 있다는 리타의 말이 옳을지도 몰랐다.

아니면 내가 테스에 대해 생각보다 잘 몰랐을 수도 있다.

"루 엘렌 탤버트는 혀를 내밀고 있으면 꼭 얼룩다람쥐 같아요." 테스가 재잘거렸다. "아니면 주머니쥐."

그래, 이게 우리 테스지. 나는 순간 어떤 안도감을 느끼며 피식 웃음을 터트렸다. 테스의 혀를 만져보려는 척하는데 아이가 미소를 지으며 입술을 꼭 다물기에 그만두었다.

"하지만 그애가 좋아요." 내가 다시 난간 위에 손을 올려놓자 테스가 말했다. "정말 좋은 애예요. 아빠도 벤턴 아저씨를 집으로 초대하세요. 친구가 있으면 좋잖아요."

나도 테스처럼 진지하게 대답했다. "그렇게 말해주니 고맙구나. 잘 생각해볼게."

그후 한참을 옆에 서 있던 테스가 좀더 가까이 다가오더니 내 엉덩이께에 어깨를 기댔다. 내게서 지독한 냄새가 나고 있었지만 별로 신경쓰지 않는 듯했다. 테스와 함께 말없이 서 있으니 꽤 기분이 좋았다. 딸들은 리타에게 비밀도 털어놓을 수 있었지만 나는 옷이나 인형이나 남자아이들에 대해 길게 대화할 수 있는 상대가 아니었다. 그리고 테스는 인형을 좋아하지 않았다. 인형을 사달라고 조르거나, 하다못해 옥수숫대에 옷을 입혀 인형놀이 하는 모습도 본 적이 없다. 테스가 남자아이들에 대해선 어떻게 생각하고 있을지 궁금했다. 언제부터 남자아이들에게 관심을 갖게 됐을까? 아마 리타는 알고 있겠지.

내가 물어본다면 테스는 뭐든 말해줄 것이다. 하지만 이렇게 말없이 서서 내게 기댄 아이의 어깨를 느끼고 그 자그마한 숨소리를 듣는 게 더 좋았다.

잠시 후 테스는 몸을 똑바로 세우고 부엌문을 향해 돌아섰다. 아이가 그렇게 사라져버리는 게 아쉬웠다.

"그런데 여기엔 왜 나온 거니, 테스?" 내가 부르자 테스가 문고리를 잡은 채 멈춰 섰다. "네 우물이 그리워서?"

테라스로 나온 후 처음으로 테스가 우물을 쳐다보았다. 고개를 들자 곱슬머리가 출렁였다. 한동안 우물을 바라보던 테스는 내 쪽으로 몇 걸음 걸어오더니 우물로 좀더 다가갔다. 아주 가까이 가지는 않았다. "아뇨." 테스가 마침내 입을 열었다. "우물 생각은 전혀 안 해봤어요."

"그럼 뒤테라스엔 왜 나온 거니?"

테스는 고개를 돌려 나를 보면서 미소 지었다. 무슨 말을 하려는지 알 것 같았다. 여전히 꼬마처럼 이를 드러내고 환히 웃는 아이의 미소를 보니 말하지 않아도 알 수 있었다.

"아빠 때문에요."

버지

냄비에서 다 삶아진 달걀들을 밖으로 꺼냈다. 엄마는 구운 감자를 이 손에서 저 손으로 주거니 받거니 하며 식혀서 식구들의 점심 도시락에 하나씩 넣어주었다. 나도 엄마처럼 달걀을 식혀보고 싶었지만 엄두가 나지 않았다. 나와 테스와 잭의 도시락에는 달걀이 하나씩 들어갔고, 아빠의 도시락에는 가장 큰 감자 하나와 달걀 세 개가 들어갔다. 나는 달걀들이 부딪혀 깨질까봐 수건으로 감싸서 아빠의 도시락 안에 넣었다. 엄마는 물통에 신선한 물을 담아 도시락 가방 한쪽에 넣었다. 아침식사 때 쓴 접시들은 이미 설거지를 마쳐서 물기까지 닦인 상태였고 엄마는 마지막 접시를 정리하고 있었다. 식탁 위에는 빵 부스러기 하나 없었다. 이런 깔끔한 모습을 보니 왠지 메릴린 이모가 생각났다.

"엄마는 어렸을 때 남자애들이랑 어울리는 게 재미있었어요?"

"어떤 아이인지에 따라 달랐지." 엄마가 말했다.

"어쨌든 재미있다고 생각한 거네요?"

"올슨 씨네 아들이 헨리 하켄보다 별로니?"

그 말에 대해 생각해보았다. "음, 아뇨. 헨리보단 올슨이 나았던 것 같아요. 올슨은 예의바르고 과하지 않게 말수도 적당하고, 내가 웃으면 훨씬 더 밝게 웃으면서 날 쳐다보거든요."

"괜찮은 아이구나." 엄마가 말했다. "들어보니 괜찮은 아이 같아." 점심 도시락도 다 싸고 설거지도 끝나자 엄마는 빵 만드는 나무그릇을 꺼냈다. 약간 과장하자면 테스가 들어가 앉아도 될 만큼 크고 우묵한 그릇이었다. 나는 엄마가 밀가루를 체에 치고 베이킹소다와 버터밀크를 계량하는 모습을 지켜보았다. 부엌에서 엄마의 손은 허둥대거나 멈칫하는 법이 없었다. 그릇에서 양념통으로, 스푼으로, 양푼으로, 행주로 춤추듯 움직였고, 끊임없이 붓고 젓고 닦고 재고 만져보며 많은 일들을 해냈다. 나는 분주하게 움직이는 엄마의 손을 보는 걸 좋아했다.

"그래도 여자애들하고 얘기할 때보단 훨씬 힘들어요." 내가 말했다.

"왜 그럴까?" 이건 엄마의 특기였다. 상대방을 요리조리 파고들어 마음속에 숨겨진 진실을 찾아내고 말하게 만드는 데 소질이 있었다. 엄마는 길게 자기 얘기를 늘어놓거나 문제를 해결하는 데만 집중하지 않았다. 상대가 하고픈 말을 찾을 때까지 종일이라도 얘기를 들어주는 사람이었다.

"남자애들은 대체 어떤 생각을 하는 건지 알 수 없잖아요."

"난 여자애들도 어떤 생각을 하는 건지 잘 모르겠던데." 엄마는 뜨거운 물 몇 스푼에 이스트를 넣고 휘저어가며 녹였다.

"이스트를 뭉개야지." 엄마는 그 작업을 이렇게 불렀다. 이스트가 잘 뭉개지지 않으면 빵이 제대로 부풀어오르지 않았다.

"그렇죠, 하지만……" 내 생각을 다시 말해야 했다. "남자애들이랑 있으면 왜 나한테 말을 거는지, 나에 대해 어떻게 생각하고 있는지 하는 것들이 신경쓰이잖아요."

"난 네가 딱히 마음에 둔 애가 없다고 생각했는데."

"그런 애 없어요."

"그럼 그애들이 널 어떻게 생각하든지 상관없잖니, 안 그래?"

달콤하면서도 진한 이스트 냄새가 코를 찔렀다. 부엌이 그 냄새로 가득찼다. "하지만 나 자신이 그애들을 어떻게 생각하는지도 알아야 하잖아요."

"아," 엄마가 말했다. "이제 알겠구나."

"뭘요?"

"네 머릿속을 복잡하게 만드는 거."

"남자애들이 날 어떻게 생각하는 건지 잘 모르겠다는 거요?"

엄마는 반죽 안에 손을 넣고 계속 뒤집어가며 치댔다. "아니. 넌 어떤 남자애에게 신경쓸 가치가 있는지를 모르겠다는 거잖니. 여기에 밀가루 좀 뿌려줄래?"

나는 엄마와 밀가루 자루 사이에 섰다. 엄마는 그릇을 옆으로 치워 조리대 위에 밀가루를 한 움큼 뿌릴 만한 공간을 만들어주었다. 내가 밀가루를 평평하게 뿌리자 엄마는 그 한가운데에 반죽 덩어리를 떨어트린 뒤 자신의 손을 내 손에 대고 비비며 하얗게 밀가루를 묻혔다. 엄마는 한번에 빵 덩어리를 네다섯 개씩 만들었고 그 정도면 일주일은 충분히 먹을 양이었다.

"엄마는 아빠를 어떻게 만났어요?" 엄마가 반죽을 나눌 때 내가 물었다.

"아주 큰 모닥불 근처에서 만났지. 외할아버지랑 같이 갔었는데 거기서 아빠가 다가오더니 자기소개를 하더구나."

"왜 엄마한테 다가간 거예요? 처음 보자마자 엄마를 좋아하게 된 거예요?"

"글쎄, 나한테 불씨가 튀어서 머리를 태울 뻔했는데 그게 아빠의 주의를 끌었을 수도 있고."

"엄마는 아빠를 어떻게 생각했어요?" 엄마는 손목까지 밀가루로 덮여 있었고 볼에도 가루가 묻어 있었다. 그 상태에서 새끼손가락으로 서랍 손잡이를 잡아당겨 밀대를 꺼냈다. 주변에 밀가루 자국을 하나도 남기지 않고서.

"꽤 마음에 들었지. 특히 눈이. 외할아버지도 좋아했고."

"그때 아빠랑 결혼해야겠다는 생각이 들었어요?"

"세상에, 아니지."

"그럼 언제 결혼하기로 마음먹은 거예요?"

엄마는 여전히 양손으로 밀대를 잡은 채 옆으로 돌아 싱크대에 몸을 기댔다. "아빠가 청혼해서 엄마가 승낙했지."

전혀 내가 기대한 답변이 아니었다. "아니 어떻게 알았냐고요?"

"뭘?"

"엄마가 아빠랑 결혼하고 싶다는 거요."

엄마는 반죽과 밀가루가 묻은 손으로 밀대를 잡고 있었지만 반죽을 미는 건 잠시 멈췄다. 그리고 생각에 잠긴 그 잠깐 동안 한쪽 팔로 이마를 닦고 길게 숨을 내쉬었다.

"아빠는 좋은 사람이었어. 엄마한테도 잘해줬고. 함께하는 시간도 좋았어."

엄마는 말이 많은 사람이 아니었다. 결코 낭만적인 영혼의 소유자도 아니었고.

그럼 나는 어떤 영혼을 가진 사람일까.

앨버트

주간 근무 후 급여를 받는 날이었다. 격주로 금요일마다 철창 승강기에서 내려 햇살 속으로 한 걸음 내디디면 사무실에 난 두 개의 창구 앞으로 흑인과 백인으로 나뉜 두 줄이 길게 꼬리를 물었다. 한 무리의 인부들이 미소를 머금고 서서 웃고 침을 뱉고 머리를 긁적거렸다. 돈을 받은 인부들은 곳곳에 모여 담배 연기를 내뿜고 왁자하게 떠들면서 주머니 속 두둑한 느낌을 만끽했다. 다들 급여를 받는 날이면 곧장 집으로 달려갈 생각을 하지 않았다. 돈을 받은 사실만으로 훨씬 상쾌하고 맑은 하루였고 그 어떤 물줄기로 샤워한 것보다 온몸에서 분진이 깨끗하게 씻겨내려간 기분이었다. 흑인 매춘부들은 저멀리서 엉덩이를 움직이며 주머니에 돈이 든 흑인 인부들을 잡을 기회를 노리고 있었다. 백인 매춘부들은 시내에서 손님들이 오기를 기다렸다. 갤러웨이에서는 종이 스크립을 주었지만 몇몇 다른 탄광에서는 직접 제작한 금속 동전인 더갈루를 주었다. 영화를 보려면 일반 화폐로 10센트였지만 더갈루는 15센트를 내야 했다. 매춘부들도 더갈루를 내면 가격을 다르게 받는지 궁금했다.

흑인 줄에 서 있던 조나와 잠시 눈이 마주쳤다. 두 줄로 나눠 선 인부들은 거의 말을 섞지 않았다. 지하에선 이런저런 얘기를 나누다가도 일단 승강기 밖으로 발을 내디디면 확실하게 양방향으로 갈라섰다. 우리는 고갯짓으로 짧게 인사를 나눴다. 머리끝만 살짝 움직이는 정도였기에 멀리서 보면 깊게 심호흡하는 모습과 다를 바 없었다. 나는 이렇게 두 줄로 서 있는 일이 어리석고 불편했다. 조나에게 우리집에 놀러오라고 말하고 싶었지만 나중에 하는 게 좋겠다는 생각이 들어 참았다.

줄은 빠르게 줄어들어 내 차례가 되었다. 급여 기록에 이름을 적고 2주에 12달러 40센트라고 적힌 금액에 서명했다. 찰랑거리는 동전소리와 함께 뒤돌아 걸으며 계속 그 소리를 듣고 싶어 박자에 맞춰 발을 내디뎠다. 많은 얘기를 나누고 지내는 사이는 아니지만 그래도 제법 잘 아는 동료가 내 쪽으로 걸어왔다. 똑바로 나를 향해 달려오다시피 했다. 급여도 받았겠다 반가운 마음에 상기된 얼굴로 그를 쳐다보았다. 웃으며 고갯짓하고 이름을 부르려는데 그가 고개를 가로젓는 모습이 보였다. 내가 뭔가 잘못 이해하고 있다는 것처럼. 나는 그가 내 앞으로 올 때까지 가만히 서서 주머니를 흔들며 찰랑거리는 동전소리를 들었다. 주머니가 두둑한 날에 왜 저리 근심스러운 얼굴로 나를 쳐다보는지 잠시 궁금했다.

그가 드디어 입을 열었다. "자네 아들이 트럭에 치였어."

아무런 소리도 들리지 않았다. 찰랑거리는 동전소리도. 벙긋거리는 그의 입에서 나오는 말소리도. 나는 얼굴의 웃음기를 거둘 정신도 없이 그저 귀가 먼 채 씩 웃으면서 그 자리에 붙박인 듯 서 있었다.

8
우물의 여자

잭

수년이 지난 후, 내 기억 속에 남은 건 요란한 사이렌소리와 입
안으로 느껴지던 흙먼지의 맛뿐이었다. 아무리 애써도 그 트럭에
치인 순간은 기억나지 않았다. 야구 경기를 보러 경기장으로 걸어
가던 중에 내 뒤에서 흙길 위로 타이어가 미끄러지는 소리가 들렸
다. 포장도로에서 미끄러지는 소리와는 분명 달랐다. 이송되는 동
안 내가 앰뷸런스를 탔다는 사실을 알면 친구들이 엄청 부러워하
겠다고 생각했던 기억이 난다.

아빠에게 왜 벽돌 회사를 고소하지 않았는지 물어본 건 그로부
터 십 년 후였다. 당시에는 지금처럼 걸핏하면 소송을 걸어대진 않
았지만 아빠가 그 사고에 대해 조용히 넘어가주는 것만으로 상당
한 합의금을 받았을 거라고 사람들은 쑥덕댔다. 자식들을 전부 대
학에 보낼 만큼의 돈, 이제 탄광 일을 그만두어도 될 만큼의 돈은

될 거라고.

하지만 아빠는 합의금에 신경쓰지 않았다. 엄마는 아빠가 합의금에 대해 한번이라도 생각해보기를 바랐지만 강요하진 않았다. 엄마는 남에게 뭔가를 강요하는 사람이 아니었다. 오히려 셀리아 고모가 아빠를 자주 재촉했다.

아빠는 늘 이렇게 말했다. "사람들에게 뭔가를 요구하는 건 옳은 일이 아니다. 우린 그들의 사정을 잘 모르잖니. 남의 도움 없이 스스로 해결하는 게 가장 나은 법이야." 아빠는 트럭 운전사가 나를 친 후에도 속도를 줄이지 않았다는 사실, 딱히 별다른 사정도 없었다는 사실에 대해선 별말 하지 않았다. 법률이나 계약, 시어서커 양복을 입은 변호사 같은 것들이 아빠에겐 딴 세상 일 같고 바람직하지 않게 느껴졌으리라. 내가 법학 학위를 받은 후엔 아빠가 이런 분야에 조금이나마 익숙해졌는지 궁금했다.

물론 당시의 나는 아빠에게 아무것도 묻지 않았다. 아빠의 결정은 신의 명령과 다름없었다. 부모님은 늘 우리보다 한 단계 높은 곳에 있는 존재였다.

엄마는 아흔 살이 되던 해 중증 뇌졸중으로 병원에 두 달간 입원했다. 손가락만 꼼지락거리는 걸 제외하면 왼쪽 몸을 거의 쓰지 못했다. 재스퍼의 의사들은 엄마가 다시는 스스로 식사하지 못할 거라고 말했고, 엄마는 무언가를 삼키려 할 때마다 숨막혀했다. 당시 테스 누나는 다시 엄마와 함께 살고 있었고, 버지 누나는 엄마를 간병하기 위해 몇 주간 몽고메리에서 와 있었다. 나는 애틀랜타에서 엄마를 보러 카본힐로 향했다. 그렇게 모두가 예전처럼 몇 주간 그 집에서 함께 지내게 됐다. 병원에서 집으로 엄마를 옮기면서 영양공급튜브도 챙겨왔지만 엄마는 간호사가 튜브를 연결하려는 걸 거부했다. 대신 침실로 식사를 가져오게 한 뒤 엄마만 남기고 방문을 닫게 했다. 엄마는 약간 횡설수설했지만 혼자 내버려둬달라는 부탁만큼은 확실히 말했다. 나는 몇 달간 일주일에 두 번씩 운전해서 카본힐의 집에 갔고 그동안 엄마는 접시에 가득 담긴 음식을 거의 먹지 못했다. 그러던 어느 날 엄마가 점심식사 전에 밖으로 나오더니 스스로 식탁에 앉았다. 그러고는 접시에 놓인 음식을 깨끗하게 비웠다.

흙먼지를 잔뜩 묻힌 채 병원에 누워 있었을 때 엄마가 우는 모습을 처음이자 마지막으로 보았다. 엄마는 내가 깨어난 사실을 눈치채지 못하고 있었다. 그 옆으로 늙고 주름진 얼굴에 근심이 가득한 아빠가 보였다. 아빠와 엄마 옆으로 다른 사람들도 보였는데 희미한 그 모습이 무섭게 느껴졌다.

트럭에 치이면서 단순히 이만 몇 개 빠진 게 아니었던 것이다.

리타

땅 위에는 여전히 벽돌들이 나뒹굴고 있었다. 벽돌 위에 피가 묻어 있는지 살펴보지 않을 수 없었다. 사람들에게 들은 바로 그 트럭은 미시시피주 투펠로에서 온 벽돌 트럭이었다고 했다. 술에 취했는지, 졸았는지, 아니면 그저 정신 나간 사람이었는지는 모르겠지만 운전사가 갑자기 방향을 틀어 잭을 배수로 안으로 치어버렸다고 했다. 그러고는 가던 길로 돌아와 떨어진 벽돌들만 남기고 출발한 것이다. 그렇게 한참을 가다가 멈춰 서라는 누군가의 신호를 보고 마침내 트럭을 세웠지만 그는 밖으로 나오지도 않았다. 회사

이름을 대고는 미안하다면서 잭을 전혀 보지 못했다고 했다. 개를 친 줄 알았다면서.

설령 그것이 개였더라도 그는 트럭을 멈췄어야 했다.

앨버트가 나를 데리러 탄광에서 차를 몰고 집으로 왔다. 아마 그때가 남편의 차를 타고 가장 멀리 나가본 날이었을 것이다. 앨버트보다 조금 먼저 내가 이웃들에게 소식을 들었기에 나는 옷을 갈아입고 앨버트가 차를 몰고 오기를 기다렸다. 잭이 트럭에 치였고 앰뷸런스에 실릴 때는 움직이지도 말하지도 못하는 상태였다는 게 내가 들은 전부였다. 하지만 잭이 버밍햄으로 실려갔다는 사실만으로 이미 상황은 충분히 심각했다.

버밍햄으로 가기 위해 78번 고속도로로 향하다가 잭이 치인 그 자리를 지나게 되었다. 주변에 널브러진 벽돌들이 없었다면 사고 현장이라는 것도 몰랐을 테다. 앨버트는 내가 그곳을 보지 않기를 원했지만 나는 차를 세워달라고 했다. 다행히 주변에 핏자국은 전혀 보이지 않았다. 벽돌들이 흙길 여기저기에 움푹움푹 박혀 있기는 했지만. 길 위에 저렇게 파인 자국을 낼 정도면 잭에겐 어떤 상처를 입혔을지 모른다는 생각에 통곡소리가 목구멍까지 차올랐다. 하지만 재빨리 한 손으로 입을 막고 감기약처럼 그 끔찍한 소리를 다시 삼켜버렸다. 병원으로 가는 내내 앨버트와 나는 아무런 말도 하지 않았다.

테스

아빠는 벽돌 회사에 아무런 항의도 하지 않았다. 이미 지난 일은 그걸로 끝이라는 말만 하면서. (아빠의 눈은 붉게 충혈되어 있었다. 탄광에서 일하다 이따금 그럴 때처럼. 보기 흉하지는 않았다. 오히려 아빠의 파란 눈동자가 더 파랗게 보였다.) 아빠는 내 옆에 쪼그려앉아 잭이 정말 심하게 다쳤다고 말했다. 그 말을 듣고도 잠시 동안은 아빠의 눈이 하늘과 장미 같다는 생각밖에 들지 않았다.

버지

부모님은 앰뷸런스를 뒤따라가는 길에 우리를 데려가지 않았다. 허드슨 아줌마에게 들러 우리를 돌봐달라고 부탁했다. 아줌마가 이런저런 겉도는 얘기를 하는 동안 우리는 가만히 앉아 있었다. 우리가 할 수 있는 거라곤 기다리는 일뿐이었지만 그것만으로도 온몸의 에너지가 다 빠져나가는 기분이었다. 아줌마가 하는 말에 공손히 귀기울이려 했지만 그 역시 꽤나 지치는 일이었다. 저녁식사는 알아서 먹을 테니 그만 집으로 돌아가시라고 아줌마를 설득하기까지 오랜 시간이 걸렸다. 그렇게 한참을 있다가 마침내 아줌마가 돌아갔다. 옥수수빵이라도 만들면 테스를 위한 특별식도 되고 시간도 빨리 가겠지 싶어 부엌에서 한동안 달그락거렸지만 우리 둘 다 얼마 먹지 못했다.

허드슨 아줌마는 잭의 사고와 관련해 동네에 떠도는 말들을 우리에게 별로 알려주지 않았다. 그 점에선 아줌마가 대단하다고 생각한다. 아줌마가 떠나고 난 뒤 다른 이웃들이 찾아오기 시작했다. 그들은 우리집 앞에 부모님의 차가 없는 걸 뻔히 보고서도 새로운 소식이 없느냐며 물어왔다. 그러고는 잭을 위해 기도하고 있다면서 "제발 내부 출혈이 없기를 바란다" 아니면 "평생 장애를 갖는 일이 없도록 하느님이 보살피실 거야"라고 했다. 우리는 이내 집안의 불을 모두 끄고 더이상 아무에게도 문을 열어주지 않았다.

두 분은 어두워진 후에야 돌아왔다. 어깨가 축 처진 채 천천히 걸어들어오면서도 문가에서 우리를 보고는 애써 미소를 지어 보이려 했다. "걱정 말렴." 엄마가 말했다. "잭은 곧 건강해질 거야."

내부 출혈은 없었고 의사들도 그 부분만큼은 확신했다. 갈비뼈 두 대가 부러졌지만 다행히 폐를 찌르지는 않았다. 팔과 다리가 하나씩 부러지고, 머리뼈에 금이 가 혹이 생기고, 자갈밭에 쓸려 얼굴이 까졌다. 그렇게 끔찍한 상황임을 미리 전해 들었음에도 다음날 학교를 결석하고 병원에 간 테스와 나는 잭을 보고 아무런 말도 할 수 없었다. 눈, 코, 입, 볼 모두 제자리에 붙어 있었지만 얼굴은 온통 일그러진 채였다. 여기저기 검정, 파랑, 보라색 멍이 들고 잔뜩 부어오른 얼굴은 마치 마구 흔들렸다가 눈코입이 제자리를 찾지 못한 것처럼 보였다. 이 사이가 더 벌어졌어도 미소만큼은 여전해서 다행이었다.

하루나 이틀만 더 잭 옆에 있게 해달라고 애원하자 엄마는 하루 더 학교를 빠질 수 있게 허락해주었다. 그후 이 주간 주말 내내 노우드에서 진을 쳤다. 엄마는 항상 병원에 있었고 가끔 그곳에서 자기도 했다. 아빠는 일을 나가야 했기에 엄마를 버밍햄까지 태워다준 뒤 탄광으로 갔다가 다시 버밍햄으로 가서 엄마를 집으로 데려왔다. 다음날에도 그다음날에도 그런 하루를 반복했다.

생전 처음 버밍햄에 가본 나는 병원에 도착했을 때 차 밖으로 나가고 싶지 않았다. 도시가 너무나도 낯설었다. 단순히 공간 자체가 아니라 버밍햄이라는 도시의 규모와 거기서 들려오는 소리들이 그랬다. 사람들도 달랐다. 시내로 나가면 다들 잡지에서 튀어나온 사람들이 돌아다니는 것 같았다. 여자들은 아주 멋진 옷을 입고 있었고 거리에서는 시폰과 조젯 옷감들이 대규모 퍼레이드라도 벌이는 듯했다. 분홍, 파랑, 연보라색 옷을 입은 여자들이 앙증맞은 부활절 달걀들처럼 거리를 수놓았다. 남자들은 정장 차림에 햇빛을 반사시키며 반짝거리는 구두를 신고 있었다. 다들 중요한 약속이라도 있는 듯 어디론가 바삐 움직였다.

"분위기가 참 다르지?" 잘 포장된 버밍햄의 도로에 처음 발을 내디뎠을 때 아빠가 말했다.

카본힐의 공기도 먼지로 가득했지만 버밍햄의 공기는 그것과 달랐다. 밖으로 한 걸음 내딛자마자 코와 목이 턱 막혀왔다. 카본힐처럼 붉은 돌멩이들이 보이지도 않는데 아무것도 만지지 않아도 흰색 장갑 위로 뭔지 모를 회색 먼지가 쌓였다. 위를 올려다보니 흰 구름은 거의 없이 먼지 자욱한 하늘만 보였고, 주위의 우중충한 거리들 사이로 보이는 수많은 새틴 신발들은 비현실적으로 느껴졌다. 카본힐에 있을 때보다 머릿속이 더 복잡했다.

지금까지 살아오면서 본 것들보다 더 많은 포드 모델A와 모델T를 한 장소에서 보고 있으니 탐험가라도 된 기분이었다. 아메리카 원주민을 만난 콜럼버스처럼. 실수로 길을 잘못 들어 전혀 다른 세상에 뚝 떨어진 것만 같았다. 전혀 다른 하늘과 공기, 하나같이 포장도로뿐이라 풀이라곤 조금도 찾아볼 수 없는 땅, 쭉쭉 뻗은 건물들이 여기저기서 연기를 뿜어내는 그런 세상. 연필처럼 가늘고 높다란 시내의 건물들은 금방이라도 쓰러져버릴 듯 보였다. 그 높은 건물들은 하늘을 막고 있었고 나중에 알았지만 밤이면 별빛마저 막아버렸다. 높은 건물들로 가득한 곳을 지나자 이번에는 거대한 굴뚝들이 위용을 뽐냈다. 1번가에서 몇 블록 더 가면 슬로스 용광로가 불꽃놀이를 하듯 불길을 뿜어내는 모습이 멀리서도 보였다. 주변에선 보이는 곳마다 온통 뭔가가 지어지고 있었고 그 잔재들은 계속해서 하늘로 솟구쳤다.

난생처음 카본힐이 얼마나 자그마한 곳인가 하는 생각이 들었다. 그전까지 이런 도시가 있으리라고는 상상도 못했다. 테스는 상상놀이를 잘하는 아이였지만 이런 광경은 미처 떠올려보지 못했을 것이다. 내가 그간 이런 도시를 상상해보지 못한 건 괜찮았지만 시도조차 해보지 않았다는 사실이 왠지 참을 수 없었다. 카본힐은 따뜻하고 아늑한 곳이었고 나는 한 번도 그곳을 떠날 생각을 해본 적이 없었다. 꼭 버밍햄이 아니더라도 이런 도시가 있다는 건 알았어야 했는데, 적어도 어떤 모습일지 궁금해했어야 했는데. 문득 이름만 들어본 다른 도시들도 머릿속에 떠오르기 시작했다. 〈그랜드 올오프리〉는 내슈빌이라는 도시에서 라디오를 통해 중계되는 대형 공연이라고 들었다. 워싱턴 D.C.나 잉글랜드, 혹은 몽고메리 같은 곳 역시 어떤 모습일지 상상되지 않았다. 그런 곳에선 테라스에 앉아 있는 이웃들이나 밤이면 재잘대는 귀뚜라미들, 그리고 마당에서 뛰노는 아이들을 볼 수 없겠지. 나는 그저 이름만 알 뿐 그곳들이 어떤 모습일지 전혀 머릿속에 그려지지 않았다. 대서양을 비행 횡단한 어밀리아 에어하트나 후버 대통령이나 그레이브스 주지사처럼 막연한 존재일 뿐이었다, 전부 다.

간호사도 마찬가지였다. 의사는 봤어도 간호사는 본 적이 없었다. 그들은 파란색과 흰색의 체크무늬 원피스에 빳빳한 앞치마 같은 것을 착용하고 무리 지어 잭의 침대 주위를 분주하게 돌아다녔다. 옷깃부터 앞치마와 모자까지 빳빳하게 풀 먹여 다려진 모습을 보며 피 흘리는 사람들 사이에서 일하면서 어떻게 옷을 하얗게 유지할 수 있는지 궁금했다. 처음 며칠간 간호사들은 수시로 잭을 확인했다. 예상치 못한 상황이 발생할 수도 있었지만 한편으론 잭이 귀여워서 그러는 것 같기도 했다. 하지만 언젠가부턴 모자 아래로 풍성한 머리를 틀어올린 주근깨 많은 어린 간호사가 주로 잭을 맡았다.

"어떻게 늘 깔끔하게 하고 있어요?" 결국 튀어나온 내 물음에 나도 그녀도 놀랐다. 그녀는 아무런 대답도 하지 않았고 내가 다시 말을 이었다. "간호사복 말이에요. 정말 단정해요. 옷깃까지요."

"젖었을 때 두껍고 딱딱한 판 위에서 다리면 주름이 생기지 않아." 그녀가 잭의 침대에 몸을 기대며 내 쪽을 돌아보았다. "이 옷깃은 너무 날카로워서 목을 찌르진 않을까 걱정될 정도야. 목이 베이지 않도록 끝에 작은 비누라도 붙여놔야 할까봐."

목에서 피가 날지도 모르겠다고 농담하는 모습을 보니 간호사가 조금은 현실적인 존재로 느껴졌다. 잭의 붕대를 확인하고 체온을 재러 온(다른 질병에 감염되진 않았는지 확인하기 위함이라고 했다) 그녀는 이내 나와 친해졌다. 이름이 로빈인 그녀는 애틀랜타에 세 여동생이 있었다. 집안에서 최초로 간호사가 되었고 간호학교에서 입었던 오래된 유니폼은 동생들에게 보내주었다고 했다. 간호사 놀이도 해보고, 혹 자신들도 간호사가 되고 싶은 마음이 들 수도 있으니까. "마음에 맞는 남자를 만날 수 있다는 보장이 없잖아." 그녀가 말했다. "자기 밥벌이를 할 수 있으면 좋지."

잭이 퇴원할 때쯤 나는 그녀가 발에 못이 박혀 병원을 찾은 법학

도를 치료해주다 그를 좋아하게 되었다는 사실을 알았다. 만약 그가 청혼한다면 그녀는 더이상 간호사 일을 하지 않을 것이다. 결혼하면 간호사를 그만둬야 하는 병원 규칙에 심란해하거나 그 남자와 헤어질 생각이 없어 보였으니까. 어쨌든 나는 그런 로맨스에 별 관심이 없었다. 티 없이 깨끗한 간호사복과 늘 정수리에 완벽하게 놓여 있는 작은 삼각형 모자가 매력적일 뿐이었다. 나는 그녀가 자기 직업과 스스로에 대해 확신을 가진 모습, 돈을 벌기 위해 의무적으로 환자를 돌보는 게 아니라 조카를 대하듯 웃으며 잭의 이마에 손을 대보던 모습이 좋았다. 이제는 학교 선생님만큼이나 간호사라는 직업도 가깝게 느껴졌다. 선생님 하면 목소리가 부드러운 에서리지 선생님이나 얼굴과 목소리, 그리고 몇 가지 버릇들을 내가 잘 아는 선생님들을 떠올렸다. 이제 간호사 하면 빳빳한 앞치마를 두른 미지의 여성이 아니라 로빈 오라일리라는 사람을 떠올리게 되리라. 하루 만에 버밍햄이라는 도시와 간호사라는 직업이 내 머릿속에서 구체적으로 자리잡았다. 그리고 지금까지 품어왔던 얄팍한 생각들과 딱 그 정도의 고민들에 대해서도 다시 돌아보는 계기가 되었다. 바지를 입고 비행기를 조종한 어밀리아 에어하트도 에서리지 선생님만큼이나 맑은 목소리를 가지지 않았을까, 아니면 엄마만큼 손놀림이 빠르지 않았을까. 한동안 그런 무거운 생각들로 머릿속이 멍했다.

동떨어진 사람들과 장소들에 대해 한참을 생각하다 아래를 보니 잭이 나를 올려다보고 있었다. 아, 지금 동생이 다쳐서 병원 침대에 누워 있지. 그 순간 머릿속의 모든 생각들이 깨끗하게 사라져버렸다. 병원 밖은 아직 매력적이기보단 부담스러웠기에 나는 잭과 함께 병실에 있는 게 좋았다. 잭은 내가 침대 끝에 앉아 머리칼을 쓰다듬어주는 걸 아주 좋아했다. 우리는 몇 시간 동안 틱택토를 했고, 졸려서 눈꺼풀이 축 늘어지는 게 보이는데도 잭이 눈을 감지 않으려고 애쓰면 나는 부드러운 목소리로 〈당신은 나의 햇살〉을 불러주었다. 잭은 혹시라도 내가 떠나버릴 것 같은 기분이 들어 '제발 나의 햇살을 빼앗아가지 마요'라는 가사를 좋아하지 않았기에 나는 '아무도 나의 햇살을 빼앗아가지 못해요'라고 바꿔 불렀다.

앨버트

그날 병원 침대에 누워 있던 아들의 모습은 세상 그 무엇보다 작게만 보였다. 산들바람이라도 불면 바로 날아가버릴 것 같았다. 눈가는 시커멓게 멍이 들었고, 머리에는 여전히 피가 묻어 있었으며, 팔과 다리에는 방금 전에 한 깁스를 두르고 있었다. 잭이 병원에서 처음으로 하루를 보내고 난 다음날 아침, 나는 리타, 그리고 버지와 테스랑 함께 그곳에 있었다. 지하가 아닌 곳에서 그렇게 오랜시간 햇살을 받은 건 참으로 오랜만이었다.

"나도 이제 아빠랑 똑같아요." 이가 하나 빠진 부분에 구멍이 뻥 뚫린 채 잭이 환히 미소를 지으며 말했다. 얼굴에 잔뜩 멍이 들었지만 나를 쳐다보는 눈빛만은 활기찼다. "그 무엇이 들이받아도 나는 강철 무적이에요. 트럭이든 뭐든요."

나는 눈물이 흐르려는 걸 꾹 참으며 뭐든 말해보려 했다. 잭이 눈치챈 건지 내가 마음을 진정하기도 전에 계속 말을 늘어놓았다.

"의사 선생님이 초록색 가죽이랑 초록색 렌즈로 된 엑스레이 고글도 보여줬어요. 그리고 사람들이 깁스한 데를 막 때리는데도 아무런 느낌이 안 나요. 아빠도 해봐요. 어서요."

잭이 깁스한 팔을 내 쪽으로 내밀더니 손가락을 꿈틀거렸다. 나는 애써 미소 지으며 그 위를 쓰다듬었다. "이제 누가 널 때려도 그 깁스한 팔로 때려눕힐 수 있겠구나."

"네, 아빠!"

"잭은 한 주 더 입원해야 할 것 같습니다." 의사가 말했다. 부끄러운 일이지만 병원비가 많이 나올 거라는 생각부터 떠올랐다. 버지와 테스에게 겨울옷 한 벌 사주기도 힘들 만큼 여윳돈이 없었다. 그리고 병원비라는 것이 얼마나 부담스러운지 알고 있었다. 어린 시절에 나는 비싼 병원비 때문에 다친 팔에 직접 석고반죽을 발랐고, 그 탓에 아직도 갤러웨이의 의사를 찾아가는 신세였다. 내 아들만큼은 그렇게 되기를 원치 않았다. 지금 확실하게 고쳐주고 싶었다. 하지만 의사의 말을 듣고 나니 뼈마디부터 시작해 온몸이 쑤셔왔다.

"필요한 건 뭐든지 해주셨으면 합니다." 내가 말했다. "다만 병원비가 얼마나 될까요?"

"수납하는 곳에서 물어보면 됩니다." 의사가 무표정하게 말했다. 내가 아무런 말이 없자 그가 좀더 친절한 목소리로 한마디 덧붙였다. "75달러 정도 될 겁니다."

낮에만 일할 경우 네 달은 되어야 벌 수 있는 돈이었다.

"다 나을 때까지 병원에 입원시키겠습니다." 내가 말했다.

잭이 사고를 당하고 만 하루가 되기도 전, 그러니까 우리가 병원에서 집으로 돌아오기도 전에 이미 온 동네에 얘기가 퍼져 있었다. 그리고 사람들은 병원에 입원하는 일에 얼마나 많은 돈이 드는지도 알고 있었다. 동료들은 내게 위로의 말을 전하면서 어떤 작업이든 자신의 근무일 중 하루를 빼서 넘겨주었다. 다들 하루라도 일을 빠지면 그날 저녁 식탁에서 빵 한 덩어리는 빼야 하는 상황이었다. 미안한 마음이 들었지만 그들의 호의를 고맙게 받아들였다. 직접 돈을 받는 일보단 덜 미안했으니까. 그렇게 추가 근무를 하면서 돈을 모았다. 잭이 병원에 있던 열흘 동안 할 수 있는 일은 뭐든지 하며 매일같이 2교대 근무를 소화했다. 지난 몇 년간 그렇게까지 일해본 적이 없었기에 너무나도 고됐다. 인부들과 대화하고 지켜보고 감독하는 일만 해온 지 오래되어 체력이 달렸다. 그 사고 이후 이 주간 하루도 빠지지 않고 탄광에 나가면서 그 달에만 총 250시간을 일했다.

첫 주에는 정말 힘들었지만 이내 몸이 무뎌졌는지 아픈 것조차 느껴지지 않았다. 통증보다 무서운 건 졸음이었다. 통증을 참는 것보다 졸음을 쫓아내는 일이 훨씬 어려웠다. 둘째 주가 되자 눈꺼풀이 내려오고 근육에 경련이 일기 시작했다. 한번은 탄차를 놓치는 바람에 삽으로 뜬 석탄을 죄다 저멀리 벽으로 날려버린 일도 있었다. 하지만 아무도 내게 뭐라고 하지 않았다. 나는 삽이 손이나 다리처럼 몸의 일부가 된 듯 고통도 느끼지 못한 채 계속해서 일했다.

잭은 한때 목에서 꼬리뼈까지가 내 손목에서 팔꿈치까지 길이밖에 되지 않아 손바닥 안에 안길 만큼 작은 아기였다.

고개는 자꾸만 앞으로 고꾸라지고 눈은 건조하고 무거웠다. 리타와 등을 맞대고 눕던 폭신한 침대가 희미하게 떠올랐다. 깨끗이 씻은 얼굴과 그런 얼굴에 닿는 햇살, 흙과 땀으로 범벅되지 않은 뽀송뽀송한 옷, 그 모두가 머릿속에서 마구 뒤섞였다. 보통 석탄을

실을 때는 별생각 없이 머릿속을 비우는 편이었다. 하지만 잭이 병원에 있는 동안에는 빡빡한 일정 속에서 눈을 뜨고 삽질을 하는데도 정신은 늘 꿈속을 헤매는 듯했다. 내 손바닥 위에 선물상자처럼 올라와 앙앙거리는 토실토실한 아기일 적 모습이 눈앞에 아른거리다가도 이내 병원 침대에 누워 있는 잭이 보였다. 사고 때 빠진 이가 아직도 길가에 떨어져 있는 건 아닐지 문득 궁금해졌다. 일을 마치고 나면 사고 현장에 가서 찾아봐야겠다는 생각도 여러 번 했다. 그러다가 다시 제정신으로 돌아왔고. 그 트럭 운전사도 그날 자신의 포근한 침대에 누웠을 때 테스처럼 악몽을 꾸었을까? 나는 그러기를 바랐다. 그가 잭의 동그란 얼굴과 너무나도 좁은 어깨를 보았기를 바랐다. 잭에 대한 기억을 떨쳐내지 못하기를, 그러기를 바랐다.

종종 발에 감각이 없어질 때면 무릎을 구부려보곤 하는데 그러면 오히려 공기가 닿으면서 습기만 더 차는 것 같았다. 수천 혹은 수백만 년, 아니 그보다 더 오랜 세월 석탄은 이곳에 묻혀 우리를 기다렸다. 그에 비하면 인간의 삶은 섬광과도 같은 순간에 불과했다. 스스로를 연료삼아 순식간에 불타올랐다가 잔재처럼 날아가 부서지고 그후엔 한줄기 따스한 연기로 홀연히 사라지는.

불을 피우기 위해 연료가 필요하듯 아브라함은 이삭을 바치기로 마음먹었다. 자신의 아들을 제단 위에 올리고 직접 목을 벨 준비를 했다. 잭이 내 손 위에서 꿈틀대는 모습이 또다시 눈앞에 그려졌다.

"앨버트, 손에서 피 나." 뒤쪽에서 밴이 나를 불렀다. 정말이었다. 내가 벽에 대고 피부가 벗겨질 정도로 손가락 관절을 세게 문지른 것이다. 손에 분진이 잔뜩 묻어 있으니 피는 곧 굳을 터였다.

나는 손을 그대로 내버려두었다.

잭은 병원 침대에 누워서도 늘 활짝 웃었고 깁스와 멍자국을 오히려 자랑스럽게 여겼다. 내가 아이를 그렇게 만든 것이다. 고통이 영광의 트로피라도 되는 듯, 가까운 친구라도 되는 듯 그렇게 생각하도록. 언젠가는 나도 일 앞에서 무릎을 꿇게 되는 날이 올 것이다. 튼튼해 보이지만 허약하고 지긋지긋하지만 그래도 소중한 이 몸이 언젠가는 고삐에서 벗어날 날이 올 것이다. 내 삽으로 미끄러져들어오는 이 석탄들처럼 무너지고 타버릴 것이다.

탄광에서는 내내 추웠다. 팔 아래와 등이 땀에 흠뻑 젖었어도 몸은 늘 부들부들 떨렸다. 하지만 나는 계속 일했다. 땅을 파다가도 이내 손에 나사못을 쥐고 석탄층 표면에 못질을 했다. 손에서 삽을 놓으면 이내 다른 연장을 쥐었다. 손에 쥔 게 무엇이든 당황하지 않고 열심히 사용법을 익혔다.

하지만 늘 피곤에 절어 정신이 맑지 않았기 때문에 뇌관과 관련된 일만큼은 부담스러웠다.

리타와 연애하던 시절, 나는 짧은 시 한 편을 썼다. 그녀의 머릿결이 등을 타고 꿀처럼 흐른다 따위의 비유를 리타가 전혀 좋아하지 않았기에 그런 시를 쓰는 건 어리석게 느껴졌다. 종이에 한 자도 제대로 적기 힘들었다. 시를 소리 내어 읽을 때 그 소리들이 목구멍을 타고 흐르다 귓가에 맴도는 느낌이 좋았다. 내가 항상 하는 생각은 남자와 석탄이 얼마나 비슷한가였다. 새카만 모습으로 땅속에 파묻혀 매일같이 단단해져가지만 언젠가는 조각조각 바스러질 운명. 나는 샤워장으로 들어가면서 생각했다. 결국 우리 모두는 자신이 열심히 캐고 있는 석탄과 같은 존재로 변해가고 있다고.

내 옆에 조나가 있었다.

"자네는 현명한 사람 같아." 내가 그에게 말했다. 그런데 실제로 내가 말을 내뱉었는지 아니면 머릿속으로 생각만 한 건지 순간 헷갈렸다. 그래서 다시 한번 확실하게 말했다.

"그런 얘기는 처음 듣는데요, 감독관님. 깜짝 놀랐습니다." 그가 말했다. "하지만 감사합니다."

조나가 내 쪽을 보고 있지 않은 듯했지만 나는 신경쓰지 않고 계속 말했다. "탄광 밖에서 벌어지는 일들에 대해 어떻게 생각하는지 지금껏 자네에게 한 번도 물어본 적 없었잖아. 그런데 자네가 우물에 아기를 버린 여자에 대해 말했을 때 많은 생각이 들더군. 지금껏 들은 얘기 가운데 가장 인상적이었어."

조나는 아무런 말도 하지 않았다. 한 시간 뒤였는지, 다음 교대 때였는지, 아니면 그다음날이었는지 확실히 기억나진 않지만 나는 조나와의 대화를 마저 끝내야겠다고 생각했다.

"잭에게 사고가 나기 전에 자네를 저녁식사에 초대하고 싶었어."

"감독관님, 지금 좀 정신이 없으신가봅니다." 그가 말했다. 그는 땀도 별로 흘리지 않은 듯했고 작업복도 그다지 지저분해 보이지 않았다. 나는 그가 거기에 얼마나 오래 있었던 건지 궁금했다.

"아니네, 아니네." 내가 말했다. "진심으로 하는 얘기야."

조나는 아무런 대답도 하지 않고 이내 사라져버렸다. 그후 밴과 오스카와 레드를 포함해 스무 명쯤 되는 동료들이 내 옆에서 일하다 떠나갔다. 밴과 오스카였다면 저녁식사 초대에 당연히 응했을 것이다. 내가 정신 나갔다고 생각하지도 않을 테고. 나는 그들의 집안과 저녁 식탁 풍경과 아내들이 채소 담긴 그릇에 스푼을 놓는 모습을 쉽게 상상할 수 있었다. 하지만 조나의 집은 안이든 밖이든 잘 그려지지 않았다. 아이가 몇이나 있는지조차 확실히 알지 못했다. 그가 나를 초대하는 일은 없으리라. 나뿐만 아니라 다른 동료들도. 수많은 동료들이 한동안 내 곁에서 일하다 떠나가는 사이에 나는 천장과 바닥을 연결하는 기둥처럼 그 자리에 붙박인 채 계속 일했다.

노동조합이 여전히 최저 주급에 대해 주장하고 있다는 얘기가 들려왔다. 여기저기서 말이 돌았지만 누구도 큰 소리로 떠들지는 않았다. 탄광 어딘가에서 관리자들이 엿듣고 있다가 노동조합에 대해 말하는 인부를 회사에 고발해버릴지도 모를 일이었다. 큰 변화를 이끌어내기 위해 거쳐야 하는 과정이라고 생각은 했지만 사실 내게 큰 열의는 없었다. 내 머릿속은 온통 자고 싶고, 집에 가고 싶고, 그리고 잭이 얼른 나으면 좋겠다는 생각으로 가득찼을 뿐이었다. 존 루이스가 계획하는 거창한 것들에 대해 깊이 고찰할 여유가 없었다. 되도록 그런 생각들은 전부 떨쳐내려고 매일 밤 애썼다.

손톱 밑에, 그리고 손과 팔 곳곳에 문신처럼 흙먼지와 석탄가루를 잔뜩 묻힌 채 병원 안으로 들어설 때면 나는 이것이 부끄러운 일이 아니라고 혼잣말했다. 몇몇 사람들이 나를 쳐다보는 게 느껴졌지만 이젠 그런 시선들까지 신경쓸 기운도 남아 있지 않았다.

테스

창가에 앉아 지나가는 전차의 수를 세어보았다. 잭은 아직 일어나지 않았다. 병실 안을 둘러보면 자꾸 다른 침대에 누워 있는 환자들과 눈이 마주쳤다. 버지 언니가 도통 잭의 곁을 떠나지 않아 나와 엄마까지 앉을 만한 공간이 없었다. (그래도 엄마한테는 의자가 있었다. 엄마는 그 의자가 침대만큼 편하다고 했고 실제로 그 위에서 잘 잤다.) 잭의 침대에서 두 칸 떨어져 있는 남자는 침대시트 밖으로 까만 발을 내놓고 있었다. 그 옆에선 버지 언니 또래로 보이는 남자아이가 계속해서 아주 조그맣게 신음소리를 내고 있었다. 나는 창밖으로 전차 선로와 거리를 바라보며 기분전환을 했다. 창가 한쪽에 기대 무릎을 꿇고 앉아도 될 만큼 크고 넓은 창문이었다.

"너도 알겠지만 저거 사실은 한 대야." 뒤에서 익숙한 목소리가 들려왔다. 셀리아 고모였다.

나는 뒤돌아 고모를 끌어안았다. 하지만 고모가 한 말이 이해되지 않았다. "한 대라니, 뭐가요?"

"전차 말이야. 똑같은 전차가 선로를 따라 왔다갔다 하는 거야."

반은 자동차 같고 반은 기차 같은 저 전차가 어떻게 움직이는 건지도 묻고 싶었지만, 똑같은 전차인지도 모르고 열여섯 대씩 세고 있었다는 사실만으로 나 자신이 이미 바보 같아 그만두었다.

"고모, 잭은 엑스레이도 찍었어요." 내가 말했다. "재스퍼의 신발가게에 있다는 그 엑스레이 기계*랑은 전혀 달랐대요. 화면이 있어서 고글 같은 걸 쳐다볼 필요도 없었대요."

셀리아 고모가 오니 병실 분위기가 한결 나아진 것 같았다. 주변이 온통 하얗고 금속 빛만 도는데다 다들 창백한 얼굴을 하고 있어 늘 삭막했기 때문이다. 잭을 웃기려고 배라도 간질이면 간호사들

---

* 엑스레이 원리를 이용해 발과 뼈의 상태를 측정하는 기계. 1930년대 미국의 신발가게에 보급되었다가 위험성으로 인해 금지되었다.

이 굳은 표정으로 나를 혼냈고, 버지 언니가 좋아하는 간호사 언니마저 내가 너무 여기저기 돌아다닌다며 걱정스럽게 쳐다보았다.

많은 사람들이 찾아왔다. 몇몇은 음식을 싸 들고 집으로 찾아왔고 몇몇은 병원으로 직접 왔다. 차를 가진 사람이 많지 않아 병원으로 직접 잭을 보러 온 건 한두 가족뿐이었고, 병원에서 집으로 돌아가면 테라스 앞에 음식들이 잔뜩 쌓여 있었다. 그해 여름 이후 처음으로 아무도 그 죽은 아기에 대해 말하지 않았다. 다들 잭이 얼마나 착한 아이인지, 트럭 운전사가 얼마나 못된 사람인지에 대한 말만 늘어놓았다. "진심으로 은총을 빈다" 그리고 "잭은 정말 귀여운 아이였는데" 후엔 그 트럭 운전사는 "최고로 악질인 인간"이고 "악마 같은 인간"이라는 말이 이어졌다. 미시 모녀도 직접 병문안을 왔다. 미시의 엄마는 온갖 모피를 휘감고 있었다. (흑인 가정부가 함께 오지 않아 다행히 그녀를 어떻게 불러야 하나 걱정할 필요는 없었다.) 얼마 전까지만 해도 테라스에 목화가 잔뜩 쌓여 있으니 우리는 정말 운좋은 사람들이구나 생각했는데, 병원에 온 미시의 엄마를 보고 있으니 우리는 금팔찌나 모피도 없이 참 가난한 사람들이라는 생각이 들었다.

"슬로스 용광로에 가서 불꽃을 손으로 잡아볼 수 있는지 확인해보고 싶어요."

"그런 바보 같은 일을 왜?" 셀리아 고모가 물었다. 고모의 입에서 박하 냄새가 났다. 무연담배 냄새보다 훨씬 나았다. 병원에서 담배를 피우거나 침을 뱉는 일이 허용되지 않기 때문에 고모는 늘 입을 놀릴 것을 필요로 했다.

"불꽃이 비처럼 쏟아지는 모습은 처음이라 너무 신기해요."

"꼬맹아, 그 근처에 갔다가는 손도 데고 몸에 불도 붙을 거야."

"하지만 불꽃을 잡아보고 싶어요."

나는 창가의 반대편으로 가 전차가 어느 쪽으로 가는지 보고 싶었다. 나 혼자선 밖으로 나갈 수가 없는데 버지 언니는 도무지 병원 밖으로 나갈 생각을 하지 않았다. 밤이면 거리에는 수많은 불빛들이 반짝였다. 모든 것들이 카본힐보다 더 크고 시끄러웠다. 나는 그 모든 것에 압도당했다.

"고모, 버밍햄 정말 좋죠?"

"아니." 입속의 사탕을 이에 부딪혀 딸깍딸깍 소리를 내며 고모가 말했다. 잭이 퇴원할 때쯤 고모의 이는 다 썩어버릴 것만 같았다. "너무 지저분하고 시끄러워. 카본힐에도 얼간이들이 널렸는데 여긴 그런 녀석들이 스무 배는 더 많은 것 같아. 머리가 터져버릴 것 같다니까."

"모든 게 너무 다르죠." 내가 말했다.

"그러니까. 내 말이 그 말이야."

나는 창밖으로 도시를 지키며 서 있는 커다란 괴물 같은 건물들을 계속 바라보았다. "용광로에서 나오는 저 불꽃들은 바람을 타고 카본힐까지 날아갈 수 있을 것 같아요. 날아가다 중간에 예쁜 굴뚝을 발견하면 황새가 알을 떨어뜨리듯 그 아래로 떨어져서 자신만의 더 큰 불꽃을 만드는 거예요." 나는 슬로스 용광로 쪽을 향해 손을 흔들었다. "아기 불꽃." 나는 그 불꽃들을 그렇게 불렀다.

고모는 먹던 박하사탕 조각을 뱉어내 얼굴 가까이에 들고 있었다. "입안의 침도 이거보단 맛이 낫겠어." 고모가 사탕을 쳐다보며 말했다.

나는 고모의 말을 한 귀로 흘리면서 창밖의 다른 쪽을 가리켰다. "저 제강 공장의 높은 굴뚝 위에 올라가면 근처에서 날아다니는 새도 낚아챌 수 있을 거예요."

고모는 엄지와 집게손가락으로 사탕을 잡고 공중에 i의 점을 찍듯 내 앞에서 흔들어댔다. "테스, 내가 보기에 넌 종이랑 붓이 없어도 그림을 그릴 수 있을 것 같구나. 설령 말도 안 되는 그림이더라도 넌 그것만으로 참 행복하겠지."

가끔 고모는 세상에서 가장 멋진 여자처럼 보였다. 침이 잔뜩 묻은 사탕을 들고 있는 모습조차 말이다. 내가 말하면 공중에 그림이 그려지는 광경을 상상하니 기분이 좋았다.

"사람들은 버밍햄을 마법의 도시라고 부른대요." 어느 날 밤 집으로 돌아오는 길에 내가 아빠에게 말했다.

엄마와 아빠는 서로를 쳐다보았다. 피곤한 얼굴 뒤로 다른 표정이 보였다. 피곤하다기보단 슬퍼 보인달까. "여기 사람들은 코크스 가마에서 잔단다, 테스." 아빠가 말했다. "탄광 인부들은 직장을 잃으면 잘 집도 없단다. 회사가 집을 전부 가지고 있으니까. 사람들이 말하는 마법이라는 게 아빠가 보기엔 그리 좋지 않은 듯하구나."

하지만 나는 마법의 도시라는 이름이 마음에 들었다. 설령 사람들이 코크스 가마에서 잔다고 해도. 내가 모르는 일그러진 모습들이 있더라도 그마저 흥미롭게 느껴졌다.

리타

앨버트가 일하러 나가고 집에 없으면―그해 10월, 앨버트는 거의 집에 없었다―나는 끊임없이 집안일을 했다. 어찌나 부지런을 떨었는지 할일이 바닥나기는 처음이었다.

아이들이 잠들면 전기를 아끼려고 촛불을 켜고 일했다. 밤시간을 때울 요량이기도 했고 신발을 수선하는 모습을 앨버트에게 들키고 싶지 않았다. 나는 잠시도 눈을 붙일 수 없었고 아이들의 숨소리가 들리지 않으면 불안했다. 잠을 거의 자지 못했지만 아이들이 보이는 위치에 앉아 눕지 않기 위해 한쪽 팔꿈치로 턱을 괴고 있었다. 잭은 아직 완전히 낫지 않은 팔을 이리저리 옮기고 다리도 편히 둘 수 없어 잠을 잘 이루지 못했다. 자면서 비명을 지르거나 하는 아이가 아닌데 한번은 그런 적도 있었다. 잭은 뼈들이 부러진 사실을 몹시 자랑스러워했다. 낮에는 절대 투정을 부리지 않아 밤에 자면서 낑낑대는 그 소리가 너무도 안쓰럽게 들렸다. 나는 잭이 자면서 내는 소리들의 미세한 차이도 알아챘다. 그나마 낑낑대는 소리라도 내는 게 아무것도 들리지 않을 때보다 안심됐다.

조용히 누워 있는 잭을 보면서 다시는 아이에게서 아무런 소리도 들리지 않는다면 어떤 기분일까 생각했다. 잭에게서 정말 아무런 소리도 들리지 않는다면, 길가에 널브러진 그 벽돌들처럼 꼼짝 않고 누워만 있다면. 우리는 사고 이후에도 벽돌 회사를 찾아가지 않았다. 앨버트가 원하지 않았기 때문이다. 굳이 그들을 괴롭힐 필요 없다는 앨버트의 생각을 전혀 이해하지 못하는 건 아니지만, 눈을 뜰 때마다 그 운전사가 우리 아이에게 한 짓이 보여 나는 매우 힘들었다. 앨버트는 그 일에 대해 더이상 듣고 싶어하지 않았지만 한번쯤 내 생각을 전하고 싶었다. 그래서 처음이자 마지막으로 한번, 그에게 벽돌 회사에 보상을 요구해보자고 말했다. 하지만 더이상 그 일에 대해 생각할 필요가 없다는 그의 말에 나는 고개를 끄덕였다. 셀리아는 달랐다. 앨버트를 향해 거듭 잔소리하고 언쟁하고 한숨지었다. 그렇게 잔소리해도 어차피 그의 마음이 움직이지 않으리라는 걸 나는 알았다. 한번 결정하면 그걸로 끝인 사람이었다.

내가 입다물고 차갑게 굴며 그를 괴롭힐 수도 있었지만 결국 우리 둘만 괴로울 뿐이었다. 나는 그를 내버려두었다. 가능하면 모든 일을 원만하게 이끌어가고 싶었다. 이미 많은 일들로 충분히 혼란스러웠으니까.

적어도 내 생각들만은 꼭꼭 접어 머릿속에서 몰아내고 싶었다. 그래서 일주일 내내 식구들의 신발을 붙잡고 늘어졌다. 그러는 동안에는 잠든 아이들조차 눈에 보이지 않으면 불안해지는 내 마음이 조금은 진정되는 듯했다.

테스의 겨울 신발에 난 구멍이 점점 커져갔다. 신발 밑창은 5센트밖에 안 했지만 어느 정도 병원비를 갚고 앨버트가 일을 조금이라도 덜 하게 될 때까지 1센트라도 아끼고 싶었다. 앨버트가 새 밑창을 사는 걸 못마땅하게 여긴 게 아니다. 오히려 그 반대다. 한밤중에 테스의 신발 안에 댈 판지를 자르고 있는 나를 보았다면 왜 이런 고생을 하느냐고 화내며 빌 형부의 가게로 달려갔을 사람이다. 신발에 판지를 대면 어차피 하루밖에 가지 못해 매일 밤 같은 자리에 새로운 조각을 잘라 대어야 했다. 비오는 날엔 발이 축축해지는 걸 느꼈을 텐데 테스는 아무런 불평도 하지 않았다.

매일 신발에 판지를 대는 일은 단순히 돈을 아끼는 것 이상의 의미가 있었다. 5센트를 아낀다고 갚아야 할 병원비 75달러가 크게 줄어드는 건 아니었다. 하지만 앨버트가 지금이 몇 시인지 분간도 못할 만큼 초주검이 되어 한밤중이나 새벽에 들어와 고작 몇 시간 눈을 붙이고 다시 일하러 나가는 모습을 지켜보기가 너무 고통스러웠다. 하루는 아직 해도 지지 않았는데 아침식사가 무엇이냐고 물으며 들어온 적도 있었다. 원래부터 뭔가를 많이 사들이는 편이 아니었기에 딱히 절약하기도 힘들었다. 앨버트가 마시는 커피나 아이스박스에 넣을 드라이아이스를 사는 데 드는 돈은 차마 줄일 수 없었고, 사실 그 둘을 빼면 정기적으로 사들이는 것도 없었다. 나는 앨버트가 집에 돌아와 휴식을 취하며 담배를 피우는 동안에도 옷을 수선하거나 저녁 설거지를 하는 등 남편보다 더 오랜 시간을 일하려고 노력했다. 그가 탄광에서 땀 흘리며 애쓰는 동안에는 더더욱 휴식을 취하지 않았다. 침대 위에 누워 있으면 빈 옆자리가 더 딱딱하게 느껴졌고 시곗소리는 더 크게 들렸다. 그리고 너무도 무기력한 기분이 들었다. 잭이 침대에서 뒤척이는데 내가 아무것도 해줄 수 없을 때는 더더욱 그랬다.

신발을 따라 그린 선에서 조금이라도 어긋나지 않도록 심혈을 기울여 판지를 잘랐다. 다 자르고 나면 구멍이 안 난 다른 신발들 것도 똑같이 만들어두고 싶은 유혹을 느꼈다. 물론 그렇게 하진 않았지만 한동안 손에서 재봉가위를 내려놓지 못했다. 그러다 겨우 무릎에 가위를 내려놓고 내 앞에 테스의 신발을 나란히 두었다. 딱히 불빛이 필요하지 않았지만 옆에서 타고 있는 촛불 두 개를 끄지 않았다. 난롯불도 없는 방 한가운데서 피곤한 줄도 모르고 멍하니 다리를 꼰 채 앉아 있었다. 잠이 오지 않는 밤에 모든 생각을 멈추는 일은 쉬웠다. 생각을 멈추고 빈껍데기가 될 수 있었다. 발끝으로 차가운 바닥의 냉기를 느끼며 앉아 있는데 갑자기 앨버트가 문을 열고 들어왔다.

"이 한밤중에 어떻게 집에 왔어요?" 목소리를 낮추는 것도 잊은 채 내가 물었다.

앨버트가 내 옆으로 고개를 숙이고 속삭이며 대답했다. "지금 다섯시야, 리타리. 곧 수탉이 울 거라고."

수탉이 우는 시간은 내가 더 잘 알았다. 순간 무슨 말을 해야 할지 알 수 없었다. 나도 모르게 정신이 번쩍 들었다.

"당신이야말로 여기서 뭐하는 거야?" 앨버트가 물었다. "아직 잠옷 차림으로 말이야. 잭은 별일 없고?"

"잭은 괜찮아요."

"언짢은 일이라도 있어?"

나는 일어나 촛불 하나를 끄고 나머지 초는 앨버트를 향해 들었다. 그의 눈 밑이 꺼멨다. 명투성이인 잭의 얼굴을 밤새 들여다보았지만 앨버트의 초췌한 눈을 한번 보고 나니 그동안 꾹꾹 눌러왔던 비통함이, 대체 누구에게 이를 보상받아야 하는가 하는 생각이 다시 비어져나왔다.

"그냥 나와 있었어요." 그가 일일이 캐물을 상태가 아님을 알았기에 대충 얼버무렸다. "언제 다시 일하러 가요?"

"내일 저녁 근무조야."

"그럼 좀더 잘 수 있겠네요?"

앨버트는 고개를 끄덕이며 이미 침실로 향하고 있었다. 나는 초를 들고 뒤따라갔다. 그는 탄광에서 샤워하고 옷을 갈아입고 왔기 때문에 겉옷을 벗어던지고 내복 차림으로 침대로 향했다.

"잭은 밤새 잘 잤고?" 베개에 얼굴을 파묻은 채 그가 웅얼거렸다.

"직접 보세요." 이렇게 대답했지만 굳이 그를 흔들어 깨우진 않았다. "약간 뒤척이긴 해도 잘 자고 있어요."

고개를 들어 잭이 자는 쪽을 쳐다보는 건 아주 간단한 일이었지만 그나마도 겨우 해냈다. 잭을 머리부터 발끝까지 한번 훑어볼 만큼만 가까스로 눈꺼풀이 열렸고 그는 곧장 베개 속으로 얼굴을 파묻었다. "잭도 내가 어쩔 수 없이 집을 비운다는 걸 알겠지?"

"당연하죠. 일 때문에 그런다는 걸 잭도 알아요."

"사흘이나 아이가 깨어 있는 모습을 보지 못했어. 잭이 그런 아빠를 어떻게 생각할까?"

"어쩔 수 없는 상황이잖아요."

앨버트가 내 잠옷 자락을 잡고 나를 자신의 얼굴 가까이로 끌어당겼다. 아직 내게 키스를 해주지 않았다는 게 떠올라 나는 그가 굳이 고개를 들 필요가 없도록 얼굴을 낮췄다. 그러자 그가 내 볼에 가볍게 입을 맞추었다.

"어깨 쑤셔요?" 내가 물었다.

앨버트는 눈을 감은 채 끙 하는 소리를 냈다. 딸들은 움직임이 없었지만 나는 버지가 자는 척할 수도 있다고 생각했다. 아주 작은 소리에도 잘 깨는 아이였다. 테스는 잭처럼 곤히 잠든 게 분명했다. 일단 잠들면 나무토막이 되는 아이였으니까.

"좀 문질러줄까요?"

그가 이번엔 신음보다는 콧노래를 흥얼거리는 소리를 냈다. 나는 침대 끝에 앉아 양손을 문질러 따뜻하게 데웠다. 교대 때마다 뜨거운 물로 샤워하고 나와 차가운 공기를 맞는 일을 반복하다보니 그의 목덜미는 신문지처럼 건조했다. 목 밑 근육은 콘크리트처

럼 단단하게 굳어 손으로 잘 주물러지지도 않았다. 팔도 마찬가지
이리라. 내가 어깨를 다 주무르기도 전에 그가 코를 골기 시작했
다. 우리가 처음 만났을 때보다 그의 어깨는 더 단단하고 강해진
듯했다. 바위벽으로 달려가 부딪히면 그가 아니라 바위가 먼저 깨
질지도 모르겠다는 생각이 들었다.

앨버트가 잠든 후에도 나는 계속 그의 어깨를 주물렀다. 그가 일
어났을 때 조금이라도 편안함을 느낄 수 있기를 바라면서.

버지

좀더 조용해진 것만 빼면 잭은 다행히 예전 모습 그대로 집으로
돌아왔다. 팔과 다리에 깁스를 해서 여기저기 사고를 치며 돌아다
니진 못했지만 조만간 목발을 짚고도 예전처럼 사방에 자신의 흔
적을 남기는 법을 익히게 되겠지. 그러면 테스도 더는 잭을 괴롭히
지 못하고 거리를 둘 것이다.

엄마는 잭의 사고에 대해 얘기하는 걸 좋아하지 않았다. 일부러
뭔가를 회피하는 사람은 아니었기에 누군가 얘기를 꺼내면 태연하
게 응했지만 되도록 집안일이나 우리의 학교생활, 그리고 친척들
의 근황으로 화제를 돌리려 했다. 트럭 운전사가 앞으로 어떻게 될
지, 잭이 얼마나 운이 좋았는지, 병원에 누워 있는 잭의 모습을 처
음 보았을 때 얼마나 겁이 났는지에 대해선 절대 말하지 않았다.
잭의 사고는 예상 밖의 통제 불가능한 사건이었고, 엄마는 주기적
이고 규칙적인 일을 좋아했다. 그런 면에서는 나는 엄마를 꼭 닮았
다고 생각했다. 신발 하나는 침대 밑에 그리고 다른 하나는 침실
협탁 옆에 세워두는 식으로 아무렇게나 행동하는 테스처럼은 절대

되지 못했다. 나는 신발 두 짝을 발끝부터 뒤꿈치 부분까지 딱 붙여 같은 방향을 보도록 나란히 놓아야 직성이 풀렸다. 신발 두 짝을 방 양쪽에 서로 다른 방향을 향하도록 두면 어떨지 아주 가끔 궁금할 때가 있지만.

나는 엄마가 니스를 덜기 전에 옷을 갈아입고 해진 천으로 머리를 묶었다. 그리고 엄마의 옆에 놓인 붓들을 자세히 살펴보았다.

"엄마, 병원에 있던 로빈 언니 기억나요?" 마지막 한 방울까지 남기지 않고 양동이마다 니스를 붓고 있는 엄마에게 내가 물었다.

"그 귀여운 어린 간호사 말이니?"

"네. 그 언니 참 좋았는데…… 환자들도 정말 잘 돌보고요."

"그래, 그런 것 같더구나."

"엄마도 결혼 안 하고 혼자 살걸 하고 생각해본 적 있어요? 혼자 돈 벌면서요. 어디 먼 곳으로 가서."

"글쎄. 넌 어쩜 한 번도 생각해보지 않은 것들을 물어보니?" 엄마는 니스통을 내려놓고 내게 양동이 하나를 건넸다. 바닥에는 니스가 한 방울도 떨어지지 않았다.

"엄마는 그런 생각 전혀 안 해봤어요?"

"이런, 한 번도 안 해봤는데. 그런 생각할 시간이 어디 있니? 바닥에 니스칠 하기도 바쁜데."

잭의 사고 때문에 그해는 평소보다 니스칠을 늦게 했다. 그렇다보니 날씨가 추워져 바닥도 차가웠기 때문에 무릎이 시리지 않게 치마를 밑으로 밀어넣고 움직여야 했다. 엄마는 부엌을, 테스는 침실을, 나는 거실을 맡았다. 나는 가진 옷 중에 가장 낡은, 벨트 달린 크림색 원피스를 입었다. 옷자락이 해지고 한쪽 팔에는 지워지지 않는 짙은 얼룩이 묻었는데 어쩌다 옷 위에 뭘 쏟았는지 기억나지 않았다. 어쨌든 니스가 잔뜩 묻은 붓을 들고 양옆과 위아래로 칠하며 바닥을 쓸고 다니기에 더없이 좋은 옷이었기에 이런 일이 있을 때면 늘 입었다. 매해 가을마다 바닥이 지저분하고 칙칙해 보이기 시작하면 엄마는 니스칠을 해서 다시 윤이 나도록 만들었다. 꽤나 힘들고 골치 아픈 일이었다. 우리 모두 아빠의 낡은 작업용 장갑—아빠는 집에서 일할 때 장갑을 끼는 일이 거의 없는데 어떻게 낡은 장갑들이 모인 건지 모르겠다—을 꼈지만 양팔은 물론이고 흘러내린 머리칼에까지 온통 니스가 튀었다. 무릎을 잘못 내디며 니스가 묻으면 그 위로 먼지들이 달라붙었다. 머리칼을 스카프로 감싸 전부 뒤로 넘겼는데도 여전히 몇 올은 그 밑으로 삐져나왔고, 얼굴에 붙은 그것들을 떼어내려다 결국 니스를 묻히고 말았다.

열심히 칠을 하다보면 몸에서 절로 열이 났기에 난롯불을 피우지 않았다. 잭은 테라스에 나가 앉아 있었다. 창문들을 활짝 열어놓은 것도 모자라 혹시라도 잭이 냄새를 맡을까봐 엄마가 나가 있게 했다. 장갑 낀 손을 아무데도 대지 않고 바닥에서 무릎을 펴 일어나려는데 잭이 나를 부르는 소리가 들렸다.

"무슨 일인데?" 나는 흘러내린 머리를 입으로 불며 대답했다.

"그 형이랑 로이스 누나가 걸어올라오고 있어."

"오빌?"

"그 호루라기 형 말이야."

잭이 사고를 당하기 전날 밤, 동네 남자아이 하나가 재스퍼에서 놀러온 오빌이라는 사촌을 데리고 로이스네 집을 찾았다. 그리고 로이스가 그 둘을 데리고 우리집에 놀러와 얼떨결에 나도 어울리게 되었다. 그날 우리는 테라스에 잠시 앉아 있었다. 어떤 녀석들인지 직접 본 아빠는 너무 멀리 가지만 않으면 가끔은 그애들과 어울려 놀아도 좋다고 허락했다. 둘이서 정식으로 하는 데이트가 아니면 괜찮다면서. 두번째로 우리집에 놀러왔을 때 오빌은 내게 호루라기를 건네며 자신이 직접 조각한 것이니 병원에 있는 잭에게 선물로 주라고 했다. 다정한 아이였다.

하지만 그날 그애가 갑자기 찾아온 건 식겁할 일이었다. 남의 집을 방문하려면 어떤 식으로든 미리 알려주었으면 싶었다.

창문 옆에 숨어 그애들이 얼마나 가까이 왔는지 살펴보는데 로이스와 오빌이 잭에게 손을 흔드는 모습이 보였다. 그애들이 계단을 올라오는 소리가 들리자 나는 장갑을 벗어던진 뒤 튀어나온 머리칼들을 허겁지겁 스카프 속으로 밀어넣었다. 그리고 치맛자락 안쪽으로 재빨리 얼굴을 닦았다. 따로 옷을 갈아입을 시간 따위 없었다.

"버지." 로이스가 노크하며 나를 불렀다.

나는 속으로 셋까지 세고 문을 열었다. "안녕, 애들아. 지금 바닥에 니스칠을 하는 중이라 좀 엉망이네. 미안."

너 정말 엉망이구나 하는 표정으로 로이스가 나를 쳐다보았지만 오빌은 동요하지 않았다. "안녕, 버지." 오빌이 말했다. "반가워."

오빌은 한 발 뒤로 물러서서 로이스가 먼저 안으로 들어갈 수 있도록 문을 잡아주었다. 예의바른 태도가 그애의 가장 큰 장점이었다. 매번 인사할 때면 나를 향해 거의 숙이다시피 고갯짓을 했다. 함께 다니면 문을 열어주거나 의자를 빼주는 건 물론이고 길을 걸을 때도 항상 자신이 차도 쪽에 서는 걸 잊지 않았다.

"우리가 너무 갑자기 찾아왔지. 미안해." 니스 냄새가 나는지 로이스가 코앞에 대고 손을 흔들며 말했다. "지금 친구들 만나려고 시내에 나가는 길인데 너도 같이 가면 좋을 것 같아서."

"안 돼. 나는 못 가." 내가 말했다. "이런 꼴로 갈 순 없잖아. 다 씻고 나가려면 한참 걸릴 테고. 나는……" 남자아이 앞에서 목욕해야 한다는 말을 꺼내도 되나 싶어 순간 입을 다물었다. "머리부터 발끝까지 다시 단장해야 하는데." 대신 이렇게 돌려서 말했다.

"지금도 괜찮은데." 오빌이 말했다. 표정에서 진짜로 그렇게 생각하고 있다는 게 느껴졌다. 친절했지만 왠지 바보 같기도 했다.

로이스는 냄새 때문인지 여전히 얼굴을 찌푸리고 있었다. 나는 문을 열고 로이스에게 저쪽으로 나가자고 손짓했다.

"테라스에 나가서 앉자. 이러다 너희들 기절하겠어." 니스칠 해놓은 곳을 그애들이 망칠까봐 걱정되기도 했다. 오빌이 밖으로 나가는 우리를 위해 다시 문을 잡아주었다. 우리는 테라스로 나가 잭의 맞은편에 있는 흔들의자에 앉았다. 잭은 마당 쪽으로 5미터쯤 떨어진 곳에 놓인 양동이 속에 돌을 던지고 있었다.

"미안하지만 나는 안 될 것 같아." 내가 다시 말했다. "갈 준비가 안 됐어. 지금부터 준비하려면 너무 오래 걸릴 거야."

"기다려줄게." 로이스가 말했다.

"미안. 진짜 미안." 내가 오빌에게 말했다. "너희랑 같이 가고 싶지만 이번엔 안 될 거 같아. 다음번에 놀러오면 또 볼 수 있기를 바랄게."

그후로도 몇 분간 테라스에 앉아 같은 대화를 반복했지만 나는 마음을 바꾸지 않았다. 아이스티를 한 잔씩 나눠 마신 뒤 그애들은 가던 길로 돌아갔다. 오빌이 꽤나 섭섭해하는 눈치였지만 그래도 같이 갈 순 없었다. 나는 너무 지저분했다. 물을 길어다 씻고 나가려면 한 시간은 넘게 걸렸을 테고. 게다가 내 몫의 니스칠도 끝내지 못한 상태였다.

테스

잭의 사고 이후 우리는 우물의 여자에 대해선 거의 잊고 지냈다. 동시에 나의 악몽도 멈추었다. 나도 버지 언니도 그 아기나 여자, 혹은 이 문제를 어떻게 해결해야 할지에 대해 더이상 얘기하지 않았다. 주변 사람들도 대부분 말을 꺼내지 않았기에 딱히 우리만 입다물고 있으려고 애쓴 건 아니었다. 엄마와 아빠는 거의 잠을 이루지 못했지만 어떻게든 이 상황을 버텨내려고 노력하는 듯했다. 두 분의 얼굴에는 주름이 한층 늘었고, 언니는 엄마에게 보탬이 되기 위해 어느 때보다 열심히 집안일을 도왔다.

집안 분위기가 달라졌음을 느꼈기에 그 진지한 분위기에 동참해야 한다는 건 알았지만 잭의 건강이 점점 나아지는 모습을 보니 나도 모르게 좀이 쑤셨다. 버밍햄에서 돌아온 후로 뭔가 하고 싶고 어디론가 떠나고 싶은 마음에 온몸이 들쑤셨다. 머릿속은 온통 도시에 대한 생각들로 가득찼다. 하지만 내가 버밍햄으로 다시 갈 방법—조만간 식구들이 버밍햄에 갈 일은 없어 보였고, 혹여 가더라도 나 혼자 버밍햄 시내를 돌아다니도록 허락하지 않을 게 분명했다—은 거의 없었기에 그와 비슷한 일이라도 만들어내야 했다. 루엘렌과 그 집 뒷마당에 묻혀 있다는 죽은 아기들을 떠올려보니 순간 호기심이 일었다. 그애의 오므린 입술과 뾰족한 혀, 어딘가 모르게 어른스러운 행동들과 죽은 아기들. 루 엘렌은 버밍햄만큼이나 내가 사는 세상과는 또다른 미지의 세계에 살고 있었다. 그리고 그 미지의 세계가 적어도 우리집 가까이에 있었다. 그애는 밖에서 일하는 엄마를 대신해 집안일을 도와야 했기에 매일 학교에 나오지는 않았다. 그래서 언제 학교에 나오는지 늘 살펴보던 어느 날, 마침내 쉬는 시간에 그애를 발견했다. 나는 다가가 그애의 집에 놀러가서 죽은 아기들이 묻혀 있다는 곳을 볼 수 있을지 물었다. 나무 그늘에 혼자 앉아 있던—다른 여자아이들과 어울려 노는 모습을 한 번도 본 적이 없었다—그애는 내 부탁에 딱히 놀라지 않았다. 그러고는 망설임 없이 술술 대답했다. 무슨 구경거리처럼 아기들이 묻혀 있는 곳을 친구에게 둘러보도록 부모님이 허락해주진 않겠지만 모두 잠든 뒤에 온다면 몰래 보여줄 수 있다고.

밤중에 몰래 밖으로 빠져나온다니 좀더 신나는 일 같았다. 나는 다음날 밤 식구들이 잠들고 나면 그 집 마당에서 그애를 만나기로 계획을 세웠다.

버지 언니에게는 아무런 말도 하지 않았다. 집안이 여러모로 복잡한 상황에서 내가 루 엘렌네 죽은 아기들을 신경쓴다는 사실을 알면 잔소리할 게 뻔했다. 언니가 뭐라 해도 나는 나가야 했다. 언니도 나도 친구네 집에서 하룻밤을 자고 오는 게 아니면 밤늦게 나가본 적이 없었기에 지금껏 이런 일로 부모님한테 허락을 구한 적도 없었다. 그리고 아빠는 늦은 밤까지 딸들을 돌아다니게 하는 부모들을 이해할 수 없다고 늘 말했다. 그 말은 곧 우리는 그렇게 할 수 없다는 의미라는 걸 알았다.

이건 절대 나쁜 짓이 아니며 친구네 집에 잠깐 다녀오는 일일 뿐이라고 스스로를 달래면서 비밀을 만드는 것에 죄책감을 느끼지 않으려고 애썼다. 아무 말 안 하는 게 거짓말을 하는 건 아니니까. 이런 일을 벌인다고 결코 엄마와 아빠를 무시하는 건 아니었다.

루 엘렌을 만나기로 한 날, 학교에서 돌아오니 우물에서 물을 긴고 있는 엄마의 뒷모습이 보였다. 몰래 다가가 허리를 감싸자 엄마가 "으악" 하고 소리를 질렀다.

"아주 엄마를 반으로 동강내려는구나." 이렇게 말했지만 정말로 싫어하는 눈치는 아니었다. 엄마는 돌아서서 한 손으로 나를 쓰다듬었다. "그래, 오늘 잘 보냈니, 우리 예쁜이?"

"네, 엄마" 했으면 될 일인데 나도 모르게 "루 엘렌한테 오늘밤 놀러가겠다고 얘기했어요"라고 했다. 대체 이런 말들은 왜 이토록 정직하게 튀어나오는지 늘 궁금했다.

"저녁 먹고?" 엄마가 별일 아니라는 듯 물었다.

"네, 저녁 먹고 조금 있다가요. 잠잘 시간쯤에요."

"왜 그렇게 늦게 가니?"

거짓말하고 싶지 않았지만 바보같이 사실대로 말할 수도 없었다. "평소와는 다른 경험을 해보고 싶어서요." 최대한 재빨리 머리를 굴려 대답했다. "그렇게 늦은 시간에 밖에 나가본 적이 한 번도 없었잖아요. 주변에 아무도 없고 달빛만 비출 때 잠시 우리끼리 뒷마당을 차지하면 재미있을 거 같아요. 이 세상에 우리만 있는 듯하면서 세상이 아주 다르게 보일 것 같아요."

나는 상상력을 최대한 발휘해 머릿속에 그려지는 밤 풍경을 묘사했다. "아마 모두가 잠들면 귀뚜라미들이 한데 모여 큰 밴드가 되어 연주하겠죠. 부엉이들은 나뭇가지에 앉아 자는 새들을 장난삼아 툭툭 건드려보겠죠. 땅에 툭 떨어지는지, 아니면 떨어지기 전에 깨어나는지 보려고요."

"네가 그런 얘기하는 거 오랜만에 들어보는구나, 테스." 보통 이런 상상 속 얘기들을 주절거리면 엄마는 그만하라고 했지만 그날만큼은 내 말을 막지 않았다. 대신 눈가에 주름이 잔뜩 질 정도로 지금껏 보지 못했던 환한 미소를 지으며 내 머리 위에 손을 올렸다. "네 상상 속 얘기들이 이토록 그리울 줄은 정말 몰랐구나. 밖에 주머니쥐나 귀신이 있을까봐 무섭지는 않니?"

나는 고개를 저었다. 내가 무서워하는 건 요정을 잡아먹는 주머니쥐이지 평범한 주머니쥐는 아니라고 말하고 싶었지만 굳이 하지 않았다. 그리고 그날 밤 주머니쥐들이 밖에 나와 있을 거라고는 생각도 하지 않았다.

"그런 말을 참 일찍도 꺼내는구나. 그런 거 같지 않니?" 엄마는 가득 든 물이 넘치지 않도록 조심하면서 우물가에 양동이를 내려놓았다. "허락을 구하는 게 아니라 통보를 하는 것 같은데."

"죄송해요, 엄마. 가도 돼요? 제발요. 잠깐 나가서 색다른 경험을 해보고 싶을 뿐이에요. 아빠는 늘 밤늦게 나가는 건 안 좋은 일이라고 하잖아요. 그래서 엄마가 허락을 안 해줄 거라고 생각했어요."

엄마는 반쯤 미소를 지으며 고개를 저었다. "아빠는 남자애들이랑 밤에 어울려 다니는 걸 말하는 거야. 마당을 보러 나가는 거라면 크게 신경쓰지 않을 듯한데." 엄마는 이 사이로 혀끝을 내밀고 위를 올려다보았다. "그래도 요새 아빠가 신경이 예민하니까 이 얘긴 하지 않는 게 좋겠어. 시간 맞춰 나가도록 하렴…… 돌아올 때는 아빠가 잠들었을 테니 조용히 들어와야 해."

심지어 엄마는 언제까지 돌아와야 한다는 말도 하지 않았다. 앞으로 엄마에게 이런 일은 사실대로 말해도 되겠구나 싶었다. 엄마는 내 부탁을 아주 잘 들어주었다.

밤 아홉시가 조금 넘어 루 엘렌의 집에 도착했다. 밤에 보는 마당은 전혀 다른 세상 같았다. 보통 이 시간쯤이면 테라스에 앉아 어둠 속을 지켜보는 게 전부였는데 이날만큼은 한 발씩 쿵쿵 내디디며 어둠 속을 걸었다. 짧은 거리였지만 내 발이 무엇을 밟게 될지 모른다는 생각에 속도를 냈더니 루 엘렌네 집에 도착했을 때는 가쁜 숨을 몰아쉬었다.

루 엘렌은 테라스에서 나를 기다리고 있었다. 흔들의자에 앉아 있는 그애의 아주 작은 그림자가 눈앞에 보였다. 그림자가 나를 향해 손을 흔들고 서둘러 테라스 계단을 내려왔다. 평소 그애가 계단을 내려올 때 슬리퍼에서 텅텅텅 하는 소리가 들렸지만 이날은 조심조심 내려오는지 통통통 했다. 혹시라도 걸려 넘어질까 말아올린 잠옷이 무릎까지 올라가 있었다. 루 엘렌은 안녕이라는 인사도 없이 내 팔을 잡아당기더니 집 근처의 숲으로 끌고 갔다. (주변은 온통 들판이었지만 집 옆으로 소나무 몇 그루가 옹기종기 모인 곳이 있었다.) 그애가 손목을 잡아주어 안심이 되었다. 하지만 나머지는 전부 낯설었다. 나무들이 모여 하나의 거대하고 어두운 벽을 만들었고, 그 그림자 때문에 땅은 온통 검고 평평한 나무들로 이루어진 또다른 숲처럼 보였다. 나뭇가지들이 흔들릴 때면 그 틈으로 달빛이 새어들었고 나는 문득 그 달빛 아래서 땅따먹기 놀이를 하고 싶어졌다. 주변은 어둠만큼이나 고요함으로 가득했다. 반딧불과 귀뚜라미마저 잠든 듯했다. 들리는 건 살금살금 움직이는 우리의 발과 소나무들 틈으로 불어오는 바람이 내는 소리뿐이었다.

그때 루 엘렌이 잡고 있던 내 손목을 놓고 갑자기 멈춰 서는 바람에 서로 부딪힐 뻔했다.

"여기야." 그애가 바로 앞을 가리키며 말했다.

나는 그곳을 쳐다만 보았다. 흙과 잡초 다발, 그리고 풀들만 여기저기 보일 뿐 아무런 표시도 없었다. 이름이 적힌 묘비는 물론 돌 하나조차도.

"아무런 표시도 없는 거야?" 내가 물었다.

"어차피 우리는 어디인지 아니까." 루 엘렌이 속삭였다. "커다란 소나무 세 그루가 있는 자리에서 다섯 발짝 떨어진 곳으로 아빠가 정했거든. 그 소나무들 앞에 아기가 한 명씩 묻혀 있어."

루 엘렌이 몇 발짝 걸어가 바로 아래를 가리켰다.

"그러니까 너는 안다는 거야?"

"응." 그애가 확실하다는 듯 말했다.

"남들은 여기 아기들이 있다는 것도 모르고 위를 걸어다니고?"

"글쎄, 그것까진 모르겠어."

거기에 얼마나 오랫동안 서 있어야 할지 알 수 없었다. 생각보다 흥미롭지 않았다. 적어도 몇 분은 머물다 가는 게 예의일 듯해 그 자리에 서서 침대시트나 담요에 싸여 땅 아래에 묻혔을 아기들을 생각해보았다. 담요 아래에 뭐가 있을지는 생각해보지 않았다.

"죽은 아기들을 왜 땅에 묻는다고 생각해?" 내가 물었다.

"글쎄, 그럼 어디에 묻는데?"

그 말이 정답일 수도. 다른 대안이 없으니 말이다. 하지만 애벌레와 민달팽이와 바퀴벌레가 이리저리 돌아다니는 차갑고 딱딱한 흙속에 아기들이 묻혀 있다고 생각하니 기분이 좋지 않았다.

"아기들은 상자 같은 데 들어 있어?" 내가 물었다.

"아니, 천에 싸여 있어. 내 기억에 적어도 두 명은."

더 찜찜한 기분이 들었다. 나 역시 인어와 반짝이는 물고기가 사는 멋지고 시원한 우리집 우물이 땅속보다 나은 장소일 거라는 생각이 들었다. 우물의 여자가 순전히 악마 같거나 미친 사람이 아닐수도 있다는 버지 언니의 말이 맞을 수도 있었다. 어쩌면 착한 면이 조금은 있었을지도. 예쁜 전차들과 코크스 가마에서 자는 사람들이 공존하는 버밍햄처럼. 우리집 우물이 무덤으로 쓰였다고 생각하면 여전히 기분이 이상했지만, 흙을 담요삼아 그 속에 묻히는 일도 지금껏 진지하게 생각해보지 못했다. 내가 진심으로 애정을 준 것이었다면 꽁꽁 싸매서 흙속에 깊이 묻었을 테다. 개들이 함부로 파내지 못하도록 쓰레기를 단단히 묻듯이.

그때 유일하게 불빛이 있던 창가에서 그림자 하나가 움직이는 모습이 보였다. 전깃불은 아니었고 뇌우가 쏟아지면 엄마가 들고 다니는 기름램프 불빛 같았다. 희미했지만 긴 머리칼이 보일 정도로는 밝았다.

"너희 엄마 아직 안 주무셔?"

"아냐, 루 이모야."

"네가 밖에 나와 있는 걸 눈치챘을까?"

"아마도. 언덕 아래에 잠깐 내려갔다고 생각할 거야." 루 엘렌이 화장실 쪽으로 고갯짓하며 말했다. "그냥 집안을 서성거리는 거야. 곤히 잠드는 편이 아니거든. 돌아다닐 때 보면 혼잣말도 해. 가끔은 어디에 가 있는지도 모르겠고."

"너희 이모 괜찮은 거야?"

"괜찮다가도 가끔은 내가 이모랑 한 방에 있는 게 맞나 하는 생각도 들어. 말도 아무것도 안 하거든."

"아." 이제 집으로 가야겠다고 말해야지 생각하면서 돌아서려는데 그애가 말을 이었다.

"한번은 이모랑 너희 집 근처에 간 적도 있는데. 이모가 여기로 이사오기 전에 말이야. 우리집에 놀러왔다가 마을을 둘러보고 싶어했거든. 너희 아빠가 농장 주인이니까 이모한테 너희 집도 보여주라고 엄마가 말했어."

"왜 집안으로 들어오지 않았어?"

"그땐 널 몰랐으니까."

순간 한 가지 생각이 머리를 스쳤다. 지난 몇 달간 그토록 많은 사람들이 우리집 주변을 서성인 그 이유 말이다. "아기가 던져진 곳도 이모한테 보여줬어?"

"그때는 그 일이 일어나기 전이었어."

"그렇구나."

"이모가 여기로 이사온 건…… 그후로 몇 주 뒤겠다. 이모는 이러쿵저러쿵 남 얘기 하는 걸 좋아해. 그래서 엄마가 나한테 시켰지. 이모한테 너희 집을 보여주고 식구들에 대해서도 얘기해주라고."

"그래서 뭐라고 했는데?"

루 엘렌이 어깨를 으쓱해 보였다. "너희 언니가 정말 예쁘다는 거, 그리고 너희 엄마와 아빠는 누군가 부탁하면 늘 도움을 준다는 거. 너희 식구 모두 교회에 열심히 다니는 좋은 사람들이라는 거. 너희 아빠는 절대로 우리보다 높은 사람처럼 행동하거나 깔보는 투로 말하지 않는다는 거."

"나에 대해선 아무 말 하지 않았니?"

"음, 글쎄." 최대한 뭔가를 떠올려보려고 애쓰는 듯했다. "아무 얘기 안 한 거 같은데."

순간 섭섭한 마음에 뒷마당에 묻힌 아기건 뭐건 괜히 목화 위에서 함께 놀자고 했다는 생각이 들었다. 내 표정에서 섭섭함을 읽었는지 그애가 재빨리 한마디 덧붙였다. "엄마가 이모한테 이런 말도 했어. 만약 하느님의 뜻을 받아 일하는 사람들이 있다면 분명 너희 식구들일 거라고."

여전히 내 이름이 나오지 않아 섭섭했다. 다들 내게 정말 매력적인 아이라고 하는데. 나에 대해서도 분명 해줄 말이 많았을 텐데. 이런 얘기들을 꺼내려는데 갑자기 앞문이 열리는 소리가 들리는 바람에 우리는 테라스 뒤에 몸을 웅크렸다. 다행히 루 엘렌네 엄마가 밤늦게 여기서 뭐하는 거냐며 소리를 지르러 나온 건 아니었다. 문을 열고 나온 그 사람은 루 이모였다.

루 이모는 어깨가 넓고 덩치가 컸다. 초승달 아래였지만 얼굴을 똑바로 알아볼 정도는 되었다. 야외예배에서 본 그 여자였다.

나는 멍하니 한 걸음씩 내디디며 집으로 돌아왔다. 침대로 기어 올라가 겨우 이불을 덮고 바로 잠들었다. 나쁜 꿈 같은 건 꾸지 않았다. 방금 눈을 감은 것만 같았는데 깨어보니 정신이 아주 맑았다. 커피향과 타닥타닥 불꽃 타는 소리가 참 좋았다. 눈은 감고 있었지만 소리와 냄새만으로 주변에서 일어나는 일들을 알 수 있었다. 엄마가 부엌에서 냄비를 달그락거리는 소리, 아빠가 불을 피우고 우리가 씻을 물을 옮기느라 바닥이 삐거덕거리는 소리가 들려

왔다. 커피향과 함께 진한 베이컨냄새도 올라오길 바랐지만 빵냄
새만으로 충분히 좋았다. 앞으로도 몇 분은 아무것도 하지 않고 퀼
트이불 속에 폭 파묻혀 있을 수 있었다. 하지만 이날 아침만큼은
평범하게 보내선 안 되겠다는 생각이 들었다.

"언니, 언니, 언니." 언니가 얼굴을 찌푸리는 게 보였지만 계속
불렀다. "언니."

"왜?" 언니는 내 쪽으로 돌아눕지도 않고 양팔로 가슴을 감싸안
은 채 가만히 누워 있었다.

"언니."

"내가 '왜'라고 했잖아?" 반쯤 깬 상태에서 짜증이 난 목소리였
다. 내가 이렇게까지 난리를 피우는데 조금이라도 적극적으로 반
응해주길 바랐지만 언니는 여전히 꼼짝 않고 누워만 있었다. 나는
전날 밤 늦게 돌아와 엄마가 나를 위해 테라스에 놓아둔 열쇠를 찾
아 살금살금 움직였다. 아빠가 뒤척이거나 코 고는 소리가 들릴 때
마다 깜짝깜짝 놀라며 최대한 바닥에서 삐걱거리는 소리가 나지
않도록 침대까지 기어들어왔는데 언니는 전혀 알지 못했다. 죽은
듯 잠만 잤으니까. 엄청난 소식을 전해주려고 내가 몇 시간을 기다
렸는지 언니는 알지 못했다.

나는 가까이 몸을 기대고 곧장 언니의 귓가에 말했다. 언니는 싫
어했지만.

"우물에 아기를 버린 여자는 루 엘렌네 이모가 거의 확실해."

언니가 드디어 내 쪽으로 돌아눕더니 한쪽 눈을 슬그머니 뜨고
약간 고개를 들었다. 언니의 베개에 침이 묻어 있었다. "왜 그렇게
생각하는데?"

나는 언니에게 아기들이 묻혀 있던 곳과 루 이모에 대해 들려주었다.

"그러니까 루 이모라는 사람은 우리가 누구인지 알고 있었구나." 언니는 여전히 베개에 머리를 묻고 있었지만 눈동자는 엄청 커졌다. "게다가 우리랑 연관도 있네. 정말 그 여자가 야외예배 때 넋이 나간 사람처럼 울었단 말이지?"

"응, 거의 정신이 나간 사람 같았어."

"하지만 그 여자한테 아기가 있었는지 알 수 없잖아."

"음, 우리는 아침에 해가 뜰 거라는 사실을 모르지만 해는 항상 떠오르잖아." 전에 아빠가 이런 말을 하는 걸 들은 적이 있어 따라 해보았다. 아빠가 그런 말을 할 때면 왠지 모르게 똑똑해 보였다.

"지금 무슨 소리 하는 거야?" 언니가 한 손으로 눈을 비비며 말했다.

사실 나도 해 이야기가 무엇인지 확실히 몰랐기에 그냥 하던 말을 계속했다. "그 여자랑 직접 얘기해보지 않으면 알 수 없는 일이긴 해."

"탤버트 아저씨네 딸한테는 안 물어봤어?"

"루 엘렌? 아니, 안 물어봤는데."

언니는 팔꿈치를 디뎌 몸을 일으키고 나를 내려다보았다. "왜 안 물어봤어?"

나도 팔꿈치를 디뎌 몸을 일으켰다. "지금 그애한테 물어봤어야 했다는 거야? '너희 이모가 아무도 모르게 아기를 낳아서 재미로 우리 우물에 던진 거 같은데 정말이니'라고?"

"쉿." 언니가 부엌 쪽을 쳐다보며 말했다. "그런 식으로 비꼬지

마. 우리가 잘 알지도 못하는 어른을 찾아가 묻기보단 그애한테 묻는 게 더 수월했을 거라는 뜻이니까."

"왜 어린 조카한테 그런 얘길 했겠어? 아기를 가졌거나 버렸다고 말이야."

언니는 어휴 하며 다시 쿵 하고 베개 속으로 얼굴을 묻었다. 머리에 꽂은 컬핀이 언니의 뇌 속까지 찌르진 않을까 궁금했다. 언니는 자리에 그대로 누워 있었고 나는 다리를 포개고 앉아 무릎으로 언니의 왼쪽 다리를 쿡쿡 찔렀다. 하지만 언니는 꼼짝않고 내 쪽은 쳐다보지도 않았다.

"너라면 아기를 낳은 사실을 아무도 모르게 숨길 수 있겠어?"

언니가 얼굴 절반을 베개 밖으로 내놓고 다시 물었다.

나는 어깨를 으쓱했다. "아기가 많이 울지만 않는다면." 그러다 이 사실이 떠올랐다. "그 여자는 브릴리언트에서 왔잖아. 여기에 아기를 데려온 적이 없다면 비밀을 유지할 수 있었겠지. 루 엘렌네 집에 아기를 한 번도 안 데려왔다면 말이야."

"네 말이 맞을 수도 있겠다, 테스" 언니가 내 무릎에 쾅하고 부딪히며 자기 무릎을 세웠다. "정말 그 여자일 수도 있을 것 같아."

언니는 누워 있고 나는 앉아 있는 와중에 너무나 조용한 나머지 프라이팬에 달걀이 치익 하고 떨어지는 소리가 들렸다. 그리고 오븐 문이 열리는 소리. 빵이 다 준비된 모양이었다.

"그래서 언니는 어떻게 하고 싶은데?" 내가 물었다. "아빠한테 말할까? 아빠가 경찰서장 아저씨한테 전하도록?"

언니가 침대에서 빠져나와 옷장에서 옷을 꺼내며 말했다. "아냐. 우리가 직접 가서 여자랑 먼저 얘기해보자."

딱히 좋은 생각 같진 않았지만 그래도 호기심이 일었다.

리타

잭이 앞테라스에서 다람쥐를 한 마리 잡았고, 나는 그걸로 그날 저녁에 먹을 스튜를 만들었다. 배가 부르면 아이들이 그나마 고기를 덜 찾았기에 옥수수빵과 스튜를 많이 해 먹었다. 다람쥐고기는 스튜를 해 먹기에 완벽한 재료였다. 고기로만 요리해 먹기엔 맛이 강했다.

다들 접시 위에 옥수수빵을 세모 모양으로 잘라놓고 그릇에 스튜를 담았다. 후다닥 한입씩 맛을 본 우리는 잭에게 아주 맛있다고 얘기해주었다. 잭 역시 스튜를 한입씩 먹을 때마다 미소를 지었다.

"다음번엔 토끼를 잡을게요." 잭이 말했다.

"그러지 말고 사슴을 잡아." 테스가 말했다.

"차라리 버펄로를 잡으라고 하지 그러니." 앨버트가 접시에서 눈도 떼지 않은 채 말했다. 그가 아이들과 함께 앉아 저녁식사를 하는 것도 참으로 오랜만이었다. 극도로 피곤한 나머지 스튜 그릇에 얼굴을 박고 잠들기 전에 얼른 식사를 마치길 바랄 뿐이었다.

"아까도 잘하면 사슴을 잡을 수 있었는데." 잭이 말했다. "정말 잡을 수 있었어."

아무도 그 말에 반박하지 않았다. 스튜에 후추를 약간 더 넣을걸 그랬다. 양파도 약간 더.

"우물에 버려진 아기에 대해 생각을 좀 해봤어요." 버지가 고개를 숙인 채 입을 닦으며 말했다. "어떻게……"

앨버트가 고개를 가로저으며 버지의 말을 막았다. "지금은 그런 얘기를 할 때가 아닌 것 같구나. 학교나 친구, 아니면 이웃들 얘길 하는 게 어떻겠니. 즐겁게 웃을 수 있는 얘기가 아니면 별로 하고 싶지 않구나. 골치 아픈 건 싫구나."

우리는 앨버트가 한 손으로 턱을 괴고 스튜를 떠먹는 모습을 지켜만 보았다. 버지는 고개를 끄덕였지만 얼굴에는 상심과 죄책감이 어린 듯했다.

"미시의 남동생이 쉬는 시간에 개구리 한 마리를 통째로 입에 넣었어요." 테스가 말했다. "결국 내기에서 이겨서 상대 남자애한테 감초과자를 받았고요. 거기서도 개구리 맛이 났을 거 같아요."

"나는 개구리 두 마리도 넣을 수 있는데." 잭이 말했다.

9
커피와 저녁식사

잭

루 엘렌 누나네 집에 갔던 날 밤, 테스 누나는 난생처음 밤늦게 몰래 집으로 들어왔다. 우리가 좀더 클 때까지 적어도 일주일에 한 번은 그런 일이 계속됐다. 늘 엄마에게 미리 목적지를 알렸고, 엄마가 허락하지 않으면 이를 어기고 나가진 않았다. 엄마는 누나의 외출을 대부분 허락했고, 대개 일찍 잠자리에 드는 아빠는 누나가 밤늦게 나갔다 들어오는 걸 눈치채지 못했다.

한번은 누나가 뒤테라스 계단으로 살금살금 올라오다 밤에 바깥 화장실까지 한참 내려갈 필요가 없도록 테라스에 놓아둔 항아리—오줌을 쌀 수 있게 만들어놓은 오래된 통이었다—에 발이 빠진 적도 있었다. 다행히 아빠는 그때 잠들어 있었다. 그 무렵 아빠는 자는 동안 거친 숨소리를 내며 밤새 뒤척였기 때문에 엄마에게 방해되지 않도록 다른 침대를 썼다. 나는 아빠처럼 체내시계가 정확한 사람을 본 적이 없었다. 아빠는 그 덕분에 밤새 뒤척이면서도 늘 죽은 듯 잠에 빠져 있었다. 아빠에게 새벽 4시 33분에 깨고 싶다고 말하고 돈 내기를 걸면—실제로 한 적은 없었지만—정확히 4시 33분에 내 어깨를 흔들 것이다. 4시 32분도 34분도 아닌 정확히 4시 33분에.

테스 누나가 뒤테라스 계단을 올라오다 항아리를 밟은 날도 아빠는 그 소리를 듣지 못했다. 하지만 누나가 발을 헛디뎌 문가 바닥에 쾅하고 부딪히는 바람에 나머지 식구들은 알아차렸다. "젠장!"하고 낮게 탄식하는 소리도 크게 들려왔다. 연이어 항아리가 달그락대고 그 안에서 누나의 발이 철벅거리는 소리에 우리는 키득키득 웃음을 터트리고 말았다. 엄마는 침대가 삐걱거리도록 웃었지만 아빠는 여전히 잠에 빠져 있었다. 우리는 누나가 양말과 신발을 벗은 한쪽 발로 통통거리며 안으로 들어올 때까지 모른 척 조용히 누워 있었다.

"다행히 큰 걸 본 사람은 없었어." 누나는 혼잣말했고 나머지 우리는 혹시라도 아빠가 깰까봐 한참을 베개에 얼굴을 파묻고 있어야 했다.

테스 누나는 두 명의 남편을 먼저 떠나보내고 어릴 적 그 집으로 돌아가 병든 엄마와 함께 시간을 보냈다. 그리고 엄마가 돌아가신 후에도 줄곧 홀로 남아 집을 지켰다. 틈만 나면 화분에서 흙을 파내 맛을 보려고 애쓰는 슈나우저 한 마리와 함께.

버지 누나는 2년제 대학을 마치고 교사 일을 시작했다. 2년제 대학을 나와도 교사자격증을 취득할 수 있었던 마지막 해에 졸업했기에 가능한 일이었다. 식구들은 버지 누나의 등록금을 마련하기 위해 절약하고 저축하는 생활을 했다. 나는 테스 누나의 도움을 받아 신문을 팔았고, 버지 누나가 대학을 마칠 때까지 우리 중 누구도 새 신발을 사지 못했다. 이 년 후 누나는 집에서 50킬로미터 떨어진 지역에서 교사 일을 시작했고 그곳 하숙집에서 룸메이트와 함께 지냈다. 누나는 교사라는 직업을 사랑했고, 자격증 승급을 위해 다닌 트로이 주립대학에서 같은 과정을 공부하던 지금의 남편을 만났다. 전시에 그가 해외로 나간 동안 누나는 계속 교직에 있었으나 그가 돌아오자 일을 그만두고 자신의 가정을 꾸렸다.

현재 버밍햄에 사는 버지 누나는 가끔 연휴가 되면 아들들의 차를 타고 옛집으로 돌아와 테스 누나와 몇 주간 시간을 보낸다. 그리고 어쩌다 우리 셋이 그 집에 모이면 이야기꽃을 피운다. 아빠가 가장 좋아한 파이가 무엇이었는지, 밤이면 누가 가장 크게 코를 골았는지, 테스 누나가 열쇠구멍으로 훔쳐보는 것도 모르고 문을 확 열었다가 눈에 시퍼런 멍을 들게 한 버지 누나의 남자친구가 누구였는지…… 정치나 책이나 영화 따위에 대해선 거의 대화를 나누지 않는다. 우리에겐 과거를 펼쳐보고 그때의 자질구레한 일들을 더듬어보는 일이 가장 재미있다. 서로가 기억의 빈자리를 메워주면서.

앨버트

11월의 첫째 날, 나는 열여섯 시간을 내리 잤다. 그리고 잠시 깨서 채소스튜 한 그릇을 먹고 다시 잠자리에 들어 열 시간을 잤다. 미친듯이 자고 멀쩡한 정신으로 깨어나자 내가 왜 조나를 초대하려 했었는지도 잘 기억나지 않았다. 하지만 이유가 무엇이든 조나를 초대하기로 결정했고 남의 시선도 크게 신경쓰이지 않았다.

집으로 초대하고 싶다고 이미 말했지만 조나는 거절했다.

차를 몰고 그의 집에 찾아갔을 때, 나는 앞문을 두드린 뒤 그가 나오기를 기다리며 테라스 바닥을 살펴보았다. 문과 벽은 멀쩡해 보였지만 테라스 바닥은 전체적으로 썩어갔고 특히 상태가 나쁜 부분에는 합판이 대어져 있었다. 자세히 보려고 몸을 숙이려는데 조나의 아내가 문을 열고 나왔다.

"안녕하세요." 내가 인사했다. 그녀는 리타보다 머리 하나는 클 정도로 건장해 보였다. 몇 년을 함께 일하면서 조나가 분명 그녀의 이름을 말했을 텐데 도무지 생각나지 않았다. 분명 말했을 텐데.

"안녕하세요, 감독관님." 그녀가 답했다. "남편을 부를까요?"

"네, 그렇게 해주시면 고맙겠습니다. 잘 지내시죠?"

"네." 돌아서던 그녀가 문에서 손을 떼기 전에 물었다. "차 드시 겠어요? 방금 끓인 건데."

그녀의 얼굴에 당연히 거절하겠지 하는 표정이 스쳤다. "네, 주 시면 좋죠."

주머니에 양손을 넣은 채 난간에 살짝 기대 있는데 조나가 밖으로 나왔다. 나는 바닥 전체를 들어내지 않는 선에서 테라스를 수선할 방법이 있을지 궁리하던 중이었다.

"안녕하세요, 감독관님." 그가 문가에 서서 말했다. 그러고서 내쪽으로 한 발짝 다가서자 뒤에서 방충망 문이 쿵 하고 닫혔다. "이제 아이들도 알아서 이쪽에선 안 놀더라고요." 내가 살펴보던 테라스 바닥을 내려다보며 그가 말했다.

"바닥이 전체적으로 썩어가는 건가?"

"네, 안타깝지만 그런 것 같아요. 고쳐야 하는데 주변에서 적당한 나무를 찾을 수 없더라고요."

조나의 아내가 차 두 잔을 가지고 나와 내게 먼저 한 잔을 건넸다. 내가 먼저 고맙다고 인사했고 이어 조나가 고맙다고 말하며 러네이라고 이름을 불렀다. 나는 그 이름을 기억해두었다.

"무슨 일로 저희 집까지……" 조나가 차를 한 모금 마시고 물었다. "문제라도 있나요?"

"문제 같은 건 없네. 혹시 내일 저녁에 근무가 없으면 우리집에서 함께 식사하면 어떨까 해서."

"저녁식사요?"

"특별한 건 아니네. 러네이와 같이 와도 좋고."

그가 까칠하게 수염이 자란 턱을 만지작거렸다. "글쎄요, 감사합니다만. 지난주에 저한테 물었을 때는 감독관님이 별 생각 없이 한 말이라고 생각했거든요. 지금도 왜 그런 말을 하시는 건지 잘 모르겠습니다만, 이번에도 사양하겠습니다."

내 초대를 또 거절하리라곤 생각하지 못했다. "왜 안 된다는 건가?"

"지금 왜 안 되느냐고 묻는 건가요?"

그를 초대하기까지 충분히 고민했기에 그가 더는 이런 식으로 문제를 어렵게 만들지 않기를 바랐다. "이것 보게. 거절할 이유가 없네. 나도 이 일에 대해 생각해봤어. 그러다 내가 지금껏 잘못 행동해왔다는 걸 알았고."

조나가 날개 달린 괴물 보듯 나를 바라보았다. "무슨 말을 하시는 거예요? 감독관님은 잘못한 게 없습니다."

"나도 그렇게 생각했었어." 그의 마음이 조금이라도 움직였다는 사실에 기뻐하며 말을 이었다. "지금껏 모든 이들을 동등하게 대해 왔다고 생각했지. 그래서 남들이 어떻게 행동하느냐는 전혀 중요하지 않았어." 흑인들만 거주하는 지역, 흑인들의 출입이 금지된 식당, 마음 내키는 대로 흑인들을 연행해가는 경찰들…… 내가 그런 일을 한 건 아니었으니까. 하지만 이번엔 내 의지대로 하는 일이었다. 여기까지 찾아온 일. "그 여자와 아기에 대해 자네가 해준 얘기를 듣고 깜짝 놀랐었네. 자네를 알고 지낸 지 그리 오래되었으니 놀랄 일도 아닐 텐데. 자네와 더 잘 지내고 싶네."

조나는 잠시 테라스 바닥을 툭툭 차며 차를 마셨다. 바닥은 깨끗하게 비질되어 있었지만 페인트칠은 제대로 되어 있지 않았다. 집의 나머지 부분들도 그랬다. 페인트칠을 했다면 바닥이 썩지 않았을 텐데.

"남들의 시선이나 관습도 여전히 중요한 문제입니다, 감독관님."

나는 고개를 저었다. "아니, 그렇지 않아. 나는 이제야 알았네. 그런 것들을 하나씩 고쳐나가도록 노력할 걸세."

"아뇨, 여전히 중요한 문제입니다." 그가 다시 말했다.

"내겐 중요하지 않아. 더이상은."

"저 말고 다른 흑인 인부들도 저녁식사에 초대할 건가요? 흑인과 백인이 같은 식당에서 식사할 수 있는 세상이 되어야 한다고 주지사에게 편지라도 쓰게요?"

나는 잠시 그를 바라만 보았다.

"감독관님은 정말 좋은 분입니다. 하지만 상황이 결코 달라지진 않을 거예요."

리타가 아이들과 실랑이를 벌이던 때가 문득 떠올랐다. 리타는 말을 많이 하는 편이 아니었다. 나는 무엇이 잘못되었는지 이해시키려고 다투지만, 리타는 아이들이 자신의 말에 동의할 때까지 똑같은 말을 반복했다. 인정하고 싶진 않지만 돌이켜보면 그 방법이 내게도 효과가 있다는 걸 알았다.

"저녁 먹으러 오게." 내가 말했다.

"그렇게는 못하겠습니다. 하지만 초대해주신 건 감사합니다."

"저녁 먹으러 오게."

"감독관님……"

"괜찮을 거네."

"괜찮을 수도 있겠죠. 아마 괜찮을 겁니다. 하지만 아닐 수도 있어요. 그런 위험을 감수할 가치가 없습니다."

"저녁 먹으러 오게."

"그렇게 고집을 피울 일이 아닌 것 같아요." 조나가 찻잔을 내려놓고 위를 올라다보며 몇 차례 숨을 골랐다. "굳게 결심한 일이라면 내일 커피라도 한잔 마시러 가겠습니다."

"저녁식사는 왜 안 되는 건가? 커피나 저녁식사나 다를 바 없네."

"다르다는 걸 아시잖아요." 사실 그 차이를 알았다. 커피는 테라스에 앉아 마실 수 있었지만 저녁식사를 함께하려면 그가 우리집 안으로 들어와야 했다. 우리와 한 식탁에 둘러앉는 건 분명 다른 일이었다.

버지

마침내 브래드퍼드 목사님을 만나게 되었다. 나오미 언니네 교회의 목사님이자 언니의 남편이 될지도 모르는 분을. 언니는 예배 후에 열리는 신자들의 저녁식사에 나를 초대했고, 언니와 목사님, 그리고 톰과 나는 메릴린 이모와 빌 이모부가 집으로 돌아간 후에도 한참을 거기에 머물렀다. 목사님은 설교를 시작하면서 신자들에게 소유한 위스키와 맥주를 전부 강에 던져버리라고 이른 어느 목사에 대한 이야기를 했다. 설교 후에 성가대 단장이 일어나 마지막으로 부를 찬송가를 알리는데 다름 아닌 〈그 강가에 모이세〉였다. 나는 예배중에도 한참을 웃었고 집으로 걸어가는 길에도 웃음을 그치지 못했다.

나오미 언니는 목사님에게서 시선을 거둘 수 없는 모양이었다. 나도 누군가에게 반해버린 감정을 느낄 수 있을까 싶어 톰을 흘깃거려봤지만 머리만 아플 뿐이었다.

집에 도착하려면 열 채에서 열두 채 되는 집들을 더 지나야 하는데 소나기가 쏟아지기 시작했다. 한창 대화하는 데 정신이 팔린 우리는 먹구름이 밀려오는 걸 눈치채지 못했다. 맨 처음 빗줄기에 맞고 다들 그 자리에 얼어붙었다. 그러다 이내 소리를 지르며 뛰기 시작했다. 목사님과 톰이 우리에게 재킷을 벗어주려고 물었지만 가만히 서서 옷을 받아 입을 여유 따위 없었다. 그렇게 한참을 달리는데 다리 위로 치마가 감겨올라가는 게 느껴졌으나 그걸 다시 펴내릴 새도 없었다. 몇 블록을 더 뛰어간 후에 보니 크레이프 스커트가 젖기만 한 게 아니라 아예 오그라들고 있었다.

"잠시 언니네 집에 들렀다 가야겠어!" 질퍽해진 땅과 웅덩이 위를 뛰느라 철벅거리는 소리로 시끄러운 와중에 내가 외쳤다. "우리 집에 도착할 때쯤이면 내 치마가 엉덩이까지 올라가버릴 것 같아."

언니가 갑자기 멈춰 서더니 지금껏 들어본 얘기들 중 가장 웃기다는 듯 고개를 뒤로 젖히고 깔깔거렸다. 언니의 얼굴 위로 쏟아지는 빗줄기가 입안과 턱 아래까지 마구 흘러내렸다. 몸에 딱 달라붙은 언니의 옷을 보니 나도 저렇겠구나 싶었지만 우리 둘다 이런 상황에서 사람들의 시선을 끌 만큼 곡선미가 있진 않았다.

"먼저들 집에 가봐요." 언니가 숨을 가다듬으며 톰과 목사님에게 말했다. "그렇게 버지의 다리를 쳐다보다간 하느님이 내린 벼락에 맞을지도 몰라요."

"난 그런 얘기 한 적 없는데……" 내가 말했다. 언니가 진지하게 내 다리를 운운한 게 아니라 얌전한 내 태도를 놀리느라 한 말임을 알았다.

"빨리요." 언니는 둘에게 어서 가보라고 손짓했다. "벌써 버지의 무릎까지 나오려고 해요."

있는 힘을 다해 치마를 잡아당겼지만 정말 무릎까지 올라온 상태였다. 톰은 그 자리에서 본의 아니게 내 다리를 보게 되는 것도, 그렇다고 나를 두고 먼저 가는 것도 원치 않는 듯 갈팡질팡했다.

"먼저 가봐." 내가 말했다. "언니하고 나는 괜찮을 거야." 그들은 평소라면 더 망설였겠지만 눈을 제대로 뜰 수 없을 만큼 세찬 빗줄기 때문에 결국 수긍했다. 그런 뒤 우리에게 인사하고 자리를 떴다.

언니네 집에 도착했을 때 내 치마는 이미 무릎 위로 더 올라가 있었고 긴소매는 반팔이 되었다. 집안까지 물을 뚝뚝 흘리며 들어가고 싶지 않아 문을 세게 두드렸다. 메릴린 이모가 문을 채 열기도 전에 우리를 보고는 다시 뛰어들어가 수건을 가져왔다. 언니와 나는 동시에 내 옷이 줄어들어버렸다고 말했다. 내가 머리에 수건을 두르는 사이 이모와 언니가 발끝을 딛고 쪼그려앉아 내 옷을 잡아당기기 시작했다.

나는 옷이 원래대로 늘어나지 않으면 집에는 어떻게 가야 할지 걱정하며 소매를 잡아당겼다. 다음날 테스와 함께 루 엘렌의 이모를 찾아갈 예정이었는데 죽은 아기보다 옷 걱정을 하는 나 자신이 부끄러웠다. 하지만 그 무렵 아기와 엄마에 대한 생각이 조금씩 시들어간 건 사실이었다. 남자아이들과 농구 경기를 보러 가거나 잭의 병실을 지키는 일들을 겪으며 그 의문의 여자의 삶이 어둡고 끔찍했으리라는 것도 더는 상상하기 어려웠다. 우물 사건 자체가 좀 더 평범하고 지루한 일로 느껴졌다.

하지만 나오미 언니와 브래드퍼드 목사님을 지켜보는 일은 전혀 지루하지 않았다. 언니는 마법에 걸린 사람 같았다.

"언니가 그 목사님하고 결혼한다면 지금처럼 마음껏 뛰어다니면서 재미있게 지내진 못할 것 같아." 내가 말했다. 내 턱에서 흘러내린 물방울들이 언니의 머리 위로 뚝뚝 떨어졌다. 벌써 세번째 수건의 끝자락으로 얼굴을 닦았다. "매일 집에만 있어야 할 테니까."

언니는 양손을 움직이지 않고서 치마가 늘어나도록 꽉 붙잡고 있었다. 대신 이모가 말했다. "당연히 지금처럼 재미있게 지낼 수 있지."

"한밤중에 비에 흠뻑 젖은 채 테라스에 나와서 깔깔거릴 수 있는 부인들이 몇이나 되겠어요?" 내가 물었다.

갑자기 이모가 치마에서 손을 떼고 일어나 계단 아래로 크게 세 걸음을 뛰어 마당까지 내려갔다. 그러고선 팔을 쭉 뻗은 채 빙글빙

글 돌더니 십 초도 되지 않아 우리만큼 흠뻑 젖었다. 이모는 이내 씩 웃으며 조용히 계단을 올라와 다시 내 발밑에 쪼그려앉아 입술에 묻은 빗물을 핥았다.

"적어도 한 명은 있구나."

이모가 빗속에서 춤을 추는 내내 언니와 나는 놀란 나머지 한마디도 못하다가 이 말에 웃음을 터트렸다. 그리고 이모가 테라스로 올라와 젖은 치마를 짜는 모습을 보며 깔깔대고 웃기 시작했다.

"결혼이 비참하기만 한 건 아니란다." 이모가 자신의 치마는 내버려둔 채 다시 내 소매를 잡아당기며 말했다. "무조건 이 탄광 마을 사람과 결혼해야 하는 것도 아니고. 물론 결혼하고 싶지 않다면 그것도 괜찮지. 하지만 네가 주변에서 봐온 결혼생활이 전부는 아니니 그것만으로 마음을 정하지는 마라."

"전 버밍햄에도 가봤어요." 이모는 내 말을 못 들은 척했다.

"네가 결혼할 남자는 네가 선택하는 거란다, 버지. 집에서 침대 정리만 할지, 우체국에 가서 담소를 나눌지는 네가 선택하는 거지. 넌 똑똑한 아이잖니. 다정하고 예쁘고. 잭과 테스와 있는 널 보면 너보다 두 배는 더 나이 먹은 여자들만큼이나 모성애가 있어 보여. 남들보다 상대를 고를 수 있는 선택권도 많고. 그걸 최대한 활용해보렴."

"집에만 있긴 싫어요." 내가 말했다. "먹고사는 문제 때문에 남자와 결혼할 필요 없도록 간호사 언니들처럼 제 밥벌이는 스스로 할 거예요."

"세상에, 넌 의사도 될 수 있단다. 상원의원이 될 수도 있고."

물론 이모의 말은 농담이었다. 무엇보다 나는 의사가 되고 싶은 마음이 없었다. 멀리 떨어진 곳에 가서 살거나 대단한 일을 하는 삶을 원치 않았다. 물론 지금 같은 삶을 원하는 것도 아니었다. 마지막 에너지 한 방울까지 남편과 득실대는 아이들에게 바치고 나만의 즐거움이라곤 없는 삶을 살고 싶지 않았다. 나 자신을 위한 무언가가 필요했다. 내게 남은 가장 큰 숙제는 대단한 그 무엇과 카본힐의 중간 어딘가에 있는 삶을 찾아내는 거였다.

테스

내가 루 엘렌과 친구였기에 루 이모를 만나는 건 어렵지 않았다. 버지 언니와 내가 우물의 여자라고 확신하는 루 이모. 물론 루 엘렌에겐 우리가 왜 그애의 이모를 만나고 싶어하는지 말하지 않았다. 앞으로 함께 지낼 이웃이니 인사를 나누는 게 좋겠다고만 했다. 그래서 언니와 나는 그애를 찾아가 인사하고 어색하게 둘러앉아 이런저런 얘기를 나누었다. 그동안 루 이모는 말 한마디 없이 흔들의자에 홀로 앉아 있었다. 시간이 며칠은 흐른 것만 같은 느낌이 드는데 루 엘렌이 말했다. "난 가서 집안일을 해야 할 것 같은데. 같이 갈래?"

우리는 그 말을 기다리고 있었다. 그애는 결코 한자리에 가만히 앉아 있지 못했다.

"아니, 괜찮아." 내가 말했다. "버지 언니랑 나는 여기 좀더 앉아 있을게. 일 끝나면 와."

루 엘렌은 당황한 기색이었지만 이모가 옆에 있어선지 할말을 잃고 고개만 들어올린 채 잠시 앉아 있었다. "정말이야?" 그애가 물었다.

"응, 정말이야." 언니가 대답했다.

루 엘렌은 시간을 줄 테니 마음 바뀌면 어서 얘기하라는 듯 우리 쪽을 쳐다보며 천천히 거실 밖으로 나갔다. 나는 그 심정을 충분히 이해했다. 우리집에 놀러온 친구가 셀리아 고모와 함께 있어야 하는 상황이 생기면 나 역시 당황스러울 테니까. 아니, 좀 다를지도 모르겠다. 적어도 셀리아 고모는 루 이모보다 훨씬 재미있을 테니까.

마침내 루 엘렌이 테라스 계단 아래로 통통거리며 내려갔다. 텔버트 아저씨네 어두운 거실 한가운데엔 버지 언니와 나, 그리고 루 이모만 남아 얼굴을 마주하고 있었다. 그녀는 커피를 끓이고 있었지만 우리에게 뭐라도 마시겠냐고 물어볼 생각은 없어 보였다. 하지만 우리는 신경쓰지 않았다.

루 이모의 스푼이 쨍그랑 하고 컵에 부딪히는 소리 말고는 한동안 정적이 계속됐다. 그러던 중 언니가 마침내 입을 열었다. "지금까지 카본힐은 어땠어요? 마음에 들었나요?"

"응, 그럭저럭."

"카본힐에 오신 걸 환영해요. 루 엘렌과 마을 구경은 다 했겠죠?"

루 이모는 아무런 답을 하지 않았다. 너도 뭐라도 좀 해보라는 표정으로 언니가 쳐다보기에 내가 입을 열었다. "아줌마가 와서 다른 식구들이 무척 좋아하죠? 저도 고모나 이모가 오면 좀더 오래 있다 가기를 바라거든요."

역시 답이 없었다. 그녀는 우리 쪽을 거의 쳐다보지 않았다. 우리가 처음 집안으로 들어왔을 때부터. 웃지도 않고 하품이나 재채기를 하거나 입술을 핥는 행동도 하지 않았다. 창백하고 무표정한 얼굴을 한 채 정말로 얼어붙은 건 아닌지 확인이라도 해야 할 정도로 미동도 하지 않았다. 이따금 창밖 너머 들판을 쳐다보았지만 주로 무릎 쪽을 응시했고 어깨는 약간 굽어 있었다. 양쪽 무릎을 벌리고 앉았는지 분홍색 꽃무늬 원피스가 다리 사이에서 팽팽히 펼쳐져 있었다. 숙녀라면 늘 발목을 포갠 채 앉아야 한다고 엄마는 말했지만 그런 자세는 너무 불편했다. 그래서 그녀가 편안한 자세로 앉아 있는 모습이 보기 흉하다고 생각하지 않았다.

"아줌마도 누가 저희 우물에 아기를 던져버린 이야기 들으셨죠?" 언니가 물었다.

드디어 언니가 본격적으로 말을 꺼낸 사실에 흥분됐다. 언니가 먼저 화제를 던진 뒤에 우선 그녀가 어떻게 반응하는지 지켜보자고 이곳에 오기 전에 계획을 세웠다. 그러면 그녀가 뭔가를 알고 있는지 알아챌 수 있으리라 생각했다.

루 이모는 계속해서 커피를 저었다. 더는 김조차 올라오지 않는데도.

"경찰서장님이 그러는데 아기는…… 우물로 던져지기 전에 이미 죽은 상태였대요." 언니가 말을 이었다. "그러니까 범죄는 아닌 거죠. 그 여자의 행동 말이에요. 딱히 불법적이라 할 부분이 없으니까요."

그녀는 아무런 반응도 보이지 않았다. 돌처럼 무표정한 얼굴에도 여전히 변화가 없었다.

"그래도 저희는 그 여자가 누구인지 알아보고 싶어요." 언니가 말을 이었다. "테스는 한동안 끔찍한 악몽을 꿨어요. 다른 식구들역시 몇 달 동안 잔뜩 신경을 썼고요. 버려진 아기에게 이름이라도 찾아주고 싶어요. 그래야 마음이 좀 놓일 것 같아서요."

여전히 대답이 없었다. 커피는 한 모금도 마시지 않은 것 같았다.

"혹시 아줌마가 아기를 저희 우물에 던졌나요?" 참다 못해 내가 물었다.

그 순간 언니가 내 발을 걷어찼다. 그리고 드디어 그녀가 우리 쪽을 쳐다보았다. 드디어. 내 말에 화가 난 것처럼 보이진 않았다.

"뭐라고?" 이마를 잔뜩 찌푸린 채 그녀가 물었다. 큰 덩치에 걸맞지 않게 목소리가 작았다. 소녀처럼 높고 가녀린 목소리였다.

"그 아기 말이에요." 내가 다시 천천히 물었다. "아줌마가 저희 우물에 던졌냐고요." 언니가 기막히다는 듯 눈을 홉뜨기에 나는 다시 말했다. "혹시 던지셨는지 해서요."

"야외예배 때 내 옆에 왔던 아이구나." 그녀가 말했다. "마음씨 고운 여자분이랑."

"네, 침례교 예배에서요. 그날 정말 많이 우셨잖아요. 큰 사연이라도 있는 사람처럼요."

그녀는 아기를 우물에 던진 사람이냐고 추궁당하는 일보다 더 흥미롭다는 듯 갑자기 괜한 커피를 다시 젓기 시작했다.

"그날 왜 그렇게 우셨어요?" 언니가 부드러운 목소리로 물었다.

그러자 그녀는 커피 젓기를 멈추고 소녀 같은 목소리로 다시 말했다. "용서를 구하고 싶었단다. 부르심을 느낀 이들이 그렇듯이."

"아기를 우물에 버린 사람이 아줌마여도 괜찮아요." 나는 당근을 들고 망아지를 유인하듯 낮고 부드럽게 말을 이었다. "비난하려는 게 아니에요. 그저 알고 싶을 뿐이에요."

"내 아기 조지를 우물에 버리려 한 게 아니야."

"조지가 누구예요?" 내가 물었다.

"아무한테도 얘기하지 않았는데."

"저희도 얘기하지 않을게요." 언니와 내가 동시에 말했다.

그녀는 문가를 한번 보고 다시 부엌 쪽을 쳐다보았다. 그러고는 컵을 잡지 않은 한 손으로 배를 감쌌다. 뱃속에 아기를 품은 여자들이 하는 것처럼.

"그래, 이젠 상관없겠지. 어차피 그 일이 날 산 채로 좀먹고 있으니까. 훌훌 털어버리는 게 나을 수도 있겠어." 그녀는 여전히 한 손을 배 위에 얹은 채 동그랗게 쓰다듬으며 말했다.

그녀가 몸을 일으키자 우리는 그쪽으로 좀더 다가가 앉았다. 그녀는 나지막이 끙 하는 소리를 내며 일어나 의자 뒤로 가서는 뒷짐을 지고 섰다. 그러고는 옆에 놓인 지팡이의 작게 흠집난 곳을 만지작거렸다. 입을 열 생각은 않고 지팡이만 흔들고 있는 모습에 나는 소리를 꽥 지르고 싶었다. 입술이 바짝바짝 타들어갔다.

"조지가 태어난 사실을 아무도 몰랐어." 드디어 입을 열었다.

그런데 또 말이 없었다. 지팡이만 더 흔들거릴 뿐이었다.

"아무도 몰랐다고요?" 언니가 물었다.

"정말요?" 나는 충격 같은 건 받지 않았다는 투로 다정하게 달래듯 물었다.

"내가 임신했다는 걸 아무도 몰랐어." 그녀가 다시 말했다. "다행히 혼자 살고 있어서 배가 불러오는 걸 쉽게 숨길 수 있었지. 눈치챈 사람은 없었어. 결국 혼자서 아기를 낳았단다. 다른 여자들이 아기를 낳고 탯줄을 자르는 모습을 본 적이 있었거든.

그녀는 말을 멈추고 그제야 우리가 거기 있다는 걸 알았다는 듯 고개를 들었다. 그리고 나와 언니를 번갈아 쳐다본 뒤 작게 "후"

하고 한숨을 내쉬었다. "속에 든 얘기를 털어놓으니 살 것 같네." 그녀가 말했다. "지금껏 이런 얘길 물은 사람은 없었는데. 어쨌든 한두 달 몰래 아기를 돌봤어. 남들은 아기 머리칼 한 올 보지 못했지. 아기가 커서 더는 숨길 수 없을 때가 오면 집 앞에 버려진 아기를 키우게 됐다고 말할 생각이었고. 그런데 어느 날 아침에 보니 아기가 침대에서 죽어 있었어. 아기의 흔적이 가득한 텅 빈 집에서 버틸 수 없었지. 그래서 여기로 오게 된 거야."

결혼하지 않은 사람이 어떻게 아기를 가질 수 있는 건지 이상했지만 나는 굳이 언급하지 않았다. 가장 중요한 결말이 아직 남았기 때문이다.

"그럼 아줌마가 저희 우물에 아기를 던진 게 아닌가요?" 언니가 실망한 투로 물었다. "설사 그렇더라도 저흰 아줌마를 비난할 마음이 전혀 없는데."

"내가 왜 그랬겠니?" 그녀가 되물었다. 그러고선 당황한 듯 바닥에 컵을 내려놓고 양손으로 옷을 매만진 뒤 깊은 숨을 내쉬며 창가로 걸어갔다. "난 아기에게 세례를 받게 해주고 싶었어."

언니와 나는 서로를 쳐다보았다. 언니는 입을 다 다물지 못했다. 아무런 설명이 없어 내가 언니를 향해 무슨 말이라도 해보라고 손짓하자 언니도 똑같이 날 향해 손짓했다.

마침내 언니가 말을 꺼냈다. "아기가 살았을 때 세례를 받게 했나요?"

나는 언니가 대화를 꽤 잘 이끌어간다고 생각했다.

그녀는 고개를 저었다. 우리를 등지고 서 있었기 때문에 그녀의 등과 올려 묶은 머리만 보였다. "보통은 그렇지. 영아 세례 말이야.

하지만 조지는 예수님을 받아들이기엔 너무 어렸어. 세례라는 게 예수님을 내 안으로 받아들이는 일이니까. 결국 아기는 죽었지. 그때 난 나이가 차지 않았어도 세례를 받는 게 다시는 하느님 품에서 태어나지 못하는 것보다 낫겠다고 생각했어. 하지만 이미 아기를 묻을 준비를 마친데다 세례를 부탁하러 찾아갈 교회도 없었지. 그때 하느님께서 방법을 알려주셨단다. 경건한 사람들이 있는 곳이 바로 교회 아니겠니?" 그녀는 마치 목사님처럼 우리에게 물었다. 아무런 대답이 없자 그녀는 말을 계속했다. "경건한 사람들이 어디에 살고 있는지 조카가 알려주었지. 신기하게도 그들은 우리를 깨끗하고 순수하게 부활시켜줄 세례반*을 가지고 있더구나. 부활과 함께 영생을 주는 세례반 말이야." 그녀가 돌아서더니 한쪽 손바닥을 위로 향하고 턱을 들어올렸다. "땅은 죽음이요, 물은 생명이라."

그녀는 우리 쪽으로 두 발짝 다가와 몸을 숙인 뒤 자신의 어깨 너머를 흘깃 쳐다보았다. "아기에게 필요한 건 세례였어."

그녀만의 독특한 방식이었지만 어쨌든 모든 걸 고백했다는 점에서 우리는 기뻤다. 한편으론 이제 어떤 일이 벌어질지 긴장되기도 했다. 그녀는 우리한테서 물러나 자리에 앉은 뒤 우리가 처음 그녀를 보았을 때처럼 무표정하고 차분한 얼굴로 돌아갔다. 더는 할말이 남아 있지 않은 듯했다.

"저희에게 얘기해주셔서 고마워요." 언니가 말했다.

아무런 반응이 없으니 무슨 말을 더 해야 할지 알 수 없었다. 다시 한번 고마움을 전하면서 얼른 마음의 평안을 찾기를, 도울 일이

---

* 세례수를 담아 보관하는 용기.

있으면 언제든지 알려주기를 바란다고 말했지만 그녀는 미동도 하지 않았다. 우리는 이내 작별을 고하고 무례하게 보이지 않을 선에서 재빨리 발걸음을 옮겨 집을 빠져나왔다. 그러다 큰길까지 나와서야 겨우 속도를 늦췄다. 우리는 루 엘렌에게 인사할 생각조차 하지 못했다.

"이제 어쩌지?" 내가 언니에게 물었다.

"우리가 할 일은 없을 것 같은데."

나는 언니의 말을 이해할 수 없었다. "뭐라도 해야지!"

"사람들한테 알리겠다는 거야?" 언니가 물었다.

"입 다물고 있을 수만은 없잖아."

"테스, 아줌마는 지금 정상이 아니야. 그저 아기를 그리워하는 걸 수도 있지만. 어쨌든 누군가에게 크게 해를 끼친 것도 아니고. 사람들이 알면 아줌마를 몹쓸 사람 취급하면서 수군댈 거야. 그래서 좋을 게 뭔데? 그냥 조용히 있자."

리타

"조나한테 우리 집에 저녁 먹으러 오라고 했어." 방금 앨버트의 입에서 튀어나온 말을 믿을 수 없었다. 그렇잖아도 순무 삶는 통옆에 서서 이미 열이 오른 와중에 스토브에서 뒤돌아 그의 얼굴을 쳐다보니 현기증이 일 정도였다. 그가 다시 입을 열 때까지 나는 그저 그를 쳐다만 보았다.

"조나가 안 될 일이라고 하더군."

"세상에. 둘 중 하나라도 제정신이었으니 다행이네요."

"당신도 조나를 좋아한다고 생각했는데."

"물론 좋아하죠."

나는 정말 조나를 좋아했다. 성실하면서 앨버트에게도 많은 도움을 주었다. 그리고 예의가 바른 사람이었다. 빨랫더미나 사료통을 끌고 가다 우연히 마주치면 늘 대신 그것들을 들어다주겠다고 했다. 하지만 흑인들이 마을 한쪽에서 따로 사는 데는 그만한 이유가 있었다. 우리와는 전혀 다른 사람들이었다. 그것만 기억하면 문제될 게 없었다.

"안 될 일이에요." 내가 말했다.

"어째서?"

잭이 고집을 피우며 힘들게 굴면서 뭘 잘못했는지 알려줘도 말이 통하지 않으면 나는 아이의 어깨를 잡고 한 차례 세게 흔들곤 했다. 앨버트에게도 똑같이 해주고 싶었다. 잭의 사고 이후 그가 탄광에서 끝도 없이 일해준 덕분에 겨우 힘든 시기를 견뎌내고 이제야 모든 게 제자리를 찾아가던 중이었다. 잭은 곧 깁스를 풀 테고 앨버트의 거뭇했던 눈가도 이젠 괜찮아졌다. 죽은 아기에 대한 말들도 사라졌다. 이런 시기에 또다른 일로 시끄러워질 이유가 없었다.

"세상에, 앨버트. 그냥 안 될 일이에요. 당신도 잘 알잖아요. 그래요, 조나는 좋은 사람이고 그의 부인 역시 아주 괜찮은 사람 같아요. 하지만 그들을 저녁식사에 초대하면 다들 수군대겠죠. 굳이 그런 일을 벌일 이유가 없어요."

"난 그저 조나를 남들과 다르게 대해선 안 된다고 생각할 뿐이야."

"그러니까 흑인과 백인이 한데 어울려도 괜찮단 거예요?"

"아니, 저녁식사에 조나를 초대하고 싶은 것뿐이야."

물이 끓고 김이 새는 소리가 들려와 뒤돌아서 냄비 뚜껑을 열었다. 오븐 안을 보니 옥수수빵이 갈색 빛을 띠기 시작했다. 나와 앨버트 사이에 놓인 사탕무 병이 보였다. 사탕무를 접시에 담아 식탁 위에 두는 편이 보기에 낫겠다는 생각이 들었다.

"저것 좀 건네줘요." 내가 병을 가리키며 말했다.

그는 병을 건네면서도 내게서 눈을 떼지 않았다. "당신은 조나에 대해서 뭘 알고 있지, 리타리? 조나가 아닌 다른 흑인들에 대해서라도. 당신은 그들이랑 얘기해본 적도 없잖아. 나는 하루종일 그들 곁에 서서 함께 일한다고."

가끔 내가 아무런 대답도 하지 않으면 앨버트는 타들어가는 불꽃처럼 잠잠해졌다. 그래서 나는 조용히 순무를 젓기만 했다. 목덜미로 쉴새없이 땀이 흘렀지만 아랑곳 않고 스토브 쪽으로 좀더 다가갔다. 하루 세 끼를 만들어낼 때마다 익숙하게 겪는 터라 이 정도 열기는 정말로 참을 만했다. 얼굴이 탈 듯하고 숨쉬기도 어려웠지만 적어도 앨버트와의 대화를 피할 순 있었다.

"저녁식사에 조나를 초대하고 싶을 뿐이야, 리타. 더이상 무슨 이유가 필요하지?"

"필요해요, 앨버트. 당신도 뭔지 알잖아요."

"관두지. 말했듯이 어차피 조나가 오지 않겠다고 했으니까."

굳은 어깨가 약간 풀어지는 걸 느꼈다.

"대신 커피나 한잔하러 오겠다는군."

그가 주방을 나가는 소리가 들릴 때까지 나는 돌아보지 않고 그대로 서 있었다. 그는 나의 남편이었고 나는 그에게 우리집에 누구는 오게 하고 누구는 그럴 수 없다고 말할 생각이 없었다. 하지만 그를 알고 난 이래 처음으로 나는 그에게 무슨 말을 해줘야 할지 알 수 없었다. 그가 조나를 좋아하는 사실을 이해하지 못하는 건 아니었고, 내가 흑인들을 인간 이하의 존재라고 생각하는 부류도 아니었다. 나 역시 그들이 사람이라는 걸 안다. 하지만 세상이 돌아가는 방식, 즉 규율이라는 것도 존재한다. 그런 규율들을 무시하고 살아가면 그다음에 어떤 일이 벌어질지 알 수 없었다.

잭의 사고 이후 대처하는 과정에서 나는 앨버트의 의견을 존중하고 거기에 조용히 따랐다. 모든 일을 그의 손에 맡겼다. 잭의 숨소리를 들으며 잠을 이루지 못하는 밤이면 멍하니 천장을 바라보며 치솟는 분노를 사그라트리려 애썼다. 머릿속을 비우고 사고가 일어나기 전으로 모든 것을 되돌리는 데만 집중했다. 하지만 앨버트는 마음만 먹으면 할 수 있는데도 예전의 모습으로 돌아오지 못하고 있다. 결국 모든 결정은 그의 손에 달려 있고 내 손으론 식탁을 차리고 순무를 자르는 일 빼고는 할 수 있는 게 없다는 생각이 들었다.

테스

"엄마, 누가 우물에 아기를 던졌는지 알아냈어요."

"그러니?" 엄마가 아주 단조로운 투로 말했다. 내가 집으로 돌아오는 길에 말하는 새를 보았다고 한 것처럼.

"진짜예요. 탤버트 아줌마의 여동생이에요. 이번에 브릴리언트에서 온."

엄마는 행주를 손에서 놓고 의자를 하나 뺐다. 식탁은 깨끗하게 빛났지만 약간 축축했다. 식탁 위에는 작은 순무 접시 하나가 놓여 있었고 엄마는 앉기 전에 그쪽으로 손을 뻗었다. "왜 그런 얘길 하니?" 엄마가 물었다.

"그 아줌마가 그랬다고 직접 말했어요."

"자기가 우리집 우물에 죽은 아기를 던졌다고?"

물론 루 이모가 정확히 그렇게 말한 건 아니었다. "아뇨. 아기한테 세례를 받게 하려다가……"

"아무나 의심하면 안 돼."

엄마가 의자를 뒤로 밀자 바닥에 긁히는 소리가 들렸다. 엄마는 다시 손에 행주를 쥐었다.

"하지만 엄마……"

엄마는 순무 접시 위에 천을 덮고 혼잣말인지 모를 말을 중얼거렸다. "정말이지 다들 이상한 소리만 하고 있어. 말도 안 되는."

"제가 지어낸 얘기가 아니에요, 엄마."

"듣고 싶지 않구나." 엄마는 절대 소리를 지르는 법이 없었지만 참을 수 없을 만큼 화가 나면 완전히 대화를 멈췄다. 자주 있는 일은 아니었지만 엄마의 목소리가 작고 단호해지면 더이상 대화를 원치 않는다는 뜻이었다. "이 집에서 그 얘기는 다시 꺼내지 말거라. 두 번 다시는. 엄마가 더이상 하지 말라면 안 하는 거야. 더는 해줄 말이 없구나."

그후로 엄마에게 아기와 루 이모 얘기를 하지 않았다. 엄마뿐 아니라 그 누구에게도. 결국 버지 언니의 말이 옳았다. 자신의 문제와 슬픔을 스스로 극복할 수 있도록 그녀를 내버려둬야 했다. 나는 더이상 그 일에 신경쓰지 않았다. 흥미롭게도 직접 우물의 여자를 마주하고 나자 더이상 두려운 존재로 느껴지지 않았다. 아기 역시 안쓰럽지 않았다. 그들을 생각하면 즐거운 기분이 들진 않았지만 그들의 존재를 편안히 받아들일 순 있었다.

버지

아빠가 지하 저장고에서 감자를 살펴보고 있었다. 그곳에 두면 썩지 않고 오래갔지만 엄마가 부엌에도 한 자루 놔두면 좋겠다고 했다. 감자 한 자루라면 무게가 꽤 나갔기 때문에 아빠가 대신 옮겨다주려는 것이다. 아빠를 방해하고 싶지 않았지만 어차피 용기를 냈을 때 얘기를 꺼내고 싶었다.

"아빠, 학교 마치고 할일에 대해 얘기하고 싶어요."

지하 저장고에 머리와 어깨까지 들어가 있었지만 아빠의 목소리는 테라스 아래까지 울렸다. "친구네 집에 가려는 거니? 엄마에게 물어보렴."

"아뇨, 고등학교를 마친 후를 말하는 거예요."

"뭐라고?" 아빠는 여전히 내 얘기보단 감자를 살펴보는 데 열중했다. "음, 저도 뭔가를 해야잖아요. 돈을 벌 수 있는 일이요."

아빠가 양손에 감자를 두 개씩 쥐고 저장고를 빠져나왔다. 보통 한 손에 세 개씩도 쥘 수 있을 것이다. "무슨 소리를 하는 거니, 버지?"

아빠는 내가 어떤 현명하고 옳은 대답을 할지 진심으로 궁금하다는 표정으로 물었다. 엄마의 얘기를 들을 때처럼 진지하게. "간호사는 근무 시간이 길잖아요." 내가 말했다. "교대 업무도 길고 밤낮으로 일하고. 난 아픈 사람들 돌보는 일도 좋아하지 않고요."

아빠는 여전히 손에 감자를 쥔 채 고개를 끄덕였다.

"가르치는 일을 해보고 싶어요. 에서리지 선생님도 저라면 잘할 수 있을 거라고 했어요."

아빠는 감자를 내려놓은 뒤 호주머니에 양손을 넣고 벽에 기댔다. "사범대에 가려면 돈이 꽤 들 텐데."

나도 그 생각을 하고 있었다. "2년제 대학이에요. 그동안 아빠의 도움을 받아야 한다는 걸 알아요. 그래서 물어보고 싶었어요. 아빠가 도와줄 수 있는지."

아빠는 한쪽 입가를 올리며 천천히 미소를 짓더니 내게로 한 걸음 다가왔다. 그리고 손을 뻗어 머리칼을 귀 뒤로 넘겨주었다. 한 번도 내게 해준 적 없는 행동이었다. "버지, 이제 너도 갈 길을 찾아가는구나. 너라면 스스로 길을 찾아낼 줄 알았어. 언젠가는 학비를 대줄 생각이었고. 그런데 정작 네가 어떤 일을 하고 싶어하는지, 얼마큼 간절히 원하고 있는지는 내가 몰랐구나. 지금 보니 진지하게 생각하는 모양인데 말이야."

"네, 아주 진지하게 생각하고 있어요."

"버지, 널 위해서라면 아빠는 세상 그 무슨 일이라도 할 수 있어. 어떻게 학비를 마련할지 아직은 모르겠지만 대학에 갈 수 있도록 방법을 찾아볼게. 약속하마."

나는 알고 있었다. 아빠가 약속하는 일은 반드시 이뤄진다는 걸.

앨버트

조나는 테라스에서 내 옆자리의 흔들의자에 앉아 있었다. 오스카나 밴이 우리집에 와 함께 앉아 있는 것과 다를 바 없었다. 우리는 말을 많이 하지 않았다. 근처에 있던 홍관조나 큰어치 같은 새들, 딱따구리나 얼룩다람쥐 같은 작은 동물들을 가리키며 얘기를 나눴지만 대개는 흔들의자에 앉아 조용히 있었다. 가끔 리타가 밖으로 나와 잔을 채워주었다. 다른 친구들에게 하는 것과 똑같이 조나가 커피를 다 마실 때까지 기다렸다가 미소를 지어 보였다. 그녀가 속으로는 무슨 생각을 하는지 알 수 없었지만 조나에게 무례하게 굴진 않았다. 원래 무례함이란 걸 찾아볼 수 없는 사람이었다.

"내가 바보 같다고 생각하겠지?" 두번째 채운 잔을 반쯤 비운 무렵 마침내 내가 입을 열었다. "자네는 다르게 대우받는 일, 그러니까 보통 사람이 아니라 한 명의 흑인으로 여겨지는 일에 별로 신경쓰지 않는다고 했으니까."

"이런, 아닙니다. 저도 신경쓸니다. 감독관님이 생각하는 것보다 더 많이요. 단지 제가 어떤 사람이고 어떤 위치에 있는지 아는 것뿐이죠."

"그게 무슨 말이지?"

"누가 지금 이 상황을 바꿀 수 있겠습니까? 감독관님이요? 아니면 제가요? 감독관님, 최근에 여섯 시간 넘도록 내리 자본 게 언제입니까? 해지기 전에 일을 끝내본 건요? 저희에겐 이 세상을 바꿀 만한 시간이 없습니다. 에너지도 남아 있지 않고요."

"그렇다고 노력조차 할 수 없는 건 아니지 않나."

"세상을 바꿀 시간을 대체 하루 중 언제 마련하시려고요?"

내가 누구와 저녁을 먹든 나와 일하는 백인 동료들이 크게 신경쓰지 않을 거라고 생각했다. 실제로도 대부분의 동료들은 분명 그렇다. 하지만 삐뚤어진 생각을 가진 몇 명이 내 행동을 비난한다면? 내가 직장에서 힘든 시간을 보내게 될 수도, 잭이 커서 직장을 구할 때 어려움을 겪을 수도, 버지와 테스의 친구들이 우리집에 놀러오지 못하는 일이 생길 수도 있다. 게다가 버지를 대학에 보내려면 한푼이라도 더 모아야 했다. 버지의 일이 아니더라도 우리 가족에게 그런 일들이 벌어지는 걸 상상할 수 없었다. 문득 잭의 병원비를 마련하기 위해 그토록 고생할 때 이웃들이 힘을 모아 우리를 도와준 일이 떠올랐다. 내게는 그런 이웃들이 필요했다. 무슨 일이 생겼을 때 우리 가족에게 안전망이 되어줄 이웃들이. 나는 분명 그 사실을 알고 있었고 조나도 마찬가지였다. 아니, 그는 나보다 먼저 깨달았으리라. 나는 저녁식사 한 번이 이토록 많은 것들을 의미하게 되는 걸 원치 않았을 뿐이다.

"그러니까 자넨 우리집에서 저녁식사는 안 하겠다는 거지." 내가 말했다.

조나가 고개를 끄덕였다.

"하지만 커피는 괜찮고?"

그가 콜록거리며 웃음을 터트렸다. "네, 커피는요."

"커피 더 마실 텐가?" 내가 물었다.

"주신다면요."

테스

잭은 이듬해 여름에 내가 말한 대로 사슴을 잡았다. 아빠는 사슴의 가죽을 벗긴 뒤 깨끗하게 손질해 상당 부분을 이웃들에게 나눠주었다. 물론 식구들을 위한 고기도 충분히 남겨 일주일 정도는 사슴고기로 만든 요리들을 먹을 수 있었다. 첫날은 작은 유리병들 속에 담긴 향신료를 듬뿍 뿌려서 구운 스테이크를 먹었다. 엄마는 접시 가득 매시트포테이토를 담고 그 위에 커다란 고기를 한 덩이씩 올려주었다.

시커멓게 그을린 후춧가루와 새하얀 매시트포테이토를 보고 있으니 문득 죽은 사슴이 생각났다. 부드러운 가죽과 뾰족한 뿔을 지닌 그 사슴이.

"사슴을 쏠 때 기분이 어땠니, 잭?" 내가 물었다. "위험해 보여서 무서웠어? 아니면 예뻐서 쏘면서도 미안했어?"

잭은 입안에 음식을 가득 문 채 대답했다. "둘 다였던 것 같아, 내 생각엔."

잭은 나보다 더 일찍 그 사실을 알아챈 모양이었다. 정답이 동시에 여러 개일 수 있다는 삶의 진리를.

1930년대 앨라배마의 모습, 특히 탄광과 관련된 세부적 내용을 써내려가는 데 가족의 증언과 많은 자료가 큰 도움이 되었다. 대니얼 리트윈의 『다인종 노동조합의 도전: 앨라배마의 탄광 인부들 1878~1921』, 브라이언 켈리의 『앨라배마 탄전의 인종, 계층, 그리고 권력, 1908~1921』, 『1930년대 앨라배마 WPA 안내서』, 찰스 에드워드 애덤스의 『블랙턴: 앨라배마 탄광촌의 역사』, 버지니아 포스터 더르의 『마법의 원 밖에서』, 웨인 플린트의 『가난하지만 자랑스러운』, 로버트 암스테드의 『검은 나날들, 검은 먼지들: 한 흑인 광부의 기억』, 그리고 『앨라배마의 석탄 산업』. 카본힐 도서관과 앨라배마 광업박물관, 그리고 프레드 리스와 셸비 하빈에게 큰 감사를 전한다.

모든 페이지가 전보다 더 견고하고 극적일 수 있도록 도와준 케이트 세이지에게 감사한다. 늘 곁에서 당시의 이야기를 들려주고

사실 확인을 도와준 틸먼 스프라우스와 앤 스프라우스 부부, 법적
자문에 응해준 배리 플라워스, 광업박물관을 함께 탐방한 브래드
데일리, 자료 조사를 도와준 브리트니 녹스에게도 감사를 전한다.
어머니, 아버지, 그리고 리사보다 내 일과 삶에 큰 도움을 준 사람
은 없다. 그들에게는 언제나 더 많이 감사한다. 다이앤 프루치와
캐런 에서리지는 최고의 인물들이다. 초기의 무거운 종이 뭉치에
불과했던 원고를 진심을 다해 꼼꼼하게 읽어준 제이미와 베스, 늘
나를 깊이 믿어준 브룩에게도 감사한다. 마지막으로 수많은 이야
기가 담긴 초고들을 전부 읽어주고 내가 훨씬 나은 사람이 되도록
만들어준 프레드에게 감사를 전한다.

진 필립스

어느 여름밤, 홀로 테라스에 앉아 조용히 자신만의 시간을 보내던 테스는 한 여자가 우물 쪽으로 다가가 그 안으로 무언가를 던져버리는 모습을 목격하게 된다. 그것은 분명 갓난아기였다. 테스는 너무 놀란 나머지 식구들에게 말해보지만 누구도 진지하게 들어주지 않는다. 그런데 다음날 우물 속에서 정말로 갓난아기의 시신이 발견되고 만다.

진 필립스의 데뷔 장편소설 『우물과 탄광』은 이처럼 꽤나 충격적인 사건으로 시작한다. 다만 범인을 추적해나가는 과정에서 강렬함과 긴장감을 자아내는 스릴러 소설과는 그 결이 다르다. 우물 사건 이후 소설은 약간의 긴장감을 유지한 채 보다 조용하고 잔잔하게 흘러간다. 1930년대 미국의 작은 탄광 마을인 카본힐을 배경으로 한 소설은 우물에 갓난아기가 버려지는 사건을 중심으로 한 가족의 소소한 일상을 보여주며 그들 구성원 각각이 변화하고 성장하는 과정을 그리고 있다. 아빠 앨버트, 엄마 리타, 첫째 버지, 둘째 테스, 그리고 막내 잭. 이 다섯 식구의 시각으로 나뉘어 서술되는 각각의 이야기들은 하나의 사건을 여러 관점에서 바라보게 하는 묘미가 있다. 그리고 그 안에서 우리는 하나의 공통점을 발견하게 된다. 바로 가족과 이웃의 가치, 그 존재와 삶을 바라보는 따스한 시선이다.

그 시절 앨버트의 가족은 오늘날 우리가 누리는 풍족함과는 거리가 먼 삶을 살아가고 있지만, 그 속에서도 서로의 평안을 위하고 자신들보다 더 어렵게 살아가는 이웃들을 배려한다. 교통사고를 당한 잭의 병원비를 벌기 위해 고생하는 앨버트를 보며 밤잠을 이루지 못하는 리타, 죄 없이 체포당한 흑인 동료 조나를 위해 새벽에 자다 깨서 경찰서를 찾는 앨버트, 탤버트 씨의 아이들에게 먼저 목화솜 놀이를 제안하는 테스까지, 그들의 시선은 언제나 자신보다 더 힘들 가족과 주변 사람들을 향해 있다. 소소하기 그지없는 그들의 평범한 일상이 우리에게 따스한 감동으로 다가오는 이유일 것이다.

묵묵히 서로를 배려하는 앨버트와 리타의 모습을 보며, 천진난만한 눈으로 세상을 바라보는 귀여운 버지와 테스와 잭의 모습을 상상하며 이 작품을 번역하는 내내 나도 모르게 가족을 떠올리며 슬며시 미소 짓는 일이 많았다.

몸도 마음도 춥게만 느껴지는 요즘, 가난하지만 마음만은 풍요로운 카본힐 사람들의 따스한 이야기가 모락모락 김이 오르는 한

잔의 커피처럼 독자들에게도 훈훈한 온기를 불어넣어줄 수 있기를
바란다.

조혜연

옮긴이 **조혜연**
고려대학교 영어교육과를 졸업하고 출판번역가 및 작가로 활동하고 있다. 지은 책으로
『나는 에드먼튼의 정원사』, 옮긴 책으로 『원조의 덫』『그린존』『아름다움이 여자를 공격
한다』『발레 뷰티풀』 등이 있다.

문학동네 세계문학
우물과 탄광

초판 인쇄 2020년 1월 7일 | 초판 발행 2020년 1월 15일

지은이 진 필립스 | 옮긴이 조혜연 | 펴낸이 염현숙

책임편집 고선향 | 편집 한원희 이현정
디자인 김이정 이원경 | 저작권 한문숙 김지영
마케팅 정민호 정진아 함유지 김혜연 박지영 김수현
홍보 김희숙 김상만 오혜림 지문희 우상희
제작 강신은 김동욱 임현식 | 제작처 한영문화사

펴낸곳 (주)문학동네
출판등록 1993년 10월 22일 제406-2003-000045호
주소 10881 경기도 파주시 회동길 210
전자우편 editor@munhak.com | 대표전화 031) 955-8888 | 팩스 031) 955-8855
문의전화 031) 955-3579(마케팅) 031) 955-1917(편집)
문학동네카페 http://cafe.naver.com/mhdn | 트위터 @munhakdongne
북클럽문학동네 http://bookclubmunhak.com

ISBN 978 89-546-7026-5 03840

www.munhak.com